Diogenes Taschenbuch 21769

detebe

Joseph Conrad

Das Duell

Sechs Erzählungen

Aus dem Englischen von Carmen Janetzki

Mit einer Vorbemerkung des Autors und einem Nachwort von Günter Walch

Diogenes

Titel der 1908 in London
erschienenenOriginalausgabe:
›A Set of Six‹
Für die deutsche Übersetzung

Die Vorbemerkung des Autors wurde
von Marlies Juhnke übersetzt
Umschlagillustration:
Albert Margnet ›Le sergent de la Coloniale‹, 1904
(Ausschnitt)

Für Miss
M.H.M. Capes

Veröffentlicht als Diogenes Taschenbuch, 1989

60/94/36/2
ISBN 3 257 21769 2

Inhalt

Les petites marionnettes
  Font, font, font,
Trois petits tours
  Et puis s'en vont.

Kindervers

Vorbemerkung des Autors

Die sechs Geschichten in diesem Band sind Gelegenheitsarbeiten aus etwa drei oder vier Jahren. Ihre Entstehungsdaten liegen weit auseinander, ihr Ursprung ist unterschiedlich. Keine von ihnen ist unmittelbar mit persönlichen Erfahrungen verknüpft. In allen sind die Sachverhalte der inneren Natur nach wahr, womit ich meine, daß sie nicht nur möglich sind, sondern sich wirklich zugetragen haben. Zum Beispiel ist die letzte Geschichte in diesem Band, die ich eine traurige nenne und deren Titel „Il Conde“ ist (übrigens falsch geschrieben), die fast wortwörtliche Nachschöpfung einer Geschichte, die mir von einem sehr charmanten alten Herrn erzählt wurde, dem ich in Italien begegnete. Ich will damit nicht sagen, sie sei nur das. Es ist offensichtlich, daß sie etwas mehr darstellt als einen wortwörtlichen Bericht, aber wo der alte Herr aufhörte und wo ich anfing, muß dem klugen Scharfblick des Lesers überlassen bleiben, den das Problem interessieren mag. Ich will damit nicht sagen, daß es den Aufwand lohnt. Sicher bin ich jedoch, daß es nicht gelöst werden kann, denn ich bin mir inzwischen selbst nicht mehr darüber im klaren. Ich kann lediglich sagen, daß die Persönlichkeit des Erzählers, ganz abgesehen von der Geschichte, die er mir erzählte, äußerst anregend war. Vor ein paar Jahren kam mir zu Ohren, daß er weit entfernt von seinem geliebten Neapel, wo ihm dieses „abscheuliche Abenteuer“ tatsächlich widerfuhr, gestorben ist. So ist die Genealogie von „Il Conde“ einfach. Auf die anderen Geschichten trifft das nicht zu. Verschiedene Linien trugen bei zu ihrer Komposition, und von vielen davon habe ich ihre Eigenart vergessen, da ich nicht die Gewohnheit habe, mir vor oder nach dem Vorgang des Schreibens Notizen zu machen. Ich meine den Vorgang des Schreibens einer Geschichte. Bei „Gaspar Ruiz" erinnere ich mich am deutlichsten daran, daß die Erzählung geschrieben oder auf jeden Fall begonnen wurde, einen Monat nachdem ich „Nostromo" fertiggestellt hatte, aber abgesehen vom Ort – und der ist ziemlich weitläufig (der gesamte südamerikanische Kontinent) – haben der Roman und die Erzählung nichts miteinander gemein, weder die Stimmung noch die Absicht und gewiß nicht den Stil. Die Manier des überwiegenden Teils ist die von General Santierra, und jener alte Krieger, ich bemerke es mit Zufriedenheit, bleibt sich die ganze Zeit hindurch selbst sehr treu. Wenn ich jetzt nüchtern die verschiedenen Art und Weisen betrachte, in denen ich die Geschichte hätte darbieten können, vermag ich mir den General wirklich nicht wegzudenken. Als ein alter Mann, der von den Tagen seiner Jugend erzählt, gibt er der ganzen Geschichte ihren Charakter und einen Anflug von Aktualität, die ich ohne seine Hilfe wohl kaum hätte erreichen können. Beim eigentlichen Schreiben war seine Existenz natürlich gar keine Hilfe, denn die ganze Angelegenheit mußte sorgsam im Rahmen seines einfachen Gemüts gehalten werden. Aber all das ist lediglich ein mühseliges Suchen nach Erinnerungen. Ich habe zur Zeit das Gefühl, daß die Geschichte nicht anders hätte erzählt werden können. Den Hinweis auf den Mann Gaspar Ruiz fand ich in einem Buch von Kapitän Basil Hall von der Royal Navy, der einige Zeit, zwischen 1824 und 1828, ranghöchster Offizier eines kleinen britischen Flottengeschwaders an der Westküste Südamerikas war. Sein Buch, das in den dreißiger Jahren veröffentlicht wurde, erlangte eine gewisse Berühmtheit und ist vermutlich noch in manchen Bibliotheken zu finden. Der Neugierige, der meiner Vorstellungskraft mißtrauen mag, sei auf dieses gedruckte Dokument verwiesen, Band II, die Seite habe ich vergessen, aber es ist irgendwo zum Ende hin. Ein anderes Dokument, das mit dieser Geschichte in Verbindung steht, ist ein beißend ironischer Brief von einem Freund, der damals in Burma war und der gewisse kritische Bemerkungen über „den Gentleman mit dem Geschütz auf dem Rücken" äußerte, die ich der Öffentlichkeit nicht zugänglich zu machen beabsichtige. Doch die Episode mit dem Geschütz hat sich wirklich ereignet, oder zumindest bin ich gezwungen, das zu glauben, denn ich erinnere mich daran, daß sie in äußerst sachlichem Ton in irgendeinem Buch beschrieben wurde, das ich in meiner Kindheit las; und ich werde die Überzeugungen meiner Kindheit für niemanden in der Welt aufgeben.

„Das Untier", die einzige Seegeschichte in diesem Band, steht, wie „Il Conde", mit einer unmittelbaren Erzählung in Verbindung und fußt auf einer Idee, die ich von warmen menschlichen Lippen empfing. Ich will nicht den wirklichen Namen des verbrecherischen Schiffs verraten, aber das erstemal hörte ich von seinen mörderischen Gewohnheiten durch den verstorbenen Kapitän Blake, der ein Schiff aus London führte, auf dem ich 1884 als zweiter Offizier Dienst tat. Kapitän Blake ist von all meinen Vorgesetzten derjenige, an den ich mich mit der größten Zuneigung erinnere. Ich habe seinen Charakter im ersten Abschnitt von „Spiegel der See" (Mirror of the Sea) in großen Zügen geschildert, jedoch ohne seinen Namen zu nennen. In seiner Jugend hatte er das Untier persönlich kennengelernt, und vielleicht habe ich aus diesem Grunde die Geschichte einem jungen Mann in den Mund gelegt und daraus gemacht, was der Leser sehen wird. Die Existenz des Untiers war eine Tatsache. Das Ende des Untiers, wie es in der Geschichte erzählt wird, ist ebenfalls eine Tatsache, die zu jener Zeit allgemein bekannt war, obwohl es in Wirklichkeit einem anderen Schiff von großer Formschönheit und untadeligem Charakter so erging, das gewiß ein besseres Schicksal verdient hätte. Ich habe es bedenkenlos den Erfordernissen meiner Geschichte angepaßt, da ich annahm, daß darin so etwas wie poetische Gerechtigkeit läge. Ich hoffe, dieser kleine Streich wird keinen Schatten auf mein im allgemeinen rechtschaffenes Vorgehen als Geschichtenschreiber werfen. Über den „Spitzel“ und den „Anarchisten“ will ich so gut wie nichts sagen. Die Herkunft jener Erzählungen ist hoffnungslos kompliziert und es nicht wert, nach so langer Zeit entwirrt zu werden. Ich habe sie entdeckt, und hier sind sie. Der scharfsinnige Leser wird erraten, daß ich sie in meinem Kopf entdeckt habe, doch wie sie oder Elemente von ihnen dorthin gelangten, habe ich zum größten Teil vergessen, und was den übrigen Teil angeht, so sehe ich wirklich nicht ein, warum ich noch mehr von mir verraten soll, als ich schon getan habe.

Es bleibt nun nur noch „Das Duell“ zu erwähnen, die längste Geschichte in dem Buch. Diese Geschichte war bereits in einem kleinen Band unter dem Titel „Die Ehrensache“ (The Point of Honour) einer Veröffentlichung für würdig befunden worden. Das liegt viele Jahre zurück. Sie wurde inzwischen an den für sie geeigneten Platz gesetzt, nämlich den, den sie in diesem Band in allen nachfolgenden Ausgaben meines Werkes einnimmt. Ihre Herkunft ist äußerst einfach. Sie wurde durch einen zehn Zeilen langen Artikel in einer kleinen südfranzösischen Provinzzeitung angeregt. Dieser Artikel, veranlaßt durch ein Duell mit tödlichem Ausgang zwischen zwei wohlbekannten Pariser Persönlichkeiten, verwies aus diesem oder jenem Grunde auf die „wohlbekannte Tatsache“, daß zwei Offiziere der Grande Armée Napoleons inmitten der großen Kriege unter einem nichtigen Vorwand eine Serie von Duellen ausgetragen hätten. Was sich hinter diesem Vorwand verbarg, wurde nie aufgedeckt. Ich mußte es deshalb erfinden, und ich glaube, in Anbetracht der Charaktere der beiden Offiziere, die ich ebenfalls erfinden mußte, ist mir das allein vermittels seiner Absurdität recht überzeugend gelungen. In Wahrheit stellt die Geschichte meiner Meinung nach nichts weiter als einen ernsthaften und darüber hinaus ernstgemeinten Versuch dar, ein Stück historische Prosa zu schreiben. In meiner Kindheit habe ich ziemlich viele der großen Legenden um Napoleon gehört. Ich hatte aufrichtig das Gefühl, ich würde mich darin gut zurechtfinden, und

„Das Duell“ ist das Ergebnis jenes Gefühls, oder: wenn der Leser es vorzieht, jener Vermessenheit. Ich persönlich habe keine Gewissensbisse in bezug auf dieses Stück Arbeit. Die Geschichte hätte natürlich besser erzählt werden können. Alles, was man tut, hätte besser getan werden können; aber das ist eine Art Gedanke, die jemand, der etwas tut, mutig beiseite legen muß, wenn er nicht will, daß jede seiner Ideen für immer ein Wunschbild bleiben soll, ein flüchtiges Traumgebilde. Wie viele solcher Traumgebilde habe ich entschwinden sehen in meinem Leben! Dies jedoch ist geblieben, es ist ein Zeugnis, wenn Sie so wollen, für meinen Mut oder ein Beweis meiner Tollkühnheit. Woran ich mich am liebsten erinnere, ist die Bestätigung durch einige französische Leser, die die Meinung äußerten, ich hätte es auf jenen etwa hundert Seiten geschafft, den Geist der ganzen Epoche „wunderbar“ widerzuspiegeln. Zweifellos eine Übertreibung aus Höflichkeit, doch selbst wenn es so sein sollte, halte ich es mir in meinem Innern zugute, weil das wahrhaftig genau das ist, was ich mit meinem kleinen Netz einzufangen versuchte: den Geist der Epoche – nie ausschließlich militaristisch während all des langen Waffengeklirrs, jugendfrisch, fast kindlich in seiner leidenschaftlichen Erregung des Gefühls, ungekünstelt heroisch in seiner Treue zur Pflicht.

1920 *J. C.*

Gaspar Ruiz

I

Ein Revolutionskrieg hebt viele merkwürdige Gestalten aus der Unbekanntheit, die in ruhigen Zeiten das gewöhnliche Schicksal eines bescheidenen Daseins ist.

Bestimmte Menschen erlangen Berühmtheit durch ihre Tugenden und ihre Laster oder einfach durch ihre Taten, die von zeitweiliger Bedeutung sein können, und geraten dann in Vergessenheit. Allein die Namen einiger Führer überdauern das Ende der bewaffneten Auseinandersetzung und gehen in die Geschichte ein, so daß sie, wenn sie aus den unmittelbaren Erinnerungen der Menschen schwinden, in Büchern weiterexistieren.

Der Name von General Santierra gelangte zu solch nüchterner Unsterblichkeit auf dem Papier. Santierra war ein Südamerikaner aus guter Familie, und die zu seinen Lebzeiten erschienenen Bücher zählten ihn zu den Befreiern jenes Kontinents von der tyrannischen Herrschaft Spaniens.

Diese lange Auseinandersetzung, geführt um Unabhängigkeit auf der einen Seite und um die Regierungsgewalt auf der anderen, erreichte im Laufe der Jahre und im Auf und Ab wechselnden Geschicks die Heftigkeit und Unmenschlichkeit eines Kampfes ums Dasein. Mit der Zunahme des politischen Hasses schwand alles Mitleid und Erbarmen. Und wie gewöhnlich im Krieg, opferte die Masse des Volkes, die bei der ganzen Sache am wenigsten zu gewinnen hatte, am meisten von ihrem geringen Leben und ihrem bescheidenen Vermögen.

General Santierra begann seinen Militärdienst als Leutnant in der Armee der Patrioten, die von dem berühmten San Martin, dem späteren Eroberer Limas und Befreier Perus, aufgestellt und befehligt wurde. An den Ufern des Bio-Bio-Flusses hatte gerade eine große Schlacht stattgefunden. Bei den Gefangenen, die man dort unter den geschlagenen royalistischen Truppen gemacht hatte, befand sich ein Soldat namens Gaspar Ruiz. Sein gewaltiger Körperbau und sein großer Kopf hoben ihn von seinen Mitgefangenen ab. Seine Person war unverkennbar. Einige Monate zuvor war er nach einem der vielen Scharmützel, die der großen Schlacht vorausgingen, in den Reihen der republikanischen Truppen vermißt worden. Und jetzt, da man ihn mit der Waffe in der Hand unter Royalisten gefangengenommen hatte, konnte er kein anderes Schicksal erwarten, denn als Deserteur erschossen zu werden.

Doch Gaspar Ruiz war kein Deserteur; sein Geist war kaum rege genug, um die Vorteile oder Risiken des Verrats genau abzuschätzen. Warum sollte er die Seite wechseln? Er war wirklich gefangengenommen worden, hatte schlechte Behandlung erfahren und viele Entbehrungen erleiden müssen. Keine der beiden Seiten zeigte sich milde gegenüber ihren Gegnern. Es kam ein Tag, an dem man ihm befahl, zusammen mit einigen anderen gefangenen Rebellen in der vordersten Reihe der royalistischen Truppen zu marschieren. Man hatte ihm eine Muskete in die Hand gedrückt. Er hatte sie genommen. Er war marschiert. Er wollte nicht auf besonders grausame Weise getötet werden, weil er sich weigerte zu marschieren. Von Heldentum verstand er nichts, aber es war seine Absicht, die Muskete bei der ersten Gelegenheit wegzuwerfen. Unterdessen hatte er weiter geladen und gefeuert, aus Angst, daß ihm irgendein Unteroffizier des Königs von Spanien beim ersten Anzeichen von Unwillen eine Kugel durch den Kopf jagte. Er versuchte diese einfachen Erwägungen dem Feldwebel der Wache darzulegen, die man für ihn und ungefähr zwanzig andere solcher im Schnellverfahren zum Tode durch Erschießen verurteilter Deserteure aufgestellt hatte.

Es war auf dem Innenhof des Forts hinter den Batterien,

die die Reede von Valparaiso beherrschen. Der Offizier, der ihn erkannt hatte, war weitergegangen, ohne sich seine Beteuerungen anzuhören. Sein Untergang war besiegelt; die Hände waren ihm sehr fest auf dem Rücken zusammengebunden; sein ganzer Körper war wund von den vielen Schlägen mit Stöcken und Musketenkolben, die ihn auf dem schmerzensreichen Weg vom Ort seiner Gefangennahme bis zum Tor des Forts vorwärtsgetrieben hatten. Das war die einzige Art systematischer Aufmerksamkeit, die den Gefangenen während der Viertagereise durch einen wasserarmen Landstrich von der Eskorte zuteil geworden war. Beim Überqueren der seltenen Wasserläufe erlaubte man ihnen, den Durst zu löschen, hastig schlappernd wie Hunde. Abends, wenn sie völlig erschöpft auf den steinigen Boden des Rastplatzes niedersanken, warf man ihnen ein paar Fleischreste zu.

Als Gaspar Ruiz, nachdem man ihn die ganze Nacht hatte scharf marschieren lassen, frühmorgens im Innenhof des Forts stand, war seine Kehle ausgedörrt, und die Zunge kam ihm im Mund sehr groß und trocken vor.

Und außer daß er sehr durstig war, bewegte Gaspar Ruiz ein Gefühl trägen Unwillens, das er nicht recht zum Ausdruck bringen konnte, als entspräche die Kraft seines Geistes keineswegs der Stärke seines Körpers.

Die anderen Gefangenen in dem Trupp der Verurteilten ließen die Köpfe hängen und sahen stur zu Boden. Doch Gaspar Ruiz fuhr fort zu wiederholen: „Wozu sollte ich zu den Royalisten desertieren? Warum sollte ich desertieren? Sag mir das, Estaban!“

Er wandte sich an den Feldwebel, der zufällig aus demselben Landesteil kam wie er. Der Feldwebel aber schenkte, nachdem er einmal mit den mageren Achseln gezuckt hatte, der tiefen murmelnden Stimme in seinem Rücken keine Beachtung mehr. Es war in der Tat seltsam, daß Gaspar Ruiz desertiert sein sollte. Seine Familie war von zu geringem Stande, als daß sie die Nachteile irgendeiner Regierungsform sehr hätte spüren können. Es gab keinen Grund, warum Gaspar Ruiz es wünschen sollte, in eigener

Person die Herrschaft des Königs von Spanien zu unterstützen. Ebensowenig war er bestrebt gewesen, sich für deren Sturz einzusetzen. Er hatte sich der Seite der Unabhängigkeit auf eine höchst vernünftige und natürliche Art und Weise angeschlossen. Eine Schar Patrioten war eines Morgens in aller Frühe aufgetaucht, hatte im Handumdrehen die Viehfarm seines Vaters umzingelt, die Wachhunde abgestochen, eine fette Kuh durch Zerschneiden der Knieflechsen gelähmt und dabei geschrien: „Viva la Libertad!" Ihr Offizier hatte nach einem langen und erfrischenden Schlaf mit Begeisterung und Beredsamkeit von der Freiheit gesprochen. Als sie am Abend aufbrachen und einige von Vater Ruiz' besten Pferden mitnahmen, um ihre eigenen lahm gewordenen Tiere auszuwechseln, ritt Gaspar Ruiz mit ihnen, nachdem ihn der redegewandte Offizier nachdrücklich dazu aufgefordert hatte.

Kurz danach brannte eine Abteilung der royalistischen Truppen, die kam, um die Gegend zu befrieden, die Viehfarm nieder, schaffte die übriggebliebenen Pferde und Rinder fort, und nachdem sie so den alten Leuten all ihren irdischen Besitz genommen hatten, ließen sie sie unter einem Busch sitzend in der Freude an der unschätzbaren Gabe des Lebens zurück.

2

Gaspar Ruiz, als Deserteur zum Tode verurteilt, dachte weder an seinen Heimatort noch an seine Eltern, denen er ein guter Sohn gewesen war auf Grund der Sanftheit seines Charakters und der großen Kraft seiner Glieder. Der praktische Vorteil der letzteren war durch seine gehorsame Gemütsart für den Vater noch wertvoller gewesen. Gaspar Ruiz hatte eine fügsame Seele.

Doch sie war nun durch seinen Widerwillen, den Tod eines Verräters zu sterben, in dunkler Empörung aufgewühlt. Er war kein Verräter. Wieder sagte er zu dem Feldwebel: „Du weißt, daß ich nicht desertiert bin, Estaban. Du weißt, daß ich mit drei anderen zwischen den Bäumen zurückblieb, um den Feind aufzuhalten, während die Abteilung davonlief!"

Leutnant Santierra, zu der Zeit fast noch ein Knabe und bisher nicht gewöhnt an die blutigen Widersinnigkeiten des Kriegszustandes, hatte sich in der Nähe aufgehalten, wie gebannt von dem Anblick dieser Männer, die gleich erschossen werden sollten – als Exempel – wie der Commandante gesagt hatte.

Der Feldwebel wandte sich, ohne sich zu einem Blick auf den Gefangenen herabzulassen, mit überlegenem Lächeln an den jungen Offizier: „Zehn Männer hätten nicht gereicht, um ihn gefangenzunehmen, mi Teniente. Außerdem kehrten die drei anderen nach Einbruch der Dunkelheit wieder zur Abteilung zurück. Warum hat er, unverwundet und der Stärkste von ihnen allen, das nicht getan?"

„Meine Kraft ist wie nichts gegen einen berittenen Mann mit einem Lasso", protestierte Gaspar Ruiz lebhaft. „Er schleifte mich eine halbe Meile weit hinter seinem Pferd her."

Über diesen ausgezeichneten Grund lachte der Feldwebel nur verächtlich. Der junge Offizier eilte fort, zum Commandante.

Bald erschien der Adjutant des Forts. Er war ein brutaler, grobknochiger Mensch in zerschlissener Uniform. Seine holprige Stimme kam aus einem flachen, gelben Gesicht. Von ihm erfuhr der Feldwebel, daß die Verurteilten erst bei Sonnenuntergang erschossen werden würden. Da erlaubte er sich zu fragen, was er inzwischen mit ihnen machen solle.

Der Adjutant blickte grimmig im Hof umher und sagte, wobei er auf die Tür eines kleinen kerkerähnlichen Arrestraumes deutete, der Licht und Luft durch ein stark vergittertes Fenster erhielt: „Treiben Sie die Schurken da hinein."

Der Feldwebel umfaßte den Stock fester, den er kraft seines Dienstranges trug, und führte den Befehl schnell und eifrig aus. Er schlug Gaspar Ruiz, dessen Bewegungen langsam waren, auf Kopf und Schultern. Gaspar Ruiz blieb einen Augenblick lang unter dem Hagel der Schläge stehen und biß sich gedankenvoll auf die Lippe, als sei er ganz in Anspruch genommen von einem komplizierten Denkprozeß – dann folgte er den anderen ohne Hast. Man verschloß die Tür, und der Adjutant nahm den Schlüssel mit.

Bis zur Mittagszeit war die Hitze in dem niedrigen, zum Ersticken vollgepfropften Gewölbe unerträglich geworden. Die Gefangenen drängten sich zum Fenster und baten ihre Bewacher um einen Tropfen Wasser; doch die Soldaten blieben in lässiger Haltung liegen, wo immer etwas Schatten unter einer Mauer war, während der Wachposten mit dem Rücken an der Tür saß, eine Zigarette rauchte und von Zeit zu Zeit philosophisch die Brauen hochzog. Gaspar Ruiz hatte sich mit unwiderstehlicher Kraft einen Weg zum Fenster gebahnt. Sein mächtiger Brustkorb brauchte mehr Luft als die anderen; sein großes Gesicht, das mit dem Kinn auf dem Gesims ruhte und dicht an das Gitter gepreßt war, schien die anderen, sich nach Atem hinaufdrängenden Gesichter zu halten. Von klagendem Flehen waren sie zu verzweifeltem Rufen übergegangen, und das erregte Schreien der durstigen Männer nötigte einen jungen Offizier, der gerade über den Hof ging, zu brüllen, um sich Gehör zu verschaffen. „Warum geben Sie den Gefangenen kein Wasser?“

Mit einer Miene erstaunter Schuldlosigkeit rechtfertigte sich der Feldwebel, indem er bemerkte, daß all diese Männer dazu verurteilt seien, in nur wenigen Stunden zu sterben.

Leutnant Santierra stampfte mit dem Fuß auf. „Sie sind zum Tode verurteilt, nicht zur Folter“, brüllte er. „Geben Sie ihnen sofort Wasser.“

Beeindruckt von diesem Zornesausbruch, regten sich die Soldaten, und der Wachposten riß seine Muskete hoch und nahm Haltung an.

Als man aber ein paar Eimer gefunden und mit Wasser aus dem Brunnen gefüllt hatte, erkannte man plötzlich, daß man sie nicht durch die Stäbe hindurchreichen konnte, die zu dicht gesetzt waren. Bei der Aussicht, ihren Durst löschen zu können, waren die Schreie der Niedergetrampelten in dem Kampf, nahe an die Öffnung heranzukommen, ganz herzzerreißend geworden. Doch der Aufschrei der Enttäuschung, als die Soldaten, die die Eimer zum Fenster hochgehoben hatten, sie ratlos wieder auf den Boden stellten, war noch schrecklicher.

Die Soldaten der Unabhängigkeitsarmee waren nicht mit Feldflaschen ausgerüstet. Es fand sich ein kleiner Zinnbecher, doch als man ihn der Öffnung näher brachte, verursachte er eine derartige Aufregung, derart gellende Schreie von Wut und Schmerz in der dunklen Masse von Gliedern hinter den sich drängenden Gesichtern am Fenster, daß Leutnant Santierra hastig ausrief: „Nein, nein – Sie müssen die Tür öffnen, Feldwebel."

Der Feldwebel erklärte achselzuckend, er habe kein Recht, die Tür zu öffnen, selbst wenn er den Schlüssel hätte. Doch er habe ihn nicht. Der Adjutant des Forts bewahre den Schlüssel auf. Diese Männer machten viel unnötigen Ärger, da sie ohnehin bei Sonnenuntergang sterben müßten. Warum sie nicht gleich frühmorgens erschossen worden seien, könne er nicht verstehen.

Leutnant Santierra stand geflissentlich mit dem Rücken zu dem Fenster. Auf sein dringendes Bitten hin hatte der Commandante die Hinrichtung verschoben. Diese Gunst war ihm gewährt worden in Anbetracht seiner vornehmen Familie und der hohen Position seines Vaters unter den Führern der republikanischen Seite. Leutnant Santierra glaubte, daß der kommandierende General irgendwann am Nachmittag das Fort besuchen würde, und er hatte aufrichtig gehofft, daß seine naive Fürbitte den strengen Mann veranlassen würde, wenigstens einige der Verbrecher zu begnadigen. Im Umschwung seines Gefühls offenbarte sich sein Eingreifen jetzt als schuldhafte und nichtige Einmischung. Es schien ihm offensichtlich, daß sich der General nicht einmal bereit erklären würde, sich seine Bitte anzuhören. Er konnte diese Männer niemals retten, und er hatte sich nur verantwortlich gemacht für die Leiden, die zu der Grausamkeit ihres Schicksals noch hinzugekommen waren.

„Dann gehen Sie sofort los und holen Sie den Schlüssel vom Adjutanten“, sagte Leutnant Santierra.

Der Feldwebel schüttelte in einer Art verschämten Lächelns den Kopf, während seine Augen seitwärts auf Gaspar Ruiz' Gesicht blickten, das reglos und schweigsam, zuunterst einer Menge anderer hagerer, verzerrter, schreiender Gesichter durch die Stäbe hindurchstarrte.

Seine Gnaden, der Adjutant des Forts, halte Siesta, murmelte der Feldwebel; und angenommen, ihm, dem Feldwebel, würde Zutritt zu ihm gewährt, so sei das einzige Ergebnis, das er erwarte, daß man ihm die Seele aus dem Leibe prügeln würde, weil er sich erdreistet habe, die Ruhe seiner Gnaden zu stören. Er machte eine abwehrende Handbewegung, stand stocksteif da und blickte schamhaft hinunter auf seine braunen Stiefelspitzen.

Die Augen des Leutnants funkelten vor Empörung, doch er zögerte. Sein hübsches ovales Gesicht, so glatt wie das eines Mädchens, errötete vor Scham über seine Verwirrung, die derart war, daß er sich in seinem Elan erniedrigt fühlte. Seine unbehaarte Oberlippe bebte; er schien im Begriff zu sein, entweder in Raserei oder in Tränen der Verzweiflung auszubrechen.

Fünfzig Jahre später konnte sich General Santierra, ehrwürdiger Zeuge revolutionärer Zeiten, noch gut an die Empfindungen des jungen Leutnants erinnern. Seit der General das Reiten ganz und gar aufgegeben hatte und es ihm schwerfiel, die Grenzen seines Gartens zu überschreiten, war es seine größte Freude, in seinem Hause die Offiziere der ausländischen Kriegsschiffe, die den Hafen anliefen, als Gäste zu empfangen. Für Engländer, als seine alten Waffengefährten, hatte er eine Vorliebe. Englische Marineoffiziere aller Dienstränge nahmen seine Gastfreundschaft mit Neugier an, denn er hatte Lord Cochrane gekannt und an Bord des patriotischen Flottengeschwaders, das von diesem wunderbaren Seemann befehligt wurde, an den Kaperoperationen und der Blockade vor Callao teilgenommen –

einer Episode ungetrübten Ruhmes in den Unabhängigkeitskriegen und ewiger Ehre in den kämpferischen Traditionen der Engländer. Er konnte sich in fremden Sprachen einigermaßen gut ausdrücken, dieser ehrwürdige Überlebende der Befreiungsarmeen. Die Angewohnheit, sich jedesmal den langen weißen Bart zu streichen, wenn ihm ein Wort auf französisch oder englisch nicht einfiel, verlieh seinen Erinnerungen eine Art gemächliche Würde.

3

„Ja, meine Freunde", pflegte er zu seinen Gästen zu sagen, „was erwarten Sie? Ein junger Mensch von siebzehn Jahren ohne Welterfahrung, der seinen Rang nur dem ruhmvollen Patriotismus seines Vaters verdankte, Gott hab' ihn selig. Ich fühlte mich grenzenlos erniedrigt, nicht so sehr wegen des Ungehorsams jenes Untergebenen, der schließlich für die Gefangenen verantwortlich war; sondern weil ich selbst, der Junge, der ich war, große Angst davor hatte, wegen des Schlüssels zum Adjutanten zu gehen. Ich hatte bereits seine rauhe und scharfe Zunge zu spüren bekommen. Er war ein ziemlich gewöhnlicher Bursche mit keinem Vorzug außer seinem wilden Mut und hatte mich vom ersten Tage an, da ich zu meinem Bataillon gestoßen war, das in dem Fort in Garnison lag, seine Verachtung und Abneigung spüren lassen. Das war erst vierzehn Tage her! Ich wäre ihm mit gezücktem Säbel gegenübergetreten, doch ich fürchtete mich vor der spöttischen Roheit seiner höhnischen Bemerkungen.

Ich kann mich nicht erinnern, daß mir in meinem Leben, davor oder danach, so elend zumute gewesen wäre. In meiner Empfindsamkeit fühlte ich mich so sehr gepeinigt, daß ich mir wünschte, der Feldwebel läge tot zu meinen Füßen und die stumpfsinnigen Soldaten, die mich anstarrten, würden sich in Leichen verwandeln, und sogar jene armen Kerle, für die mein Bitten einen Vollstreckungsaufschub bewirkt hatte, wünschte ich mir tot, weil ich ihnen nicht ohne Scham ins Gesicht sehen konnte. Aus dem dunklen Raum, in dem sie eingesperrt waren, kam gleich einem Luftzug aus der Hölle stickige Hitze. Diejenigen am Fenster, die gehört hatten, was vorgefallen war, verhöhnten mich in ihrer großen Verzweiflung: Einer dieser Kerle, zweifellos war er verrückt geworden, bat mich wortreich und unaufhörlich, den Soldaten zu befehlen, durch das Fenster zu schießen. Sein irres Gerede machte mich kleinmütig. Und meine Füße waren schwer wie Blei. Es gab keinen höheren Offizier, an den ich mich wenden konnte. Ich hatte nicht einmal die Geistesgegenwart, einfach wegzugehen.

Betäubt von meiner Reue, stand ich da, mit dem Rücken zum Fenster. Sie müssen nicht denken, daß all das lange dauerte. Wie lange mag es angehalten haben? Eine Minute? Mäße man die Zeit nach seelischem Leiden, dann war es wie hundert Jahre; länger, als mein ganzes Leben seither. Nein, es dauerte bestimmt keine Minute. Das heisere Schreien der unglücklichen armen Kerle erstarb in ihren trockenen Kehlen, und dann sprach plötzlich eine Stimme, eine tiefe, ruhige, brummende Stimme. Sie forderte mich auf, mich umzudrehen.

Diese Stimme, Señores, kam von Gaspar Ruiz' Kopf her. Von seinem Körper konnte ich nichts sehen. Einige seiner Mitgefangenen waren auf seinen Rücken geklettert. Er hielt sie. Er blinzelte mit den Augen, ohne mich anzusehen. Das und die Bewegung seiner Lippen war alles, wozu er in seinem überladenen Zustand fähig zu sein schien. Als ich mich umgedreht hatte, fragte mich dieser Kopf, der größer zu sein schien als der eines Menschen und sich unter einer Vielzahl anderer Köpfe aufs Kinn stützte, ob ich wirklich den Durst der Gefangenen löschen wolle.

Ich sagte eifrig: ‚Ja, ja!' und trat ganz dicht an das Fenster heran. Ich war wie ein Kind und wußte nicht, was passieren würde. Ich war begierig, in meiner Hilflosigkeit und Reue getröstet zu werden.

‚Sind Sie befugt, Señor Teniente, meine Hände von ihren Fesseln zu befreien?' fragte mich Gaspar Ruiz' Kopf.

Seine Züge drückten weder Angst noch Hoffnung aus; seine schweren Lider hoben und senkten sich, und die Augen sahen an mir vorbei direkt in den Hof.

Wie in einem bösen Traum stammelte ich: ‚Was meinen Sie? Und wie soll ich an die Fesseln an Ihren Händen herankommen?'

‚Ich will sehen, was ich tun kann', sagte er; und dann endlich bewegte sich sein großer, starrblickender Kopf, und all die verstörten, im Fenster aufgehäuften Gesichter verschwanden, stürzten hinunter. Er hatte seine Last mit einer Bewegung abgeschüttelt, so stark war er.

Er hatte sie nicht nur abgeschüttelt, sondern befreite sich auch von dem Gewühl und verschwand aus meinem Blickfeld. Einen Augenblick lang war überhaupt niemand am Fenster zu sehen. Er drehte sich einmal um sich selbst, stieß mit Kopf und Schultern und verschaffte sich auf die für ihn mit seinen auf dem Rücken gebundenen Händen einzig mögliche Art Platz.

Schließlich schob er mir, nachdem er zur Fensteröffnung zurückgetreten war, seine mit einem Strick vielfach umwikkelten Handgelenke zwischen den Stäben entgegen. Seine Hände, sehr geschwollen und mit knotigen Adern, wirkten riesig und plump. Ich sah seinen gebeugten Rücken. Er war sehr breit. Seine Stimme klang, als brumme ein Bulle.

‚Schneiden Sie's durch, Señor Teniente. Schneiden Sie!'

Ich zog meinen Säbel, meinen neuen, noch scharfen Säbel, der bisher keinen Dienst getan hatte, und durchtrennte die vielen Windungen des Lederstricks. Ich tat das, ohne zu wissen warum und weshalb, sozusagen gezwungen durch meinen Glauben an diesen Mann. Der Feldwebel wollte aufschreien, doch sein Erstaunen beraubte ihn der Stimme, und er blieb mit offenem Munde stehen, als hätte ihn plötzlich der Schwachsinn befallen.

Ich steckte meinen Säbel in die Scheide und sah die Soldaten an. Eine Art ehrfurchtsvoller Erwartung war an die Stelle ihrer gewöhnlichen lustlosen Apathie getreten. Ich hörte Gaspar Ruiz' Stimme drinnen brüllen, doch ich konnte die Worte nicht deutlich verstehen. Ich glaube, wenn man ihn mit freien Armen sah, vergrößerte das die Wirkung seiner Kraft: Ich meine damit die Wirkung, die ein außergewöhnliches Maß an Körperkraft auf den Geist unwissender Menschen ausübt. Eigentlich war er nicht mehr zu fürchten als vorher, denn seine Arme und Hände waren taub, und das hielt eine Zeitlang an.

Der Feldwebel hatte die Sprache wiedergewonnen. ‚Bei allen Heiligen!' schrie er. ‚Wir werden einen Kavalleristen mit einem Lasso kommen lassen müssen, um ihn wieder zu fesseln, wenn er auf den Richtplatz geführt werden soll. Den kann höchstens ein Enlazador auf einem guten Pferd bändigen. Euer Gnaden haben geruht, etwas sehr Unsinniges zu tun.'

Ich wußte nichts zu entgegnen. Ich war selbst überrascht und verspürte eine kindliche Neugier zu sehen, was passieren würde. Der Feldwebel aber dachte an die Schwierigkeit, Gaspar Ruiz in Gewalt zu bekommen, wenn die Zeit für das Exempel heran sein würde.

‚Oder vielleicht sind wir gezwungen', fuhr der Feldwebel ärgerlich fort, ‚ihn niederzuschießen, wenn er beim Öffnen der Tür herausstürmt.' Er war im Begriff, sich weiter über seine Sorgen auszulassen, was die ordnungsgemäße Vollstreckung des Urteils betraf; doch er unterbrach sich mit einem plötzlichen Aufschrei, riß die Muskete eines Soldaten an sich und stand lauernd da, den Blick auf das Fenster geheftet.

4

Gaspar Ruiz war auf den Fenstersims geklettert und ließ sich dort mit leicht gebeugten Knien nieder, die Füße gegen die mächtige Wand. Das Fenster war nicht ganz breit genug für seine langen Beine. Mir kam es in meiner Niedergeschlagenheit vor, als beabsichtigte er, das Fenster vollkommen für sich zu beanspruchen. Er schien eine bequeme Haltung einzunehmen. Drinnen wagte niemand, sich ihm zu nähern, denn jetzt konnte er mit den Händen zuschlagen.

‚Por Dios!' hörte ich den Feldwebel in meiner Nähe murmeln. ‚Ich jage ihm jetzt eine Kugel durch den Kopf und bin den Ärger los. Er ist verurteilt.'

Da sah ich ihn zornig an. ‚Der General hat das Urteil noch nicht bestätigt', sagte ich – obwohl ich in meinem Innersten wohl wußte, daß dies nur leere Worte waren. Das Urteil bedurfte keiner Bestätigung. ‚Sie haben kein Recht, ihn zu erschießen, es sei denn, er versucht zu fliehen', fügte ich entschlossen hinzu.

‚Aber sangre de Dios!' schrie der Feldwebel und brachte seine Muskete in Anschlag. ‚Er flieht doch gerade. Sehen Sie!'

Doch ich stieß, als hätte dieser Gaspar Ruiz einen Bann über mich gelegt, die Muskete nach oben, und die Kugel flog irgendwohin über die Dächer. Der Feldwebel schleuderte seine Waffe zu Boden und starrte vor sich hin. Er hätte den Soldaten befehlen können zu schießen, doch er tat es nicht. Und hätte er es getan, sie hätten ihm in diesem Augenblick nicht gehorcht, glaube ich.

Gaspar saß reglos da, mit den Füßen gegen die mächtige Wand, und seine haarigen Hände umfaßten einen Eisenstab. Er war ein lebendes Bild. Eine Zeitlang passierte nichts. Und plötzlich wurde uns klar, daß er seinen gebeugten Rükken aufrichtete und seine Arme anzog. Sein Mund verzerrte sich zu einem Knurren. Als nächstes bemerkten wir, daß sich der Stab aus geschmiedetem Eisen durch sein kraftvolles Ziehen langsam verbog. Die Sonne prallte auf seine verkrampfte Gestalt, die aber nicht zuckte. Unzählige Schweißtropfen traten ihm auf die Stirn. Während ich beobachtete, wie sich der Stab krümmte, sah ich ein wenig Blut unter seinen Fingernägeln hervorsickern. Dann ließ er los. Einen Augenblick lang blieb er ganz zusammengekauert, mit hängendem Kopf, und sah schläfrig auf die nach oben gekehrten Innenflächen seiner gewaltigen Hände. Er schien tatsächlich eingenickt zu sein. Unvermittelt warf er sich auf dem Fenstersims zurück, setzte die Sohlen seiner bloßen Füße an den anderen mittleren Stab und bog auch diesen um, jedoch in entgegengesetzter Richtung vom ersten.

Von solcher Art war seine Kraft, die in diesem Falle meine Qual linderte. Und es hatte den Anschein, als hätte der Mann nichts getan. Außer daß er die Körperhaltung verändert hatte, um seine Füße zu benutzen – was er so schnell tat, daß wir alle zusammenfuhren –, habe ich ihn unbeweglich in Erinnerung. Doch er hatte die Stäbe weit auseinandergebogen. Jetzt hätte er herauskommen können, wenn er gewollt hätte; aber er ließ seine Beine nach innen hängen, sah über die Schulter und winkte die Soldaten heran. ‚Reicht das Wasser hoch', sagte er. ‚Ich werde ihnen allen einen Schluck geben.'

Man gehorchte ihm. Einen Augenblick lang glaubte ich, daß Mann und Eimer verschwinden würden, überwältigt vom Ansturm der Begierde; ich dachte, sie würden ihn mit den Zähnen herunterreißen. Es gab einen Ansturm, aber er hielt den Eimer auf dem Schoß und wehrte den Angriff der armen Kerle durch bloßes Schlenkern mit den Füßen ab. Bei jedem Stoß stürzten sie nach hinten, vor Schmerz aufschreiend; die Soldaten lachten und starrten auf das Fenster.

Sie alle lachten und hielten sich die Seiten, außer dem Feldwebel, der finster und verdrießlich war. Er hatte Angst, die Gefangenen würden sich erheben und ausbrechen – was ein schlechtes Exempel gewesen wäre. Doch das war nicht zu befürchten, und ich selbst stand mit gezogenem Säbel vor dem Fenster. Von Gaspar Ruiz' Kraft gezähmt, traten sie einer nach dem anderen heran, streckten die Hälse und legten die Lippen an den Rand des Eimers, den ihnen der starke Mann von seinen Knien aus mit außergewöhnlich mildem, sanftem und mitfühlendem Gebaren schräg hinhielt. Der äußere Schein von Güte war natürlich die Folge seiner Sorge, das Wasser nicht zu verschütten, und seiner Körperhaltung, so wie er auf dem Fenstersims saß; denn wenn ein Mann mit dem Mund noch am Eimerrand klebenblieb, nachdem Gaspar Ruiz ‚Du hast genug' gesagt hatte, lag weder Milde noch Erbarmen in dem Fußtritt, der ihn, stöhnend und zusammengekrümmt, weit ins Innere des Kerkers beförderte, wo er zwei oder drei andere umwarf, bevor er selbst hinfiel. Sie traten immer wieder zu ihm heran; es sah aus, als hätten sie vor, den Brunnen leer zu trinken, bevor sie in den Tod gingen; die Soldaten aber waren so belustigt von Gaspar Ruiz' methodischem Vorgehen, daß sie das Wasser gern bis zum Fenster trugen.

Als der Adjutant nach seiner Siesta herauskam, gab es ganz schönen Ärger wegen dieser Sache, das kann ich Ihnen versichern. Und das Schlimmste daran war, daß der General, den wir erwarteten, an jenem Tage gar nicht ins Fort kam."

General Santierras Gäste brachten einmütig ihr Bedauern zum Ausdruck, daß ein Mann von solcher Kraft und Geduld nicht gerettet worden sei.

„Er wurde nicht durch mein Eingreifen gerettet", sagte der General. „Eine halbe Stunde vor Sonnenuntergang führte man die Gefangenen zur Hinrichtung. Entgegen den Befürchtungen des Feldwebels machte Gaspar Ruiz keine Schwierigkeiten. Es war nicht notwendig, einen Kavalleristen mit einem Lasso zu holen, um ihn zu überwältigen, als wäre er ein wilder Bulle vom Campo. Ich glaube, er marschierte mit freien Armen zwischen den Gefesselten hinaus. Ich habe es nicht gesehen. Ich war nicht dabei. Man hatte mich in Arrest gesetzt, weil ich mich in die Gefangenenbewachung eingemischt hatte. Bei Einbruch der Dunkelheit vernahm ich, trübsinnig in meinem Quartier sitzend, wie drei Gewehrsalven krachten, und dachte, ich würde nie wieder von Gaspar Ruiz hören. Er fiel mit den anderen. Aber wir sollten trotzdem noch von ihm hören, obwohl der Feldwebel prahlte, er habe ihm, als er mit dem Gesicht nach unten sterbend oder tot in dem Haufen der Hingerichteten lag, mit einem Säbel den Nakken aufgeschlitzt. Er habe das getan, sagte er, um sicherzugehen, daß die Welt von einem gefährlichen Verräter befreit worden sei.

Ich gestehe Ihnen, Señores, ich dachte mit einer Art Dankbarkeit und gewisser Bewunderung an den starken Mann. Er hatte seine Kraft ehrenvoll benutzt. Also wohnte in seiner Seele kein Grimm, der seiner Körperkraft entsprochen hätte."

5

Gaspar Ruiz, der mit Leichtigkeit die starken Eisenstäbe des Kerkers auseinanderbiegen konnte, wurde mit anderen zu schneller Urteilsvollstreckung hinausgeführt. „Jede Kugel hat ihr Ziel", sagt das Sprichwort. Der Wert von Sprichwörtern liegt in ihrer kurzen und bildhaften Ausdrucksweise. An der Verwunderung unseres Geistes zeigt sich ihre Wirksamkeit. Mit anderen Worten, wir sind beeindruckt und überzeugt vor Überraschung.

Uns frappiert die Form, nicht der Inhalt. Sprichwörter sind Kunst – Gebrauchskunst. Meistens treffen sie nicht zu; es sei denn, sie sind zufällig wirklich nichts weiter als Binsenweisheiten, wie zum Beispiel das Sprichwort: „Der Spatz in der Hand ist besser als die Taube auf dem Dach" oder „Dicht daneben ist auch vorbei". Einige Sprichwörter sind einfach dumm, andere unlogisch. Jenes, das im naiven Herzen des großen russischen Volkes entstanden ist, „Der Mensch schießt, doch Gott lenkt die Kugel", ist in frommer Weise grausam und steht in strengem Widerspruch zu der allgemein anerkannten Vorstellung vom erbarmungsvollen Gott. Es wäre in der Tat für den Behüter der Armen, Unschuldigen und Hilflosen eine unpassende Beschäftigung, lenkte er die Kugel zum Beispiel in das Herz eines Vaters.

Gaspar Ruiz war kinderlos, er hatte keine Frau und war nie verliebt gewesen. Er hatte kaum jemals mit einer Frau gesprochen, außer mit seiner Mutter und der alten Negerin im Haushalt, deren runzlige Haut aschfarben und deren magerer Körper vom Alter tiefgebeugt war. Sollten einige der Kugeln aus jenen Musketen, die aus einer Entfernung von fünfzehn Schritt abgefeuert wurden, eigens für Gaspar Ruiz' Herz bestimmt gewesen sein, so verpaßten sie alle ihr Ziel. Eine jedoch riß ein Stückchen von seinem Ohr mit sich fort und eine andere einen Fetzen Fleisch von seiner Schulter.

Eine rote und nicht von Wolken verhangene Sonne, die in einem purpurnen Ozean versank, blickte feurig glühend auf die gewaltige Wand der Anden, einen würdigen Zeugen ihres herrlichen Untergangs. Es ist jedoch unvorstellbar, daß sie die ameisenähnlichen Menschen gesehen haben sollte, die mit ihren widersinnigen Versuchen, zu töten und zu sterben, beschäftigt waren, aus Gründen, die, abgesehen davon, daß sie meist kindisch, auch etwas unverständlich waren. Indes schien sie sowohl auf die Rücken des Erschießungskommandos als auch auf die Gesichter der Verurteilten. Einige von ihnen waren auf die Knie gesunken, andere blieben stehen, und ein paar wandten die Köpfe von den auf sie gerichteten Läufen der Musketen ab. Gaspar Ruiz, aufrecht stehend und der Stämmigste von allen, ließ den großen strubbeligen Kopf hängen. Die niedrige Sonne blendete ihn ein wenig, und er hielt sich bereits für einen toten Mann.

Er fiel bei der ersten Salve. Er fiel, weil er glaubte, er sei tot. Er schlug schwer zu Boden. Der Aufprall überraschte ihn. Anscheinend bin ich nicht tot, dachte er bei sich, als er hörte, wie der Erschießungstrupp die Waffen auf Kommando neu lud. Da kam ihm zum ersten Mal die Hoffnung auf Flucht zu Bewußtsein. Er blieb mit unbeweglichen Gliedern ausgestreckt unter dem Gewicht zweier Leiber liegen, die kreuzweise über seinem Rücken zusammengebrochen waren.

Unterdessen hatten die Soldaten eine dritte Salve in den sich leicht bewegenden Haufen der Hingerichteten abgefeuert, die Sonne war dem Blickfeld entschwunden, und fast gleichzeitig mit der Schwärzung des Ozeans brach die Dunkelheit über die Küsten der jungen Republik herein. Über dem Dunkel des Tieflandes blieben die schneebedeckten Gipfel der Anden lange Zeit hell und karmesinrot. Bevor die Soldaten zum Fort zurückmarschierten, setzten sie sich, um zu rauchen.

Mit dem blanken Säbel in der Hand schlenderte der Feldwebel allein davon, an dem Haufen der Toten vorbei. Er war human und hielt Ausschau nach irgendeiner Bewegung oder dem Zucken eines Gliedes mit dem barmherzigen Gedanken, die Spitze seiner Klinge in jeden Körper zu stoßen, der das geringste Lebenszeichen gab. Doch nicht einer der Körper bot ihm Gelegenheit, seine wohltätige Absicht zu zeigen. Kein Muskel zuckte, nicht einmal die gewaltigen Muskeln von Gaspar Ruiz, der sich, vom Blut der Auf-und-um-ihn-Liegenden überschwemmt, tot stellte und bemüht war, lebloser zu erscheinen als die anderen.

Er lag mit dem Gesicht nach unten. Der Feldwebel erkannte ihn an seiner Statur, und da er selbst ein sehr kleiner Mann war, schaute er voll Neid und Verachtung auf soviel bezwungene Kraft. Besonders diesen Soldaten hatte er immer nicht leiden können. Von einer dunklen Feindseligkeit getrieben, brachte er ihm quer über dem Nacken eine lange klaffende Wunde bei, in dem unklaren Bestreben, des Todes dieses starken Mannes sicher zu sein, als könnte sich eine kraftvolle Konstitution eher der Kugeln erwehren. Denn der Feldwebel zweifelte nicht, daß Gaspar Ruiz von vielen Kugeln getroffen worden war. Dann ging er weiter und marschierte kurz darauf mit seinen Männern davon und überließ die Leichen den Krähen und Geiern.

Gaspar Ruiz hatte einen Schrei unterdrückt, obwohl es ihm schien, als hätte man ihm mit einem Hieb den Kopf abgeschlagen; sobald es dunkel wurde, schüttelte er die Toten ab, deren Gewicht ihn niedergedrückt hatte, und kroch auf allen vieren über die Ebene davon. Nachdem er an einem flachen Wasserlauf gleich einem verwundeten Tier unmäßig viel getrunken hatte, nahm er eine aufrechte Körperhaltung an und taumelte benommen und ziellos weiter, als hätte er sich inmitten der Sterne der klaren Nacht verirrt. Ein kleines Haus schien sich vor ihm aus dem Boden zu erheben. Er wankte in die Veranda und schlug mit der Faust an die Tür. Kein Lichtschimmer war zu sehen. Gaspar Ruiz hätte denken können, die Bewohner des Hauses seien wie viele andere aus der Umgebung geflohen, wären nicht die schimpfenden Rufe gewesen, die sein Pochen beantworteten. In seinem fiebrigen und geschwächten Zustand schien ihm das aufgebrachte Schreien zu einer Halluzination zu gehören, zu dem unheimlichen traumähnlichen Gefühl, daß er unerwartet zum Tode verurteilt worden war, Durst gelitten hatte, daß man aus einer Entfernung von nicht mehr als fünfzehn Schritt Salven auf ihn abgefeuert und ihm mit einem Hieb den Kopf abgeschlagen hatte. „Öffnet die Tür!“ rief er. „Macht auf in Gottes Namen!“ Eine erboste Stimme höhnte ihm von innen entgegen: „Komm herein, komm herein. Dieses Haus gehört ja euch. Das ganze Land gehört euch. Komm und nimm es dir.“

„Um Gottes willen“, murmelte Gaspar Ruiz.

„Gehört euch Patrioten nicht das ganze Land?“ schrie die Stimme auf der anderen Seite der Tür weiter. „Bist du kein Patriot?“

Gaspar Ruiz wußte es nicht. „Ich bin verwundet“, sagte er teilnahmslos.

Drinnen wurde alles still. Gaspar Ruiz verlor die Hoffnung, eingelassen zu werden, und legte sich unter der Veranda genau vor die Tür. Es war ihm völlig einerlei, was mit ihm geschehen würde. Sein ganzes Bewußtsein schien in seinem Nacken konzentriert, wo er einen heftigen Schmerz verspürte. Seine Gleichgültigkeit gegen sein Schicksal war echt.

Der Tag brach an, als er aus einem fiebrigen Schlummer erwachte; die Tür, an die er in der Dunkelheit geklopft hatte, stand jetzt weit offen, und ein Mädchen, das sich mit ausgebreiteten Armen abstützte, beugte sich über die Schwelle. Er lag auf dem Rücken und starrte zu ihr hoch. Ihr Gesicht war blaß, und ihre Augen waren sehr dunkel, ihr Haar hing schwarz wie Ebenholz gegen die weißen Wangen herab, ihre Lippen waren voll und rot. Außer ihr sah er noch einen Kopf mit langem grauem Haar, einem schmalen alten Gesicht und einem Paar ängstlich gefalteter Hände unter dem Kinn.

6

„Ich kannte diese Leute vom Sehen", pflegte General Santierra seinen Gästen bei Tische zu erzählen. „Ich meine die Leute, bei denen Gaspar Ruiz Unterschlupf fand. Der Vater war ein alter Spanier, ein Mann von Vermögen, ruiniert durch die Revolution. Seine Güter, sein Haus in der Stadt, sein Geld, alles, was er auf der Welt besaß, war per Proklamation konfisziert worden, denn er war ein bitterer Feind unserer Unabhängigkeit. Vordem in einer Position großer Würde und großen Einflusses auf den Vizekönigsrat, war er nun von geringerer Bedeutung als seine eigenen, durch unsere ruhmvolle Revolution befreiten Negersklaven. Er hatte nicht einmal die Mittel, außer Landes zu fliehen, was anderen Spaniern gelungen war. Es mag sein, daß er, der ruiniert und obdachlos umherirrte und nichts als die Last seines Lebens mit sich trug, das ihm durch die Gnade der Provisorischen Regierung gelassen worden war, einfach unter dieses kaputte Dach aus alten Ziegeln geschlüpft war. Es war ein einsamer Ort. Nicht einmal ein Hund schien zu dem Anwesen zu gehören. Doch obgleich das Dach Löcher hatte, als wären eine oder zwei Kanonenkugeln hindurchgefallen, waren die hölzernen Jalousien dick und immer dicht geschlossen.

Mein Weg führte mich oft an diesem erbärmlichen Rancho vorbei. Ich ritt beinahe jeden Abend aus dem Fort in die Stadt, um vor dem Fenster einer Dame, in die ich damals verliebt war, zu schmachten. Wenn man jung ist, verstehen Sie ... Sie war eine gute Patriotin, dessen können Sie versichert sein. Caballeros, ob Sie mir glauben oder nicht, das politische Empfinden zu jener Zeit war so stark, daß mich die Reize einer Frau mit royalistischer Einstellung wohl nicht hätten fesseln können ..."

Ein Murmeln belustigter Ungläubigkeit rund um den Tisch unterbrach den General; und solange es andauerte, strich er sich würdevoll über den weißen Bart.

„Señores", beteuerte er, „ein Royalist war unseren überreizten Gefühlen ein Greuel. Ich erzähle Ihnen das, damit

Sie mich nicht der geringsten Schwachheit gegenüber der Tochter jenes alten Royalisten verdächtigen. Außerdem hatte ich meine Liebe, wie Sie wissen, schon anderswo vergeben. Doch es ließ sich nicht vermeiden, daß ich sie, was selten vorkam, in der Veranda stehend bemerkte, wenn die Haustür offenstand.

Sie müssen wissen, daß dieser alte Royalist so verrückt war, wie ein Mensch nur sein kann. Sein politisches Mißgeschick, sein völliger Fall und Ruin hatten seinen Geist verwirrt. Um seine Verachtung für das, was wir Patrioten tun konnten, zu zeigen, trug er ein Lachen zur Schau über seine Festnahme, die Konfiszierung seiner Ländereien, das Brennen seiner Häuser und das Elend, in das er, seine Frau und seine Tochter herabgesunken waren. Diese Gewohnheit zu lachen hatte Macht über ihn gewonnen, so daß er zu lachen und zu schreien anfing, sobald er irgendeinen Fremden erblickte. Das war die Form seines Wahnsinns.

Natürlich ignorierte ich den Lärm dieses Irren mit jenem Gefühl der Überlegenheit, das der Erfolg unserer Sache in uns Amerikanern erweckt hatte. Ich nehme an, ich verachtete ihn wirklich, weil er ein alter Kastilier war, ein geborener Spanier und ein Royalist. Das waren gewiß keine Gründe, auf einen Menschen herabzublicken; doch seit Jahrhunderten hatten geborene Spanier ihre Geringschätzung gegenüber uns Amerikanern, Männern von ebenso guter Herkunft wie sie selbst, gezeigt, einfach weil wir das waren, was sie Kolonisten nannten. Man hatte uns fortwährend erniedrigt und uns im gesellschaftlichen Umgang unsere Minderwertigkeit spüren lassen. Und jetzt waren wir an der Reihe. Es war vorauszusehen, daß wir Patrioten die gleiche Haltung an den Tag legen würden; und da ich ein junger Patriot war, Sohn eines Patrioten, verachtete ich den alten Spanier, und da ich ihn verachtete, ignorierte ich instinktiv seine Beschimpfungen, obwohl sie meine Gefühle verletzten. Andere wären vielleicht nicht so nachsichtig gewesen.

Er pflegte, lange bevor ich auf gleicher Höhe mit dem

Haus war, ein großes Geschrei zu erheben: ‚Ich sehe einen Patrioten. Noch einen davon!' Der Klang seiner unsinnigen, mit Lachsalven vermischten Schmähungen war manchmal durchdringend schrill und manchmal tief. Es war alles sehr verrückt; doch fand ich, daß es mir meine Würde gebiete, mein Pferd zu zügeln und im Schritt gehen zu lassen, ohne auch nur einen Blick auf das Haus zu werfen, als sei das beleidigende Geschrei jenes Mannes in der Veranda nichts weiter als das Gekläff eines Köters. Immer wenn ich vorbeiritt, bewahrte ich einen Ausdruck erhabener Gleichgültigkeit auf meinem Gesicht.

Das war ohne Zweifel sehr würdevoll, aber ich hätte besser daran getan, die Augen offenzuhalten. Ein Soldat sollte in Kriegszeiten nie glauben, er wäre nicht im Dienst; besonders, wenn es sich um einen Revolutionskrieg handelt, in dem der Feind nicht vor der Tür steht, sondern sogar im eigenen Hause. Zu solchen Zeiten nimmt die Glut leidenschaftlicher, in Haß übergehender Überzeugungen vielen Männern die Zügel der Ehre und Menschlichkeit und einigen Frauen die des Zartgefühls und der Furcht. Letztere werden, wenn sie einmal die Ängstlichkeit und Zurückhaltung ihres Geschlechts abgeworfen haben, durch die Lebhaftigkeit ihres Verstandes und die Heftigkeit ihres mitleidlosen Unmuts gefährlicher als so viele bewaffnete Riesen."

Die Stimme des Generals wurde lauter, doch seine große Hand strich zweimal über seinen weißen Bart, eine Geste, die ehrwürdige Ruhe ausstrahlte. „Si, Señores! Frauen sind bereit, Höhen der Hingabe zu erklimmen, die uns Männern unerreichbar sind, oder in Tiefen der Erniedrigung herabzusinken, die unsere männlichen Vorurteile in Erstaunen versetzen. Ich spreche jetzt von außergewöhnlichen Frauen, verstehen Sie . . ."

An dieser Stelle bemerkte einer der Gäste, ihm sei noch nie eine Frau begegnet, der es nicht gegeben gewesen wäre, sich unter Umständen, die ihre Gefühle stark bewegt hätten, als ganz außergewöhnlich zu erweisen. „Diese Art von

Überlegenheit in Rücksichtslosigkeit, die sie uns gegenüber haben", schloß er, „macht sie zur interessanteren Hälfte der Menschheit."

Der General, der die Unterbrechung mit Würde trug, nickte liebenswürdig. „Si. Si. Unter Umständen ... Genau. Sie können zuweilen auf ganz unerwartete Art und Weise ungeheuer viel Unheil anrichten. Denn wer hätte sich vorstellen können, daß ein junges Mädchen, Tochter eines ruinierten Royalisten, der dank der Verachtung seiner Gegner am Leben geblieben war, über die Macht verfügen könnte, zwei blühenden Provinzen Tod und Verwüstung zu bringen und den Führern der Revolution gerade in der Stunde ihres Erfolgs zu ernster Besorgnis Anlaß zu geben!" Er hielt inne, um die Verwunderung darüber in unseren Geist eindringen zu lassen.

„Tod und Verwüstung", murmelte jemand bestürzt, „wie schockierend!"

Der alte General warf einen Blick in die Richtung des Gemurmels und fuhr fort: „Ja. Das heißt Krieg – Not und Elend. Doch die Mittel und Wege, durch die sie die Macht erlangte, diese Verwüstung an unserer südlichen Grenze zu verursachen, scheinen mir, der ich sie gesehen und mit ihr gesprochen habe, noch schockierender. Diese sonderbare Angelegenheit hinterließ in meinem Gedächtnis ein furchterfülltes Staunen, das die weitere Lebenserfahrung von mehr als fünfzig Jahren in keiner Weise hat verringern können." Er sah in die Runde, als wolle er sich unserer Aufmerksamkeit vergewissern, und erklärte in verändertem Ton: „Ich bin, wie Sie wissen, Republikaner, Sohn eines Befreiers. Meine unvergleichliche Mutter, Gott hab' sie selig, war Französin, Tochter eines glühenden Republikaners. Als Junge kämpfte ich für die Freiheit; ich habe immer an die Gleichheit der Menschen geglaubt; und was ihre Brüderlichkeit betrifft, so ist sie meines Erachtens noch gewisser. Sehen Sie sich die grimmige Feindseligkeit an, die sie an den Tag legen, wenn sie verschiedener Meinung sind. Und was in der Welt kennen Sie, das schmerzlicher und grimmiger wäre als Bruderzwist?"

Da dieser Ansicht von der Brüderlichkeit der Menschen jeglicher Zynismus fehlte, war man nicht versucht, darüber zu lächeln. Im Gegenteil, in seinem Ton lag die Melancholie eines Mannes, der im Grunde seines Herzens zutiefst human war und aus Pflicht, Überzeugung und Notwendigkeit seine Rolle auf Schauplätzen rücksichtsloser Gewalt gespielt hatte.

Der General hatte viel Bruderstreit erlebt. „Ja. Es gibt keinen Zweifel an ihrer Brüderlichkeit", betonte er. „Alle Männer sind Brüder, und als solche wissen sie fast zuviel voneinander. Aber" – und an dieser Stelle zwinkerten die schwarzen Augen in dem alten, ehrwürdigen silbrigweißen Haupt verschmitzt – „wenn wir auch alle Brüder sind, so sind doch nicht alle Frauen unsere Schwestern."

Es war zu hören, wie einer der jüngeren Gäste leise murmelnd seine Zufriedenheit über diese Tatsache kundtat. Doch der General fuhr mit bewußter Ernsthaftigkeit fort: „Sie sind so verschieden! Die Geschichte von dem König, der ein Bettlermädchen zur Frau nahm, um mit ihr den Thron zu teilen, mag noch angehen, so wie wir Männer uns selbst und die Liebe verstehen. Doch daß ein junges Mädchen, berühmt für seine stolze Schönheit und noch vor kurzem auf den Bällen im Palast des Vizekönigs die von allen Bewunderte, einen Guasso, einen gewöhnlichen Bauern, bei der Hand nehmen sollte, ist mit unserer Vorstellung von Frauen und ihrer Liebe unvereinbar. Es ist Wahnsinn. Dennoch ist es geschehen. Aber man muß dazu sagen, daß es in ihrem Falle der Wahnsinn des Hasses – nicht der der Liebe – war."

Nachdem der General in einem Anflug ritterlicher Gerechtigkeit diese mildernden Umstände vorgebracht hatte, schwieg er eine Weile. „Ich ritt fast jeden Tag an dem Haus vorbei", begann er von neuem, „und eben das spielte sich darin ab. Aber wie es sich abspielte, kann sich keine Menschenseele vorstellen. Ihre Verzweiflung muß übermäßig groß gewesen sein, und Gaspar Ruiz war ein fügsamer Bursche. Er war ein gehorsamer Soldat gewesen. Seine

Kraft glich einem gewaltigen Stein, der auf dem Boden liegt, bereit, hierhin oder dorthin geschleudert zu werden von der Hand, die ihn aufhebt.

Es ist klar, daß er den Leuten, die ihm die Zuflucht boten, die er brauchte, seine Geschichte erzählte. Und er benötigte dringend Hilfe. Seine Wunde war nicht gefährlich, doch sein Leben war verwirkt. Da der alte Royalist von seinem lachenden Wahnsinn völlig in Anspruch genommen war, richteten die beiden Frauen in einer der Hütten zwischen den Obstbäumen hinter dem Haus ein Versteck für den Verwundeten her. Diese elende Hütte, reichlich klares Wasser, solange er im Fieber lag, und ein paar Worte des Mitleids waren alles, was sie geben konnten. Ich nehme an, er bekam etwas ab von dem, was an Nahrungsmitteln da war. Und das wird wenig gewesen sein: eine Handvoll gerösteter Mais, vielleicht eine Schüssel Bohnen oder ein Stück Brot mit ein paar Feigen. Zu solchem Elend waren diese stolzen und einst reichen Leute erniedrigt."

7

General Santierra hatte recht mit seiner Vermutung. Von genau solcher Art war die Hilfe, die Gaspar Ruiz, Sohn eines Bauern, von der royalistischen Familie erhielt, deren Tochter ihm in seiner äußersten Not die Tür ihrer erbärmlichen Zufluchtsstätte geöffnet hatte. Ihre düstere Entschlossenheit beherrschte den Wahnsinn des Vaters und die zitternde Verwirrung der Mutter.

Sie hatte den Fremden vor der Tür gefragt: „Wer hat Sie verwundet?"

„Die Soldaten, Señora", hatte Gaspar Ruiz mit schwacher Stimme geantwortet.

„Patrioten?"

„Si."

„Weshalb?"

„Deserteur", keuchte er hervor und lehnte sich unter dem prüfenden Blick ihrer schwarzen Augen gegen die

Wand. „Man hat mich da drüben liegenlassen, weil man mich tot glaubte."

Sie führte ihn durch das Haus hinaus zu einer kleinen Hütte aus Lehm und Schilfrohr, die in dem hohen Gras des überwucherten Obstgartens verborgen war. Er sank auf einen Maisstrohhaufen in einer Ecke und seufzte tief.

„Niemand wird hier nach Ihnen suchen", sagte sie, auf ihn hinunterblickend. „Niemand kommt in unsere Nähe. Auch uns hat man – hier – dem Tod überlassen."

Er regte sich unruhig auf seinem Haufen schmutzigen Strohs, und der Schmerz im Nacken ließ ihn wahnsinnig stöhnen.

„Eines Tages werde ich Estaban zeigen, daß ich noch am Leben bin", murmelte er.

Er nahm ihre Hilfe schweigend an, und die vielen Tage des Schmerzes gingen vorüber. Ihr Erscheinen in der Hütte brachte ihm Trost und verband sich mit den fiebrigen Träumen von Engeln, die sein Lager aufsuchten; denn Gaspar Ruiz war in den Geheimnissen seiner Religion unterwiesen und sogar vom Priester seines Dorfes ein wenig im Lesen und Schreiben unterrichtet worden. Er wartete ungeduldig auf sie und sah sie mit bitterem Schmerz aus der dunklen Hütte hinausgehen und im strahlenden Sonnenschein verschwinden. Er fand heraus, daß er sich, während er so dalag und sich so sehr schwach fühlte, ihr Gesicht mit beträchtlicher Deutlichkeit vorstellen konnte, indem er die Augen schloß. Und diese von ihm entdeckte Fähigkeit verlieh den langen einsamen Stunden seiner Genesung einen gewissen Zauber. Später, als er seine Kräfte wiederzugewinnen begann, pflegte er bei Einbruch der Dunkelheit von seiner Hütte zum Haus zu kriechen und sich auf die Stufe der Gartentür zu setzen.

In einem der Zimmer schritt der wahnsinnige Vater auf und ab, murmelte vor sich hin, lachte kurz und abrupt. Im Korridor seufzte und stöhnte, auf einem Hocker sitzend, die Mutter. Die Tochter, in grober fadenscheiniger Kleidung, das bleiche abgezehrte Gesicht halb von einem derben Umhang verhüllt, stand gegen den Türsturz gelehnt. Gaspar Ruiz, der die Ellbogen auf die Knie gestützt hatte und dessen Kopf in seinen Händen ruhte, unterhielt sich mit gedämpfter Stimme mit den beiden Frauen.

Das gemeinsame Leid der Armut hätte ein deutliches Beharren auf sozialen Unterschieden zur bitteren Farce werden lassen. Gaspar Ruiz verstand das in seiner Schlichtheit. Durch seine Gefangenschaft bei den Royalisten konnte er ihnen Nachricht über Leute geben, die sie kannten. Er beschrieb ihr Aussehen; und als er die Geschichte von der Schlacht erzählte, in der er erneut gefangengenommen worden war, bejammerten die beiden Frauen den Schlag, den ihre Sache erlitten hatte, und die Vernichtung ihrer heimlichen Hoffnungen.

Er empfand für keine der beiden Seiten etwas. Doch er verspürte eine große Zuneigung zu dem jungen Mädchen. In dem Wunsche, ihrer herablassenden Aufmerksamkeit würdig zu erscheinen, prahlte er ein wenig mit seiner Körperkraft. Er hatte nichts anderes, womit er prahlen konnte. Wegen dieser Eigenschaft hätten ihn seine Kameraden, so erklärte er, mit ebenso großer Ehrerbietung behandelt, als wäre er ein Feldwebel gewesen, sowohl im Lager als auch im Gefecht.

„Ich konnte immer so viele, wie ich wollte, dazu bringen, mir überallhin zu folgen, Señorita: Man hätte mich zum Offizier machen sollen, denn ich kann lesen und schreiben."

Hinter ihm stieß die schweigsame alte Dame von Zeit zu Zeit einen leidvollen Seufzer aus; der verrückte Vater murmelte, den Raum durchschreitend, vor sich hin; und Gaspar Ruiz hob ab und zu den Blick, um die Tochter dieser Leute anzuschauen.

Er schaute sie neugierig an, weil sie lebendig war, und auch mit jenem Gefühl von Vertrautheit und Ehrfurcht, mit der er in Kirchen die leblosen und gewaltigen Statuen von Heiligen betrachtet hatte, die man bei Gefahr und in schwieriger Lage um Schutz anruft. Und seine Lage war sehr schwierig.

Er konnte sich nicht immer und ewig in einem Obstgarten versteckt halten. Auch wußte er sehr wohl, daß ihn, ehe er eine halbe Tagesstrecke in beliebiger Richtung zurückgelegt hätte, eine der Kavalleriepatrouillen, die das Land durchstreiften, aufgreifen und in das eine oder andere der Lager bringen würde, in denen die Armee der Patrioten für die Befreiung Perus zusammengestellt wurde. Dort würde man ihn schließlich als Gaspar Ruiz – den Überläufer zu den Royalisten – erkennen und diesmal zweifellos mit mehr Wirksamkeit erschießen. Es schien für den unschuldigen Gaspar Ruiz nirgendwo auf der Welt einen Platz zu geben. Und bei diesem Gedanken gab sich seine schlichte Seele einem Trübsinn und Unmut hin, die so schwarz waren wie die Nacht.

Sie hatten ihn gewaltsam zum Soldaten gemacht. Er hatte nichts dagegen gehabt, Soldat zu sein. Und er war ein guter Soldat gewesen, wie er ein guter Sohn gewesen war, wegen seiner Fügsamkeit und seiner Kraft. Doch nun war für beides keine Verwendung. Sie hatten ihn den Eltern genommen, und er konnte nicht mehr Soldat sein – jedenfalls kein guter Soldat. Niemand würde sich seine Erklärungen anhören. Was für eine Ungerechtigkeit das war! Was für eine Ungerechtigkeit!

Und düster murmelnd erzählte er zum zwanzigsten Mal ausführlich die Geschichte seiner Gefangennahme und seiner erneuten Gefangennahme. Dann hob er die Augen zu dem schweigenden Mädchen im Türeingang und sagte mit einem tiefen Seufzer: „Si, Señorita, die Ungerechtigkeit hat diesen jämmerlichen Atem in meinem Körper völlig wertlos für mich und jeden anderen werden lassen. Und es ist mir egal, wer ihn mir nimmt."

Eines Abends, als er, so klagend, seinem verwundeten Herzen Luft machte, ließ sie sich herab zu sagen, daß sie, wäre sie ein Mann, kein Leben für wertlos halten würde, das die Möglichkeit der Rache in sich berge.

Sie schien zu sich selbst zu sprechen. Ihre Stimme war leise. Er nahm die sanften, traumhaft klingenden Laute in einem Bewußtsein besonderer Freude in sich auf, in dem

Bewußtsein von etwas, das sein Herz erwärmte wie ein Schluck edlen Weins.

„Das ist wahr, Señorita“, sagte er und hob langsam sein Gesicht zu dem ihren empor. „Da ist Estaban, dem man zeigen muß, daß ich doch nicht tot bin.“

Das Gemurmel des irren Vaters hatte lange zuvor aufgehört, die seufzende Mutter hatte sich irgendwohin in eins der leeren Zimmer zurückgezogen. Alles war still, sowohl drinnen als auch draußen in dem taghellen Mondlicht über dem verwilderten Obstgarten voller tintenschwarzer Schatten. Gaspar Ruiz sah die dunklen Augen von Doña Erminia auf sich herabblicken.

„Ach! Der Feldwebel“, murmelte sie verächtlich.

„Aber er hat mich doch mit seinem Säbel verwundet“, protestierte er, verwirrt durch die Geringschätzung, die auf ihrem blassen Gesicht bläulich zu leuchten schien.

Sie zerschmetterte ihn mit ihrem Blick. Die Kraft ihres Willens, verstanden zu werden, war so stark, daß sie in ihm das Verständnis für unausgesprochene Dinge weckte.

„Was haben Sie denn anderes von mir erwartet?“ rief er, als wäre er plötzlich zur Verzweiflung gebracht. „Habe ich etwa die Macht, mehr zu tun? Bin ich ein General mit einer Armee hinter mir? Erbärmlicher Sünder, der ich bin, um schließlich von Ihnen verachtet zu werden.“

8

„Señores“, erzählte der General seinen Gästen, „obwohl meine Gedanken damals mit Liebe beschäftigt und wie von Zauber umgeben waren, berührte mich der Anblick jenes Hauses immer unangenehm, besonders bei Mondschein, wenn seine geschlossenen Jalousien und sein abgeschiedenes und vernachlässigtes Aussehen unheimlich erschienen. Dennoch benutzte ich weiterhin den Reitweg an der Schlucht, weil es eine Abkürzung war. Der wahnsinnige Royalist schrie und lachte jeden Abend zu seiner vollkommenen Genugtuung über mich; doch nach einiger Zeit erschien er nicht mehr in der Veranda, als sei er meiner Gleichgültigkeit überdrüssig. Wie sie ihn dazu gebracht hatten, weiß ich nicht. Aber mit Gaspar Ruiz im Hause dürfte es keine Schwierigkeit gewesen sein, ihn gewaltsam zurückzuhalten. Es gehörte jetzt zu ihrer Taktik da drinnen, alles zu vermeiden, was mich herausfordern konnte. Das nehme ich zumindest an.

Trotz meiner Vernarrtheit in das strahlendste Augenpaar von Chile bemerkte ich ungefähr nach einer Woche die Abwesenheit des alten Mannes. Es vergingen noch einige Tage. Ich begann zu glauben, diese Royalisten seien vielleicht irgendwo anders hingezogen. Doch eines Abends, als ich in die Stadt eilte, sah ich wieder jemanden in der Veranda. Es war nicht der Irre, es war das Mädchen. Es stand da und hielt sich an einem der hölzernen Pfeiler fest, hochgewachsen und blaß, und ihre großen Augen waren vor Not und Leid tief eingesunken. Ich starrte sie an, und sie erwiderte meinen Blick mit seltsamer, forschender Miene. Dann, als ich, nachdem ich vorbeigeritten war, den Kopf abwandte, schien sie ihren Mut zusammenzunehmen und machte mir tatsächlich ein Zeichen zurückzukommen.

Ich gehorchte beinahe instinktiv, so groß war meine Verwunderung. Sie wurde noch größer, als ich hörte, was sie zu sagen hatte. Sie begann damit, daß sie mir für meine Nachsicht gegenüber der Schwäche ihres Vaters dankte, so daß ich mich vor mir selber schämte. Ich hatte Verachtung zeigen wollen, nicht Nachsicht! Jedes Wort muß ihr auf den Lippen gebrannt haben, doch ihr Auftreten blieb die ganze Zeit über von einer sanften und traurigen Würde, die mich gegen meinen Willen mit Respekt erfüllte. Señores, wir sind den Frauen nicht gewachsen. Aber ich traute meinen Ohren kaum, als sie ihren Bericht begann. Die Vorsehung habe anscheinend, so schloß sie, das Leben dieses Soldaten erhalten, dem Unrecht geschehen sei und der nun sein Vertrauen in meine Ehre als Caballero und in mein Mitgefühl mit seinen Leiden setze.

‚Ein Mann, dem Unrecht geschehen ist', bemerkte ich

kühl. ‚Nun, ich glaube das auch. Und Sie haben einem Feind Ihrer Sache Unterschlupf gewährt?'

‚Er war ein armer Christ, der an unserer Tür im Namen Gottes um Hilfe rief, Señor', antwortete sie nur.

Ich fing an, sie zu bewundern. ‚Wo ist er jetzt?' fragte ich förmlich.

Doch sie antwortete nicht auf diese Frage. Mit außergewöhnlicher Schläue und einem fast teuflischen Feingefühl verstand sie es, mich an mein Versagen bei der Rettung des Lebens der Gefangenen in der Arrestzelle zu erinnern, ohne meinen Stolz zu verletzen. Sie kannte natürlich die ganze Geschichte. Gaspar Ruiz bitte mich dringend, so sagte sie, für ihn von General San Martin persönlich sicheres Geleit zu erwirken. Er habe dem Oberbefehlshaber eine wichtige Mitteilung zu machen.

Por Dios, Señores, sie schaffte es, daß ich all das für bare Münze nahm, indem sie vorgab, lediglich das Sprachrohr des armen Mannes zu sein. Von Ungerechtigkeit überwältigt, hoffe er, so sagte sie, bei mir so viel Großmut zu finden, wie ihm durch die royalistische Familie, die ihm Zuflucht gewährt habe, zuteil geworden sei.

Ha! Es war schön und edel gesagt zu einem Burschen wie mir. Ich fand sie großartig. Doch leider war sie nur unversöhnlich.

Schließlich ritt ich ganz begeistert von der Sache fort, ohne auch nur gefordert zu haben, Gaspar Ruiz zu sehen, der sich, davon war ich überzeugt, im Hause aufhielt.

Aber nach ruhigem Nachdenken fing ich an, einige Schwierigkeiten zu sehen, denen entgegenzutreten es mir an Selbstvertrauen mangelte. Es war nicht einfach, sich mit einer solchen Geschichte an einen Oberbefehlshaber zu wenden. Ich fürchtete einen Mißerfolg. Schließlich hielt ich es für besser, die Angelegenheit meinem Divisionsgeneral vorzutragen, Robles, einem Freund meiner Familie, der mich vor kurzem zu seinem Flügeladjutanten ernannt hatte.

Er nahm sie mir sofort und ohne Umschweife aus der Hand.

‚In dem Haus! Natürlich ist er in dem Haus', sagte er verachtungsvoll. ‚Du hättest mit dem Säbel in der Hand hineingehen und fordern müssen, daß er sich ergibt, anstatt in der Veranda mit einem royalistischen Mädchen zu schwatzen. Diese Leute hätte man dort schon längst hinausjagen sollen. Wer weiß, wie viele Spione sie inmitten unserer Lager versteckt haben? Sicheres Geleit vom Oberbefehlshaber! Eine Frechheit von dem Burschen! Ha! Ha! Jetzt werden wir ihn uns heute nacht schnappen und dann finden wir ohne sicheres Geleit heraus, was er so sehr Wichtiges zu sagen hat. Ha! Ha! Ha!'

General Robles, er ruhe in Frieden, war ein kleiner, dikker Mann mit runden, starrblickenden Augen, hitzig und jovial. Als er meinen Kummer sah, fügte er hinzu: ‚Komm, komm, Chico. Ich verspreche dir, daß er am Leben bleibt, wenn er keinen Widerstand leistet. Und das ist unwahrscheinlich. Wir werden einen guten Soldaten nicht zerteilen, wenn es sich vermeiden läßt. Ich will dir mal was sagen! Ich bin neugierig darauf, deinen starken Mann zu sehen. Nur ein General ist dem Gauner recht – nun, er soll einen General haben, mit dem er sich unterhalten kann. Ha! Ha! Ich werde selbst beim Fang dabeisein, und du kommst natürlich mit.'

Es geschah in derselben Nacht. In den frühen Abendstunden wurden das Haus und der Obstgarten unauffällig umstellt. Später verließen der General und ich einen Ball, den wir in der Stadt besucht hatten, und ritten in leichtem Galopp hinaus. In ziemlich geringer Entfernung vom Haus blieben wir stehen. Eine berittene Ordonnanz hielt unsere Pferde. Ein kaum hörbarer Pfiff verständigte die Männer, die längs der ganzen Schlucht warteten, und wir gingen leise auf die Veranda zu. Das verbarrikadierte Haus im Mondschein schien leer.

Der General klopfte an die Tür. Nach einiger Zeit fragte drinnen eine weibliche Stimme, wer da sei. Mein Vorgesetzter stieß mich hart an. Mir stockte der Atem.

‚Ich bin es, Leutnant Santierra', stammelte ich, als wäre ich am Ersticken. ‚Öffnen Sie die Tür.'

Sie öffnete sich langsam. Als das Mädchen, das eine dünne Wachskerze in der Hand hielt, noch einen Mann bei mir sah, begann sie langsam vor uns zurückzuweichen, das Licht mit der Hand abschirmend. Ihr unbewegtes bleiches Gesicht sah gespensterhaft aus. Ich folgte General Robles. Ihr Blick war auf mich geheftet. Ich machte hinter dem Rücken meines Vorgesetzten eine hilflose Geste und versuchte gleichzeitig, meinem Gesicht einen beruhigenden Ausdruck zu verleihen. Keiner von uns dreien gab einen Laut von sich.

Wir befanden uns in einem Raum mit nacktem Fußboden und kahlen Wänden. Darin standen ein grober Tisch und ein paar Hocker, sonst überhaupt nichts. Eine alte Frau, der das graue Haar lose herabhing, rang die Hände, als wir erschienen. Schallendes Gelächter hallte durch das leere Haus, ganz unbegreiflich und grausig. Da versuchte die Alte, an uns vorbeizukommen.

‚Keiner verläßt den Raum', sagte General Robles zu mir.

Ich stieß die Tür zu, hörte, wie das Schloß einschnappte, und das Gelächter klang nur noch schwach in unseren Ohren.

Bevor jemand im Raum ein weiteres Wort sagen konnte, hörte ich zu meiner Überraschung einen fernen Donner.

Ich hatte den lebhaften Eindruck von einer schönen klaren Mondnacht ohne ein Wölkchen am Himmel mit ins Haus genommen. Ich traute meinen Ohren nicht. Früh zur Erziehung ins Ausland geschickt, war ich mit der gefürchtetsten Naturerscheinung meines Heimatlandes nicht vertraut. Ich sah mit unbeschreiblichem Erstaunen einen Ausdruck des Schreckens in den Augen meines Vorgesetzten. Plötzlich wurde mir schwindelig! Der General torkelte schwer gegen mich, das Mädchen schien in der Zimmermitte zu taumeln, die Wachskerze fiel ihr aus der Hand, und das Licht erlosch, ein schriller Schrei der alten Frau durchdrang meine Ohren: ‚Misericordia!' In der pechschwarzen Dunkelheit hörte ich den Putz von den Wänden auf den Fußboden fallen. Ein Glück, daß der Raum keine Decke hatte. Als ich die Türklinke anfaßte, vernahm ich, daß das Knirschen der Dachziegel über meinem Kopf aufhörte. Die Erschütterung war vorüber.

‚Aus dem Haus! Die Tür! Flieh, Santierra, flieh!‘ brüllte der General. Wissen Sie, Señores, in unserem Land schämen sich die Tapfersten nicht der Angst, in die ein Erdbeben alle Sinne des Menschen versetzt. Man gewöhnt sich nie daran. Wiederholte Erfahrung vergrößert nur die Macht des unbeschreiblichen Schreckens.

Es war mein erstes Erdbeben, und ich war der Ruhigste von ihnen allen. Ich begriff, daß das Krachen draußen von der Veranda herrührte, die mit ihren hölzernen Pfeilern und ihrem mit Ziegeln gedeckten Dachvorsprung einstürzte. Der nächste Stoß würde vielleicht das Haus zerstören. Jenes donnergleiche Dröhnen näherte sich wieder. Der General jagte im Zimmer umher, möglicherweise um die Tür zu finden. Er machte ein Geräusch, als versuche er, an den Wänden hochzuklettern, und ich vernahm deutlich, wie er die Namen mehrerer Heiliger anrief. ‚Hinaus, hinaus, Santierra!‘ schrie er.

Die Stimme des Mädchens war die einzige, die ich nicht hörte.

‚General‘, rief ich, ‚ich kann die Tür nicht bewegen. Wir müssen eingeschlossen sein.‘

Ich erkannte seine Stimme nicht wieder in dem Schrei der Verwünschung und Verzweiflung, den er ausstieß. Señores, ich kenne viele Männer in meinem Heimatland, besonders in den von Erdbeben am häufigsten betroffenen Provinzen, die nie bei verschlossenen Türen essen, schlafen, beten oder auch nur sich zum Kartenspiel niedersetzen. Die Gefahr besteht nicht im Zeitverlust, sondern darin, daß sich durch die Bewegung der Wände eine Tür überhaupt nicht mehr öffnen lassen kann. Das war uns passiert. Wir waren gefangen, und wir hatten von niemandem Hilfe zu erwarten. Es gibt keinen Mann in meiner Heimat, der willens wäre, ein Haus zu betreten, wenn die Erde bebt. Und es gab nie einen – außer Gaspar Ruiz.

In welchem Schlupfwinkel auch immer er sich draußen versteckt gehalten hatte, er war daraus hervorgekommen und kletterte über die Holzbalken der zerstörten Veranda. Über dem furchtbaren unterirdischen Grollen nahender Zerstörung hörte ich eine gewaltige Stimme das Wort ‚Erminia!' mit den Lungen eines Riesen rufen. Ein Erdbeben hebt sämtliche Unterschiede auf. Ich nahm all meine Entschlossenheit gegen den Schrecken der Szene zusammen. ‚Sie ist hier', schrie ich zurück. Ein Brüllen wie das eines wütenden wilden Tieres antwortete mir – während mir schwindelig wurde, mir der Mut sank und der Angstschweiß mir in Strömen von der Stirn lief.

Er hatte die Kraft, einen der schweren Pfosten der Veranda aufzuheben. Er hielt ihn unter der Achselhöhle wie einen Speer, doch mit beiden Händen, attackierte das schwankende Haus wie wild mit der Wucht dieses Sturmbocks, so daß die Tür aufsprang, und stürzte über unsere hingestreckten Körper hinweg herein. Der General und ich standen auf und stürmten zusammen hinaus, ohne uns einmal umzuschauen, bis wir jenseits des Weges waren. Dann sahen wir, uns aneinander klammernd, wie sich das Haus plötzlich in einen formlosen Schutthaufen verwandelte, hinter dem Rücken eines Mannes, der auf uns zutorkelte und fest an sich gedrückt eine Frauengestalt in den Armen trug. Ihr langes schwarzes Haar hing fast bis zu seinen Füßen herab. Er legte sie ehrfurchtsvoll auf die bebende Erde, und das Mondlicht schien auf ihre geschlossenen Augen.

Señores, es machte uns Mühe, unsere Pferde zu besteigen. Gehalten von Soldaten, die von allen Seiten gelaufen kamen, schlugen sie wie wild aus. Niemand dachte damals daran, Gaspar Ruiz zu ergreifen. Die Augen von Mensch und Tier glänzten vor wilder Angst. Mein General trat an Gaspar Ruiz heran, der reglos wie eine Statue über dem Mädchen stand. Er ließ sich an der Schulter rütteln, ohne daß er den Blick von ihrem Gesicht wandte.

‚Que guape!' schrie ihm der General ins Ohr. ‚Sie sind der tapferste Mann, den es gibt. Sie haben mir das Leben gerettet. Ich bin General Robles. Kommen Sie morgen in mein Quartier, wenn Gott uns dic Gnade gewährt, einen neuen Tag zu erleben.'

Er regte sich nicht – als wäre er taub, ohne Gefühl, empfindungslos.

Wir ritten los in die Stadt, wo viele unserer Verwandten und Freunde waren, an deren Schicksal wir kaum zu denken wagten. Die Soldaten liefen neben unseren Pferden her. Alles war vergessen in der Unermeßlichkeit der Katastrophe, die über das Land hereingebrochen war."

Gaspar Ruiz sah, wie das Mädchen die Augen öffnete. Das Heben ihrer Lider schien ihn aus einem Trancezustand zurückzurufen. Sie waren allein; das Geschrei von Schrecken und Leid obdachloser Menschen erfüllte die fernen, unermeßlichen Küstenebenen und drang wie ein Raunen in ihre Einsamkeit.

Sie erhob sich schnell und warf angstvolle Blicke nach allen Seiten. „Was ist das?" rief sie leise aus und starrte ihm ins Gesicht. „Wo bin ich?"

Er neigte traurig den Kopf, ohne ein Wort.

„... Wer sind Sie?"

Er kniete langsam vor ihr nieder und berührte den Saum ihres groben schwarzen Friesrockes. „Ihr Sklave", sagte er.

Da erblickte sie verschwommen in der Staubwolke den Schutthaufen, der das Haus gewesen war. „Oh!" rief sie und preßte ihre Hand an die Stirn.

„Ich habe Sie da herausgetragen", flüsterte er zu ihren Füßen.

„Und sie?" fragte sie heftig schluchzend.

Er stand auf, faßte sie bei den Armen und führte sie sanft zu der unförmigen Ruine, die von einem Erdrutsch halb begraben war. „Kommen Sie und hören Sie mich an", sagte er.

Der friedliche Mond sah sie über den Haufen aus Steinen, Balken und Ziegeln klettern, der ein Grab war. Sie preßten die Ohren an die Spalten, um einen Laut des Stöhnens, einen Seufzer des Schmerzes zu hören.

Schließlich sagte er: „Die beiden sind schnell gestorben. Sie sind nun allein."

Sie setzte sich auf ein Stück eines zerbrochenen Balkens

und legte einen Arm über ihr Gesicht. Er wartete – dann näherten sich seine Lippen ihrem Ohr. „Wollen wir nicht gehen?“ flüsterte er.

„Niemals – niemals von hier fort“, schrie sie auf und warf die Arme über den Kopf.

Er beugte sich über sie, und ihre emporgereckten Arme sanken auf seine Schultern. Er hob sie hoch, und als er fest auf den Beinen stand, begann er zu gehen, wobei er immer geradeaus blickte.

„Was tun Sie?“ fragte sie schwach.

„Ich fliehe vor meinen Feinden“, sagte er, ohne einen einzigen Blick auf seine leichte Last zu werfen.

„Mit mir?“ seufzte sie hilflos.

„Niemals ohne Sie“, sagte er. „Sie sind meine Kraft.“

Er preßte sie fest an sich. Sein Gesicht war ernst, und seine Schritte waren sicher. Die in den Ruinen zerstörter Dörfer ausbrechenden Feuersbrünste übersäten die Ebene mit roten Flammen, und die Laute fernen Klagens, die Schreie: „Misericordia! Misericordia!“ ergaben ein trostloses Murmeln in seinen Ohren. Er ging weiter, feierlich und ruhig, als trüge er etwas Heiliges, Zerbrechliches und Kostbares.

Manchmal wankte die Erde unter seinen Füßen.

9

Mit mechanisch achtsamen Bewegungen und einer geistesabwesenden Miene zündete sich der alte General Santierra eine lange, dicke Zigarre an.

„Es vergingen etliche Stunden, bis wir einen Trupp zu der Schlucht zurückschicken konnten“, sagte er zu seinen Gästen. „Wir hatten die Stadt zu einem Drittel zerstört vorgefunden, der Rest war beschädigt; und die Bewohner, reich und arm, waren durch das allgemeine Unglück gleichermaßen bestürzt. Die gekünstelte Heiterkeit einiger stand der Verzweiflung anderer gegenüber. In dem allgemeinen Durcheinander wurde eine Anzahl rücksichtsloser Diebe ohne Gottesfurcht oder Furcht vor den Menschen zu einer Gefahr für jene, denen es gelungen war, vor dem Zusammensinken ihrer Häuser einige Wertsachen zu retten. Diese Schurken schrien bei jedem Erdstoß lauter als jeder andere ‚Misericordia', schlugen sich mit der einen Hand an die Brust, beraubten mit der anderen die armen Opfer und schreckten nicht einmal vor Mord zurück.

General Robles' Division war ausschließlich damit beschäftigt, die zerstörten Stadtviertel vor den Plünderungen dieser unmenschlichen Scheusale zu schützen. Da ich von meinen Pflichten als Ordonnanzoffizier in Anspruch genommen war, kam ich erst morgens dazu, mich davon zu überzeugen, daß meine eigene Familie in Sicherheit war. Meine Mutter und meine Schwestern waren aus dem Ballsaal, wo ich sie am frühen Abend verlassen hatte, lebend entkommen. Ich erinnere mich an die beiden schönen jungen Frauen – Gott hab' sie selig –, als sähe ich sie in diesem Augenblick vor mir, wie sie, in ihren beschmutzten Ballkleidern und den Staub eingestürzter Wände im Haar, blaß, doch geschäftig, im Garten unseres zerstörten Hauses einigen unserer armen Nachbarn halfen. Was meine Mutter anbelangt, so hatte sie eine unerschütterliche Seele in ihrem zarten Körper. Halb bedeckt von einem kostbaren Schal, lag sie auf einer einfachen Bank neben einem verzierten Springbrunnenbecken, dessen Fontäne in jener Nacht für immer zu spielen aufgehört hatte.

Ich fand kaum Zeit, sie im Freudentaumel alle zu umarmen, als mein Vorgesetzter kam und mich mit ein paar Soldaten zu der Schlucht schickte, um meinen starken Mann, wie er ihn nannte, und das bleiche Mädchen zu holen.

Doch es war niemand da, den wir holen konnten. Ein Erdrutsch hatte die Ruinen des Hauses bedeckt; es glich einem großen Erdhügel, nur hier und da sah man die Enden einiger Holzbalken – sonst nichts.

So hatten die Leiden des alten royalistischen Ehepaares geendet. Ein gewaltiges und ungeweihtes Grab hatte sie, die sich mit unseliger Hartnäckigkeit dem Willen eines Volkes, frei zu sein, entgegengestellt hatten, bei lebendigem Leibe verschlungen. Und ihre Tochter war fort.

Daß Gaspar Ruiz sie fortgetragen hatte, begriff ich sehr wohl. Doch da das nicht vorauszusehen war, hatte ich nicht den Auftrag, sie zu verfolgen. Und natürlich verspürte ich auch nicht den Wunsch, das zu tun. Ich war mißtrauisch geworden, was mein Eingreifen betraf. Es war nie erfolgreich gewesen und nicht einmal rühmlich erschienen. Er war fort. Nun, sollte er gehen. Und er hatte das royalistische Mädchen fortgetragen! Nichts besser als das. Vaya con Dios. Dies war nicht die Zeit, sich mit einem Deserteur zu befassen, der, zu Recht oder Unrecht, hätte tot sein müssen, und mit einem Mädchen, das besser nie geboren wäre.

So ließ ich denn meine Männer in die Stadt zurückmarschieren.

Ein paar Tage später, als wieder Ordnung hergestellt war, reisten alle vornehmen Familien, einschließlich meiner eigenen, nach Santiago ab. Wir hatten dort ein schönes Haus. Zur selben Zeit wurde die Division von Robles in neue Quartiere nahe der Hauptstadt verlegt. Diese Veränderung kam meinem Gemütszustand, was die Familie und die Liebe anbelangte, sehr zupaß.

Eines Nachts rief man mich ziemlich spät zu meinem Vorgesetzten. Ich traf General Robles in seinem Quartier an, er hatte es sich bequem gemacht, hatte die Uniform abgelegt und trank aus einem Wasserglas Brandy pur – als Vorsichtsmaßnahme, wie er zu sagen pflegte, gegen die von Moskitostichen hervorgerufene Schlaflosigkeit. Er war ein guter Soldat, und er lehrte mich die Kunst und die Praxis des Krieges. Zweifellos war Gott seiner Seele gnädig, denn seine Beweggründe waren stets patriotisch, wenn er auch jähzornig war. Was die Verwendung von Moskitonetzen betrifft, so hielt er sie für unmännlich, schändlich – eines Soldaten unwürdig.

Ich bemerkte auf den ersten Blick, daß sein schon sehr rotes Gesicht äußerst gute Laune ausstrahlte.

‚Aha! Señor Teniente‘, rief er laut, als ich an der Tür salutierte. ‚Schau! Dein starker Mann ist wieder aufgetaucht.‘

Er reichte mir einen zusammengefalteten Brief, der, wie

ich sah, ‚An den Oberbefehlshaber der republikanischen Armeen' überschrieben war.

‚Das', fuhr General Robles mit seiner lauten Stimme fort, ‚hat ein Junge einem Posten am Hauptquartier in die Hand gedrückt, während dieser dastand und sicher an sein Mädchen dachte – denn bevor er seine fünf Sinne beisammen hatte, war der Junge unter den Leuten auf dem Markt verschwunden, und um sein Leben zu retten, wie er beteuert, er habe ihn nicht erkennen können.'

Mein Vorgesetzter erzählte mir weiter, der Soldat habe das Schreiben dem Feldwebel der Wache gegeben, und schließlich sei es in die Hände unseres Generalissimus gelangt. Seine Exzellenz hätten geruht, mit eigenen Augen Kenntnis davon zu nehmen. Danach habe er die Angelegenheit vertraulich General Robles übertragen.

Auf den Wortlaut des Briefes, Señores, kann ich mich jetzt nicht besinnen. Ich sah die Unterschrift von Gaspar Ruiz. Er war ein kühner Bursche. Er hatte sich eine Seele aus der Katastrophe gerettet, wie Sie sich erinnern. Und nun hatte ihm dieser Mensch die Worte des Briefes diktiert. Sein Ton war sehr selbstsicher. Ich erinnere mich, daß er mir damals erhaben, würdevoll vorkam. Es war zweifelsohne ihr Brief. Jetzt macht mich das Ausmaß seiner Doppelzüngigkeit schaudern. Man hatte Gaspar Ruiz dazu gebracht, sich über die Ungerechtigkeit, deren Opfer er geworden war, zu beklagen. Er berief sich auf die Treue und den Mut, die er früher bewiesen hatte. Durch das wunderbare Eingreifen der Vorsehung vor dem Tode errettet, könne er an nichts anderes denken als daran, seinen Ruf wiederherzustellen. Er könne nicht hoffen, so schrieb er, das als einfacher, entehrter Soldat, den man immer noch verdächtige, zu erreichen. Er habe Mittel, einen schlagenden Beweis seiner Treue zu liefern. Er schloß damit, daß er dem Generalissimus ein Treffen um Mitternacht mitten auf der Plaza vor der Moneda vorschlug. Das dreimalige Entzünden eines Feuerzeugs sollte als Zeichen dienen, das sei nicht zu auffällig und doch deutlich genug wahrnehmbar.

San Martin, der große Befreier, liebte kühne und mutige

Männer. Überdies war er gerecht und hatte Mitgefühl. Ich erzählte ihm soviel von der Geschichte des Mannes, wie ich wußte, und mir wurde befohlen, ihn in der festgesetzten Nacht zu begleiten. Die Signale wurden pünktlich getauscht. Es war Mitternacht, und die ganze Stadt lag finster und still. Ihre beiden verhüllten Gestalten begegneten sich in der Mitte der großen Plaza, und ich, der ich mich diskret in einiger Entfernung aufhielt, vernahm eine Stunde oder länger das Gemurmel ihrer Stimmen. Dann gab mir der General ein Zeichen näherzukommen, und als ich es tat, hörte ich, wie San Martin, der zu Vornehmen und Geringen gleichermaßen freundlich war, Gaspar Ruiz für die Nacht die Gastfreundschaft des Hauptquartiers anbot. Doch der Soldat lehnte ab und sagte, er verdiene diese Ehre nicht, bis er etwas vollbracht habe.

‚Sie können einem gemeinen Deserteur nicht erlauben, Ihr Gast zu sein, Exzellenz', protestierte er mit leisem Lachen, trat zurück und verschmolz allmählich mit der Dunkelheit.

Der Oberbefehlshaber bemerkte mir gegenüber, als wir weggingen: ‚Er hatte jemanden bei sich, unser Freund Ruiz. Ich sah einen Augenblick lang zwei Gestalten. Es war ein unauffälliger Begleiter.'

Auch ich hatte gesehen, wie sich eine weitere Gestalt den entschwindenden Konturen von Gaspar Ruiz anschloß. Sie sah aus wie ein kleiner Mann mit einem Poncho und einem großen Hut. Und ich fragte mich einfältig, wer es wohl sein könnte, den er ins Vertrauen zu ziehen gewagt hatte. Ich hätte mir denken müssen, daß es niemand anders als jenes gefährliche Mädchen sein konnte – doch leider!

Wo er sie verborgen hielt, weiß ich nicht. Er hatte – das wurde später bekannt – einen Onkel in Santiago, den Bruder seiner Mutter, einen kleinen Ladenbesitzer. Vielleicht fand sie dort ein Dach über dem Kopf und Essen. Was sie auch vorgefunden haben mag, es war ärmlich genug, um ihren Stolz zu reizen und ihren Zorn und Haß aufrechtzuerhalten. Es ist sicher, daß sie ihn nicht bei der Tat begleitete, die zuerst zu vollbringen er sich erboten hatte. Es handelte sich um nichts Geringeres als die Zerstörung eines Lagers von Kriegsmaterial, das die spanischen Behörden im Süden in einer Stadt mit dem Namen Linares heimlich zusammengetragen hatten. Gaspar Ruiz wurde nur ein kleiner Trupp anvertraut, doch sie erwiesen sich des Vertrauens von San Martin als würdig. Die Jahreszeit war ungünstig. Sie mußten Hochwasser führende Flüsse durchschwimmen. Sie schienen jedoch Tag und Nacht im Galopp geritten zu sein und waren somit schneller als die Nachricht von ihrem Überfall, sie nahmen ihren Weg direkt auf die Stadt zu, hundert Meilen ins Feindesland hinein, bis sie bei Tagesanbruch mit dem Säbel in der Hand in den Ort hineinritten und die kleine Besatzung überraschten. Sie floh, ohne Widerstand geleistet zu haben, und ließ die meisten ihrer Offiziere in Gaspar Ruiz' Gewalt zurück.

Eine große Explosion von Schießpulver beendete den Brand der Magazine, die die Angreifer ohne Zeit zu verlieren angesteckt hatten. Nach weniger als sechs Stunden ritten sie in dem gleichen wahnsinnigen Tempo davon, ohne einen einzigen Mann verloren zu haben. Sie waren zwar gut, doch eine solche Heldentat kann ohne eine noch bessere Führung nicht vollbracht werden.

Ich speiste gerade im Hauptquartier, als Gaspar Ruiz selbst die Nachricht von seinem Erfolg brachte. Und es war ein schwerer Schlag für die royalistischen Truppen. Als Beweis zeigte er uns die Fahne der Garnison. Er holte sie unter seinem Poncho hervor und warf sie auf den Tisch. Der Mann war verwandelt; es lag etwas Triumphierendes und Drohendes in seinem Gesichtsausdruck. Er stand hinter General San Martins Stuhl und sah uns alle stolz an. Auf dem Kopf trug er eine runde blaue Mütze, die mit silberner Tresse umrandet war, und wir alle konnten in seinem sonnengebräunten Nacken eine große weiße Narbe sehen.

Jemand fragte ihn, was er mit den gefangengenommenen spanischen Offizieren gemacht habe.

Er zuckte verächtlich die Achseln. ‚Was für eine Frage! In einem Freischärlerkrieg belastet man sich nicht mit Gefangenen. Ich habe sie laufen lassen – und hier sind ihre Säbelquasten.'

Er warf ein Bündel davon auf die Fahne auf dem Tisch. Dann sprach General Robles, den ich dorthin begleitet hatte, mit seiner lauten, heiseren Stimme: ‚Das haben Sie also gemacht! Mein tapferer Freund, dann wissen Sie noch nicht, wie ein Krieg wie der unsere geführt werden muß. Das hier hätten Sie machen sollen.' Und er ließ seine Handkante quer über die eigene Kehle gleiten.

Ach, Señores! Es war nur zu wahr, daß dieser Kampf, seinem Wesen nach so heroisch, auf beiden Seiten von Grausamkeit besudelt war. Das Gemurmel, das bei General Robles' Worten aufkam, war keineswegs einmütig. Doch der großmütige und tapfere San Martin pries die menschliche Tat und wies Ruiz einen Platz zu seiner Rechten an. Dann erhob er sich mit einem vollen Glas und brachte einen Trinkspruch aus: ‚Caballeros und Waffengefährten! Lassen Sie uns auf die Gesundheit von Hauptmann Gaspar Ruiz trinken.' Und als wir unsere Gläser geleert hatten, fuhr der Oberbefehlshaber fort: ‚Ich habe vor, ihn mit dem Schutz unserer Südgrenze zu betrauen, während wir weit fort ziehen, um unsere Brüder in Peru zu befreien. Er, den der Feind nicht daran hindern konnte, einen Schlag genau gegen seine entscheidende Stelle zu führen, wird wissen, wie man die friedliche Bevölkerung schützen muß, die wir hinter uns zurücklassen, um unserer heiligen Aufgabe nachzugehen.' Und er umarmte den schweigenden Gaspar Ruiz an seiner Seite.

Später, als wir alle vom Tisch aufgestanden waren, trat ich an den neuesten Offizier der Armee mit meinen Glückwünschen heran.

‚Und, Hauptmann Ruiz', fügte ich hinzu, ‚vielleicht haben Sie nichts dagegen, einem Mann, der immer an die Geradheit Ihres Charakters glaubte, zu erzählen, was in jener Nacht aus Doña Erminia wurde?'

Bei dieser freundlichen Frage veränderte sich sein Gesichtsausdruck. Er sah mich unter seinen Brauen hervor mit dem düsteren, dumpfen Blick eines Guasso – eines

Bauern – an. ‚Señor Teniente', sagte er mit belegter Stimme und als wäre er sehr niedergeschlagen, ‚fragen Sie mich nicht nach der Señorita, denn ich ziehe es vor, überhaupt nicht an sie zu denken, wenn ich mit Ihnen zusammen bin.'

Er legte die Stirn in Falten und ließ den Blick durch den Raum gleiten, der voller rauchender und sich unterhaltender Offiziere war. Natürlich bestand ich nicht darauf.

Das, Señores, waren für lange, lange Zeit die letzten Worte, die ich aus seinem Munde vernehmen sollte. Genau am nächsten Tag schifften wir uns zu unserem schweren Feldzug nach Peru ein und hörten nur während unserer eigenen Schlachten von Gaspar Ruiz' Taten. Er war zum militärischen Hüter unserer Südprovinz ernannt worden. Er stellte eine Partida auf. Doch seine Milde gegenüber dem besiegten Feind mißfiel dem Zivilgouverneur, der ein pedantischer, unsicherer Mensch voller Argwohn war. Er schickte Berichte gegen Gaspar Ruiz an die Oberste Regierung; in einem davon hieß es, er habe öffentlich mit großem Pomp eine Frau von royalistischen Neigungen geheiratet. Es mußte zwischen diesen beiden Männern von sehr unterschiedlichem Charakter zu Streitigkeiten kommen. Schließlich begann der Zivilgouverneur sich über seine Untätigkeit zu beschweren und Andeutungen über Verrat zu machen, was, wie er schrieb, nicht überraschen würde bei einem Manne mit solcher Vorgeschichte. Gaspar Ruiz hörte davon. Seine Wut flammte auf, und die Frau, die immer an seiner Seite war, wußte sie mit listigen Worten zu nähren. Ich weiß nicht, ob die Oberste Regierung wirklich jemals – wie er sich später beklagte – den Befehl zu seiner Verhaftung schickte. Es scheint sicher, daß der Zivilgouverneur anfing, bei seinen Offizieren gegen ihn zu intrigieren und daß Gaspar Ruiz das herausfand.

Eines Abends – der Gouverneur gab eine Tertullia – ritt Gaspar Ruiz, gefolgt von sechs Männern, denen er vertrauen konnte, durch die Stadt; er erschien an der Tür des Gouverneursgebäudes und betrat bewaffnet und mit dem Hut auf dem Kopf den Saal. Als der Gouverneur ungehalten auf ihn zukam, faßte er den unglücklichen Mann um den Leib, trug ihn aus der Mitte der entsetzten Gäste fort, als wäre er ein Kind, und warf ihn die Außentreppe hinunter auf die Straße. Eine zornige Umarmung von Gaspar Ruiz genügte, um aus einem Riesen das Leben herauszuquetschen; aber Gaspar Ruiz' Reiter feuerten zuzüglich noch ihre Pistolen auf den Körper des reglos am Fuße der Treppe liegenden Gouverneurs ab.

10

Nach diesem – wie er es nannte – Akt der Gerechtigkeit überquerte Ruiz den Rio Blanco, gefolgt von dem größeren Teil seiner Bande, und verschanzte sich auf einem Hügel. Eine Kompanie regulärer Truppen, die man törichterweise gegen ihn geschickt hatte, wurde umzingelt und beinahe bis auf den letzten Mann vernichtet. Andere Unternehmen waren, obwohl besser organisiert, gleichermaßen erfolglos.

Während dieser blutigen Scharmützel zeigte sich seine Frau zum erstenmal zu Pferde zu seiner Rechten. Durch seine Erfolge stolz und selbstsicher geworden, griff Ruiz nicht mehr an der Spitze seiner Partida an, sondern blieb dünkelhaft wie ein General, der die Bewegungen einer Armee lenkt, auf einem guten Pferd reglos im Hintergrund auf einer Anhöhe und sandte seine Befehle aus. Man sah sie wiederholt an seiner Seite und hielt sie lange Zeit fälschlicherweise für einen Mann. Es gab damals viel Gerede von einem geheimnisvollen bleichgesichtigen Häuptling, dem man die Mißerfolge unserer Truppen zuschrieb. Sie ritt im Herrensitz, wie eine Indianerin, und trug einen breitrandigen Männerhut und einen dunklen Poncho. Später, in der Zeit ihres größten Glücks, war dieser Poncho mit Goldstickerei verziert, und sie trug damals auch den Säbel des armen Don Antonio de Leyva. Der altgediente chilenische Offizier hatte das Pech gehabt, mit seiner kleinen Streitmacht umzingelt zu werden, die Munition war ihm ausgegangen, und er hatte in den Händen der Araukanerindianer, der Verbündeten und Helfer von Gaspar Ruiz, den Tod gefunden. Es war das verhängnisvolle Ereignis, von dem man später noch lange als dem Blutbad auf der Insel sprach. Den Säbel des unglücklichen Offiziers übergab ihr Peneleo, der Araukanerhäuptling; denn die Indianer, beeindruckt von ihrem Anblick, der totenähnlichen Blässe ihres Gesichts, auf die die Witterung keinerlei Einfluß zu haben schien, und ihrer ruhigen Gelassenheit bei Beschuß, betrachteten sie als ein überirdisches Wesen oder zumindest als eine Zauberin. Durch diesen Aberglauben wuchsen Ansehen und Autorität von Gaspar Ruiz unter jenen unwissenden Menschen außerordentlich. An dem Tag, da sie sich den Säbel von Don Antonio de Leyva umschnallte, muß sie ihre Rache in vollem Maße ausgekostet haben. Er hing immer an ihrer Seite, es sei denn, sie zog ihre Frauenkleider an – nicht daß sie ihn hatte jemals benutzen wollen oder können, aber sie liebte es, zu spüren, wie er an ihren Schenkel schlug, als eine ständige Erinnerung und als Symbol für die den Waffen der Republik zugefügte Schande. Sie war unersättlich. Überdies gab es auf dem Weg, auf den sie Gaspar Ruiz geführt hatte, kein Halten. Entflohene Gefangene – und es waren ihrer nicht viele – pflegten zu berichten, wie sie mit ein paar geflüsterten Worten seinen Gesichtsausdruck verändern und seine nachlassende Feindseligkeit wieder anfachen konnte. Sie erzählten, wie er nach jedem Gefecht, nach jedem Überfall, nach jedem erfolgreichen Unternehmen zu ihr ritt und ihr ins Gesicht blickte, das nie gelöst war in seiner hochmütigen Ruhe. Ihre Umarmung, Señores, muß so kalt gewesen sein wie die Umarmung einer Statue. Er versuchte, ihr eisiges Herz in einem Strom warmen Blutes zu schmelzen. Einige englische Marineoffiziere, die ihn zu jener Zeit aufsuchten, bemerkten den seltsamen Charakter seiner Verliebtheit."

Als sich unter seinen Zuhörern Verwunderung und Neugier regten, hielt General Santierra einen Augenblick lang inne.

„Ja – englische Marineoffiziere“, wiederholte er. „Ruiz

hatte sich bereit erklärt, sie zu empfangen, um die Freilassung einiger Gefangener Ihrer Nationalität in die Wege zu leiten. In dem Gebiet, in dem er umherstreifte, von der Meeresküste bis zu den Anden, gab es eine Bucht, die die Schiffe jener Zeit, nachdem sie Kap Horn umsegelt hatten, häufig wegen Holz und Wasser aufsuchten. Dort kaperte er, nachdem er die Mannschaft an Land gelockt hatte, zuerst die Walfängerbrigg ‚Hersalia', und später machte er sich durch Überrumpelung zum Herrn zweier weiterer Schiffe, eines englischen und eines amerikanischen.

Man munkelte damals, er denke daran, eine eigene Flotte zu gründen. Doch das war natürlich unmöglich. Immerhin bemannte er die Brigg mit einem Teil ihrer eigenen Besatzung, beorderte einen seiner Offiziere und eine beträchtliche Anzahl seiner Leute an Bord und schickte sie zum spanischen Gouverneur der Insel Chiloé mit einem Bericht von seinen Heldentaten und einer Forderung nach Unterstützung im Krieg gegen die Rebellen. Der Gouverneur konnte nicht viel für ihn tun, aber er schickte als Antwort zwei leichte Feldgeschütze, ein Grußschreiben mit einer Ernennungsurkunde zum Oberst der königlichen Streitkräfte und eine große spanische Flagge. Diese Fahne wurde über seinem Hause mitten im Araukanerland sehr feierlich gehißt. Sicherlich hat sie ihren Mann, den Guasso, an jenem Tag mit weniger hochmütiger Zurückhaltung angelächelt.

Der rangälteste Offizier des englischen Flottengeschwaders an unserer Küste wurde wegen der Gefangenen bei unserer Regierung vorstellig. Doch Gaspar Ruiz weigerte sich, mit uns zu verhandeln. Da begab sich eine englische Fregatte in die Bucht, und ihr Kapitän, der Arzt und zwei Leutnants gingen unter sicherem Geleit ins Innere des Landes. Sie wurden gut aufgenommen und verbrachten drei Tage als Gäste des Freischärleranführers. In seinem Haus herrschte eine Art militärisch-barbarischer Zustand. Es war mit der Beute aus Grenzstädten eingerichtet. Als sie zum erstenmal in das Empfangszimmer vorgelassen wurden, sahen sie seine Frau daniederliegen (sie war damals nicht bei guter Gesundheit) und Gaspar Ruiz am Fußende der Chaiselongue sitzen. Sein Hut lag auf dem Fußboden, und seine Hände ruhten auf dem Griff seines Säbels.

Während dieses ersten Gesprächs nahm er seine großen Hände nicht vom Säbelgriff, außer einmal, um sorgsam und sacht die Decken um sie herum in Ordnung zu bringen. Sie bemerkten, daß er, immer wenn sie sprach, den Blick auf sie heftete in einer Art erwartungsvoller, atemloser Spannung und dabei scheinbar die Existenz der Welt und auch seine eigene Existenz vergaß. Im Verlauf des Abschiedsessens, bei dem sie, auf ihrer Chaiselongue liegend, zugegen war, erging er sich in Klagen über die Behandlung, die ihm zuteil geworden sei. Nach General San Martins Abzug sei er von Spionen umgeben gewesen, von Zivilbeamten verleumdet worden, seine Dienste seien ignoriert, seine Freiheit und sogar sein Leben seien von der chilenischen Regierung bedroht worden. Er stand vom Tisch auf, stieß, den Raum wild durchmessend, mit Donnerstimme Verwünschungen aus und setzte sich dann auf die Chaiselongue zu Füßen seiner Frau, während sich sein Brustkorb hob und senkte und sein Blick auf den Fußboden geheftet war. Sie lag auf dem Rücken, den Kopf auf den Kissen und die Augen fast geschlossen.

‚Und jetzt bin ich ein geachteter spanischer Offizier', fügte er mit ruhiger Stimme hinzu.

Da ergriff der Kapitän der englischen Fregatte die Gelegenheit und teilte ihm mit, daß Lima gefallen sei und daß die Spanier vertragsgemäß vom ganzen Kontinent abzögen.

Gaspar Ruiz hob den Kopf und erklärte ohne zu zögern und mit unterdrückter Heftigkeit, daß er, selbst wenn sich kein einziger spanischer Soldat mehr auf dem ganzen südamerikanischen Kontinent befände, den Kampf gegen Chile bis zum letzten Blutstropfen unbeirrt weiterführen würde. Als er diese wütende Tirade beendet hatte, hob sich die lange weiße Hand seiner Frau, und nur für den Bruchteil einer Sekunde streichelte sie sein Knie mit ihren Fingerspitzen.

Während der restlichen Zeit des Aufenthalts der Offiziere, der nach dem Festessen keine halbe Stunde mehr dauerte, floß der grimmige Anführer einer ebenso tollkühnen wie hoffnungslosen Partida vor Liebenswürdigkeit und Freundlichkeit über. Er war zuvor gastfreundlich gewesen, doch nun schien es, als könne er nicht genug für die Behaglichkeit und Sicherheit des Rückwegs seiner Besucher zu ihrem Schiff tun.

Nichts, so erzählte man mir, hätte einen größeren Kontrast zu seiner früheren Gewalttätigkeit oder der gewohnten wortkargen Zurückhaltung seines Verhaltens bilden können. Wie ein Mann, der durch ein unerwartetes Glück über alle Maßen freudig erregt ist, floß er vor Wohlwollen, Liebenswürdigkeit und Aufmerksamkeiten über. Er umarmte die Offiziere wie Brüder, beinahe mit Tränen in den Augen. Jeder der freigelassenen Gefangenen wurde mit einem Goldstück beschenkt. Im letzten Augenblick erklärte er plötzlich, er müsse wenigstens noch den Kapitänen der Handelsschiffe all ihr persönliches Eigentum zurückgeben. Diese unerwartete Großzügigkeit verursachte eine Verzögerung bei der Abreise der Gruppe, und ihr erster Tagesmarsch fiel sehr kurz aus.

Spätabends ritt Gaspar Ruiz mit einer Eskorte an ihre Lagerfeuer und brachte ein mit Weinkisten beladenes Maultier mit. Er sei, sagte er, zu einem Abschiedstrunk mit seinen englischen Freunden gekommen, die er nie wiedersehen würde. Er war heiter und frohgelaunt. Er erzählte Geschichten von seinen eigenen Heldentaten, lachte wie ein Junge, borgte sich eine Gitarre vom ersten Maultiertreiber der Engländer und sang, mit gekreuzten Beinen auf seinem extrafeinen Poncho sitzend, der vor der Glut des erlöschenden Feuers ausgebreitet war, mit sanfter Stimme ein Guasso-Liebeslied. Dann sank ihm der Kopf auf die Brust, die Hände glitten ihm auf den Boden, und die Gitarre rutschte von seinen Knien – und ein großes Schweigen breitete sich über das Lager aus nach dem Liebeslied des unversöhnlichen Freischärlers, der so viele unserer Leute über ihre zerstörten Häuser und ihre jäh zu Ende gegangenen Lieben zum Weinen gebracht hatte.

Bevor jemand etwas sagen konnte, sprang er auf und rief nach seinem Pferd.

‚Adios, meine Freunde!' schrie er. ‚Geht mit Gott. Ich liebe euch, und sagt ihnen ja in Santiago, daß es zwischen Gaspar Ruiz, Oberst des Königs von Spanien, und den republikanischen Aaskrähen von Chile Krieg bis zum letzten Atemzug geben wird – Krieg! Krieg! Krieg!'

Mit dem lauten Schrei ‚Krieg! Krieg! Krieg!', in den seine Eskorte einfiel, ritten sie davon, und Hufgetrappel und Stimmen verhallten in der Ferne zwischen den Hügeln.

Die beiden jungen englischen Offiziere waren überzeugt, Ruiz sei wahnsinnig. Wie sagen Sie da? – bei ihm war eine Schraube locker – nicht wahr? Doch der Arzt, ein aufmerksamer Schotte mit viel Scharfsinn und Gelassenheit in seinem Charakter, erzählte mir, daß es sich um einen sehr merkwürdigen Fall von Besessenheit gehandelt habe. Ich begegnete ihm viele Jahre später, aber er erinnerte sich sehr gut an das Erlebnis. Er sagte mir auch, daß die Frau seiner Meinung nach Gaspar Ruiz nicht direkt überredet habe, blutigen Verrat zu üben, sondern daß sie in seinem schlichten Gemüt geschickt das brennende Gefühl eines nicht wiedergutzumachenden Unrechts erweckt und wachgehalten habe. Mag sein, mag sein. Doch ich würde sagen, sie ergoß die Hälfte ihrer rachsüchtigen Seele in den starken Leib jenes Mannes, wie man Rausch, Wahnsinn, Gift in einen leeren Kelch gießen mag.

Wenn er Krieg wollte, so bekam er ihn allen Ernstes, als unsere siegreiche Armee langsam aus Peru zurückkehrte. Man plante systematische Operationen gegen diesen Schandfleck auf der Ehre und der Wohlfahrt unserer kaum errungenen Unabhängigkeit. General Robles führte mit bekannter unbarmherziger Härte das Kommando. Auf beiden Seiten kam es zu grausamen Vergeltungsmaßnahmen, und es gab keinen Pardon im Felde. Mir hatte der Feldzug in Peru eine Beförderung eingebracht, und ich war jetzt Hauptmann im Stab.

Gaspar Ruiz sah sich hart bedrängt; zur selben Zeit erfuhren wir durch einen geflohenen Priester, den man aus seiner Dorfpfarre entführt und achtzig Meilen zu Pferde in die Berge gebracht hatte, damit er die Taufe vollziehe, daß ihnen eine Tochter geboren war. Ich vermute, um dieses Ereignis zu feiern, unternahm Ruiz weit hinten im Rücken unserer Truppen einen oder zwei glänzende Beutezüge; die Abteilungen, die ausgesandt waren, um ihm den Rückzug abzuschneiden, besiegte er. General Robles bekam vor Wut beinahe einen Schlaganfall. Er entdeckte für seine Schlaflosigkeit eine andere Ursache als Moskitostiche; doch gegen diese, Señores, übten Wassergläser voll Brandy pur keine größere Wirkung aus als die gleiche Menge Wasser. Er fing an, mich zu beschimpfen und gegen mich zu wüten wegen meines starken Mannes. Und ich fürchte, aus Ungeduld, diesen unrühmlichen Feldzug zu beenden, wurden wir jungen Offiziere alle leichtsinnig und neigten dazu, im Dienst unnötige Risiken einzugehen.

Dennoch rückten unsere Kolonnen langsam, sozusagen Zoll für Zoll an Gaspar Ruiz heran, obwohl es ihm gelungen war, das ganze wilde Volk der Araukanerindianer gegen uns aufzuwiegeln. Dann, nach einem Jahr oder noch später, erfuhr unsere Regierung durch ihre Agenten und Spione, daß er sogar ein Bündnis mit Carreras eingegangen war, dem sogenannten Diktator der sogenannten Republik Mendoza auf der anderen Seite des Gebirges. Ob Gaspar Ruiz damit eine verborgene politische Absicht hegte oder ob er nur einen sicheren Rückzug für seine Frau und sein Kind garantieren wollte, während er seinen von Überraschungen und Gemetzel gekennzeichneten Krieg gegen uns unbarmherzig fortsetzte, kann ich nicht sagen. Das Bündnis war jedoch eine Tatsache. Bei dem Versuch, unser Vorrücken vom Meer aus aufzuhalten, geschlagen, zog er sich mit der ihm eigenen Schnelligkeit zurück und bereitete sich auf einen neuen harten und gefährlichen Kampf vor, wobei er damit begann, daß er seine Frau mit dem kleinen Mädchen über die Pequeña-Gebirgskette an der Grenze zu Mendoza schickte.

II

Nun war aber Carreras unter dem Deckmantel von Politik und Liberalismus ein Schurke übelster Sorte, und der unglückselige Staat Mendoza war das Opfer von Dieben, Räubern, Verrätern und Mördern, die seine Partei ausmachten. Hinter einem noblen Äußeren verbarg sich ein Mann ohne Herz, Mitleid, Ehre oder Gewissen. Er strebte nach nichts anderem als der Tyrannei, und obwohl er Gaspar Ruiz für seine schändlichen Vorhaben ausnutzen wollte, merkte er doch bald, daß es für ihn zweckdienlicher wäre, die chilenische Regierung günstig zu stimmen. Es treibt mir die Schamröte ins Gesicht, wenn ich erzähle, daß er unserer Regierung vorschlug, unter bestimmten Bedingungen Frau und Kind des Mannes auszuliefern, der auf sein Ehrgefühl baute, und daß man dieses Angebot annahm.

Während sie über den Pequeña-Paß nach Mendoza unterwegs war, wurde sie von ihrer aus Carreras' Leuten bestehenden Eskorte verraten und dem Kommandanten eines chilenischen Forts im Hochland am Fuße der Hauptandenkette ausgeliefert. Dieses abscheuliche Geschäft hätte mich teuer zu stehen kommen können, denn um die Wahrheit zu sagen, ich war Gefangener in Gaspar Ruiz' Lager, als er die Nachricht erhielt. Ich war während einer Geländeerkundung gefangengenommen worden, und meine aus ein paar Kavalleristen bestehende Eskorte war von den Indianern seiner Leibwache durchbohrt worden. Mir war das gleiche Schicksal erspart geblieben, weil er gerade noch rechtzeitig mein Gesicht erkannt hatte. Zweifellos hielten mich meine Freunde für tot, und ich hätte zu keinem Zeitpunkt viel für mein Leben gegeben. Doch der starke Mann behandelte mich sehr gut, weil ich, wie er sagte, immer an seine Unschuld geglaubt und versucht hätte, ihm zu helfen, als er ein Opfer der Ungerechtigkeit gewesen sei.

‚Und jetzt', sprach er zu mir, ‚werden Sie sehen, daß ich immer die Wahrheit sage. Sie sind in Sicherheit.'

Ich glaubte nicht, mich in großer Sicherheit zu befinden,

als ich eines Nachts zu ihm gerufen wurde. Er schritt auf und ab wie ein wildes Tier und stieß hervor: ‚Verrat! Verrat!'

Er kam mit geballten Fäusten auf mich zu. ‚Ich könnte Ihnen den Hals abschneiden.'

‚Bekommen Sie dadurch Ihre Frau zurück?' sagte ich, so ruhig ich konnte.

‚Und das Kind!' brüllte er wie wahnsinnig. Er ließ sich in einen Sessel fallen und lachte schrecklich und unbändig. ‚O nein, Sie sind in Sicherheit.'

Ich beteuerte, daß das Leben seiner Frau ebenfalls in Sicherheit sei, aber ich sagte nicht, wovon ich überzeugt war – daß er sie nie wiedersehen würde. Er wollte Kampf bis zum Untergang, und der Kampf konnte nur mit seinem Untergang enden.

Er warf mir einen seltsamen, unerklärlichen Blick zu, saß da und murmelte fassungslos: ‚In ihrer Gewalt. In ihrer Gewalt!'

Ich blieb still wie eine Maus vor einer Katze.

Plötzlich sprang er auf. ‚Was mache ich hier?' rief er, öffnete die Tür und schrie Befehle, zu satteln und aufzusitzen. ‚Wie war das?' stammelte er und kam auf mich zu. ‚Das Pequeña-Fort, ein Palisadenfort! Kleinigkeit. Ich würde sie zurückbekommen, wenn sie im Innersten des Berges versteckt wäre.' Zu meinem Erstaunen fügte er mühsam hinzu: ‚Ich habe sie auf meinen beiden Armen fortgetragen, als die Erde bebte. Und zumindest das Kind ist mein. Zumindest die Kleine ist mein!'

Das waren seltsame Worte, doch ich hatte keine Zeit, mich zu wundern.

‚Sie kommen mit mir', sagte er heftig. ‚Es könnte sein, daß ich verhandeln möchte, und jedem anderen Kurier von Ruiz, dem Banditen, würde man den Hals abschneiden.'

Das war nur zu wahr. Zwischen ihm und dem Rest der zornigen Menschheit konnte es keine Verständigung entsprechend den Bräuchen ehrenhafter Kriegführung geben.

Nach weniger als einer halben Stunde saßen wir im Sattel und sprengten wild durch die Nacht. Er hatte in seinem

Quartier nur zwanzig Mann bei sich, wollte aber nicht auf mehr warten. Doch er schickte Kuriere zu Peneleo, dem Indianerhäuptling, der damals im Vorgebirge umherstreifte, und wies ihn an, seine Krieger ins Hochland zu bringen und ihn an einen See, der Auge des Wassers hieß und in dessen Nähe das Grenzfort Pequeña erbaut worden war, zu treffen.

Wir durchquerten das Tiefland mit jener unermüdbaren Schnelligkeit, die Gaspar Ruiz' Angriffe so berühmt gemacht hatte. Wir folgten den tieferen Tälern bis hoch zu ihren steil abfallenden Höhen. Der Ritt war nicht ohne Gefahren. An einer abschüssigen Basaltwand schlängelte sich eine Straße mit Mauerbrüstung um einen vorspringenden Felsen, und schließlich kamen wir aus dem Dunkel einer tiefen engen Schlucht auf das Hochland von Pequeña.

Es war eine Ebene mit zähem grünem Gras und spärlichen, in Blüte stehenden Büschen; doch hoch über unseren Köpfen, in den Falten und Spalten der großen Felsenwände, hingen noch Schneereste. Der kleine See war rund wie ein starr blickendes Auge. Die Besatzung des Forts trieb gerade ihre aus wenigen Tieren bestehende Rinderherde hinein, als wir auftauchten. Dann wurden die großen Holztore zugestoßen, und die viereckige Einfriedung aus dicken geschwärzten Pfählen, die nach oben spitz zuliefen und kaum die grasbedeckten Dächer der Hütten dahinter verbargen, schien verlassen, leer, ohne eine Menschenseele.

Als aber jene darin von einem Mann, der auf Gaspar Ruiz' Befehl furchtlos vorgeritten war, aufgefordert wurden, sich zu ergeben, antworteten sie mit einer Salve, die ihn und sein Pferd zu Boden streckte. Ich hörte, wie Ruiz neben mir mit den Zähnen knirschte. ‚Das macht nichts', sagte er. ‚Jetzt sind Sie dran.'

Man erkannte die Überreste meiner zerlumpten, zerrissenen und verblichenen Uniform und ließ mich auf Hörweite herankommen, dann mußte ich warten, weil eine Stimme, die vor Freude und Überraschung durch einen Sehschlitz brüllte, mich nicht zu Wort kommen ließ. Es war die Stimme von Major Pajol, einem alten Freund. Er hatte wie meine anderen Kameraden gedacht, ich sei vor langer Zeit getötet worden.

‚Gib deinem Pferd die Sporen, Mann!' schrie er in größter Aufregung. ‚Wir machen für dich das Tor auf.'

Ich ließ die Zügel aus der Hand sinken und schüttelte den Kopf. ‚Ich bin ihm moralisch verpflichtet', schrie ich.

‚Dem?' rief er mit grenzenlosem Abscheu.

‚Er verspricht euch das Leben.'

‚Unser Leben gehört uns. Und du, Santierra, rätst du uns, vor diesem Rastrero die Waffen zu strecken?'

‚Nein!' rief ich. ‚Aber er will seine Frau und sein Kind, und er kann euch das Wasser absperren.'

‚Dann wäre sie die erste, die darunter zu leiden hätte. Das kannst du ihm sagen. Sieh mal – das ist doch alles Unsinn: Wir stürmen hinaus und holen dich.'

‚Lebend kriegt ihr mich nicht', sagte ich bestimmt.

‚So ein Schwachsinn!'

‚Um Gottes willen', fuhr ich hastig fort, ‚öffnet nicht das Tor.' Und ich deutete auf die Menge von Peneleos Indianern, die die Ufer des Sees säumten.

Ich hatte noch nie so viele dieser Wilden zusammen gesehen. Ihre Speere schienen so zahlreich wie Grashalme. Ihre heiseren Stimmen machten ein ungeheures, unverständliches Geräusch, das dem Rauschen des Meeres glich.

Mein Freund Pajol fluchte vor sich hin. ‚Na dann – geh zum Teufel!' rief er gereizt. Aber als ich umdrehte, bereute er es, denn ich hörte, wie er schnell sagte: ‚Schießt auf das Pferd dieses Narren, bevor er weg ist.'

Er hatte gute Schützen. Zwei Schüsse ertönten, und gerade in dem Moment, da ich wendete, wankte mein Pferd, fiel und lag reglos da wie vom Blitz getroffen. Ich zog meine Füße aus den Steigbügeln und rollte von ihm weg, aber ich versuchte nicht, mich zu erheben. Auch sie wagten es nicht, herauszustürzen und mich hineinzuziehen.

Die Indianermassen hatten begonnen, sich auf das Fort zuzubewegen. Sie ritten in Gruppen heran, ihre langen Chusos schwenkend; dann sprangen sie außer Musketenschußweite von den Pferden, warfen ihre Fellumhänge ab und rückten mit nackten Oberkörpern zum Angriff vor, wobei sie mit den Füßen stampften und rhythmisch brüllten. Dreimal blitzte an der gesamten Vorderseite des Forts Feuer auf, ohne daß dadurch ihr stetiger Vormarsch aufgehalten wurde. Sie drängten sich bis unmittelbar an die Pfähle heran und schwangen ihre breiten Messer. Doch diese Palisade wurde nicht in üblicher Weise durch Lederschnüre zusammengehalten, sondern durch lange Eisennägel, die sie nicht durchtrennen konnten. Bestürzt über das Versagen ihrer gewohnten Methode, sich mit Gewalt Zugang zu verschaffen, wichen die Heiden, die so unbeirrt dem Musketenfeuer entgegenmarschiert waren, zurück und flohen unter den Salven der Belagerten.

Unmittelbar nachdem sie auf ihrem Vormarsch an mir vorüber waren, stand ich auf und kehrte wieder zu Gaspar Ruiz auf die niedrige Bergkette zurück, die über der Ebene emporragte. Die Musketen seiner eigenen Leute hatten den Angriff gesichert, doch nun ließ ein Trompeter auf ein Zeichen von ihm das ‚Feuer einstellen' erschallen. Gemeinsam schauten wir schweigend auf die hoffnungslose Flucht der Wilden.

‚Dann belagern wir sie eben', murmelte er. Und ich nahm wahr, wie er verstohlen die Hände rang.

Aber was konnte das für eine Belagerung sein? Ich brauchte die Botschaft meines Freundes Pajol nicht zu wiederholen, Ruiz wagte es ohnehin nicht, den Belagerten das Wasser abzusperren. Sie hatten reichlich zu essen. Und hätten sie tatsächlich Mangel gelitten, wäre er überaus bestrebt gewesen, ihnen Nahrungsmittel in die Palisade zu schicken, wenn er es vermocht hätte. Doch in Wirklichkeit waren es wir auf der Ebene, die den quälenden Hunger zu spüren begannen.

Peneleo, der Indianerhäuptling, saß an unserem Feuer, eingehüllt in seinen weiten Umhang aus Guanakohäuten. Er war ein Wilder von athletischem Körperbau mit einem enormen eckigen Kopf, dessen Haarschopf in Gestalt und Größe einem Bienenkorb aus Stroh ähnelte, und einem ernsten, groben, stark durchfurchten Gesicht. In seinem gebrochenen Spanisch wiederholte er, knurrend wie ein schlecht gelauntes wildes Tier, daß seine Männer, machte man eine noch so kleine Öffnung in die Palisade, eindringen und die Señora holen würden – nicht anders.

Gaspar Ruiz, der ihm gegenübersaß, hielt seinen Blick sozusagen Tag und Nacht in furchtbarem Schweigen unbeweglich auf das Fort gerichtet. Unterdessen erfuhren wir durch Melder aus dem Tiefland, die fast täglich eintrafen, von der Niederlage eines seiner Unterführer im Maipu-Tal. Weiter ausgesandte Späher brachten Nachricht von einer Infanteriekolonne, die zur Unterstützung des Forts über entfernte Pässe vorrückte. Sie kamen nur langsam voran, doch wir konnten ihr mühsames Vordringen die tieferen Täler hinauf verfolgen. Ich fragte mich, warum Ruiz nicht zum Angriff marschierte und diese drohende Streitmacht nicht gemäß seinem Genius für Bandenkrieg in irgendeiner gefährlichen, für einen Hinterhalt geeigneten Felsschlucht vernichtete. Doch sein Genius schien ihn seiner Verzweiflung überlassen zu haben.

Es war für mich offensichtlich, daß er sich vom Anblick des Forts nicht losreißen konnte. Ich versichere Ihnen, Señores, der Anblick dieses ohnmächtigen starken Mannes, der gleichgültig gegen Sonne, Regen, Kälte und Wind auf dem Bergkamm saß, erregte beinahe Mitleid in mir, wie er so, die Hände um die Beine geschlungen, das Kinn auf die Knie gestützt, starrte, starrte, starrte.

Und das Fort, auf das er seinen Blick unentwegt heftete, war ebenso reglos und stumm wie er. Die Besatzung gab kein Lebenszeichen von sich. Sie reagierte nicht einmal auf das vereinzelte, auf die Schießscharten gerichtete Feuer.

Eines Nachts, als ich an ihm vorbeischlenderte, sprach er mich unverhofft an, ohne dabei seine Körperhaltung zu ändern. ‚Ich habe nach einem Geschütz geschickt', sagte er. ‚Ich werde noch Zeit haben, sie zu holen und mich zurückzuziehen, bevor es Ihr Robles schafft, hier heraufzukrauchen.'

Er hatte ins Flachland nach einem Geschütz geschickt. Es dauerte lange, bis es kam, doch schließlich traf es ein.

Es war ein Siebenpfünder-Feldgeschütz. Aus der Lafette gehoben und quer an zwei lange Stangen gebunden, hatte man es zwischen zwei Maultieren mühelos die engen Wege heraufgebracht. Sein wilder Jubelschrei bei Tagesanbruch, als er die Geschützeskorte aus dem Tal auftauchen sah, klingt mir jetzt noch in den Ohren.

Doch, Señores, mir fehlen die Worte, seine Bestürzung, seinen Zorn, seine Verzweiflung und Erregung zu beschreiben, als er erfuhr, daß das mit der Lafette beladene Tier während des letzten Nachtmarsches aus irgendeinem Grunde einen Abgrund hinuntergestürzt war. Er erging sich in Todes- und Folterdrohungen gegen die Eskorte. Ich hielt mich den ganzen Tag von ihm fern, lag hinter ein paar Büschen und fragte mich, was er jetzt tun würde. Ihm blieb der Rückzug, aber er konnte sich nicht zurückziehen.

Unterhalb von mir sah ich, wie sein Kanonier, Jorge, ein alter spanischer Soldat, aus aufeinandergestapelten Sätteln eine Art Tragwerk baute. Man hob das geladene Geschütz darauf, doch beim Abfeuern fiel die ganze Sache zusammen, und das Geschoß flog hoch über die Palisade hinweg.

Weitere Versuche unternahm man nicht. Man hatte auch eines der Munitionsmaultiere verloren und verfügte über nicht mehr als sechs Kugeln; durchaus genug, um das Tor zu zerschmettern, vorausgesetzt, das Geschütz wurde gut gerichtet. Das war unmöglich, wenn man es nicht richtig in Stellung brachte. Man hatte weder die Zeit noch die Mittel, eine Lafette zu bauen. Ich erwartete bereits jeden Augenblick, Robles' Hornsignale zwischen den Felsen widerhallen zu hören.

Peneleo, der, in seine Felle gehüllt, unruhig umherstreifte, setzte sich einen Augenblick lang in meine Nähe und knurrte seine übliche Geschichte: ‚Eine Entrada – ein Loch – machen. Wenn machen ein Loch, bueno. Wenn machen kein Loch, dann vamos – wir müssen fort.'

Nach Sonnenuntergang bemerkte ich mit Verwunderung, daß die Indianer anscheinend Vorbereitungen zu einem weiteren Angriff trafen. Ihre Reihen waren in den Schatten der Berge aufgestellt. Auf der Ebene vor dem Tor des Forts sah ich, wie sich eine Gruppe von Männern an einer Stelle zu schaffen machte.

Ich begab mich unbeachtet vom Bergkamm hinunter. In der klaren Luft des Hochlandes war das Mondlicht taghell, doch die tiefen Schatten ließen mich nicht deutlich erkennen, was sie taten. Ich hörte die Stimme von Jorge, dem Kanonier, in seltsamem, zweifelndem Ton sagen: ‚Es ist geladen, Señor.'

Dann sagte eine andere Stimme aus der Gruppe ruhig: ‚Bringt das Lasso her.' Es war die Stimme von Gaspar Ruiz.

Stille trat ein, in der die Schüsse der Belagerten besonders laut hallten. Auch sie hatten die Gruppe bemerkt. Doch die Entfernung war zu groß, und im Hagel der matten Musketenkugeln, die nur noch den Boden aufwühlten, öffnete sich die Gruppe, bewegte sich hin und her und gewährte mir so einen flüchtigen Blick auf die geschäftigen, gebeugten Gestalten in ihrer Mitte. Ich trat näher heran, zweifelnd, ob es sich um eine unheimliche Halluzination, einen täuschenden und unsinnigen Traum handelte.

Eine merkwürdig erstickte Stimme befahl: ‚Zieht die Knoten fester.'

‚Si, Señor', antworteten mehrere Stimmen in ehrfurchtsvollem und bereitwilligem Ton.

Dann sagte die erstickte Stimme: ‚So. Ich muß frei atmen können.'

Dann redeten viele Männer besorgt durcheinander: ‚Helft ihm hoch, Hombres. Sachte! Unter den anderen Arm.'

Die gedämpfte Stimme befahl: ‚Bueno! Tretet von mir weg, Männer.'

Ich drängte mich durch die zurückweichende Gruppe und hörte noch einmal dieselbe unterdrückte Stimme ernst sagen: ‚Vergiß, daß ich ein lebendiger Mensch bin, Jorge. Vergiß mich ganz und gar und denk daran, was du zu tun hast.'

‚Seien Sie unbesorgt, Señor. Sie sind für mich nichts als eine Lafette, und ich werde keine Kugel verschwenden.'

Ich hörte das Zischen einer Lunte und roch den Salpeter der Zündschnur. Plötzlich sah ich vor mir eine schwer zu beschreibende Gestalt auf allen vieren wie ein Tier, doch mit menschlichem Kopf, der unter einem röhrenförmigen, vorspringenden Gegenstand über dem Nacken herabhing, und dem Schimmer einer runden Bronzemasse auf dem Rücken.

Sie kauerte allein vor dem schweigenden Halbkreis der Männer, hinter ihr Jorge, und neben ihr reglos ein Trompeter mit seiner Trompete in der Hand.

Jorge stand gebeugt da und murmelte, die Lunte in der Hand: ‚Einen Zoll nach links, Señor. Zuviel. So. Wenn Sie jetzt ein wenig heruntergehen, indem Sie die Ellbogen beugen, werde ich . . .'

Er sprang zur Seite, senkte die Lunte, und ein Feuerstoß schoß aus der Mündung des Geschützes, das auf den Rükken des Mannes gebunden war.

Dann ließ sich Gaspar Ruiz langsam sinken. ‚Ein guter Schuß?' fragte er.

‚Genau drauf, Señor.'

‚Dann lade neu.'

Er lag vor mir auf dem Bauch unter der dunklen glänzenden Bronze seiner ungeheuren Last, wie sie in der traurigen Weltgeschichte keine Liebe oder Kraft eines Menschen jemals zu tragen gehabt hatte. Seine Arme waren ausgebreitet, und er ähnelte auf dem mondhellen Erdboden einem im Staub liegenden Büßer.

Wieder sah ich, daß er sich auf Hände und Knie erhoben hatte, die Männer traten von ihm weg und der alte Jorge bückte sich und blickte über das Rohr.

‚Ein bißchen nach links. Einen Zoll nach rechts. Por Dios, Señor, hören Sie auf, so zu zittern. Wo ist Ihre Kraft?'

Dem alten Kanonier brach die Stimme vor Erregung. Er trat zur Seite und brachte den Funken blitzschnell ans Zündloch.

‚Ausgezeichnet!' rief er unter Tränen; Gaspar Ruiz aber lag lange Zeit flach auf dem Boden und schwieg.

‚Ich bin müde', murmelte er schließlich. ‚Ob noch eine Kugel reicht?'

‚Zweifellos', entgegnete Jorge, an sein Ohr hinuntergebeugt.

‚Dann – lade', hörte ich ihn deutlich sagen. ‚Trompeter!'

‚Hier bin ich, Señor, bereit für Ihren Befehl.'

‚Laß bei diesem Befehl ein Signal ertönen, das man von einem Ende Chiles bis zum anderen hört', sagte er mit außergewöhnlich kräftiger Stimme. ‚Und ihr anderen steht bereit, um dieses verfluchte Lasso zu zerschneiden, denn dann wird es für mich an der Zeit sein, euch in den Angriff zu führen. Jetzt hebt mich hoch, und du, Jorge – sei schnell mit deinem Ziel.'

Das Knattern der Musketen vom Fort übertönte beinahe seine Stimme. Die Palisade war in Rauch und Flammen gehüllt.

‚Setzen Sie Ihre Kraft vorn ein, gegen den Rückstoß, mi Amo', sagte der alte Kanonier bebend. ‚Graben Sie Ihre Finger in die Erde. So. Jetzt!'

Ein Jubelschrei entrang sich ihm nach dem Schuß. Der Trompeter hob seine Trompete fast an die Lippen und wartete. Doch von dem im Staub liegenden Mann kam kein Wort. Ich ließ mich aufs Knie sinken und hörte alles, was er dann sagte.

‚Etwas ist gebrochen', flüsterte er, hob dabei ein wenig den Kopf und wandte, hoffnungslos zerschmettert daliegend, den Blick zu mir.

‚Das Tor hängt nur noch an den Bruchstücken', schrie Jorge.

Gaspar Ruiz versuchte zu sprechen, doch die Stimme erstarb ihm im Halse, und ich half, das Geschütz von seinem gebrochenen Rücken zu wälzen. Er war bewußtlos.

Ich schwieg natürlich. Das Angriffssignal für die Indianer wurde nie gegeben. Statt dessen ertönten plötzlich die Hornsignale der Entsatztruppe, nach denen meine Ohren so lange gedürstet hatten, für unsere überraschten Feinde schrecklich wie die Posaunen des Jüngsten Gerichts.

Ein Orkan, Señores, ein wahrer Wirbelsturm fluchtartig

davonstürzender Männer, wilder Pferde und berittener Indianer fegte über mir hinweg, während ich zusammengekauert neben Gaspar Ruiz auf der Erde hockte, der immer noch gleich einem Kreuz ausgestreckt mit dem Gesicht nach unten dalag. Peneleo, der um sein Leben galoppierte, stieß im Vorbeireiten mit seinem langen Chuso nach mir – aus alter Bekanntschaft, nehme ich an. Wie ich den umherfliegenden Kugeln entging, ist schwieriger zu erklären. Ich wagte zu früh, mich auf die Knie zu erheben, und einige Soldaten des siebzehnten Taltal-Regiments hätten mich in ihrem Drang, etwas Lebendiges zu erwischen, beinahe auf der Stelle mit ihren Bajonetten erstochen. Sie schauten überdies sehr enttäuscht drein, als ein paar herangaloppierende Offiziere sie mit den flachen Seiten ihrer Säbel vertrieben.

Es war General Robles mit seinem Stab. Er wollte unbedingt ein paar Gefangene machen. Auch er schien einen Augenblick lang enttäuscht. ‚Was denn! Bist du es?' rief er. Doch er saß sofort ab, um mich zu umarmen, denn er war ein alter Freund meiner Familie. Ich deutete auf den Körper zu unseren Füßen und sagte nur diese beiden Worte: ‚Gaspar Ruiz.'

Er warf vor Staunen die Arme hoch.

‚Aha! Dein starker Mann! Bis zum letzten immer bei deinem starken Mann. Macht nichts. Er hat uns das Leben gerettet, als die Erde so bebte, daß es ausreichte, auch den Tapfersten vor Angst kleinmütig werden zu lassen. Ich war furchtbar erschrocken. Aber er – nein! Que guape! Wo ist der Held, der ihn besiegt hat? Ha, ha, ha! Was hat ihn getötet, Chico?'

‚Seine eigene Kraft, General', erwiderte ich."

12

„Doch Gaspar Ruiz atmete noch. Ich ließ ihn in seinem Poncho unter das Schutzdach einiger Büsche auf den Bergkamm tragen, von dem aus er so unverwandt auf das Fort gestarrt hatte, während der Tod schon unsichtbar über seinem Haupte schwebte.

Unsere Truppen hatten um das Fort herum ihr Lager aufgeschlagen. Es überraschte mich nicht, als ich gegen Tagesanbruch erfuhr, daß man mich dazu bestimmt habe, die Eskorte einer Gefangenen zu befehligen, die sofort nach Santiago hinuntergebracht werden sollte. Natürlich war die Gefangene Gaspar Ruiz' Frau.

‚Ich habe dich aus Rücksicht auf deine Gefühle dazu ausersehen', bemerkte General Robles. ‚Obwohl die Frau wirklich erschossen werden müßte für all den Schaden, den sie der Republik zugefügt hat.'

Und da ich eine empörte, protestierende Bewegung machte, fuhr er fort: ‚Nun, da er so gut wie tot ist, ist sie bedeutungslos. Niemand wird wissen, was man mit ihr tun soll. Aber die Regierung möchte sie haben.' Er zuckte die Achseln. ‚Ich nehme an, er muß große Mengen seiner Beute an Stellen vergraben haben, die nur sie allein kennt.'

Im Morgengrauen sah ich sie den Berg hochkommen, von zwei Soldaten bewacht, das Kind trug sie auf dem Arm.

Ich ging ihr entgegen.

‚Lebt er noch?' fragte sie und stand mir mit jenem weißen, ungerührten Antlitz gegenüber, das er voller Verehrung zu betrachten pflegte.

Ich neigte den Kopf und führte sie wortlos um eine Gruppe von Büschen herum. Seine Augen waren offen. Er atmete schwer und sprach mit großer Mühe ihren Namen aus: ‚Erminia!'

Sie kniete an seinem Kopf nieder. Das kleine Mädchen, das sich seiner Anwesenheit nicht bewußt war, blickte mit großen Augen umher und begann plötzlich mit freudigem, dünnem Stimmchen zu plappern. Es zeigte mit einem winzigen Fingerchen auf die rosige Glut des Sonnenaufgangs hinter den schwarzen Umrissen der Bergspitzen. Und solange das Kindergeplapper, unverständlich und dem Ohr angenehm, andauerte, schwiegen die beiden, der sterbende

Mann und die kniende Frau, sahen einander in die Augen und lauschten den zarten Lauten. Dann hörte das Geplapper auf. Das Kind legte seinen Kopf an die Brust der Mutter und war still.

‚Es war für dich', begann er. ‚Verzeih.' Die Stimme versagte ihm. Gleich darauf vernahm ich ein Murmeln und verstand die mitleiderregenden Worte: ‚Nicht stark genug.'

Sie sah ihn außerordentlich intensiv an. Er versuchte zu lächeln und in demütigem Ton wiederholte er: ‚Verzeih mir. Dich zu verlassen ...'

Sie beugte sich herunter, trockenen Auges, und sagte mit fester Stimme: ‚Auf der ganzen Welt habe ich nur dich geliebt, Gaspar.'

Er machte eine Bewegung mit dem Kopf. Seine Augen lebten wieder auf. ‚Endlich!' seufzte er. Und dann angstvoll: ‚Aber ist das auch wahr? ... Ist das auch wahr?'

‚So wahr, wie es kein Erbarmen und keine Gerechtigkeit auf dieser Welt gibt', antwortete sie ihm leidenschaftlich. Sie beugte sich über sein Gesicht. Er versuchte, den Kopf zu heben, doch er fiel zurück, und als sie seine Lippen küßte, war er schon tot. Seine glasigen Augen starrten gen Himmel, an dem blaßrote Wolken sehr hoch dahinglitten. Aber ich bemerkte, wie die Lider des Kindes, das an die Brust seiner Mutter gepreßt war, herabsanken und sich langsam schlossen. Es war eingeschlafen.

Die Witwe von Gaspar Ruiz, dem starken Mann, ließ sich von mir wegführen, ohne eine Träne zu vergießen.

Für die Reise hatten wir einen Damensattel für sie hergerichtet, der einem Stuhl sehr ähnelte, und darunter hing ein Brett, auf das sie ihre Füße stellen konnte. Am ersten Tag ritt sie, ohne ein Wort von sich zu geben, und wandte kaum einen Moment den Blick von dem kleinen Mädchen, das sie auf ihren Knien hielt. Auf unserem ersten Lagerplatz sah ich sie in der Nacht umhergehen, sie wiegte das Kind in den Armen und betrachtete es im Licht des Mondes. Nachdem wir unseren zweiten Tagesmarsch begonnen hatten, fragte sie mich, wann wir in das erste Dorf des besiedelten Gebietes kommen würden.

Ich sagte, gegen Mittag würden wir da sein.

‚Und werden dort auch Frauen sein?' erkundigte sie sich.

Ich sagte ihr, daß es ein großes Dorf sei. ‚Es wird dort Männer und Frauen geben, Señora, deren Herzen froh sein werden bei der Nachricht, daß all die Unruhe und der Krieg jetzt vorbei sind.'

‚Ja, jetzt ist alles vorbei', wiederholte sie. Dann, nach einer Weile: ‚Señor Offizier, was wird Ihre Regierung mit mir machen?'

‚Das weiß ich nicht, Señora', sagte ich. ‚Sie werden Sie zweifellos gut behandeln. Wir Republikaner sind keine Unmenschen und nehmen keine Rache an Frauen.'

Bei dem Wort ‚Republikaner' warf sie mir einen Blick zu, der mir voll unendlichen Hasses schien. Doch ungefähr eine Stunde später, als wir hielten, um auf einem schmalen Pfad, der um eine Felswand herumführte, die Maultiere mit dem Gepäck vorangehen zu lassen, sah sie mich mit so gequältem bleichem Gesicht an, daß ich großes Mitleid mit ihr verspürte.

‚Señor Offizier', sagte sie, ‚ich bin schwach, ich zittere. Es ist eine törichte Angst.' Und ihre Lippen zitterten tatsächlich, während sie zu lächeln versuchte und auf den Anfang des schmalen Pfades blickte, der im Grunde nicht so sehr gefährlich war. ‚Ich fürchte, ich lasse das Kind fallen. Gaspar hat Ihnen das Leben gerettet, erinnern Sie sich ... Nehmen Sie es mir ab.'

Ich nahm das Kind aus ihren ausgestreckten Armen. ‚Schließen Sie die Augen, Señora, und verlassen Sie sich auf Ihr Maultier', empfahl ich.

Das tat sie, ihre Blässe und ihr abgezehrtes, eingefallenes Gesicht ließen sie totengleich aussehen. An einer Biegung des Pfades, wo ein großer spitzer Fels aus purpurnem Porphyr den Blick ins Tiefland versperrte, sah ich, wie sie die Augen öffnete. Ich ritt unmittelbar hinter ihr und hielt das kleine Mädchen in meinem rechten Arm. ‚Dem Kind geht es gut', rief ich ermutigend.

‚Ja', antwortete sie matt; und dann sah ich zu meinem Entsetzen, wie sie sich mit einem furchtbaren starren Blick auf das Fußbrett stellte und sich vornüber in den Abgrund stürzte, der rechts von uns klaffte.

Ich kann Ihnen die ungeheure Angst nicht beschreiben, die mich bei diesem schrecklichen Anblick plötzlich ergriff. Es war Angst vor dem Abgrund, Angst vor den spitzen Felsen, die sich über mir zu neigen schienen. Mir schwindelte. Ich preßte das Kind an meine Seite und saß reglos wie eine Statue auf dem Pferd. Es hatte mir die Sprache verschlagen, und ich fröstelte am ganzen Körper. Ihr Maultier schwankte, trat seitwärts dicht an den Felsen heran und ging dann weiter. Mein Pferd spitzte nur leicht schnaubend die Ohren. Mir stand das Herz still, und das donnernde Geräusch der Steine, die in den Tiefen des Abgrundes im Bett des wilden Wasserlaufs aneinanderschlugen, ließ mich beinahe den Verstand verlieren.

Im nächsten Augenblick waren wir um die Biegung herum und befanden uns auf einem breiten und grasbedeckten Abhang. Und da schrie ich gellend auf. Meine Männer kamen in großer Bestürzung zu mir zurückgerannt. Es scheint, daß ich zuerst nur schrie: ‚Sie hat das Kind in meine Obhut gegeben! Sie hat das Kind in meine Obhut gegeben!' Die Eskorte dachte, ich sei verrückt geworden."

General Santierra verstummte und stand vom Tisch auf. „Und das ist alles, Señores", schloß er mit einem liebenswürdigen Blick auf seine Gäste, die sich erhoben.

„Aber was wurde aus dem Kind, General?" fragten wir.

„Ah, das Kind, das Kind."

Er schritt zu einem der Fenster, die zu dem schönen Garten, dem Zufluchtsort seiner alten Tage, hinausgingen. Seine Berühmtheit war groß im Lande. Er hielt uns mit erhobenem Arm zurück, rief laut „Erminia! Erminia!" und wartete. Dann ließ er seinen warnenden Arm sinken, und wir drängten uns an die Fenster.

Von einer Baumgruppe war eine Frau auf den breiten, von Blumen umsäumten Weg getreten. Wir konnten das Rascheln ihrer gestärkten Unterröcke hören und bemerkten den großen Umfang ihres altmodischen schwarzen Seidenrockes. Sie blickte auf, und als sie all die Augen sah, die sie anstarrten, blieb sie stehen, legte die Stirn in Falten, lächelte, drohte dem General, der unbändig lachte, mit dem Finger, zog die schwarze Spitze auf ihrem Kopf so, daß sie ihr edles Profil teilweise verbarg, und entfernte sich, steif und würdevoll einherschreitend, aus unserem Blickfeld.

„Sie haben den Schutzengel von mir altem Mann gesehen – sie, der Sie alles verdanken, was an meiner Gastfreundschaft geziemend und angenehm ist. Aus irgendeinem Grunde, Señores, habe ich nie geheiratet, obgleich die Flamme der Liebe früh in meiner Brust entzündet wurde. Und vielleicht sind deshalb die Funken des heiligen Feuers hier noch nicht erloschen." Er schlug sich auf den breiten Brustkorb. „Die sind immer noch da, immer noch da", sagte er mit ernst-komischer Betonung. „Aber jetzt heirate ich nicht mehr. Sie ist General Santierras Adoptivtochter und Erbin."

Einer der anwesenden Gäste, ein junger Marineoffizier, beschrieb sie später als ein „kleines, stämmiges altes Mädchen um die Vierzig herum". Wir alle hatten bemerkt, daß ihr Haar grau wurde und daß sie sehr schöne schwarze Augen hatte.

„Und", fuhr General Santierra fort, „sie wollte auch nie etwas vom Heiraten hören. Ein wahrer Jammer! Gütig, geduldig, mir altem Mann treu ergeben. Eine schlichte Seele. Doch ich würde keinem von Ihnen raten, um ihre Hand zu bitten, denn wenn sie sie nähme, dann nur, um Ihnen die Knochen zu brechen. Oh! Sie versteht da keinen Spaß. Sie ist ganz die Tochter ihres Vaters, des starken Mannes, der durch die eigene Kraft starb: die Kraft seines Körpers, seiner Schlichtheit, seiner Liebe!"

Der Spitzel

Herr X. kam, angekündigt durch ein Empfehlungsschreiben eines guten Pariser Freundes von mir, eigens um sich meine Sammlung chinesischer Bronzen und chinesischen Porzellans anzusehen, zu mir.

Mein Freund in Paris ist ebenfalls ein Sammler. Er sammelt weder Porzellan noch Bronzen, noch Bilder, noch Münzen, noch Briefmarken, noch sonst etwas, was mit Gewinn unter den Versteigerungshammer kommen und verstreut werden könnte. Er würde die Bezeichnung Sammler mit aufrichtiger Überraschung von sich weisen. Dennoch ist er der Veranlagung nach einer. Er sammelt Bekanntschaften. Es ist eine delikate Beschäftigung. Er bringt ihr die Geduld, die Leidenschaft und die Entschlossenheit eines wahren Sammlers von Raritäten entgegen. Seine Sammlung enthält keine Persönlichkeiten von königlichem Rang. Ich glaube, daß er sie für nicht selten und interessant genug ansieht; aber bis auf diese ist er mit jedem zusammengetroffen und hat sich mit jedem unterhalten, der es aus irgendeinem erdenklichen Grunde wert ist, daß man ihn kennt. Er beobachtet sie, hört ihnen zu, ergründet sie, beurteilt sie und legt die Erinnerung in den Galerien seines Gedächtnisses ab. Er hat intrigiert, Ränke geschmiedet und ganz Europa bereist, um seine Sammlung bemerkenswerter persönlicher Bekanntschaften zu vergrößern.

Da er wohlhabend ist, gute Beziehungen und keine Vorurteile hat, ist seine Sammlung ziemlich vollständig; sie enthält auch Objekte (oder sollte ich Subjekte sagen?), deren Wert das gemeine Volk nicht zu würdigen weiß und die dem allgemeinen Gerücht oft unbekannt sind. Auf diese Exemplare ist mein Freund natürlich besonders stolz.

Er schrieb mir über X.: „Er ist der größte Rebell (révolté) der Neuzeit. Die Welt kennt ihn als einen revolutionären Schriftsteller, dessen beißende Ironie die Verderbtheit der angesehensten Einrichtungen bloßgelegt hat. Er hat jedes verehrte Haupt skalpiert und jede anerkannte Meinung und jedes geltende Prinzip in Führung und Politik an dem Marterpfahl seines Witzes verstümmelt. Wer erinnert sich nicht an seine flammend-roten revolutionären Pamphlete? Ihre plötzlich auftretenden Schwärme pflegten die Kräfte jeder Polizei auf dem europäischen Kontinent wie eine Plage roter Viehbremsen zu überwältigen. Aber dieser radikale Schriftsteller war auch der aktive Inspirator von Geheimbünden, die mysteriöse unbekannte Nummer Eins ungeheurer Verschwörungen, vermuteter und unvermuteter, gelungener oder vereitelter. Und die ganze Welt hat nie etwas von dieser Tatsache geahnt! Das erklärt, warum er bis zum heutigen Tage unter uns umhergeht, ein Veteran vieler verborgener Umtriebe, der sich nun distanziert, abgesichert durch den Ruf, lediglich der größte destruktive Publizist zu sein, der jemals gelebt hat."

So schrieb mein Freund und fügte hinzu, daß Herr X. ein bewanderter Kenner von Bronzen und Porzellan sei, und bat mich, ihm meine Sammlung zu zeigen.

X. erschien zur vorgesehenen Zeit. Meine Schätze sind in drei großen Räumen ohne Teppiche und Vorhänge angeordnet. Außer den étagères und den Vitrinen, deren Inhalt für meine Erben ein Vermögen darstellen wird, gibt es dort keine Möbel. Ich gestatte nicht, daß Feuer gemacht wird, aus Angst vor Unfällen, und eine feuersichere Tür trennt sie vom Rest des Hauses.

Es war ein bitterkalter Tag. Wir behielten die Mäntel an und die Hüte auf. Mittelgroß und hager, lebhafte Augen in einem langen Gesicht mit Adlernase, machte X. kurze Schritte auf zierlichen Füßen und betrachtete mit gescheitem Blick meine Sammlung. Ich hoffe, ich betrachtete ihn ebenfalls mit gescheitem Blick. Ein schneeweißer Schnurr-

und Knebelbart ließen seinen nußbraunen Teint dunkler erscheinen, als er wirklich war. In dem Pelzmantel und dem glänzenden Zylinder sah dieser schreckliche Mann vornehm aus. Ich glaube, er gehörte einer adligen Familie an und hätte sich Vicomte X. de la Z. nennen können, hätte er gewollt. Wir sprachen über nichts anderes als über Bronzen und Porzellan. Er zeigte sich bemerkenswert aufgeschlossen. Wir schieden herzlich voneinander.

Wo er abgestiegen war, weiß ich nicht. Ich denke mir, er muß ein einsamer Mann gewesen sein. Anarchisten haben, nehme ich an, keine Familie – wenigstens nicht in dem Sinne, wie wir diese soziale Beziehung verstehen. Der Zusammenschluß in Familien mag einem Bedürfnis der menschlichen Natur entsprechen, aber letztlich beruht er auf Gesetz und muß daher einem Anarchisten etwas Widerwärtiges und Unerträgliches sein. Aber eigentlich verstehe ich Anarchisten nicht. Bleibt ein Mann dieses, dieses ... Glaubens immer noch ein Anarchist, wenn er allein, ganz allein ist und zum Beispiel ins Bett geht? Legt er seinen Kopf auf das Kissen, zieht er sich die Bettdecke über und schläft, der Notwendigkeit des chambardement général, wie es im französischen Jargon heißt, des allgemeinen Umsturzes immer gegenwärtig, ein? Und wenn ja, wie kann er das? Ich bin sicher, daß ich, sollte ein solcher Glaube (oder ein solcher Fanatismus) jemals meine Gedanken beherrschen, nie imstande wäre, mich genügend zu beruhigen, um zu schlafen oder zu essen oder irgendeine der gewohnheitsmäßigen Handlungen des täglichen Lebens zu verrichten. Ich würde keine Frau wollen, keine Kinder; ich könnte keine Freunde haben, scheint mir; und was das Sammeln von Bronzen oder Porzellan betrifft, so käme das, würde ich sagen, gar nicht in Frage. Aber ich weiß es nicht. Alles, was ich weiß, ist, daß Herr X. seine Mahlzeiten in einem sehr guten Restaurant einnahm, das auch ich oft besuchte.

War sein Kopf unbedeckt, vervollständigte sein silbriger, nach hinten gebürsteter Haarschopf den Charakter seiner Physiognomie, die voll knochiger Grate und tiefer Höhlen war und die völlige Gelassenheit ausdrückte. Seine mageren, braunen, aus großen weißen Manschetten herausragenden Hände gingen hin und her, brachen Brot, schenkten Wein ein und so weiter, mit ruhiger mechanischer Genauigkeit. Sein Kopf und Körper über dem Tischtuch waren von starrer Unbeweglichkeit. Dieser Unruhestifter, dieser große Aufwiegler zeigte das geringstmögliche Maß an Heftigkeit und Lebhaftigkeit. Seine Stimme war krächzend, kalt, monoton und tief. Man konnte ihn nicht als gesprächig bezeichnen; aber mit seiner gleichgültigen, ruhigen Art schien er ebenso bereit, das Gespräch in Gang zu halten, wie es in jedem Augenblick fallenzulassen.

Und seine Konversation war keineswegs alltäglich. Für mich, ich gestehe es, war es ziemlich aufregend, über den Eßtisch hinweg mit einem Mann zu sprechen, dessen giftige Stiche mit der Feder die Lebenskraft von mindestens einer Monarchie untergraben hatten. Soviel war allgemein bekannt. Aber ich wußte mehr. Mit Sicherheit wußte ich über ihn – von meinem Freund –, was die Hüter der sozialen Ordnung in Europa bestenfalls nur vermutet oder dunkel geahnt hatten.

Er hatte ein Untergrundleben, so würde ich es nennen, geführt. Und als ich ihm Abend für Abend beim Essen gegenübersaß, stieg in mir natürlich eine diesbezügliche Neugier auf. Ich bin ein stilles und friedliches Produkt der Zivilisation und kenne keine andere Leidenschaft als die, Dinge zu sammeln, die selten sind und selbst dann noch erlesen, wenn sie sich dem Ungeheuerlichen nähern. Einige chinesische Bronzen sind ungeheuer kostbar. Und hier (aus der Sammlung meines Freundes), hier hatte ich eine Art seltenes Ungeheuer vor mir. Freilich, dieses Ungeheuer war elegant und in gewissem Sinne sogar erlesen. Seine wunderbar gelassene Art war das. Aber andererseits war er nicht aus Bronze. Er war nicht einmal Chinese, was es einem ermöglicht hätte, ihn über den Abgrund des Rassenunterschiedes hinweg ruhig zu betrachten. Er war lebendig und Europäer, er hatte das Benehmen der guten Gesellschaft, trug einen Mantel und einen Hut wie ich und hatte so ziemlich den gleichen Geschmack, was die Küche betraf. Es war zu gräßlich, daran zu denken.

Eines Abends bemerkte er im Verlaufe der Unterhaltung beiläufig: „Die Menschheit ist außer durch Terror und Gewalt einfach nicht zu bessern."

Sie können sich die Wirkung eines solchen Satzes aus dem Munde eines solchen Mannes auf einen Menschen wie mich vorstellen, dessen ganze Lebensform auf einer sanften und feinen Unterscheidung gesellschaftlicher und künstlerischer Werte beruhte. Stellen Sie sich das vor! Auf mich, dem alle Arten und Formen von Gewalt so unwirklich erschienen wie die Riesen, Ungeheuer und siebenköpfigen Hydren, deren Treiben in phantastischer Weise den Gang von Legenden und Märchen beeinflußt!

Mir war plötzlich, als hörte ich über dem fröhlichen Lärm und Stimmengewirr des eleganten Restaurants das Gemurmel einer hungrigen und aufrührerischen Menge.

Ich glaube, ich bin für Eindrücke empfänglich und habe Phantasie. Ich hatte eine beunruhigende Vision von Dunkelheit, voll von mageren Kiefern und wilden Augen, inmitten der hundert elektrischen Lichter des Lokals. Aber irgendwie machte mich die Vision auch zornig. Der Anblick dieses Mannes, der so ruhig war und Weißbrotstückchen zerbrach, erbitterte mich. Und ich hatte die Kühnheit, ihn zu fragen, wie es komme, daß das darbende Proletariat Europas, dem er Aufruhr und Gewalt gepredigt habe, nicht empört sei über sein unverhohlen luxuriöses Leben. „Über all dies", sagte ich angelegentlich und ließ meinen Blick durch den Raum gleiten und über die Flasche Sekt, die wir gewöhnlich beim Abendessen teilten.

Er blieb ungerührt.

„Lebe ich von ihrer Plackerei und ihrem Herzblut? Bin ich ein Spekulant oder ein Kapitalist? Habe ich mein Vermögen einem darbenden Volk gestohlen? Nein! Sie wissen das sehr wohl. Und sie beneiden mich um nichts. Die elende Masse des Volkes ist großmütig gegenüber ihren Führern. Was ich erworben habe, erlangte ich durch meine Schriften; nicht durch die Millionen von Pamphleten, die gratis an die Hungrigen und Unterdrückten verteilt wurden, sondern durch die Hunderttausende von Exemplaren, die den wohlgenährten Bourgeois verkauft wurden. Sie wissen, daß meine Schriften einst die große Mode waren, der letzte Schrei – das, was man mit Verwunderung und Schrecken las, und wobei man über mein Pathos die Augen verdrehte . . . oder begeistert über meinen Witz lachte."

„Ja", gestand ich. „Ich erinnere mich natürlich, und ich gebe offen zu, daß ich diese Vernarrtheit nie verstehen konnte."

„Wissen Sie denn nicht", sagte er, „daß eine müßige und selbstsüchtige Klasse es gern sieht, wenn Unruhe gestiftet wird, selbst wenn das auf ihre Kosten geschieht? Da ihr eigenes Leben ganz und gar eine Sache von Pose und Geste ist, ist sie unfähig, die Kraft und die Gefahr zu erkennen, die in einer wirklichen Bewegung steckt und in Worten, die meinen, was sie sagen. Es ist alles nur Kurzweil und Sentiment. Als Beispiel genügt es, auf die Haltung des alten französischen Adels zu den Philosophen hinzuweisen, deren Worte die Große Revolution vorbereiteten. Sogar in England, wo man über gesunden Menschenverstand verfügt, braucht ein Demagoge nur laut genug und lange genug zu schreien, um einige Unterstützung in genau der Klasse zu finden, die er beschimpft. Man sieht es auch gern, wenn Unruhe gestiftet wird. Der Demagoge reißt die Amateure aus Leidenschaft mit. Amateurtum in dieser, jener und anderer Hinsicht ist eine herrlich einfache Art und Weise, die Zeit totzuschlagen und die eigene Eitelkeit zu befriedigen – die dumme Eitelkeit, auf dem laufenden zu sein über die Ideen von übermorgen. Ebenso nette und im übrigen harmlose Leute werden sich Ihrer Begeisterung über Ihre Sammlung anschließen, ohne die geringste Ahnung zu haben, was eigentlich das Wunderbare daran ist."

Ich ließ den Kopf hängen. Was er vorgebracht hatte, veranschaulichte niederschmetternd die traurige Wahrheit. Die Welt ist voll von solchen Leuten. Und jenes Beispiel des französischen Adels vor der Revolution sprach auch Bände. Ich konnte seine Behauptung nicht bestreiten, obwohl ihr der Zynismus – immer ein geschmackloser Zug – meines Erachtens viel von ihrem Wert nahm. Doch ich gestehe, ich war beeindruckt. Ich verspürte das Bedürfnis, etwas zu sagen, was nicht als eine Art Zustimmung zu nehmen war, aber auch nicht zur Diskussion herausforderte.

„Sie wollen doch nicht etwa sagen", bemerkte ich leichthin, „daß radikale Revolutionäre durch die Vernarrtheit solcher Leute stets wirksam unterstützt werden?"

„Das habe ich eigentlich nicht gemeint mit dem, was ich eben gesagt habe. Ich habe verallgemeinert. Aber da Sie mich fragen, kann ich Ihnen sagen, daß Hilfe dieser Art revolutionären Aktivitäten in verschiedenen Ländern mehr oder weniger bewußt zugekommen ist. Und sogar in diesem Land."

„Unmöglich!" protestierte ich entschieden. „Wir spielen nicht in diesem Maße mit dem Feuer."

„Und doch können Sie es sich vielleicht mehr leisten als andere. Aber lassen Sie mich bemerken, daß die meisten Frauen, wenn sie auch nicht immer bereit sind, mit dem Feuer zu spielen, im allgemeinen begierig darauf sind, mit einem fliegenden Funken oder so zu spielen."

„Ist das ein Witz?" fragte ich lächelnd.

„Wenn es einer ist, bin ich mir dessen nicht bewußt", sagte er hölzern, „ich dachte gerade an einen Fall. Ach, an einen in gewisser Hinsicht durchaus leichten ..."

Da war ich voller Erwartung. Ich hatte viele Male versucht, ihn sozusagen auf sein Untergrundleben hin anzusprechen. Das Wort war wiederholt zwischen uns gefallen. Aber er war mir immer mit seiner undurchdringlichen Ruhe begegnet.

„Und gleichzeitig", fuhr Herr X. fort, „wird er Ihnen eine Vorstellung geben von den Schwierigkeiten, die auftreten können bei dem, was Sie Untergrundarbeit zu nennen belieben. Es ist manchmal schwer, mit ihnen fertig zu werden. Natürlich gibt es keine Hierarchie unter den Genossen. Kein starres System."

Mein Erstaunen war groß, aber von kurzer Dauer. Zweifellos, unter radikalen Anarchisten konnte es keine Hierarchie geben, nichts in Form einer Rangordnung. Der Gedanke, daß Anarchie unter Anarchisten herrsche, war überdies tröstlich. Das konnte unmöglich zur Wirksamkeit beitragen.

Herr X. überraschte mich, als er plötzlich fragte: „Kennen Sie die Hermione Street?"

Ich nickte unsicher. Die Hermione Street ist innerhalb der letzten drei Jahre so verwandelt worden, daß sie keiner mehr wiedererkennt. Der Name existiert immer noch, aber nicht ein einziger Ziegel oder Stein von der alten Hermione Street ist mehr übrig. Er meinte die alte Straße, denn er sagte: „Auf der linken Seite gab es eine Reihe zweistöckiger Backsteinhäuser, deren Rückseiten an den Flügel eines großen öffentlichen Gebäudes stießen – Sie erinnern sich. Würde es Sie sehr überraschen zu hören, daß eines dieser Häuser eine Zeitlang das Zentrum anarchistischer Propaganda war und dessen, was Sie Untergrundtätigkeit nennen würden?"

„Keineswegs", erklärte ich. Die Hermione Street hat nie einen besonders guten Ruf gehabt, wie ich mich erinnerte.

„Das Haus war Eigentum eines distinguierten Regierungsbeamten", fügte er hinzu und nippte von seinem Sekt.

„Ach wirklich!" sagte ich, diesmal kein Wort davon glaubend.

„Natürlich wohnte er nicht dort", fuhr Herr X. fort. „Aber von zehn bis vier saß er nebenan, der gute Mann, in seinem wohlausgestatteten eigenen Zimmer in dem Flügel des öffentlichen Gebäudes, das ich erwähnt habe. Um ganz genau zu sein, muß ich erklären, daß das Haus in der Hermione Street eigentlich nicht ihm gehörte. Es gehörte seinen erwachsenen Kindern – einer Tochter und einem Sohn. Das Mädchen, eine schöne Erscheinung, war auf keinen Fall gewöhnlich hübsch. Größerer Anmut, als sie durch Jugend allein erklärt werden könnte, fügte sie den verführerischen Anschein von Begeisterung, Unabhängigkeit und mutigem Denken hinzu. Ich glaube, sie hüllte sich in diesen Anschein, wie sie sich in ihre malerischen Kleider hüllte, und aus dem gleichen Grunde: um ihre Individualität um jeden Preis zur Geltung zu bringen. Wissen Sie, Frauen würden zu diesem Zweck beinahe alles tun. Sie tat sehr viel. Sie hatte all die Gesten angenommen, die einer revolutionären Überzeugung entsprachen: die Gesten des Mitleids, des Zorns, der Empörung gegenüber den menschenfeindlichen Auswüchsen der Gesellschaftsklasse, zu der sie selber gehörte. All dies haftete ihrer eindrucksvollen Persönlichkeit ebenso an wie ihrer ein wenig originellen Kleidung. Ein klein wenig originell, gerade ausreichend, um einen Protest gegenüber dem Philistertum der überfütterten Arbeitgeber der Armen zum Ausdruck zu bringen. Gerade ausreichend und nicht mehr. Es wäre unpassend gewesen, in dieser Hinsicht zu weit zu gehen – Sie verstehen. Aber sie war mündig, und nichts stand ihr im Wege, ihr Haus den revolutionären Arbeitern anzubieten."

„Das ist doch nicht Ihr Ernst!" rief ich.

„Ich versichere Ihnen", bekräftigte er, „daß sie diese sehr nützliche Geste machte. Wie hätten sie es sonst bekommen sollen? Die Sache wirft doch nichts ab. Und außerdem hätte es Schwierigkeiten gegeben mit jedem gewöhnlichen Häusermakler, der Referenzen und so weiter gewollt hätte. Die Gruppe, mit der sie in Verbindung kam, während sie die Armenviertel der Stadt erforschte (Sie kennen die Geste der Wohltätigkeit und der privaten Hilfe, die vor einigen Jahren so in Mode war), nahm dankend an. Der erste Vorteil war, daß sich die Hermione Street, wie Sie wissen, ziemlich weit weg von dem suspekten Teil der Stadt befindet, der besonders von der Polizei beobachtet wird.

Das Erdgeschoß bestand aus einem kleinen italienischen Restaurant von der schmutzigen Sorte. Es machte keine Schwierigkeit, den Inhaber abzufinden. Eine Frau und ein Mann, die zur Gruppe gehörten, übernahmen es. Der Mann war Koch gewesen. Die Genossen konnten dort ihr Essen bekommen, unbeobachtet inmitten der anderen Gäste. Das war ein weiterer Vorteil. Der erste Stock wurde von einer schäbigen Varietékünstleragentur eingenommen – einer Agentur für Vortragskünstler in zweitklassigen

Varietétheatern, wissen Sie. An einen Burschen namens Bomm erinnere ich mich. Er wurde nicht belästigt. Es war eher günstig, wenn den ganzen Tag eine Menge fremd aussehender Leute – Jongleure, Akrobaten, Sänger beiderlei Geschlechts und so weiter – ein- und ausgingen. Die Polizei schenkte neuen Gesichtern keine Beachtung, verstehen Sie. Der oberste Stock stand damals zufällig leer, was äußerst günstig war.“

X. unterbrach sich, um mit gemessenen Bewegungen gleichmütig eine bombe glacée in Angriff zu nehmen, die der Kellner gerade auf den Tisch gestellt hatte. Er schluckte bedächtig ein paar Löffel voll von dem Gefrorenen hinunter und fragte mich: „Haben Sie jemals von Stone's Dried Soup gehört?“

„Wovon?“

„Es war“, sprach X. gelassen weiter, „ein Lebensmittel, für das früher einmal in den Tageszeitungen ziemlich auffallend Reklame gemacht wurde, das aber aus irgendeinem Grunde nie die Gunst der Öffentlichkeit gewann. Das Unternehmen verlief im Sande, wie Sie hier sagen. Auf Versteigerungen konnte man Lagerposten zu erheblich weniger als einem Penny pro Pfund erstehen. Die Gruppe kaufte einige, und im obersten Stockwerk wurde ein Verkaufsbüro für Stone's Dried Soup aufgemacht. Ein vollkommen respektables Unternehmen. Das Zeug, ein gelbes Pulver von äußerst unappetitlichem Aussehen, war in große eckige Blechdosen verpackt, von denen sechs in eine Kiste paßten. Sollte je irgend jemand gekommen sein, um eine Bestellung aufzugeben, so wurde sie natürlich erledigt. Aber der Vorteil des Pulvers war der, daß Dinge darin außerordentlich bequem verborgen werden konnten. Von Zeit zu Zeit wurde eine Spezialkiste auf einen Wagen gestellt und abgeschickt, um direkt vor der Nase des diensthabenden Polizisten an der Ecke ins Ausland befördert zu werden. Verstehen Sie?“

„Ich glaube, ja“, sagte ich mit einem kräftigen Nicken in Richtung auf die Überreste der bombe, die langsam in der Schale schmolzen.

„Genau. Aber die Kisten waren auch in anderer Hinsicht nützlich. Im Souterrain oder vielmehr im Keller an der Rückseite waren zwei Druckerpressen aufgestellt. Eine Menge revolutionärer Literatur der aufrührerischsten Sorte wurde in Stone's-Dried-Soup-Kisten aus dem Hause fortgeschafft. Der Bruder unserer anarchistischen jungen Dame fand dort einige Beschäftigung. Er schrieb Artikel, half beim Setzen und Abziehen der Bögen und unterstützte gewöhnlich den verantwortlichen Mann, einen sehr fähigen jungen Menschen namens Sevrin.

Der führende Kopf der Gruppe war ein fanatischer Anhänger der sozialen Revolution. Er ist jetzt tot. Er war ein begabter Kupferstecher und Radierer. Sicher haben Sie seine Arbeiten gesehen. Sie sind jetzt bei einigen Liebhabern sehr begehrt. Er begann damit, daß er in seiner Kunst revolutionär war, und endete damit, daß er Revolutionär wurde, nachdem seine Frau und sein Kind in Not und Elend gestorben waren. Er pflegte zu sagen, die Bourgeois, der selbstgefällige überfütterte Haufen, hätten sie getötet. Das war wirklich seine Überzeugung. Er befaßte sich nach wie vor mit seiner Kunst und führte ein Doppelleben. Er war groß, hager und dunkelhäutig, hatte einen langen, braunen Bart und tiefliegende Augen. Sie haben ihn sicher gesehen. Sein Name war Horne."

Darüber war ich in der Tat verblüfft. Natürlich hatte ich Horne vor Jahren hier und da getroffen. Mit einem alten Zylinderhut, einem roten Schal um den Hals und in einen langen, hochgeschlossenen, schäbigen Mantel gehüllt, sah er aus wie ein rauhbeiniger Zigeuner. Er sprach mit Begeisterung von seiner Kunst und rief in einem den Eindruck hervor, angespannt zu sein bis zum Rande des Wahnsinns. Eine kleine Gruppe von Kennern schätzte seine Arbeiten. Wer hätte gedacht, daß dieser Mann ... Erstaunlich! Und doch war es eigentlich nicht so schwer zu glauben.

„Wie Sie sehen", fuhr X. fort, „war diese Gruppe in der Lage, ihrer Propagandaarbeit und auch der anderen Art von Arbeit unter sehr günstigen Bedingungen nachzugehen. Sie waren alle entschlossene, erfahrene Männer eines hervorragenden Schlages. Und doch fiel uns schließlich die Tatsache auf, daß Pläne, die in der Hermione Street vorbereitet worden waren, beinahe ausnahmslos fehlschlugen."

„Wer war ‚wir'?" fragte ich angelegentlich.

„Einige von uns in Brüssel – in der Zentrale", sagte er hastig. „Wie schlagkräftig die Aktion auch immer war, die in der Hermione Street ihren Ursprung hatte, sie schien zum Scheitern verurteilt. Irgend etwas passierte immer, um die bestvorbereiteten Unternehmungen in jedem Teil Europas zu vereiteln. Es war eine Zeit allgemeiner Aktivität. Sie dürfen nicht denken, daß all unsere Fehlschläge von lauter Art sind, mit Verhaftungen und Gerichtsverhandlungen. So ist das nicht. Oft arbeitet die Polizei im stillen, fast im geheimen und macht unsere Komplotte durch geschickte Gegenschläge zunichte. Keine Verhaftungen, kein Lärm, die öffentliche Meinung wird nicht alarmiert, und es werden keine Leidenschaften entfacht. Es ist eine kluge Handlungsweise. Aber zu jener Zeit war die Polizei zu gleichbleibend erfolgreich vom Mittelmeer bis zur Ostsee. Es war ärgerlich und fing an, gefährlich auszusehen. Schließlich kamen wir zu der Schlußfolgerung, es müsse einige vertrauensunwürdige Elemente in den Londoner Gruppen geben. Und ich kam herüber, um festzustellen, was sich ohne Aufsehen machen ließe.

Mein erster Schritt war der, daß ich unsere junge Amateuranarchistin in ihrem Privathaus aufsuchte. Sie bereitete mir einen schmeichlerischen Empfang. Ich nahm an, sie wußte nichts von den chemischen Prozessen und den anderen Vorgängen, die oben im Haus in der Hermione Street abliefen. Das Drucken anarchistischer Literatur war die einzige ‚Aktivität' dort, von der sie Kenntnis zu haben schien. In sehr auffallender Weise stellte sie die üblichen Anzeichen rückhaltloser Begeisterung zur Schau, und sie hatte schon viele sentimentale Artikel mit grimmigen Schlußfolgerungen geschrieben. Ich konnte sehen, daß sie sich in all den Gesten und Grimassen tödlichen Ernstes ungeheuer gefiel. Sie paßten zu ihrem großäugigen, breitstirnigen Gesicht und der guten Haltung ihres wohlgeformten Kopfes, der gekrönt war von einer üppigen Pracht braunen, auf ungewöhnliche und kleidsame Weise frisierten Haares. Ihr Bruder war ebenfalls im Zimmer, ein ernster junger Mensch mit geschwungenen Augenbrauen und einer roten Krawatte, der auf mich den Eindruck machte, als sei er sich über sämtliche Dinge der Welt im unklaren, er selbst eingeschlossen. Bald trat ein hochgewachsener junger Mann ein. Er war glattrasiert, hatte einen starken bläulichen Kiefer und etwas von der Art eines wortkargen Schauspielers oder eines fanatischen Priesters: der Typ mit den dichten schwarzen Augenbrauen – wissen Sie. Aber er war wirklich sehr ansehnlich. Er schüttelte sofort jedem von uns kräftig die Hand. Die junge Dame trat an mich heran und säuselte: ‚Genosse Sevrin.'

Ich hatte ihn nie zuvor gesehen. Er hatte uns wenig zu sagen, setzte sich aber neben das Mädchen, und sofort kamen sie in ein ernstes Gespräch. Sie beugte sich vor in ihrem tiefen Sessel und nahm ihr fein gerundetes Kinn in ihre schöne weiße Hand. Er sah ihr aufmerksam in die Augen. Es war die Haltung des Liebeswerbens, ernst, intensiv, als befände man sich am Rande des Grabes. Ich glaube, sie hielt es für notwendig, ihre Annahme moderner Ideen und revolutionärer Gesetzlosigkeit abzurunden und zu vervollständigen, indem sie vorgab, in einen Anarchisten verliebt zu sein. Und dieser war, ich wiederhole es, äußerst ansehnlich, trotz seines fanatischen finsteren Aussehens. Nach einigen verstohlenen Blicken in ihre Richtung hegte ich keinen Zweifel, daß er es ernst meinte. Was die Dame betrifft, so waren ihr Gesten unnahbar, besser als die Sache selbst in ihrer vermischten Andeutung von Erhabenheit, Sanftheit, Herablassung, Faszination, Hingabe und Zurückhaltung. Sie gab mit künstlerischer Vollendung ihre Vorstellung davon wieder, wie eben diese Art des Liebeswerbens aussehen sollte. Und insoweit meinte sie es zweifellos auch ernst. Gesten – aber so vollkommen!

Nachdem man mich mit unserer Amateuranarchistin allein gelassen hatte, teilte ich ihr vorsichtig den Zweck meines Besuches mit. Ich deutete unsere Vermutungen an. Ich wollte hören, was sie dazu sagen würde, und erwartete halb irgendeine vielleicht unbewußte Enthüllung. Alles, was sie sagte, war: ‚Das ist bedenklich', und sie schaute entzückend besorgt und ernst drein. Aber es war ein Funkeln in ihren Augen, das offensichtlich bedeutete: ‚Wie aufregend!' Im Grunde wußte sie wenig von allem, außer von Worten. Doch sie erbot sich, mich mit Horne in Verbindung zu bringen, der nicht leicht zu finden war, außer in der Hermione Street, wo ich mich zu diesem Zeitpunkt gerade nicht zeigen wollte.

Ich traf mit Horne zusammen. Das war eine ganz andere Art von Fanatiker. Ich legte ihm die Schlußfolgerung dar, zu der wir in Brüssel gekommen waren, und verwies auf die bezeichnende Aufeinanderfolge von Fehlschlägen. Darauf erwiderte er mit unangebrachter Erregung: ‚Ich habe etwas in der Hand, das die Herzen dieser vollgefressenen Scheusale in Angst und Schrecken versetzen wird.'

Und dann erfuhr ich, daß er und ein paar Kameraden sich aus einem der Keller des Hauses in die Gewölbe unter dem großen öffentlichen Gebäude, das ich bereits erwähnt habe, durchgegraben hätten. Sie würden den ganzen Flügel mit Sicherheit sprengen, sobald das Material fertig sei.

Ich war nicht so entsetzt über die Dummheit dieses Schrittes, wie ich es vielleicht gewesen wäre, wenn die Nützlichkeit unseres Zentrums in der Hermione Street nicht schon sehr fragwürdig geworden wäre. Meines Erachtens war es zu der Zeit eigentlich viel mehr eine Falle der Polizei als irgend etwas anderes.

Was jetzt not tat, war, herauszufinden, was oder vielmehr mit wem etwas nicht stimmte, und es gelang mir schließlich, diesen Gedanken in Hornes Kopf hineinzubekommen. Er blickte durchdringend, verblüfft, und seine Nasenlöcher waren dabei in Bewegung, als wittere er Verrat in der Luft.

Und an dieser Stelle kommt ein Stück Arbeit, das Ihnen zweifellos wie eine Art Theaterbehelf erscheinen wird. Und doch, was hätte man sonst tun können? Das Problem bestand darin, das unzuverlässige Mitglied der Gruppe zu entlarven. Aber keiner war mehr zu verdächtigen als der andere. Sie alle beobachten zu lassen war schwer durchführbar. Überdies verfehlt ein solches Vorgehen oft seinen Zweck. Auf jeden Fall erfordert es Zeit, und die Gefahr war drohend. Ich war fest davon überzeugt, daß man auf dem Grundstück in der Hermione Street letzten Endes eine Razzia vornehmen würde, obwohl die Polizei offensichtlich ein solches Vertrauen zu dem Spitzel hatte, daß das Haus gegenwärtig nicht einmal beobachtet wurde. Horne war in dieser Hinsicht sicher. Unter den gegebenen Umständen war es ein ungünstiges Zeichen. Es mußte schnell etwas getan werden.

Ich beschloß, selbst eine Razzia auf die Gruppe zu organisieren. Verstehen Sie? Eine Razzia, durchgeführt von anderen zuverlässigen Genossen, die die Polizei darstellten. Eine Verschwörung innerhalb einer Verschwörung. Sie erkennen natürlich deren Ziel. Im Moment der scheinbaren Verhaftung, so hoffte ich, würde sich der Spitzel auf die eine oder andere Weise verraten; entweder durch irgendeine unbedachte Handlung oder einfach durch sein unbesorgtes Verhalten, zum Beispiel. Natürlich bestand das Risiko eines völligen Mißerfolgs und möglicherweise das nicht geringere Risiko eines tödlichen Unfalls bei Widerstand oder Fluchtversuchen. Denn wie Sie sicher verstehen werden, mußte die Hermione-Street-Gruppe wirklich vollkommen überrascht werden, da ich überzeugt war, daß die richtige Polizei das sehr bald getan hätte. Der Spitzel war unter ihnen, und Horne allein konnte in das Geheimnis meines Planes eingeweiht werden.

Ich möchte nicht auf Einzelheiten meiner Vorbereitungen eingehen. Die Sache war nicht ganz einfach durchzuführen, aber sie wurde sehr gut gemacht, mit wahrhaft überzeugendem Erfolg. Die falsche Polizei drang in das Restaurant ein, das sofort geschlossen wurde. Die Überraschung war perfekt. Die meisten der Hermione-Street-Gruppe fand man im zweiten Keller, wo sie das Loch vergrößerten, das die Verbindung mit den Kellergewölben des bedeutenden öffentlichen Gebäudes darstellte. In der ersten Bestürzung liefen mehrere Genossen spontan hindurch in das oben erwähnte Gewölbe, wo sie natürlich, wäre das eine echte Razzia gewesen, hoffnungslos gefangen gewesen wären. Wir kümmerten uns im Moment nicht um sie. Sie waren durchaus ungefährlich. Das oberste Stockwerk bereitete Horne und mir beträchtliche Sorge. Dort, umgeben von Stone's-Dried-Soup-Büchsen, war ein Genosse mit dem Spitznamen Professor (er war ein ehemaliger Student der Naturwissenschaften) damit beschäftigt, einige neue Sprengzünder zu vervollkommnen. Er war ein zerstreuter, selbstsicherer, bläßlicher kleiner Mensch, ausgerüstet mit einer großen runden Brille, und wir befürchteten, er würde sich unter falschem Eindruck in die Luft sprengen und das Haus über unseren Köpfen zerstören. Ich stürmte nach oben und fand ihn bereits an der Tür, wachsam horchend auf, wie er sagte, ‚verdächtige Geräusche unten'. Bevor ich noch damit fertig war, ihm zu erklären, was vor sich ging, zuckte er geringschätzig die Achseln und wandte sich seinen Waagen und Reagenzgläsern zu. Er hatte die echte Gesinnung eines radikalen Revolutionärs. Sprengstoffe waren sein Glaube, seine Hoffnung, seine Waffe und sein Schild. Er starb ein paar Jahre später in einem Geheimlabor durch die vorzeitige Explosion eines seiner verbesserten Zünder.

Nachdem ich wieder hinuntergeeilt war, bot sich mir im Dunkel des großen Kellers eine eindrucksvolle Szene. Der Mann, der den Polizeiinspektor darstellte (die Rolle war ihm nicht fremd), sprach in barschem Ton und gab seinen unechten Untergebenen unechte Befehle zum Abführen seiner Gefangenen. Offensichtlich war bisher nichts Aufschlußreiches passiert. Horne, finster und dunkel, wartete mit verschränkten Armen, und seine geduldige, trübsinnige Erwartung hatte etwas von Stoizismus, was gut zur Situation paßte. Ich nahm in der Dunkelheit wahr, wie einer der Hermione-Street-Gruppe heimlich ein kleines Stück Papier zerkaute und verschluckte. Irgendein kompromittierender Fetzen, nehme ich an, vielleicht bloß ein Zettelchen mit ein paar Namen und Adressen. Er war ein treuer und zuverlässiger ‚Genosse'. Aber die Fülle von unerforschlicher Bosheit, die in den Tiefen unserer Sympathien verborgen liegt, bewirkte, daß ich über diese vollkommen unnötige Tat belustigt war.

In jeder anderen Hinsicht schien das riskante Experiment, der Theatercoup, wenn Sie es so nennen wollen, fehlgeschlagen zu sein. Die Täuschung konnte nicht viel länger aufrechterhalten werden; die Erklärung würde eine sehr unangenehme und sogar ernste Situation zur Folge haben. Der Mann, der das Blatt Papier verschluckt hatte, würde wütend sein. Auch die Burschen, die weggelaufen waren, würden aufgebracht sein.

Zu meinem Ärger kam noch hinzu, daß die Verbindungstür zu dem anderen Keller, in dem sich die Druckerpressen befanden, aufflog und unsere junge Revolutionärin erschien, eine schwarze Silhouette in einem enganliegenden Kleid und mit einem großen Hut, und hinter ihr flackerte der Schein von Gaslicht herein. Über ihrer Schulter bemerkte ich die geschwungenen Augenbrauen und die rote Krawatte ihres Bruders.

Sie waren die allerletzten, die ich dort sehen wollte! An jenem Abend waren sie zu irgendeinem Amateurkonzert zur Freude der Armen gegangen, wissen Sie; aber sie hatte darauf bestanden, es zeitig zu verlassen, um auf dem Nachhauseweg unter dem Vorwand, noch etwas erledigen zu müssen, kurz in der Hermione Street vorbeizuschauen. Gewöhnlich war das Korrekturlesen der italienischen und französischen Ausgaben der *Alarm Bell* und des *Firebrand* ihre Aufgabe ..."

„Du lieber Himmel!" murmelte ich. Mir waren einmal ein paar Exemplare dieser Publikationen gezeigt worden. Nichts hätte meines Erachtens für die Augen einer jungen Dame weniger geeignet sein können. Sie waren das Fortgeschrittenste in der Art, damit meine ich fortgeschritten über alle Grenzen von Vernunft und Anstand. Eine von ihnen predigte die Lösung aller sozialen und familiären Bindungen, die andere befürwortete systematischen Mord.

Zu denken, daß ein junges Mädchen die Art von abscheulichen Sätzen, an die ich mich erinnerte, ruhig der ganzen Länge nach auf Druckfehler absuchte, war meiner Vorstellung von Weiblichkeit unerträglich. Nachdem mir Herr X. einen Blick zugeworfen hatte, fuhr er unerschüttert fort: „Ich glaube jedoch, daß sie hauptsächlich kam, um ihre Reize auf Sevrin wirken und sich von ihm in ihrer majestätischen und herablassenden Art huldigen zu lassen. Sie war sich beider Dinge – ihrer Macht und seiner Huldigung – bewußt und genoß sie mit, ich wage zu behaupten, völliger Unschuld. Weder Schicklichkeit noch Moral bieten uns Grund, deshalb mit ihr zu hadern. Der Charme einer Frau und die außergewöhnliche Intelligenz eines Mannes setzen sich über jegliche Konvention hinweg. Ist es nicht so?"

Aus Neugier unterließ ich es, meinen Abscheu vor diesem allzu freien Grundsatz zu bekunden.

„Doch was geschah dann?" beeilte ich mich zu fragen.

X. fuhr fort, mit nachlässiger linker Hand langsam ein kleines Stück Brot zu zerbröckeln.

„Was passierte", bekannte er, „ist, daß sie praktisch die Situation rettete."

„Sie gab Ihnen Gelegenheit, Ihre reichlich böse Farce zu beenden", vermutete ich.

„Ja", sagte er und blieb nach wie vor gelassen. „Die Farce mußte bald ein Ende haben. Und sie war in ganz wenigen Minuten zu Ende. Und sie endete gut. Wäre sie nicht hereingekommen, hätte sie vielleicht ein schlimmes Ende genommen. Ihr Bruder zählte selbstverständlich nicht. Sie hatten sich einige Zeit zuvor leise in das Haus geschlichen. Der Druckkeller hatte einen eigenen Eingang. Da sie dort niemanden antraf, setzte sie sich an ihre Korrekturbögen in der Erwartung, daß Sevrin jeden Augenblick an seine Arbeit zurückkehren würde. Er kam nicht. Sie wurde ungeduldig, vernahm durch die Tür tumultartige Geräusche in dem anderen Keller und kam natürlich herein, um zu sehen, was los sei.

Sevrin war bei uns. Anfangs schien es mir, als sei er am erstauntesten von der ganzen Gesellschaft, die von der

Razzia überrascht worden war. Er sah einen Augenblick lang aus, als sei er vor Verwunderung gelähmt. Er stand wie angewurzelt da. Er rührte kein Glied. Eine einsame Gasflamme flackerte in der Nähe seines Kopfes, all die anderen Lichter waren in der ersten Bestürzung gelöscht worden. Und dann bemerkte ich von meiner dunklen Ecke aus auf seinem rasierten Schauspielergesicht einen Ausdruck verwirrter, gereizter Wachsamkeit. Er runzelte seine dicken Augenbrauen. Seine Mundwinkel senkten sich verächtlich. Er war ärgerlich. Höchstwahrscheinlich hatte er das Spiel durchschaut, und ich bedauerte, ihn nicht von Anfang an vollkommen ins Vertrauen gezogen zu haben.

Aber als das Mädchen erschien, wurde er sichtlich unruhig. Es war offenkundig. Ich konnte sehen, wie seine Unruhe zunahm. Sein Gesichtsausdruck veränderte sich schnell und überraschend. Und ich wußte nicht, warum. Der Grund kam mir gar nicht in den Sinn. Ich war nur erstaunt über die außergewöhnliche Veränderung auf dem Gesicht des Mannes. Natürlich hatte er nichts von ihrer Anwesenheit in dem anderen Keller gewußt. Aber das erklärte nicht den Schock, den ihr Auftauchen ihm versetzt hatte. Einen Augenblick lang schien er den Verstand verloren zu haben. Er öffnete den Mund, als wolle er schreien oder vielleicht nur nach Luft schnappen. Es war auf jeden Fall jemand anders, der schrie. Dieser andere war der heroische Genosse, den ich das Stück Papier verschlucken sah. Mit löblicher Geistesgegenwart stieß er einen Warnschrei aus.

‚Die Polizei! Zurück! Zurück! Laufen Sie zurück und verriegeln Sie die Tür hinter sich.‘

Es war ein ausgezeichneter Hinweis; aber anstatt sich zurückzuziehen, schritt das Mädchen weiter vorwärts, gefolgt von ihrem langgesichtigen Bruder im Knickerbockeranzug, in dem er zur Unterhaltung eines freudlosen Proletariats lustige Lieder gesungen hatte. Sie schritt nicht vorwärts, als hätte sie nicht verstanden – das Wort ‚Polizei‘ hat einen unmißverständlichen Klang –, sondern vielmehr, als könne sie nicht anders. Sie bewegte sich nicht vorwärts mit dem ungezwungenen Gang und dem anmaßenden Auftreten einer distinguierten Amateuranarchistin unter armen, sich abmühenden Professionellen, sondern mit leicht gehobenen Schultern und dicht an den Körper gepreßten Ellbogen, als versuche sie, sich in sich selbst zurückzuziehen. Ihr Blick war fest auf Sevrin geheftet. Auf Sevrin, den Mann, nehme ich an, nicht auf Sevrin, den Anarchisten. Aber sie schritt vorwärts. Und das war natürlich. Trotz all ihrer vorgetäuschten Unabhängigkeit sind Mädchen dieser Klasse an das Gefühl gewöhnt, besonders beschützt zu werden, was in der Tat zutrifft. Dieses Gefühl erklärt neun Zehntel ihrer kühnen Gesten. Ihr Gesicht hatte jede Farbe verloren. Es war totenbleich. Man stelle sich vor, ihr war derart brutal klargemacht worden, daß sie die Art Mensch sei, die vor der Polizei davonlaufen müsse! Ich glaube, sie war hauptsächlich blaß vor Empörung, obwohl da natürlich auch die Sorge um die Unversehrtheit ihrer Person war, eine vage Furcht vor irgendeiner Art Grobheit. Und instinktiv wandte sie sich an einen Mann, an den Mann, dem gegenüber sie einen Anspruch auf Faszination und Huldigung hatte – an den Mann, von dem es undenkbar war, daß er sie in irgendeinem Augenblick enttäuschen könnte."

„Aber", rief ich, erstaunt über diese Deutung, „wäre es ernst gewesen, echt, meine ich – wie sie glaubte –, was konnte sie denn von ihm erwarten?"

X. rührte keinen Muskel seines Gesichts.

„Weiß der Himmel. Ich glaube, dieses reizende, großzügige und unabhängige Geschöpf hatte nie in seinem Leben einen einzigen wahren Gedanken gekannt; ich meine, einen einzigen Gedanken, der von kleinen menschlichen Eitelkeiten losgelöst gewesen wäre oder dessen Ursprung nicht in irgendeiner herkömmlichen Auffassung gelegen hätte. Alles, was ich weiß, ist, daß sie, nachdem sie ein paar Schritte vorwärtsgegangen war, dem reglosen Sevrin die Hand hinstreckte. Und zumindest das war keine Geste. Es war eine natürliche Bewegung. Was sie von ihm erwartete, wer kann das sagen? Das Unmögliche. Aber was sie auch immer erwartete, es hätte, das kann ich ruhig sagen, nicht an das heranreichen können, wozu er sich entschlossen hatte, noch bevor sich diese bittende Hand so unmittelbar an ihn gewandt hatte. Es war nicht nötig gewesen. Von dem Augenblick an, da er sie den Keller hatte betreten sehen, hatte er den Entschluß gefaßt, seine künftige Nützlichkeit zu opfern, die undurchdringliche, gutsitzende Maske abzuwerfen, die zu tragen sein Stolz gewesen war ..."

„Was meinen Sie?" unterbrach ich verwirrt. „War es denn Sevrin, der ..."

„Er war es. Der beharrlichste, gefährlichste, geschickteste und systematischste der Spitzel. Ein Genie unter den Verrätern. Zum Glück für uns war er einmalig. Der Mann war ein Fanatiker, sagte ich Ihnen. Wiederum zum Glück für uns hatte er sich in die vollendeten und unwissenden Gesten dieses Mädchens verliebt. Selbst ein Schauspieler von verzweifeltem Ernst, muß er an den uneingeschränkten Wert konventioneller Gebärden geglaubt haben. Was die Plumpheit der Falle betrifft, in die er ging, so muß die Erklärung lauten, daß zwei Gefühle von solch packender Größe nicht gleichzeitig in einem Herzen sein können. Die Gefährdung dieses anderen, unbewußten Komödianten beraubte ihn seines Weitblicks, seines Scharfsinns, seines Urteilsvermögens. Anfangs beraubte sie ihn tatsächlich seiner Selbstbeherrschung. Aber durch die – wie es ihm schien – dringende Notwendigkeit, sofort etwas zu tun, gewann er sie wieder. Was zu tun? Nun, sie so schnell wie möglich aus dem Haus zu bekommen. Er war versessen darauf, das zu tun. Ich sagte Ihnen, er war erschrocken. Es konnte nicht wegen ihm selbst sein. Er war überrascht gewesen und ärgerlich über einen vollkommen unerwarteten und verfrühten Schritt. Ich kann sogar sagen, er war wütend gewesen. Er war es gewöhnt, die letzte Szene seiner Verrätereien mit großer, raffinierter Geschicklichkeit zu arrangieren, die seinen revolutionären Ruf unangetastet ließ. Aber es scheint mir offensichtlich, daß er gleichzeitig beschlossen hatte, aus der Sache das Beste zu machen und seine Maske auf jeden Fall aufzubehalten. Erst mit der Entdeckung, daß sie im Hause war, fiel alles – die erzwungene Ruhe, die Zurückhaltung seines Fanatismus, die Maske –, fiel alles zugleich von ihm in einer Art Panik. Warum Panik, fragen Sie? Die Antwort ist sehr einfach. Er erinnerte sich – oder, ich wage zu behaupten, er hatte nie den Professor vergessen, der allein oben im Haus war und seine Untersuchungen anstellte, umgeben von Büchsen über Büchsen von Stone's Dried Soup. In einigen wenigen davon war genug, um uns alle da, wo wir standen, unter einem Haufen von Ziegeln zu begraben. Sevrin war sich dessen natürlich bewußt. Und wir müssen auch glauben, daß er den genauen Charakter des Mannes offensichtlich kannte. Er hatte so viele solcher Charaktere beurteilt! Oder vielleicht traute er dem Professor nur zu, wozu er selbst fähig gewesen wäre. Aber die Sache hatte jedenfalls ihre Wirkung getan. Und plötzlich hob er mit Nachdruck seine Stimme.

‚Bringen Sie sofort die Dame weg.'

Es stellte sich heraus, daß er heiser war wie eine Krähe, zweifellos infolge der heftigen Erregung. Sie verging augenblicklich. Aber diese schicksalsschweren Worte kamen mißtönend, lächerlich krächzend aus seiner enggewordenen Kehle. Sie bedurften keiner Antwort. Die Sache war erledigt. Doch der Mann, der den Polizeiinspektor darstellte, hielt es für angebracht, barsch zu sagen: ‚Sie wird früh genug gehen, zusammen mit dem Rest von euch.'

Das waren die letzten Worte, die zum komischen Teil der Angelegenheit gehörten.

Alles und jeden vergessend, schritt Sevrin auf ihn zu und packte ihn an den Rockaufschlägen. Unter seinen durchsichtigen bläulichen Wangen konnte man seine Kiefer vor Zorn arbeiten sehen.

‚Sie haben draußen Männer postiert. Lassen Sie die Dame sofort nach Hause bringen. Hören Sie? Sofort. Bevor Sie versuchen, des Mannes oben habhaft zu werden.'

‚Oh! Da oben ist ein Mann', spottete der andere offen. ‚Nun, er wird rechtzeitig heruntergebracht werden, um das Ende hiervon mitzuerleben.'

Doch Sevrin, außer sich, achtete nicht auf den Ton.

‚Welcher Idiot hat Sie hergeschickt, um hier herumzustümpern? Haben Sie Ihre Anweisungen nicht verstanden? Sind Sie denn nicht informiert? Es ist unglaublich. Hier . . .'

Er ließ von den Rockaufschlägen ab, faßte sich von oben unter das Hemd und zog dort fieberhaft an etwas. Schließlich holte er einen kleinen viereckigen Beutel aus weichem Leder hervor, der wie ein Skapulier an seinem Hals gehangen haben mußte, an dem Band, dessen zerrissene Enden aus seiner Faust herunterbaumelten.

‚Sehen Sie hinein', sprudelte es aus ihm, und er schleuderte ihn dem anderen ins Gesicht. Und sofort drehte er sich zu dem Mädchen um. Sie stand genau hinter ihm, ganz still und stumm. Ihr starres, weißes Gesicht bot ein Trugbild von Ruhe. Nur ihre erstaunt blickenden Augen schienen größer und dunkler.

Er redete schnell, mit nervöser Zuversicht. Ich hörte deutlich, wie er ihr versprach, sogleich alles völlig aufzuklären. Aber das war es auch, was ich verstehen konnte. Er stand dicht vor ihr und versuchte kein einziges Mal, sie zu berühren, nicht einmal mit der Spitze seines kleinen Fingers – und sie starrte ihn wie benommen an. Einen Augenblick lang senkten sich jedoch langsam, pathetisch ihre Lider, und dann, die langen schwarzen Wimpern lagen auf ihren weißen Wangen, sah sie aus, als wollte sie in Ohnmacht fallen. Aber sie schwankte nicht einmal auf der Stelle. Er drängte sie laut, ihm sofort zu folgen, und schritt auf die Tür am Fuße der Kellertreppe zu, ohne sich umzusehen. Und sie bewegte sich tatsächlich ein, zwei Schritte hinter ihm her. Aber man ließ ihn die Tür natürlich nicht erreichen. Man hörte zornige Ausrufe, den Lärm eines kurzen, wilden Handgemenges. Er wurde gewaltsam weggeschleudert, stürzte auf sie zu und fiel. Sie streckte die Arme aus in einer Geste des Entsetzens und trat gerade so zur Seite, daß sein Kopf in der Nähe ihres Schuhs schwer auf den Boden schlug.

Er stöhnte beim Aufprall. Als er sich wieder hochgerappelt hatte, langsam, verwirrt, war er sich der Dinge, die da vor sich gingen, bewußt. Der Mann, in dessen Hände er das

Lederbeutelchen geworfen, hatte einen schmalen Streifen bläulichen Papiers daraus hervorgezogen. Er hielt es über seinem Kopf, und als nach dem Handgemenge wieder erwartungsvolle unbehagliche Stille herrschte, warf er es verachtungsvoll zu Boden mit den Worten: ‚Ich glaube, Genossen, dieser Beweis war kaum nötig.'

Blitzschnell bückte sich das Mädchen nach dem flatternden Zettel. Ihn auseinandergefaltet in beiden Händen haltend, betrachtete sie ihn; dann öffnete sie, ohne dabei die Augen zu heben, langsam ihre Finger und ließ ihn fallen.

Hinterher habe ich mir dieses seltsame Dokument genau angesehen. Es war von einer sehr hohen Persönlichkeit unterzeichnet und von anderen hohen Beamten verschiedener Länder Europas gestempelt und gegengezeichnet. In seinem Beruf – oder sollte ich sagen, in seiner Mission? – mag diese Art Talisman zweifellos vonnöten gewesen sein. Sogar der Polizei selbst – allen, außer den Chefs – war er nur als Sevrin, der bekannte Anarchist, ein Begriff gewesen.

Er ließ den Kopf hängen und biß sich auf die Unterlippe. Eine Veränderung war mit ihm geschehen, eine Art nachdenkliche, versunkene Ruhe hatte ihn ergriffen. Doch er keuchte. Seine Seiten bebten sichtlich, und die Nasenlöcher weiteten und verengten sich in sonderbarem Gegensatz zur düsteren Miene eines fanatischen Mönchs in sinnender Positur, wobei in seinem Gesicht aber auch etwas von einem Schauspieler war, der mit den furchtbaren Erfordernissen seiner Rolle beschäftigt ist. Vor ihm deklamierte Horne, hager und bärtig, wie ein erleuchteter, brandmarkender Prophet aus der Wüste. Zwei Fanatiker. Sie waren dazu geschaffen, einander zu verstehen. Überrascht Sie das? Ich nehme an, Sie denken, solche Leute hätten Schaum vor dem Mund und würden einander anfauchen?"

Ich beteuerte hastig, daß ich nicht im mindesten überrascht sei, daß ich nichts Derartiges dächte, daß Anarchisten mir im allgemeinen einfach unbegreiflich seien, geistig, moralisch, vom Logischen her, gefühlsmäßig und sogar physisch. X. nahm diese Erklärung mit seiner gewohnten Steifheit auf und fuhr fort.

„Horne war in Beredsamkeit verfallen. Während er verächtliche Schmähungen ausstieß, strömten ihm Tränen aus den Augen und rollten unbeachtet über seinen schwarzen Bart. Sevrin keuchte immer schneller. Als er den Mund öffnete, um zu sprechen, hing jeder an seinen Lippen.

‚Sei kein Narr, Horne', begann er. ‚Du weißt sehr wohl, daß ich das aus keinem der Gründe getan habe, die du mir vorwirfst.' Und augenblicklich wurde er unter dem finsteren Blick des anderen äußerlich so unerschütterlich wie ein Fels. ‚Ich habe euch entgegengearbeitet, euch getäuscht und verraten – aus Überzeugung.'

Er kehrte Horne den Rücken zu und wiederholte, an das Mädchen gewandt, die Worte: ‚Aus Überzeugung.'

Es ist merkwürdig, wie gleichgültig sie blickte. Ich nehme an, sie konnte sich auf keine passende Geste besinnen. Für eine solche Situation kann es in der Tat wenige Beispiele gegeben haben.

‚Völlig klar', fügte er hinzu. ‚Verstehen Sie, was das bedeutet? Aus Überzeugung.'

Und noch immer rührte sie sich nicht. Sie wußte nicht, was sie tun sollte. Aber der arme unglückliche Kerl war im Begriff, ihr Gelegenheit zu einer schönen und angemessenen Geste zu geben.

‚Ich habe in mir die Kraft gespürt, Sie diese Überzeugung teilen zu lassen', beteuerte er leidenschaftlich. Er hatte sich selbst vergessen; er machte einen Schritt auf sie zu – vielleicht stolperte er. Mir schien, er beugte sich tief nach vorn, als wolle er den Saum ihres Kleides anfassen. Und dann kam die passende Geste. Sie entriß ihren Rock seiner beschmutzenden Berührung und wandte den Kopf mit einer nach oben gerichteten Bewegung ab. Sie war großartig, diese Geste konventionell makelloser Ehre, diese Geste einer unbefleckten, hochgesinnten Amateurin.

Nichts hätte besser sein können. Und auch er schien dieser Ansicht zu sein, denn er drehte sich erneut um. Doch diesmal sah er niemanden an. Wieder keuchte er schrecklich, während er hastig und tastend etwas in seiner Westentasche suchte und dann seine Hand zum Munde führte. Es war etwas Heimliches an dieser Bewegung, aber unmittelbar danach änderte sich sein Verhalten. Sein heftig gehender Atem verlieh ihm Ähnlichkeit mit einem Mann, der gerade ein verzweifeltes Rennen gelaufen war; aber eine seltsame Art von Losgelöstsein, von plötzlicher und vollkommener Gleichgültigkeit trat an die Stelle größter Anstrengung. Das Rennen war vorüber. Ich wollte nicht sehen, was als nächstes geschah. Ich wußte es nur zu gut. Ohne ein Wort klemmte ich den Arm der jungen Dame unter meinen und schritt mit ihr zur Treppe.

Ihr Bruder ging hinter uns. Auf halber Höhe der kurzen Treppe schien sie unfähig, ihre Füße die Stufen hinaufzuheben, und wir mußten ziehen und schieben, um sie nach oben zu bekommen. Sie schleppte sich an meinem Arm den Korridor entlang, hilflos gebeugt wie eine kraftlose alte Frau. Wir traten durch eine halboffene Tür auf eine leere Straße hinaus, wankend wie berauschte Zecher. An der Ecke hielten wir eine Droschke an, und der betagte Kutscher sah mit mürrischer Verachtung von seinem Kutschbock nach hinten auf unsere angestrengten Versuche, sie hineinzusetzen. Zweimal während der Fahrt spürte ich, wie sie halb ohnmächtig an meine Schulter sank. Der junge Mann in Knickerbockern, der uns gegenüber Platz genommen hatte, blieb stumm wie ein Fisch und saß regloser, als ich es für möglich gehalten hätte, bis er mit dem Hausschlüssel hinaussprang.

An der Tür ihres Salons gab sie meinen Arm frei und trat zuerst ein, wobei sie sich an den Stühlen und Tischen festhielt. Sie entfernte die Nadeln aus ihrem Hut und warf sich dann, erschöpft von der Anstrengung – der Umhang hing ihr immer noch von den Schultern –, in einen tiefen Sessel, seitwärts, das Gesicht halb in einem Kissen vergraben. Der gute Bruder erschien schweigend vor ihr mit einem Glas Wasser. Sie winkte ab. Er trank es selbst aus und begab sich in eine entfernte Ecke – irgendwo hinter den Flügel. Alles war still in diesem Zimmer, wo ich zum ersten Mal Sevrin, den Anti-Anarchisten, gesehen hatte, gefesselt und gebannt von dem vollendeten, ererbten Mienenspiel, das in einer gewissen Lebenssphäre mit ausgezeichneter Wirkung an die Stelle von Gefühlen tritt. Ich glaube, ihre Gedanken waren mit der gleichen Erinnerung beschäftigt. Ihre Schultern bebten heftig. Nichts weiter als eine Nervenattacke. Als sie nachließ, erkünstelte sie Haltung. ‚Was wird mit einem Mann dieser Art gemacht? Was werden sie ihm tun?'

‚Nichts. Sie können ihm nichts tun', versicherte ich ihr vollkommen aufrichtig. Ich war ziemlich sicher, daß er weniger als zwanzig Minuten, nachdem er seine Hand zum Munde geführt hatte, gestorben war. Denn wenn sein fanatischer Anti-Anarchismus sogar so weit ging, daß er Gift in der Tasche bei sich trug, nur um seine Gegner ihrer berechtigten Rache zu berauben, so wußte ich, daß er darauf geachtet hätte, sich etwas zu beschaffen, das ihn nicht im Stich lassen würde, falls er es brauchte.

Sie holte zornig Atem. Ihre Wangen hatten rote Flecken und ihre Augen einen fiebrigen Glanz.

‚Hat jemals ein Mensch so etwas Schreckliches erlebt? Man stelle sich vor, er hat meine Hand gehalten! Dieser Mann!' Ihr Gesicht zuckte, sie unterdrückte ein rührendes Schluchzen. ‚Wenn ich jemals einer Sache sicher war, dann waren es Sevrins hochherzige Beweggründe.'

Dann fing sie an, still zu weinen, was gut für sie war. Dann, durch die Flut von Tränen, halb grollend: ‚Was hat er zu mir gesagt? – ›Aus Überzeugung!‹ Es schien schändlicher Hohn zu sein. Was kann er damit gemeint haben?'

‚Das, mein liebes Fräulein', sagte ich sanft, ‚ist mehr, als ich oder irgend jemand anders Ihnen jemals erklären kann.'"

Herr X. schnippte einen Krümel von der Vorderseite seines Rockes.

„Und das stimmte genau, was sie betraf. Obgleich es Horne beispielsweise sehr gut verstand, und ich auch, besonders, nachdem wir in Sevrins Wohnung in einer düsteren abgelegenen Gasse eines äußerst respektablen Viertels gewesen waren. Horne war dort als ein Freund bekannt, und wir hatten keine Mühe, hineingelassen zu werden; das schmuddelige Dienstmädchen bemerkte nur, als sie uns einließ, daß ‚Herr Sevrin in dieser Nacht nicht zu Hause gewesen sei'. Wir brachen pflichtgemäß einige Schubfächer auf und fanden ein paar nützliche Informationen. Der interessanteste Teil war sein Tagebuch, denn dieser Mann, der einer derart verderblichen Tätigkeit nachging, hatte die Schwäche, ein Buch der vernichtendsten Art zu führen. Dort enthüllten sich uns seine Taten und auch seine Gedanken. Aber die Toten kümmert das nicht. Sie kümmert nichts.

‚Aus Überzeugung'. Ja. Eine verschwommene, aber glühende humanitäre Gesinnung hatte ihn in seiner ersten Jugend zur bittersten und äußersten Grenze von Negation und Revolte getrieben. Später verging sein Optimismus. Er zweifelte und fand sich nicht mehr zurecht. Sie haben von bekehrten Atheisten gehört. Diese verwandeln sich oft in gefährliche Fanatiker, aber im Innern bleiben sie dieselben. Nachdem er mit dem Mädchen bekannt geworden war, stößt man in seinem Tagebuch auf sehr sonderbare politisch-amouröse Schwärmereien. Er nahm ihr königliches Mienenspiel todernst. Er sehnte sich danach, sie zu bekehren. Aber all das wird Sie nicht interessieren. Im übrigen weiß ich nicht, ob Sie sich – es ist jetzt sehr viele Jahre her – an das Aufsehen erinnern, das das ‚Hermione-Street-Rätsel' in den Zeitungen erregte: die Entdeckung der Leiche eines Mannes im Keller eines leeren Hauses, die Untersuchung, einige Verhaftungen, viele Vermutungen, dann Schweigen – das übliche Ende für viele obskure Märtyrer und Bekenner. Tatsache ist, daß er nicht Optimist genug war. Man muß ein grimmiger, tyrannischer, mitleidloser, unbeirrbarer Optimist sein, wie zum Beispiel Horne, um sich als guter sozialer Rebell von der extremen Sorte zu erweisen."

Er stand vom Tisch auf. Ein Kellner eilte mit seinem Mantel herbei, ein anderer hielt seinen Hut bereit.

„Aber was wurde aus der jungen Dame?" fragte ich.

„Wollen Sie das wirklich wissen?“ sagte er und knöpfte sorgsam seinen Pelzmantel zu. „Ich gestehe die kleine Bosheit, ihr Sevrins Tagebuch geschickt zu haben. Sie zog sich ins Privatleben zurück, ging dann nach Florenz und anschließend in ein Kloster. Ich kann nicht sagen, wohin sie als nächstes gehen wird. Was macht das auch? Gesten! Gesten! Bloße Gesten ihrer Klasse.“

Er stülpte sich mit äußerster Akkuratesse seinen glänzenden Zylinderhut auf und warf einen raschen Blick durch den mit gutgekleideten, unschuldig speisenden Menschen gefüllten Raum, wobei er zwischen den Zähnen hervorstieß: „Und sonst nichts! Deshalb ist ihre Art dem Untergang geweiht.“

Nach jenem Abend begegnete ich Herrn X. nie wieder. Ich ging dazu über, in meinem Klub zu dinieren. Bei meinem nächsten Besuch in Paris fand ich meinen Freund voll ungeduldigen Verlangens, von dem Eindruck zu hören, den dieses seltene Stück seiner Sammlung auf mich gemacht hatte. Ich erzählte ihm die ganze Geschichte, und er strahlte mich voller Stolz über sein bemerkenswertes Exemplar an.

„Ist es X. nicht sehr wert, daß man ihn kennt?“ sprudelte er vor großer Freude über. „Er ist einmalig, verblüffend, absolut großartig.“

Seine Begeisterung verletzte meine zarteren Gefühle. Ich sagte ihm kurz und bündig, daß der Zynismus des Mannes einfach widerwärtig sei.

„Oh, widerwärtig! Widerwärtig!“ stimmte mein Freund überschwenglich zu. „Und dann, weißt du, hat er manchmal gern seinen kleinen Spaß“, fügte er in vertraulichem Ton hinzu.

Ich verstehe den Zusammenhang dieser letzten Bemerkung nicht. Ich bin völlig außerstande zu erkennen, was an all dem spaßig sein soll.

Das Untier

Als ich von der regengepeitschten Straße in die „Drei Krähen" schlüpfte, tauschte ich mit Miss Blank ein Lächeln und einen Blick. Ich tat das in aller Schicklichkeit. Es ist erschreckend, daran zu denken, daß Miss Blank, falls sie noch lebt, jetzt etwas über sechzig sein muß. Wie die Zeit vergeht!

Miss Blank bemerkte den Blick, den ich fragend auf die Trennwand aus Glas und lackiertem Holz richtete, und war so freundlich, ermutigend zu sagen: „Nur Mr. Jermyn und Mr. Stonor in der Schenkstube und noch ein Herr, den ich noch nie gesehen habe."

Ich ging auf die Tür der Schenkstube zu. Eine Stimme an der anderen Seite (es war nur eine Trennwand aus Riemenbrettern) wurde so laut, daß man die letzten Worte in all ihrer Ungeheuerlichkeit ganz deutlich verstehen konnte.

„Dieser Wilmot hat ihr glatt den Schädel eingeschlagen, und ein Glück!"

Da an diesem unmenschlichen Gedanken nichts Lästerliches oder Unschickliches war, unterbrach er nicht einmal Miss Blanks leichtes Gähnen hinter vorgehaltener Hand. Sie starrte weiter unverwandt auf die Fensterscheiben, die vor Regen trieften.

Als ich die Tür zur Schenkstube öffnete, fuhr dieselbe Stimme in demselben grausamen Ton fort: „Ich habe mich gefreut, als ich hörte, daß sie endlich jemand erledigt hat. Tut mir bloß leid um den armen Wilmot. Dieser Mann und ich waren früher einmal Freunde. Natürlich war das sein Ende. Klarer Fall, klarer geht's nicht. Kein Ausweg. Gar keiner."

Die Stimme gehörte dem Herrn, den Miss Blank noch nie gesehen hatte. Er spreizte die langen Beine auf dem Kaminvorleger. Jermyn hielt, vornübergebeugt, sein Taschentuch ausgebreitet vor das Gitter. Er blickte düster über die Schulter, und als ich mich hinter einen der kleinen Holztische schob, nickte ich ihm zu. An der anderen Seite des Feuers saß, imponierend ruhig und groß, Mr. Stonor, eingezwängt in einen breiten Lehnstuhl. An ihm gab es nichts Kleines außer seinem kurzen, weißen Backenbart. Viele Ellen besonders extrafeinen blauen Tuchs (zu einem Mantel verarbeitet) lagen auf einem Stuhl an seiner Seite. Und er mußte gerade irgendein Passagierschiff von See hereingebracht haben, da ein anderer Stuhl völlig verdeckt war von seinem schwarzen Regenmantel, der weit war wie ein Bahrtuch, aus dreifach mit Öl getränkter Seide bestand und durchweg doppelt genäht war. Ein Herrenhandkoffer von gewöhnlicher Größe nahm sich auf dem Fußboden in der Nähe seiner Füße aus wie ein Kinderspielzeug.

Ich nickte ihm nicht zu. Er war zu groß, als daß man ihm in jener Schenkstube hätte zunicken können. Er war ein Trinity-House*-Oberlotse und ließ sich nur in den Sommermonaten dazu herab, seinen Platz im Lotsenkutter einzunehmen. Viele Male hatte er königliche Jachten nach Port Victoria hinein und hinaus gebracht. Überdies hat es keinen Sinn, einem Monument zuzunicken. Und er glich einem. Er sprach nicht, er rührte sich nicht. Er saß nur da und hielt sein stattliches altes Haupt hoch, unbeweglich und beinahe überlebensgroß. Er war sehr schön. Mr. Stonors Anwesenheit machte den armen alten Jermyn zu einem schäbigen, schmächtigen Männlein und ließ den gesprächigen Fremden im Tweedanzug auf dem Kaminteppich lächerlich knabenhaft erscheinen. Letzterer muß etwas über dreißig gewesen sein und war gewiß nicht die Art Mensch, die der Klang der eigenen Stimme in Verlegen-

* Trinity House: Verband, der die Aufsicht über Leuchtfeuer, See- und Lotsenzeichen hat sowie Lotsen eine Berufslizenz erteilt.

heit bringt, denn nachdem er mich gewissermaßen mit einem freundlichen Blick einbezogen hatte, fuhr er ohne Unterbrechung fort.

„Ich habe mich gefreut", wiederholte er nachdrücklich. „Das überrascht Sie vielleicht, aber Sie haben eben nicht die Erfahrung mit ihr gemacht, die ich gemacht habe. Ich kann Ihnen sagen, so etwas vergißt man nicht. Ich selbst bin natürlich heil davongekommen – wie Sie sehen können. Sie hat allerdings ihr möglichstes getan, mir den Mut zu nehmen. Sie hat den anständigsten Kerl der Welt fast ins Irrenhaus gebracht. Was sagen Sie dazu – eh?"

Kein Lid zuckte in Mr. Stonors riesigem Gesicht. Monumental! Der Sprecher sah mir gerade in die Augen.

„Mir wurde immer übel, wenn ich daran dachte, daß sie sich in der ganzen Welt herumtrieb und Menschen umbrachte."

Jermyn hielt das Taschentuch etwas näher an das Gitter und stöhnte. Das war so eine Angewohnheit von ihm.

„Ich hab sie mal gesehen", erklärte er mit düsterer Gleichgültigkeit. Sie hatte ein Haus ..."

Der Fremde im Tweedanzug drehte sich um und starrte erstaunt auf ihn herab.

„Sie hatte drei Häuser", verbesserte er herrisch. Aber Jermyn ließ sich nicht widersprechen.

„Sie hatte ein Haus, sag ich", wiederholte er mit finsterer Hartnäckigkeit. „Ein großes, hohes, häßliches weißes Ding. Man konnte meilenweit sehen, wie es aufragte."

„Das konnte man", pflichtete der andere bereitwillig bei. „Es war eine Idee des alten Colchester, obwohl er immer drohte, sie aufzugeben. Er könne ihren Rabatz nicht länger ertragen, erklärte er; es sei für ihn zu viel des Guten; er wolle nichts mehr mit ihr zu tun haben, selbst wenn er nie wieder eine bekäme – und so weiter. Ich glaube, er hätte sie sausen lassen, nur – das überrascht Sie vielleicht – seine Alte wollte nichts davon hören. Komisch, wie? Aber bei Frauen weiß man nie, wie sie eine Sache aufnehmen, und Mrs. Colchester mit ihrem Schnurrbart und ihren dikken Augenbrauen gab sich so eigensinnig wie nur möglich.

Sie lief immer in einem braunen Seidenkleid umher, und eine große goldene Ankerkette baumelte an ihrem Busen. Sie hätten es hören sollen, wenn sie hervorstieß: ‚Blödsinn!' oder ‚Dummes Zeug!'. Ich glaube, sie wußte, wann es ihr gut ging. Sie hatten keine Kinder und sich nie irgendwo ein Heim geschaffen. Waren sie in England, genügte es ihr, recht und schlecht in einem billigen Hotel oder einer Pension zu hausen. Ich glaube, sie kehrte gern zu den Bequemlichkeiten zurück, an die sie gewöhnt war. Sie wußte sehr wohl, daß sie durch eine Veränderung nichts gewinnen konnte. Und außerdem stand Colchester, obwohl ein ausgezeichneter Mann, nicht mehr unbedingt in der Blüte seiner Jahre, und vielleicht dachte sie, er würde nicht so leicht wieder eine kriegen (wie er immer sagte). Jedenfalls war es aus diesem oder jenem Grunde ‚Blödsinn!' und ‚Dummes Zeug' für die gute Frau. Ich hörte einmal zufällig, wie der junge Mr. Apse persönlich im Vertrauen zu ihr sagte: ‚Ich versichere Ihnen, Mrs. Colchester, ich werde allmählich ganz unglücklich über den Ruf, den sie sich erwirbt.' – ‚Oh', sagte sie mit ihrem tiefen, kurzen, heiseren Lachen, ‚wenn man auf all das dumme Geschwätz etwas geben würde', und sie zeigte Apse all ihre häßlichen falschen Zähne auf einmal. ‚Es wäre schon mehr vonnöten als das, damit ich mein Vertrauen in sie verlöre, das versichere ich Ihnen', sagte sie."

An dieser Stelle stieß Mr. Stonor, ohne seinen Gesichtsausdruck zu ändern, ein kurzes sardonisches Lachen aus. Es war sehr eindrucksvoll, aber ich verstand nicht, was daran komisch war. Ich sah von einem zum anderen. Der Fremde auf dem Kaminvorleger hatte ein unangenehmes Lächeln.

„Und Mr. Apse schüttelte Mrs. Colchester beide Hände, er freute sich so, ein gutes Wort über ihren Liebling zu hören. All diese Apses, jung und alt, wissen Sie, waren geradezu vernarrt in diese abscheuliche, gefährliche . . ."

„Entschuldigen Sie bitte", unterbrach ich gereizt, denn er schien sich ausschließlich an mich zu wenden, „aber von wem in aller Welt reden Sie denn?"

„Ich spreche von der Familie Apse“, antwortete er höflich.

Da wäre mir beinahe ein Fluch herausgerutscht. Aber gerade in dem Augenblick steckte die achtbare Miss Blank ihren Kopf herein und sagte, die Droschke stehe vor der Tür, falls Mr. Stonor den drei nach elf in die Stadt noch erreichen wolle.

Sofort erhob sich der Oberlotse in seiner gewaltigen Körpergröße und begann, sich mit ehrfurchtgebietend ausladenden Bewegungen in den Mantel zu kämpfen. Der Fremde und ich eilten ihm spontan zu Hilfe, und sobald wir ihn berührten, wurde er vollkommen ruhig. Wir mußten unsere Arme sehr hoch heben, uns anstrengen. Es war, als lege man einem fügsamen Elefanten die Schabracke auf. Mit einem „Danke, meine Herren“ bückte er sich und zwängte sich in großer Eile durch die Tür.

Wir lächelten uns freundlich zu.

„Ich frage mich, wie er es schafft, die Jakobsleiter eines Schiffes aufzuentern“, sagte der Mann im Tweedanzug; und der arme Jermyn, der bloß Nordseelotse war, ohne offiziellen Status oder Anerkennung irgendeiner Art, eben nur schlechthin Lotse, stöhnte.

„Er verdient achthundert im Jahr.“

„Sind Sie Seemann?“ fragte ich den Fremden, der zu seinem Platz auf dem Vorleger zurückgekehrt war.

„Ich war es bis vor ein paar Jahren, als ich heiratete“, antwortete dieser gesprächige Mensch. „Ich fuhr sogar zuerst auf ebendem Schiff zur See, von dem wir sprachen, als Sie hereinkamen.“

„Was für ein Schiff?“ fragte ich verwirrt. „Ich habe nicht gehört, daß Sie ein Schiff erwähnten.“

„Ich habe Ihnen gerade seinen Namen genannt, mein Verehrtester“, antwortete er. „Die ‚Apse Family‘. Sicherlich haben Sie von der großen Reederei Apse & Sons gehört. Sie hatten eine ziemlich große Flotte. Da gab es die ‚Lucy Apse‘ und die ‚Harold Apse‘ und die ‚Anne‘, ‚John‘, ‚Malcolm‘, ‚Clara‘, ‚Juliet‘ und so weiter – unzählige ‚Apses‘. Nach jedem Bruder, jeder Schwester, Tante, Kusine, Ehefrau – und auch Großmutter, soviel ich weiß – der Firma wurde ein Schiff benannt. Es waren überdies gute, stabile und altmodische Schiffe, gebaut, um zu tragen und zu halten. Keine von den neumodischen arbeitssparenden Vorrichtungen darauf, aber reichlich Leute und reichlich gutes gepökeltes Rindfleisch und Schiffszwieback an Bord – und los ging's, damit hat man sich auf See und wieder nach Hause durchgeschlagen."

Der unglückliche Jermyn gab einen Laut der Zustimmung von sich, der sich wie ein schmerzliches Stöhnen anhörte. Das waren die Schiffe für ihn. Er erklärte mit trauriger Stimme, daß man zu arbeitssparenden Vorrichtungen nicht sagen könne: „Nun mal bißchen flott, Jungs." Keine arbeitssparende Vorrichtung würde in die Takelage klettern in einer stürmischen Nacht, wenn in Lee Sandbänke liegen.

„Nein", pflichtete der Fremde bei und zwinkerte mir zu. „Die Apses hielten anscheinend auch nicht viel davon. Sie behandelten ihre Leute gut – wie Leute heutzutage nicht mehr behandelt werden, und sie waren ungemein stolz auf ihre Schiffe. Denen passierte nie etwas. Dieses letzte, die ‚Apse Family', sollte wie die anderen sein, nur noch stärker, noch sicherer, noch geräumiger und bequemer. Ich glaube, sie wollten, daß sie für alle Zeiten hielt. Sie ließen sie als Kompositschiff bauen – Eisen, Teak- und Grünharzholz, die Stärke des Holzes war wirklich sagenhaft. Wenn jemals ein Auftrag für ein Schiff in einem Geiste des Stolzes erteilt wurde, so dieser. Alles vom Besten. Der Kommodore des Unternehmens sollte es befehligen, die Unterkunft für ihn hatten sie wie ein Haus an Land geplant, eine große, hohe Achterhütte, die fast bis zum Großmast reichte. Kein Wunder, daß Mrs. Colchester dem Alten durchaus nicht gestatten wollte, sie aufzugeben. Natürlich, es war die beste Wohnung, die sie in all ihren Ehejahren je gehabt hatte. Die hatte Nerven, die Frau.

Das Tamtam, das man machte, während das Schiff gebaut wurde! Wir wollen dies ein wenig stärker haben und das ein wenig schwerer; und sollte jenes nicht lieber gegen etwas Dickeres ausgewechselt werden? Die Schiffbauer machten mit, und da war es, vor aller Augen wurde es zum unförmigsten, schwersten Schiff seiner Größe, ohne daß sich jemand in irgendeiner Weise dessen bewußt wurde. Es sollte 2000 Registertonnen haben oder etwas darüber, auf keinen Fall weniger. Aber warten Sie ab, was passierte. Als sie kamen, um es auszumessen, waren es 1999 Tonnen und ein bißchen. Allgemeine Bestürzung! Man sagt, der alte Mr. Apse sei so ärgerlich gewesen, als sie es ihm mitteilten, daß er sich ins Bett legte und starb. Der alte Herr hatte sich fünfundzwanzig Jahre zuvor aus dem Geschäft zurückgezogen und war mindestens sechsundneunzig, so kam sein Tod vielleicht nicht so überraschend. Doch Mr. Lucian Apse war überzeugt, daß sein Vater hundert geworden wäre. Also können wir ihn als ersten auf die Liste setzen. Als nächster folgte der arme Teufel von Schiffbauer, den das Untier erfaßte und zerquetschte, als es vom Stapel lief. Sie nannten es den Stapellauf eines Schiffes, aber ich habe Leute gehört, die sagten, daß es nach dem Geschrei und Gebrüll und dem Auseinanderspringen der Leute zu urteilen eher war, als ließe man einen Teufel auf den Fluß los. Die ‚Apse Family' zerriß all ihre Leinen wie Bindfäden und stürzte sich wie eine Furie auf die dienstbereiten Schlepper. Bevor jemand begreifen konnte, was sie vorhatte, schickte sie einen davon auf den Grund, und ein zweiter mußte für drei Monate in die Reparatur. Eine ihrer Ankerketten brach, und dann plötzlich – niemand wußte warum – ließ sie sich mit der anderen so friedlich wie ein Lamm festmachen.

So war sie. Man konnte nie wissen, was sie als nächstes vorhatte. Es gibt Schiffe, die sich schwer fahren, aber im allgemeinen kann man sich darauf verlassen, daß sie sich vernünftig verhalten. Bei dem Schiff wußte man nie, wie es ausging, was man auch tat. Die ‚Apse Family' war ein tückisches Biest. Oder vielleicht war sie nur einfach verrückt."

Er brachte diese Vermutung in einem derart ernsten Ton vor, daß ich ein Lächeln nicht unterdrücken konnte.

Er unterbrach sich, biß sich auf die Unterlippe und wandte sich plötzlich an mich.

„Oh, warum nicht? Warum könnte an ihrer Bauart, ihren Linien nicht etwas in der Art gewesen sein ... Was ist Wahnsinn? Nur einfach eine Kleinigkeit, die nicht richtig funktioniert im Aufbau so eines Gehirns. Warum sollte es nicht ein wahnsinniges Schiff geben – ich meine wahnsinnig auf eine schiffsmäßige Art, so daß man unter keinen Umständen sicher sein kann, daß es das tut, was jedes andere vernünftige Schiff ganz selbstverständlich tun würde. Es gibt Schiffe, die sich schlecht steuern lassen, und welche, bei denen man sich nicht immer ganz darauf verlassen kann, daß sie Kurs halten; auf andere muß man genau aufpassen, wenn sie in einem Sturm fahren; und dann gibt es noch solche, die sich bei jeder schwachen Brise wie bei schwerem Wetter benehmen. Aber dann geht man davon aus, daß es sich immer so verhält. Man nimmt es als Teil ihres Charakters als Schiff, ebenso wie man die Eigenheiten des Naturells eines Menschen berücksichtigt, wenn man mit ihm zu tun hat. Doch mit der ‚Apse Family' konnte man das nicht. Sie war unberechenbar. Wenn sie nicht verrückt war, dann war sie das bösartigste, hinterlistigste und wildeste Untier, das jemals vom Wasser getragen wurde. Ich habe erlebt, wie sie in einem schweren Sturm zwei Tage lang wunderbar segelte und sich am dritten zweimal am gleichen Nachmittag breitseit legte. Beim erstenmal schleuderte sie den Rudergänger glatt über das Steuerrad, aber da es ihr nicht ganz gelang, ihn zu töten, machte sie nach ungefähr drei Stunden noch einen Versuch. Sie nahm vorn und achtern die Seen über, zerriß all die Segel, die wir gesetzt hatten, brachte sämtliche Matrosen in Panik und erschreckte sogar Mrs. Colchester da unten in den schönen Achterkajüten, auf die sie so stolz war. Als wir die Mannschaft antreten ließen, fehlte ein Mann. Über Bord gerissen, natürlich ohne daß wir es gesehen oder gehört hätten, der arme Teufel! Ich staune nur, daß nicht mehr von uns verschwunden waren.

Ständig so etwas, ständig. Ich hörte einmal, wie ein alter

Schiffsoffizier Kapitän Colchester erzählte, es sei so weit mit ihm gekommen, daß er Angst habe, den Mund aufzutun, um irgendeinen Befehl zu geben. Im Hafen war sie genau so ein Schrecknis wie auf See. Man konnte nie sicher sein, womit sie zu halten war. Beim geringsten Anlaß begann sie Taue, Ankerketten und Drahttrossen zu zerknakken wie Möhren. Sie war schwerfällig, plump, schwer zu handhaben – aber das erklärt nicht ganz jene unheilvolle Kraft, über die sie verfügte. Wissen Sie, wenn ich mich an sie erinnere, muß ich aus irgendeinem Grunde einfach an das denken, was man über unheilbar Wahnsinnige hört, die von Zeit zu Zeit ausbrechen."

Er sah mich forschend an. Aber ich konnte natürlich nicht zugeben, daß ein Schiff verrückt sein kann.

„In den Häfen, in denen man sie kannte", fuhr er fort, „fürchtete man ihren Anblick. Sie machte sich nichts daraus, etwa zwanzig Fuß massiver Steinverkleidung von einem Kai abzuschlagen oder das Ende eines Holzkais hinwegzufegen. Sie muß seinerzeit Meilen von Ketten und Hunderte Tonnen von Ankern verloren haben. Wenn sie mit irgendeinem armen harmlosen Schiff zusammenstieß, war es eine Mordsarbeit, sie wieder freizuholen. Sie selbst bekam nie etwas ab – nur vielleicht ein paar Kratzer oder so. Sie hatten sie stark haben wollen. Das war sie. Stark genug, um Polareis zu rammen. Und wie sie begonnen hatte, so machte sie weiter. Von dem Tage an, da sie vom Stapel gelaufen war, ließ sie kein Jahr verstreichen, ohne jemanden umzubringen. Ich glaube, die Eigner beunruhigte das sehr. Aber diese Apses waren ein halsstarriger Menschenschlag, sie wollten nicht zugeben, daß irgend etwas mit der ‚Apse Family' nicht stimmen könnte. Sie wollten nicht einmal ihren Namen ändern. ‚Dummes Zeug', wie Mrs. Colchester zu sagen pflegte. Sie hätten sie zumindest in irgendeinem Trockendock weit stromauf auf Lebenszeit einsperren und nie wieder Salzwasser riechen lassen sollen. Ich versichere Ihnen, mein Verehrtester, auf ausnahmslos jeder Fahrt, die sie unternahm, tötete sie jemanden. Das war allgemein bekannt. Sie hatte weit und breit den Ruf."

Ich brachte meine Überraschung zum Ausdruck, daß ein Schiff mit solch einem schrecklichen Ruf jemals eine Mannschaft bekommen konnte.

„Dann wissen Sie nicht, wie Seeleute sind, mein Verehrtester. Ich möchte es Ihnen mal an einem Beispiel erklären. Im Heimatdock sah ich eines Tages, während ich auf dem Backdeck herumbummelte, zwei ehrbare Matrosen vorbeikommen, der eine offensichtlich ein tüchtiger, rechtschaffener Mann mittleren Alters, der andere ein schneidiger, ziemlich junger Bursche. Sie lasen den Namen am Bug und blieben stehen, um das Schiff zu betrachten. Sagt der Ältere: ‚›Apse Family‹. Das ist das sündige weibliche Schwein' (ich drücke es mit eigenen Worten aus) ‚von Schiff, Jack, das auf jeder Fahrt einen Mann umbringt. Ich würde nicht auf ihr anheuern – um keinen Preis würde ich das tun.' Und der andere sagt: ‚Wenn die mir gehören würde, ich würde sie auf den Schlamm schleppen und anstecken lassen, verflucht will ich sein, wenn ich es nicht täte.' Da fällt der erste Mann ein: ‚Was kümmert die das? Matrosen sind billig, weiß Gott.' Der Jüngere spuckte längsseits ins Wasser. ‚Mich kriegen sie nicht – nicht für doppelte Heuer.'

Sie standen eine Zeitlang herum und gingen dann das Hafenbecken hinauf. Eine halbe Stunde später sah ich sie beide auf unserem Deck, wo sie sich nach dem Offizier umschauten, offenbar sehr begierig darauf, genommen zu werden. Und sie wurden genommen."

„Wie erklären Sie sich das?" fragte ich.

„Was würden Sie sagen?" erwiderte er. „Verwegenheit! Die Eitelkeit, am Abend vor all ihren Freunden zu prahlen: Wir haben gerade auf der ‚Apse Family' angeheuert. Hol sie der Teufel! Uns kann sie nicht erschrecken. Reiner seemännischer Eigensinn! Eine Art Neugier. Nun – zweifellos etwas von all dem. Ich habe sie während der Fahrt danach gefragt. Die Antwort des älteren Burschen lautete: ‚Der Mensch stirbt nur einmal.' Der jüngere versicherte mir in spöttischem Ton, er wolle sehen, ‚wie sie es diesmal anstellen würde'. Aber ich will Ihnen was sagen, es ging so etwas wie Faszination von dem Untier aus."

Jermyn, der jedes Schiff auf der Welt gesehen zu haben schien, unterbrach verdrießlich: „Ich habe einmal hier von diesem Fenster aus beobachtet, wie sie stromaufwärts geschleppt wurde, ein riesiges, häßliches schwarzes Ding, das wie ein großer Leichenwagen dahinglitt."

„Sie sah irgendwie unheimlich aus, nicht wahr?" sagte der Mann im Tweedanzug und schaute mit freundlichem Blick auf den alten Jermyn hinunter. „Ich empfand immer eine Art Grausen vor ihr. Sie versetzte mir einen verdammten Schock, als ich gerade erst vierzehn war, am allerersten Tag, nein, in der allerersten Stunde, da ich auf ihr anmusterte. Vater war zum Abschied mit aufs Schiff gekommen; er sollte mit uns bis nach Gravesend hinunterfahren. Ich war sein zweiter Sohn, der zur See ging. Mein großer Bruder war damals schon Offizier. Wir gingen gegen elf Uhr vormittags an Bord und fanden das Schiff bereit, über den Achtersteven aus dem Hafenbecken auszulaufen. Die ‚Apse Family' war noch nicht dreimal so weit gefahren wie sie lang war, als sie auf einen kleinen Ruck hin, den ihr der Schlepper gab, um sie durch die Docktore zu bringen, einen ihrer wilden Ausbrüche hatte und mit einem derartigen Gewicht auf das Schricktau – eine neue Sechszolltrosse – drückte, daß sie da vorn keine Chance hatten, ihm rechtzeitig Lose zu geben, und es brach. Ich sah das zerrissene Ende hoch in die Luft fliegen, und im nächsten Augenblick rannte dieses Untier mit dem Achterschiff gegen den Molenkopf mit einem Stoß, der alle an Deck taumeln ließ. Sie selbst bekam nichts ab. Sie doch nicht! Aber einer der Jungs, die der Offizier nach oben auf den Besanmast geschickt hatte, um etwas zu erledigen, fiel auf das Hüttendeck – bums – genau vor mir. Er war nicht viel älter als ich. Ein paar Minuten zuvor hatten wir uns gerade erst zugelächelt. Er mußte unachtsam gewesen sein und mit einem solchen Stoß nicht gerechnet haben. Ich hörte seinen entsetzten Schrei – oh! – in einem hohen Diskant, als er spürte, daß er hinunterstürzte, und schaute rechtzeitig hinauf, um noch zu sehen, wie er im Fallen am ganzen Körper erschlaffte. Au! Mein armer Vater war auffallend weiß im Gesicht, als wir uns in Gravesend die Hände schüttelten. ‚Ist alles in Ordnung mit dir?' sagte er und sah mich dabei scharf an. ‚Ja, Vater.' – ‚Ganz sicher?' – ‚Ja, Vater.' – ‚Nun, dann leb wohl, mein Junge.' Er erzählte mir später, er hätte mich auf der Stelle mit nach Hause genommen, wenn ich auch nur die leiseste Andeutung gemacht hätte. Ich bin der Jüngste in der Familie – wissen Sie", fügte der Mann im Tweedanzug hinzu und strich sich mit einem naiven Lächeln über den Schnurrbart.

Ich quittierte diese interessante Mitteilung mit einem verständnisvollen Murmeln. Er winkte mit der Hand ab.

„Das hätte einem Jungen vollkommen den Mut nehmen können, in die Takelage zu steigen, wissen Sie – vollkommen. Er fiel nicht weiter als zwei Fuß von mir entfernt nieder und schlug mit dem Kopf auf einen Vertäupoller auf. Er rührte sich nicht. War mausetot. Ein nett aussehendes Bürschchen war er gewesen. Ich hatte gerade gedacht, wir würden dicke Freunde werden. Das war jedoch noch nicht das Schlimmste, was dieses Untier von einem Schiff anzurichten in der Lage war. Ich diente drei Jahre meiner Lehrzeit auf ihr, und dann wurde ich für ein Jahr auf die ‚Lucy Apse' versetzt. Der Segelmacher, den wir auf der ‚Apse Family' gehabt hatten, tauchte dort auch auf, und ich erinnere mich, wie er eines Abends, nachdem wir eine Woche auf See waren, zu mir sagte: ‚Ist das nicht ein sanftmütiges Schiffchen?' Kein Wunder, daß wir die ‚Lucy Apse' für ein liebes, sanftmütiges Schiffchen hielten, nachdem wir von jenem großen, tobenden wilden Untier losgekommen waren. Die ‚Lucy Apse' war himmlisch. Ihre Offiziere schienen mir die friedlichste Gesellschaft von Männern auf Erden. Für mich, der kein anderes Schiff als die ‚Apse Family' kannte, war die ‚Lucy' wie eine Art Zauberschiff, das von selbst tat, was man von ihm wollte. Eines Abends wurden wir direkt von vorn ziemlich scharf back gelegt. Nach etwa zehn Minuten hatten wir sie wieder voll am Wind, Schoten nach achtern, Halsen fest, Decks klar, und der wachhabende Offizier lehnte friedlich an der Luvreling. Mir erschien das einfach wunderbar. Die andere wäre eine halbe Stunde lang nicht manövrierfähig gewesen, hätte sich die Decks voll Wasser geschlingert, hätte die Männer umhergeschleudert – Spieren wären zerbrochen, Brassen zerrissen, Rahen außer Kontrolle geraten, und eine verdammte Panik wäre achtern losgegangen wegen ihres scheußlichen Ruders, das sie in einer Art hin- und herschlug, daß einem die Haare zu Berge standen. Tagelang konnte ich nicht über meine Verwunderung hinwegkommen.

Nun, ich beendete mein letztes Lehrjahr auf jenem herrlichen Schiffchen – es war gar nicht so klein, aber nach dem anderen schweren Teufel kam es einem vor wie ein Spielzeug. Ich beendete meine Lehrzeit und bestand die Prüfung als Offizier; und dann, gerade als ich dachte, ich würde drei Wochen lang eine schöne Zeit an Land haben, bekam ich beim Frühstück einen Brief, in dem ich gefragt wurde, wann ich frühestens bereit sein könnte, mich als dritter Offizier an Bord der ‚Apse Family' zu begeben. Ich gab meinem Teller einen Stoß, der ihn in die Mitte des Tisches beförderte, Papa sah von seiner Zeitung auf, Mutter hob vor Verwunderung die Hände, und ich ging ohne Kopfbedeckung hinaus in unseren kleinen Garten, wo ich eine Stunde lang immer im Kreis herumlief.

Als ich wieder hereinkam, war Mutter nicht mehr im Eßzimmer, und Papa war in seinen großen Lehnsessel hinübergewechselt. Der Brief lag auf dem Kaminsims.

‚Das Angebot ist sehr ehrenvoll für dich, und es ist sehr freundlich von ihnen, daß sie es dir unterbreiten', sagte er. ‚Ich ersehe daraus auch, daß Charles für eine Fahrt zum ersten Offizier des Schiffes ernannt wurde.'

Auf der Rückseite war diesbezüglich ein PS in der Handschrift von Mr. Apse persönlich, das ich übersehen hatte. Charley war mein großer Bruder.

‚Ich habe es nicht sehr gern, wenn zwei meiner Söhne zusammen auf einem Schiff sind', fuhr Vater in seiner besonnenen, eindringlichen Art fort. ‚Und ich sage dir, ich wäre nicht abgeneigt, Mr. Apse in diesem Sinne einen Brief zu schreiben.'

Lieber alter Papa! Er war ein wunderbarer Vater. Was hätten Sie getan? Mir wurde übel bei dem bloßen Gedanken zurückzukehren (und noch dazu als Offizier), um geplagt, gequält und Tag und Nacht von diesem Untier auf dem Sprung gehalten zu werden. Aber sie war kein Schiff, bei dem man es sich erlauben konnte zu kneifen. Außerdem war selbst die lauterste Entschuldigung nicht möglich, ohne Apse & Sons tödlich zu verletzen. Das Unternehmen, ich glaube, die ganze Familie bis hin zu den alten unverheirateten Tanten in Lancashire, war äußerst empfindlich geworden, was den Charakter dieses verfluchten Schiffes betraf. Das war der Grund, warum man selbst vom Sterbebett aus ‚Sofort bereit' antwortete, wenn man in ihrer Gunst sterben wollte. Und das genau antwortete ich – telegraphisch, um es sofort hinter mir zu haben.

Die Aussicht, mit meinem großen Bruder zusammen auf einem Schiff zu fahren, munterte mich beträchtlich auf, obwohl sie mich auch ein wenig beunruhigte. Soweit ich mich an meine frühe Kindheit erinnere, war er immer sehr gut zu mir gewesen, und ich betrachtete ihn als den feinsten Kerl von der Welt. Und das war er auch. Kein besserer Offizier schritt jemals über das Deck eines Handelsschiffes. Das ist eine Tatsache. Er war ein feiner, starker, großgewachsener, sonnengebräunter junger Bursche, dessen braunes Haar sich ein wenig wellte und dessen Auge dem eines Falken glich. Er war einfach großartig. Wir hatten uns seit vielen Jahren nicht gesehen, und selbst diesmal war er, obwohl schon drei Wochen in England, noch nicht zu Hause aufgekreuzt, sondern hatte seine Freizeit irgendwo in Surrey verbracht und Maggie Colchester, der Nichte des alten Kapitäns Colchester, den Hof gemacht. Ihr Vater, ein guter Freund von Papa, war im Zuckermaklergeschäft tätig, und Charley wählte sich ihr Haus zu einer Art zweitem Zuhause. Ich fragte mich, was mein großer Bruder von mir halten würde. Es lag eine Strenge in Charleys Gesicht, die nie daraus wich, nicht einmal, wenn er in seiner ziemlich unbändigen Manier spaßte.

Er empfing mich mit brüllendem Gelächter. Er schien

es für den größten Witz der Welt zu halten, daß ich als Offizier an Bord kam. Zwischen uns lag ein Altersunterschied von zehn Jahren, und ich nehme an, er hatte mich noch bestens mit Lätzchen in Erinnerung. Ich war ein Kind von vier Jahren, als er zum ersten Mal zur See fuhr. Es überraschte mich, festzustellen, wie ungestüm er sein konnte.

‚Jetzt werden wir sehen, aus welchem Holz du geschnitzt bist', rief er. Und er hielt mich an den Schultern fest, boxte mich in die Rippen und stieß mich in seine Koje. ‚Setz dich, Ned. Ich freue mich über die Möglichkeit, dich bei mir zu haben. Ich werde dir den letzten Schliff geben, mein junger Offizier, vorausgesetzt, du bist die Mühe wert. Und zuallererst merk dir gut, daß wir dem Untier auf dieser Fahrt nicht erlauben werden, irgend jemanden umzubringen. Wir setzen seinem Treiben ein Ende.'

Ich begriff, daß er es vollkommen ernst meinte. Er sprach mit Grimm über das Schiff und darüber, wie vorsichtig wir sein müßten und daß wir nicht zulassen dürften, daß uns die gefährliche Bestie jemals mit einem ihrer verdammten Tricks überrumpelte.

Er hielt mir eine regelrechte Vorlesung über seemännisch richtiges Verhalten mit besonderer Rücksicht auf die ‚Apse Family'; dann änderte er seinen Ton, redete aufs Geratewohl los und schwatzte den verrücktesten, komischsten Unsinn, bis mir vor Lachen die Seiten weh taten. Ich sah sehr wohl, daß er vor guter Laune ein wenig außer sich war. An meinem Kommen konnte das nicht liegen. Nicht in dem Ausmaß. Aber natürlich hätte ich nicht im Traum daran gedacht zu fragen, was los sei. Ich empfand gehörigen Respekt vor meinem großen Bruder, kann ich Ihnen sagen. Doch einen oder zwei Tage später wurde alles hinlänglich klar, als ich hörte, daß Miss Maggie Colchester uns auf der Fahrt begleiten würde. Ihr Onkel schenkte ihr im Interesse ihrer Gesundheit eine Seereise.

Ich weiß nicht, was mit ihrer Gesundheit nicht hätte in Ordnung sein sollen. Sie hatte eine wunderbare Gesichtsfarbe und verteufelt üppiges blondes Haar. Sie scherte sich überhaupt nicht um Wind oder Regen oder Gischt oder Sonne oder Sturzseen oder sonst irgend etwas. Sie war ein blauäugiges, vergnügtes Mädchen von der allerbesten Sorte, aber ihre kecke Art meinem großen Bruder gegenüber erschreckte mich. Ich war immer darauf gefaßt, daß es mit einem schrecklichen Spektakel enden würde. Es passierte jedoch nichts von Bedeutung, bis wir eine Woche lang in Sydney lagen. Eines Tages steckt Charley in der Mittagspause der Mannschaft den Kopf in meine Kajüte. Ich lag auf dem Rücken ausgestreckt auf der Polsterbank und rauchte in Frieden.

‚Komm mit an Land, Ned', sagt er in seiner kurz angebundenen Art.

Ich sprang natürlich auf und eilte ihm nach, die Fallreepstreppe hinunter und die George Street entlang. Er schritt aus wie ein Riese, und ich folgte ihm keuchend auf dem Fuße. Es war verflucht heiß. ‚Wohin in aller Welt jagst du mich, Charley?' wagte ich zu fragen.

‚Hierher', sagt er.

‚Hier' war ein Juweliergeschäft. Ich konnte mir nicht vorstellen, was er da wollte. Es schien ein verrückter Einfall zu sein. Er schiebt mir drei Ringe unter die Nase, die sich auf seiner großen, braunen Handfläche sehr winzig ausnahmen, und brummt: ‚Für Maggie! Welchen?'

Da bekam ich so etwas wie einen Schreck. Ich konnte keinen Laut hervorbringen, aber ich deutete auf den, der weiß und blau funkelte. Er steckte ihn in seine Westentasche, bezahlte viele Sovereigns dafür und stürmte hinaus. Als wir an Bord kamen, war ich ganz außer Atem. ‚Bis dann, alter Junge', keuchte ich. Er versetzte mir einen Schlag auf den Rücken. ‚Befiehl dem Bootsmann, was du willst, wenn die Mannschaft an die Arbeit geht', sagt er, ‚ich habe heute nachmittag dienstfrei.'

Dann verschwand er eine Zeitlang von Deck, kam aber bald mit Maggie aus der Kajüte, und die beiden gingen in aller Öffentlichkeit vor der ganzen Mannschaft über die Fallreepstreppe, um an jenem furchtbaren, glühendheißen Tag – Staubwolken flogen umher – zusammen einen Spaziergang zu machen. Nach ein paar Stunden kehrten sie zurück und sahen sehr ruhig aus, schienen aber nicht die geringste Ahnung zu haben, wo sie gewesen waren. Diese Antwort gaben die beiden jedenfalls Mrs. Colchester beim Tee auf deren Frage hin.

Und da fiel die doch über Charley her, mit einer Stimme wie ein alter Nachtdroschkenkutscher: ‚Blödsinn. Weiß nicht, wo er war! Dummes Zeug. Sie haben das Mädel völlig abgehetzt. Tun Sie das nicht noch einmal.‘

Es ist erstaunlich, wie sanftmütig Charley diesem alten Weib gegenüber sein konnte. Nur ein einziges Mal raunte er mir zu: ‚Ich bin heilfroh, daß sie nicht Maggies Tante ist, das heißt nur ihre angeheiratete Tante. Das ist nicht richtig verwandt.‘ Aber meiner Meinung nach ließ er Maggie zu sehr ihren Willen. Mit ihrem Segelrock und einer roten Baskenmütze hüpfte sie überall auf dem Schiff herum wie ein fröhlicher Vogel auf einem abgestorbenen schwarzen Baum. Die alten Seebären grinsten in sich hinein, wenn sie sie sahen, und erboten sich, ihr Knoten oder Spleiße beizubringen. Ich glaube, sie mochte die Männer, wegen Charley, nehme ich an.

Wie Sie sich vorstellen können, wurde an Bord nie über die diabolischen Neigungen jenes verdammten Schiffes gesprochen. Jedenfalls nicht in der Kajüte. Nur einmal auf der Rückreise sagte Charley unvorsichtigerweise, daß es diesmal die ganze Mannschaft nach Hause bringen würde. Kapitän Colchester blickte sofort betreten drein, und jenes dumme, unerbittliche alte Weib ging auf Charley los, als hätte er etwas Unanständiges gesagt. Ich selbst war ganz bestürzt; was Maggie betrifft, so saß sie völlig verständnislos da, ihre blauen Augen sehr weit aufgerissen. Natürlich hatte sie mir, noch bevor ein Tag vergangen war, alles entlockt. Sie war ein Mensch, den man nur sehr schwer belügen konnte.

‚Wie entsetzlich‘, sagte sie ganz ernst. ‚So viele arme Kerle. Ich bin froh, daß die Reise fast zu Ende ist. Ich werde jetzt keinen Moment mehr Ruhe finden wegen Charley.‘

Ich versicherte ihr, daß Charley schon nichts passieren würde. Es sei mehr erforderlich, als das Schiff könne, um einen Seemann wie Charley hereinzulegen. Und sie gab mir recht.

Am nächsten Tag bekamen wir auf der Höhe von Dungeness einen Schlepper; und als das Schlepptau fest war, rieb sich Charley die Hände und sagte mit gedämpfter Stimme zu mir: ‚Wir haben sie geschafft, Neddy.'

‚Sieht so aus', sagte ich und grinste ihn an. Es war schönes Wetter, und die See war so glatt wie ein Mühlteich. Wir fuhren ohne die geringsten Schwierigkeiten stromaufwärts, außer einmal, als das Untier auf der Höhe von Hole Haven plötzlich ausscherte und beinahe einen Lastkahn erwischt hätte, der ganz dicht neben der Fahrrinne ankerte. Aber ich war achtern und kümmerte mich um das Steuer, und diesmal überrumpelte sie mich nicht. Charley kam aufs Hüttendeck, er sah sehr besorgt aus. ‚Um ein Haar', sagte er.

‚Macht nichts, Charley', erwiderte ich heiter. ‚Du hast sie gebändigt.'

Wir sollten direkt bis ins Hafenbecken geschleppt werden. Der Flußlotse kam stromab von Gravesend zu uns an Bord, und die ersten Worte, die ich ihn sagen hörte, waren: ‚Sie können auch gleich Ihren Backbordanker innenbords nehmen, Herr Offizier.'

Das war erledigt, als ich nach vorn ging. Auf dem Backdeck sah ich Maggie, die sich an dem geschäftigen Treiben erfreute, ich bat sie, nach achtern zu gehen, aber sie beachtete mich natürlich nicht. Dann erblickte Charley sie, der mit dem Bugankergeschirr sehr beschäftigt war, und rief, so laut er konnte: ‚Geh vom Backdeck herunter, Maggie. Du bist hier im Wege.' Zur Antwort zog sie ihm nur ein verschmitztes Gesicht, und ich sah, wie sich der arme Charley abwandte, um ein Lächeln zu verbergen. Sie war rot vor Aufregung, wieder nach Hause zu kommen, und ihre blauen Augen schienen elektrische Funken zu sprühen, als sie den Fluß betrachtete. Eine Kohlenbrigg hatte gerade vor uns gehalst, und unser Schlepper mußte in aller

Eile seine Maschine stoppen, um zu vermeiden, daß er voll in sie hineinlief.

Im Nu schienen, wie das meist so ist, alle Schiffe um uns herum hoffnungslos durcheinanderzugeraten. Ein Schoner und eine Ketsch inszenierten eine kleine Kollision ganz für sich direkt in der Mitte des Flusses. Es war aufregend, das zu beobachten, unser Schlepper lag unterdessen immer noch mit gestoppter Maschine. Jedes andere Schiff außer diesem Untier hätte man dazu bringen können, sich ein paar Minuten lang gerade zu halten – aber nicht sie! Ihr Bug fiel sofort ab, und sie begann stromab zu treiben, den Schlepper zog sie mit sich. Ich bemerkte eine Gruppe von Küstenschiffen, die nicht weiter als eine Viertelmeile von uns entfernt ankerten, und ich dachte, es wäre besser, mit dem Lotsen zu reden. ‚Wenn Sie die ›Apse Family‹ dazwischengeraten lassen', sagte ich ruhig, ‚wird sie einige davon zu Kleinholz machen, bevor wir sie wieder herausbekommen.'

‚Als ob ich sie nicht kennen würde!' schreit er und stampft wütend mit dem Fuß auf. Und raus mit der Pfeife, um den verwirrten Schlepper zu veranlassen, den Bug des Schiffes so schnell wie möglich wieder stromauf zu richten. Er blies wie verrückt, schwenkte den Arm nach backbord, und gleich darauf konnten wir sehen, daß die Maschine des Schleppers auf Vorwärtsgang geschaltet worden war. Seine Schaufeln wühlten das Wasser auf, aber es war, als versuche er, einen Felsen zu schleppen – er bekam das Schiff keinen Zoll vorwärts. Wieder pfiff der Lotse und schwenkte den Arm nach backbord. Wir konnten sehen, wie sich die Schaufeln des Schleppers querab von unserm Bug immer schneller drehten.

Einen Augenblick lang hingen Schlepper und Schiff bewegungslos in einer Menge fahrender Schiffe, und dann riß durch die fürchterliche Belastung, die dieses böse grausame Untier stets auf alles ausübte, die Schleppklüse ganz und gar heraus. Das Schlepptau peitschte herüber, und die eisernen Stützen der Galionsreling brachen eine nach der anderen, als wären sie Stäbe aus Siegellack. Da erst bemerkte ich, daß Maggie, um besser über unsere Köpfe hinwegschauen zu können, auf den Backbordanker gestiegen war, der flach auf dem Backdeck lag.

Er war ordnungsgemäß auf seine Hartholzbettung gesenkt worden, aber die Zeit hatte nicht gereicht, ihn zu vertäuen. Wie dem auch sei, um ins Hafenbecken zu fahren, lag er vollkommen sicher, aber ich erkannte sofort, daß das Schleppseil im nächsten Moment unter die Ankerflunke gleiten würde. Mir schlug das Herz bis zum Halse, doch ich hatte gerade noch Zeit zu brüllen: ‚Spring von dem Anker weg!'

Aber ich hatte keine Zeit, ihren Namen zu schreien. Ich glaube nicht, daß sie mich überhaupt hörte. Die erste Berührung der Trosse mit der Flunke warf sie nieder; sie war blitzschnell wieder auf den Beinen, doch auf der falschen Seite. Ich hörte ein entsetzliches, kratzendes Geräusch, und dann kippte der Anker über und erhob sich wie etwas Lebendiges; sein großer, grober Eisenarm faßte Maggie um die Taille, schien sie in schrecklicher Umarmung fest zu umklammern und schwang sich mit ihr unter fürchterlichem Eisengeklirr über Bord und nach unten, gefolgt von schweren hallenden Schlägen, die das Schiff von Bug bis Heck erschütterten – weil der Ringstopper hielt!"

„Wie schrecklich!" rief ich aus.

„Ich träumte noch Jahre danach von Ankern, die Mädchen erfassen", sagte der Mann im Tweedanzug ein wenig verstört. Er schauderte. „Fast augenblicklich folgte Charley ihr unter höchst mitleiderregendem Geheul. Aber, lieber Gott! Er sah im Wasser nicht einmal einen Schimmer von ihrer roten Baskenmütze. Nichts! Überhaupt nichts! Im Nu waren ein halbes Dutzend Boote um uns herum, und er wurde in eins hineingezogen. Ich, der Bootsmann und der Schiffszimmermann ließen den anderen Anker in großer Eile fallen und brachten das Schiff irgendwie zum Halten. Der Lotse war durchgedreht. Er ging auf dem Backdeck auf und ab, rang die Hände und murmelte vor sich hin: ‚Jetzt bringt sie Frauen um! Jetzt bringt sie Frauen um!' Etwas anderes war aus ihm nicht herauszubekommen.

Die Abenddämmerung brach herein, dann eine kohlrabenschwarze Nacht; und als ich auf den Fluß schaute, vernahm ich einen leisen, trauervollen Gruß: ‚Schiff ahoi!‘ Zwei Gravesender Bootsleute kamen längsseit. Sie hatten eine Laterne in ihrer Jolle, sahen an der Bootswand hoch und hielten sich wortlos an der Jakobsleiter fest. In dem Lichtfleck da unten sah ich viel lose herabhängendes blondes Haar."

Wieder schauderte er.

„Nach dem Gezeitenwechsel war die Leiche der armen Maggie von einer der großen Vertäubojen weggetrieben worden", erklärte er. „Ich schlich nach achtern, fühlte mich halbtot und schaffte es irgendwie, eine Leuchtrakete hochzuschießen – um es die anderen Suchenden auf dem Fluß wissen zu lassen. Und dann stahl ich mich wie ein Feigling nach vorn und verbrachte die Nacht auf dem Hiel des Bugspriets sitzend, um Charley so weit wie möglich aus dem Wege zu sein."

„Armer Kerl!" murmelte ich.

„Ja, armer Kerl", wiederholte er nachdenklich. „Dieses Untier wollte sich nicht von ihm – nicht einmal von ihm – um seine Beute bringen lassen. Aber er machte es am nächsten Morgen im Hafen fest. Das tat er. Wir hatten kein Wort gewechselt – nicht einmal einen einzigen Blick. Ich wollte ihn nicht ansehen. Als das letzte Tau fest war, stützte er den Kopf in die Hände, stand da und starrte vor sich hin auf den Boden, als versuche er, sich an etwas zu erinnern. Die Männer warteten auf dem Hauptdeck auf die Worte, die die Fahrt beenden würden. Vielleicht war es das, woran er sich zu erinnern versuchte. Ich sprach für ihn: ‚Damit hat sich's, Männer.‘

Ich habe nie eine Mannschaft ein Schiff so still verlassen sehen. Sie schlichen einer nach dem anderen von Bord und gaben sich Mühe, mit ihren Seekisten nicht zu großen Lärm zu machen. Sie sahen zu uns herüber, doch keiner hatte Lust, heranzukommen und dem Offizier die Hand zu schütteln, wie es üblich ist.

Ich folgte ihm über das ganze leere Schiff auf und ab,

hierhin und dorthin, ringsumher war keine Menschenseele außer uns beiden, denn der alte Wachmann hatte sich in der Kombüse eingeschlossen – beide Türen waren zu. Plötzlich murmelt der arme Charley mit wirrer Stimme: ‚Ich bin hier fertig', und schreitet – ich ihm auf den Fersen – die Fallreepstreppe hinunter, das Hafenbecken entlang, zum Tor hinaus, nach Tower Hill zu. Er mietete gewöhnlich bei einer ehrbaren alten Wirtin am America Square einige Zimmer, um in der Nähe seiner Arbeit zu sein.

Plötzlich bleibt er stehen, dreht sich um und kommt geradewegs auf mich zu. ‚Ned', sagt er, ‚ich fahre nach Hause.' Zum Glück erblickte ich eine Droschke, bekam ihn gerade noch rechtzeitig hinein. Seine Beine fingen an nachzugeben. In unserer Diele fiel er auf einen Stuhl nieder, und ich werde nie Vaters und Mutters erstaunte, völlig reglose Gesichter vergessen, als sie sich über ihn beugten. Sie konnten nicht begreifen, was mit ihm geschehen war, bis ich schluchzend sagte: ‚Maggie ist gestern im Fluß ertrunken.'

Mutter stieß einen kurzen Schrei aus. Vater schaute von ihm zu mir und von mir zu ihm, als wolle er unsere Gesichter vergleichen, denn, bei meiner Seele, Charley sah vollkommen verändert aus. Keiner rührte sich; und der arme Kerl hebt seine großen braunen Hände langsam zum Hals und reißt sich mit einem einzigen Ruck alles auf – Kragen, Hemd, Weste –, in Fetzen, er war ein vollkommenes Wrack, eine Ruine von einem Mann. Vater und ich bekamen ihn irgendwie die Treppe hinauf, und Mutter brachte sich beinahe um, als sie ihn während seiner Gehirnentzündung pflegte."

Der Mann im Tweedanzug nickte mir vielsagend zu.

„Ach! Bei dem Untier konnte man nichts machen. Es hatte den Teufel im Leib."

„Wo ist Ihr Bruder?" fragte ich, darauf gefaßt, zu hören, er sei tot. Doch er führte das Kommando über einen eleganten Dampfer an der chinesischen Küste und kam nie mehr nach Hause.

Jermyn seufzte schwer und hob das Taschentuch, das

nun trocken genug war, sanft an seine beklagenswerte rote Nase.

„Es war eine gierige Bestie“, begann der Mann im Tweedanzug aufs neue. „Der alte Colchester machte Ernst und setzte sich zur Ruhe. Und was glauben Sie? Apse & Sons schrieben ihm und fragten, ob er seine Entscheidung nicht noch einmal überdenken wolle! Alles, um den guten Ruf der ‚Apse Family‘ zu retten! Da ging der alte Colchester ins Büro und sagte, er würde das Kommando wieder übernehmen, aber nur, um sie in die Nordsee hinauszusegeln und dort zu versenken. Er war beinahe verrückt geworden. Sein Haar hatte früher eine etwas dunkle, eisengraue Farbe gehabt, doch in zwei Wochen war es schlohweiß geworden. Und Mr. Lucian Apse (sie hatten sich schon als junge Männer gekannt) tat so, als bemerke er es nicht. Das ist Vernarrtheit, wenn Sie so wollen! Das ist Hochmut!

Sie nahmen den erstbesten Mann, den sie für das Schiff bekommen konnten, aus Angst vor dem Skandal, wenn sich für die ‚Apse Family‘ kein Kapitän fände. Er war ein geselliger Mensch, glaube ich, doch er stand unbarmherzig und fest zu dem Schiff. Wilmot war sein zweiter Offizier. Ein fahriger Kerl, der so tat, als würde er alle Mädchen vollkommen verachten. Tatsache ist, daß er eigentlich schüchtern war. Aber sobald eine von ihnen auch nur den kleinen Finger rührte, um ihn zu ermuntern, gab es nichts, was den Burschen halten konnte. Als Jungmann war er einmal im Ausland einem Frauenzimmer hinterher vom Schiff desertiert, und er wäre damals vor die Hunde gegangen, hätte sich sein Kapitän nicht die Mühe gemacht, ihn zu finden und an den Ohren aus irgendeinem Hause des Verderbens zu zerren.

Es wurde behauptet, man habe einmal einen von dem Unternehmen die Hoffnung aussprechen hören, daß dieses Untier von einem Schiff bald untergehen möge. Ich kann dem kaum Glauben schenken, es sei denn, es war Mr. Alfred Apse, von dem die Familie nicht viel hielt. Sie beschäftigten ihn im Büro, aber er wurde als durch und durch übler Kerl betrachtet, der ständig zu Pferderennen lief und betrunken nach Hause kam. Man hätte denken können, daß ein Schiff, das so schreckliche Tricks auf Lager hatte, eines Tages aus reiner Sturheit von selbst stranden würde. Aber nicht die ‚Apse Family'! Sie sollte ewig halten. Sie hatte einen Riecher dafür, dem Meeresboden fernzubleiben."

Jermyn brummte zustimmend.

„Ein Schiff ganz nach dem Geschmack eines Lotsen, nicht wahr?" spottete der Mann im Tweedanzug. „Nun, Wilmot hat es fertiggebracht. Er war der Mann dafür, obwohl sogar er es vielleicht nicht geschafft hätte ohne jene grünäugige Hauslehrerin oder Kinderfrau, oder was auch immer sie war für die Kinder von Mr. und Mrs. Pamphilius.

Jene Leute waren von Port Adelaide bis zum Kap der Guten Hoffnung Passagiere auf dem Schiff. Nun, es lief aus und lag den Tag über draußen vor Anker. Der Kapitän, ein gastfreundlicher Mensch, hatte aus der Stadt viele Gäste zum Abschiedsessen – wie das bei ihm gang und gäbe war. Es war fünf Uhr abends, bevor das letzte Boot von der Bordwand ablegte, und das Wetter im Golf sah gefährlich und dunkel aus. Es gab für ihn keinen Grund, in See zu stechen. Da er jedoch allen gesagt hatte, er würde an diesem Tag auslaufen, hielt er es für angebracht, es trotzdem zu tun. Weil er aber nach all den Festlichkeiten keine Lust hatte, in der Dunkelheit und bei geringem Wind den Weg durch die Meerenge zu suchen, gab er Befehl, das Schiff unter Untermarssegeln und Stagfock so dicht am Wind zu halten wie möglich und bis zum Morgen längs der Küste zu fahren. Dann suchte er sein tugendhaftes Lager auf. Der erste Offizier war an Deck und ließ sich das Gesicht vom starken böigen Regen reinwaschen. Wilmot löste ihn um Mitternacht ab.

Die ‚Apse Family' hatte, wie Sie sagten, ein Haus auf ihrem Hüttendeck ..."

„Ein großes, häßliches, hochaufragendes weißes Ding", murmelte Jermyn niedergeschlagen am Feuer.

„So ist es: Eine Niedergangskappe für die Kajütstreppe verbunden mit einer Art Kartenraum. Der Regen stürzte in

Strömen auf den müden Wilmot nieder. Das Schiff lief so langsam nach Süd dicht am Wind, und die Küste war nach luv nicht weiter als ungefähr drei Meilen entfernt. Es gab nichts, wovor man in diesem Teil des Golfs auf der Hut sein mußte, und Wilmot ging auf die andere Seite, um den Windstößen im Lee des Kartenraumes auszuweichen, dessen Tür an jener Seite offenstand. Die Nacht war schwarz wie ein Faß Steinkohlenteer. Und dann hörte er, wie eine Frauenstimme ihm etwas zuflüsterte.

Jenes verflixte grünäugige Mädchen der Familie Pamphilius hatte die Kinder natürlich schon längst ins Bett gebracht, konnte aber selbst anscheinend keine Ruhe finden. Sie hatte es acht Glasen schlagen und den ersten Offizier, der zu Bett gehen wollte, nach unten kommen hören. Sie wartete ein wenig, zog sich dann ihren Morgenrock an und schlich durch den leeren Salon und die Treppe hinauf in den Kartenraum. Sie setzte sich auf die Polsterbank in der Nähe der offenen Tür, um sich abzukühlen, wie ich meine.

Ich nehme an, als sie Wilmot etwas zuflüsterte, war es, als hätte jemand ein Zündholz im Gehirn des Burschen entzündet. Ich weiß nicht, wie es gekommen war, daß sie auf so vertrautem Fuß miteinander standen. Ich glaube, er hatte sich vorher ein paar Mal mit ihr an Land getroffen. Ich konnte es nicht herausbekommen, denn als Wilmot die Geschichte erzählte, unterbrach er sich bei jedem zweiten Wort, um furchtbar zu fluchen. Wir begegneten uns am Kai in Sydney, er trug eine Schürze aus Sackleinen, die ihm bis zum Kinn reichte und hielt eine große Peitsche in der Hand. Ein Fuhrmann. Er war froh, irgendeine Arbeit zu haben und nicht zu verhungern. So weit war er heruntergekommen.

Wie auch immer, er befand sich in dem Raum, den Kopf höchstwahrscheinlich an der Schulter des Mädchens – als wachhabender Offizier! Der Rudergänger berichtete, als er später seine Aussage machte, er habe mehrmals gerufen, die Nachthauslampe sei ausgegangen. Für ihn habe das keine Rolle gespielt, denn sein Befehl habe gelautet, ‚sie dicht am Wind zu halten'. – ‚Mir kam es komisch vor', sagte er, ‚daß das Schiff mit den Böen immer weiter abfiel, aber ich luvte sie jedesmal so dicht an, wie ich konnte. Es war so dunkel, daß ich nicht die Hand vor Augen sah, und es goß wie aus Kannen.‘

In Wirklichkeit drehte der Wind mit jeder Bö ein wenig nach achtern, bis das Schiff allmählich geradewegs auf die Küste zusteuerte, ohne daß auch nur eine Menschenseele auf ihm es ahnte. Wilmot gab selbst zu, eine Stunde lang nicht in der Nähe des Regelkompasses gewesen zu sein. Er hatte guten Grund, es zuzugeben! Das erste, was er wußte, war, daß der Mann auf dem Ausguck zetermordio geschrien habe.

Er habe seinen Hals losgerissen, erzählte er, und zurückgerufen: ‚Was sagst du?‘ – ‚Ich glaube, ich höre voraus die Brandung, Sir‘, brüllte der Mann und stürzte in der ‚scheußlichsten, dichtesten Wasserflut, die jemals vom Himmel fiel, mit dem Rest der Wache nach achtern‘, sagte Wilmot. Einen Moment ungefähr war er so erschrocken und verwirrt, daß er sich nicht entsinnen konnte, auf welcher Seite des Golfs sich das Schiff befand. Er war kein guter Offizier, aber trotzdem war er ein Seemann. Augenblicklich riß er sich zusammen und gab sofort die richtigen Befehle, ohne nachzudenken. Sie sollten das Ruder hart nach Lee legen und Großsegel und Kreuzsegel killen.

Die Segel flatterten wohl tatsächlich. Er konnte sie nicht sehen, hörte sie aber über seinem Kopf knattern und schlagen. ‚Zwecklos! Sie drehte zu schwerfällig‘, fuhr er fort, sein schmutziges Gesicht zuckte, und die verdammte Fuhrmannspeitsche zitterte in seiner Hand. ‚Sie schien fest auf Kurs zu bleiben.‘ Und dann legte sich das Flattern der Leinwand über seinem Kopf. In diesem entscheidenden Augenblick drehte der Wind wieder mit einer Bö nach achtern, füllte die Segel und jagte die ‚Apse Family‘ mit hoher Fahrt auf die Klippen in Lee. Mit ihrem letzten Spielchen hatte sie sich selbst überlistet. Ihre Zeit war gekommen – die Stunde, der Mann, die schwarze Nacht, der tückische Windstoß, die richtige Frau, um ihr ein Ende zu bereiten. Das Untier verdiente es nicht besser. Die Werkzeuge der

Vorsehung sind sonderbar. Es gibt so etwas wie eine poetische Gerechtigkeit ..."

Der Mann im Tweedanzug starrte mich an.

„Das erste Riff, über das sie fuhr, nahm ihr den Loskiel. Ritsch! Der Kapitän, der aus seiner Koje stürzte, fand eine sich wild gebärende Frau in einem roten Flanellmorgenrock, die im Salon immer rundherum jagte und wie ein Kakadu kreischte.

Der nächste Stoß warf sie glatt unter den Kajütentisch. Er löste auch den Achtersteven und trug das Ruder fort, und dann lief das Untier auf ein flach ansteigendes, felsiges Ufer, riß sich den Boden auf, bis es jäh steckenblieb und der Fockmast wie eine Fallreepstreppe über den Bug fiel."

„Ist irgend jemand dabei draufgegangen?" fragte ich.

„Keiner, außer diesem Wilmot", antwortete der Herr, der Miss Blank unbekannt war, und sah sich nach seiner Mütze um. „Er war schlimmer dran, als wenn er ertrunken wäre. Alle gelangten unbeschadet an Land. Erst am nächsten Tag kam ein Sturm auf, genau von West, und zerbrach das Untier in erstaunlich kurzer Zeit. Es schien im Innersten verfault gewesen zu sein ..." Er änderte den Ton. „Es hat aufgehört zu regnen. Ich muß mein Fahrrad holen und schnell zum Essen nach Hause. Ich wohne in Herne Bay – habe heute morgen eine Spritztour hierher gemacht."

Er nickte mir freundlich zu und stolzierte hinaus.

„Wissen Sie, wer das ist, Jermyn?" fragte ich.

Der Nordseelotse schüttelte traurig den Kopf. „Stellen Sie sich vor, ein Schiff auf solch dumme Weise zu verlieren! Du liebe Zeit!" stöhnte er kummervoll und breitete sein feuchtes Taschentuch wieder wie einen Vorhang vor dem glühenden Gitter aus.

Beim Hinausgehen tauschte ich einen Blick und ein Lächeln (vollkommen schicklich) mit der ehrbaren Miss Blank, Schenkmädchen in den „Drei Krähen".

Ein Anarchist

In jenem Jahr verbrachte ich die beiden schönsten Monate der Trockenzeit auf einem der Güter – genauer gesagt, auf dem Hauptrindergut – einer berühmten, Fleischextrakt herstellenden Gesellschaft.

B.O.S. Bos. Sie haben die drei magischen Buchstaben auf den Inseratenseiten von Zeitschriften und Zeitungen gesehen, in den Schaufenstern von Lebensmittelhändlern und auf Kalendern für das folgende Jahr, die Sie im Monat November per Post erhalten. Sie verbreiten auch Merkblätter, die in einem widerwärtig enthusiastischen Stil und in mehreren Sprachen geschrieben sind und Statistiken von Schlächterei und Blutvergießen geben, die ausreichen, um einen Türken erblassen zu lassen. Die „Kunst“, mit der diese „Literatur“ illustriert wird, zeigt in lebhaften und leuchtenden Farben einen großen und wütenden schwarzen Bullen, der auf einer gelben Schlange herumtrampelt, die sich in smaragdgrünem Gras windet, im Hintergrund ein kobaltblauer Himmel. Es ist scheußlich, und es ist eine Allegorie. Die Schlange symbolisiert Krankheit, Schwäche – vielleicht bloßen Hunger, der schließlich die chronische Krankheit des größten Teils der Menschheit ist. Natürlich kennt jeder die B.O.S. Ltd. mit ihren unvergleichlichen Produkten Vinobos, Jellybos und der neuesten unübertroffenen Vollkommenheit, Tribos, deren Nahrungsmittel einem nicht nur hochkonzentriert angeboten werden, sondern bereits halbverdaut. Solcherart ist offenbar die Liebe, die diese Gesellschaft mit beschränkter Haftung für ihre Mitmenschen hegt – gerade wie die Liebe von Vater und Mutter Pinguin für ihre hungrigen Kleinen.

Natürlich muß das Kapital eines Landes rentabel verwendet werden. Ich habe nichts gegen die Firma einzuwenden. Aber da ich selbst von Gefühlen der Zuneigung zu meinen Mitmenschen beseelt bin, betrübt mich das moderne System der Werbung. Welchen Beweis es auch erbringt für die Initiative, Geschicklichkeit, Unverschämtheit und Findigkeit gewisser Personen, so zeigt es meines Erachtens die weite Verbreitung jener Form geistiger Degeneration, die Leichtgläubigkeit genannt wird.

In verschiedenen Teilen der zivilisierten und unzivilisierten Welt habe ich B.O.S. mit mehr oder weniger Nutzen für mich schlucken müssen, doch ohne großes Vergnügen. Mit heißem Wasser zubereitet und reichlich gepfeffert, um den Geschmack hervorzuheben, ist dieser Extrakt nicht gerade ungenießbar. Ihre Inserate aber habe ich nie geschluckt. Vielleicht sind sie nicht weit genug gegangen. Soviel ich mich erinnern kann, versprechen sie den Verbrauchern von B.O.S. weder ewige Jugend, noch haben sie für ihre schätzenswerten Produkte die Macht in Anspruch genommen, Tote erwecken zu können. Warum diese strenge Zurückhaltung, frage ich mich! Aber ich glaube, sie hätten mich nicht einmal damit hereingelegt. An welcher Form geistiger Degeneration ich auch leiden mag (denn ich bin auch nur ein Mensch), es ist nicht die allgemein verbreitete Form. Ich bin nicht leichtgläubig.

Ich habe mich bemüht, diese Aussage über mich in Anbetracht der folgenden Geschichte unzweideutig vorzubringen. Ich habe die Fakten, soweit es möglich war, geprüft. Ich habe in den Akten französischer Zeitungen nachgesehen und mich auch mit dem Offizier, der die Militärwache auf der Ile Royale befehligt, unterhalten, als ich im Verlaufe meiner Reisen nach Cayenne kam. Ich glaube, daß die Geschichte im großen und ganzen wahr ist. Es ist die Art von Geschichte, die meines Erachtens nie ein Mensch über sich selbst erfinden würde, denn sie ist weder grandios noch schmeichelhaft noch sonderbar genug, um eine pervertierte Eitelkeit zu befriedigen.

Sie handelt von dem Maschinisten der Dampfbarkasse, die zum Rindergut Marañon der B.O.S. Co., Ltd. gehört. Dieses Gut ist ebenfalls eine Insel – eine Insel, so groß wie eine kleine Provinz, die im Mündungsgebiet eines großen südamerikanischen Flusses liegt. Sie ist wild und nicht schön, aber das Gras, das auf ihren tiefgelegenen Ebenen wächst, scheint außergewöhnlich nahrhaft und wohlschmeckend zu sein. Sie hallt wider vom Brüllen unzähliger Herden – einem tiefen und bedrückenden Geräusch unter dem freien Himmel, das sich wie ein ungeheurer Protest zum Tode verurteilter Gefangener erhebt. Auf dem Festland, zwanzig Meilen jenseits des verfärbten trüben Wassers, liegt eine Stadt, deren Name, sagen wir, Horta ist.

Aber das interessanteste Charakteristikum dieser Insel (die so etwas wie eine Sträflingskolonie für verurteilte Rinder zu sein scheint) besteht darin, daß sie der einzig bekannte Ort ist, an dem ein äußerst seltener und prächtiger Schmetterling vorkommt. Die Art ist sogar noch seltener, als sie schön ist, was nicht wenig besagt. Ich habe bereits meine Reisen erwähnt. Ich reiste zu jener Zeit allein aus eigenem Antrieb und so langsam, wie man es in unseren Tagen der Weltrundreisefahrkarten nicht kennt. Ich reiste sogar zu einem bestimmten Zweck. Denn eigentlich bin ich – „Ha, ha, ha! – ein hoffnungsloser Faltermörder. Ha, ha, ha!“

Das war der Ton, in dem Mr. Harry Gee, der Verwalter der Rinderfarm, auf meine Studien anspielte. Er schien mich für die größte Absurdität der Welt zu halten. Andererseits stellte die B.O.S. Co., Ltd. für ihn den Gipfel der Errungenschaften des neunzehnten Jahrhunderts dar. Ich glaube, er schlief in Gamaschen und Sporen. Seine Tage verbrachte er im Sattel, er jagte über die Ebenen, gefolgt von einem Zug halbwilder Reiter, die ihn Don Enrique nannten und keine klare Vorstellung von der B.O.S. Co., Ltd. hatten, die ihnen die Löhne zahlte. Er war ein ausgezeichneter Verwalter, aber ich weiß nicht, warum er mich, wenn wir uns zu den Mahlzeiten begegneten, auf den Rükken schlug und dabei laute und spöttische Fragen stellte: „Was macht das mörderische Spielchen heute? Flattern denn die Falterchen? Ha, ha, ha!" – zumal er mir zwei Dollar pro Tag für die Gastlichkeit der B.O.S. Co., Ltd. (Kapital 1500000 Pfund Sterling, voll eingezahlt) berechnete, in deren Bilanz für das Jahr die Beträge zweifellos enthalten sind. „Ich glaub nicht, daß ich es irgendwie billiger machen kann, wenn ich meiner Firma gerecht werden will", hatte er mit größtem Ernst gesagt, als ich mit ihm die Bedingungen meines Aufenthalts auf der Insel vereinbarte.

Seine Neckereien wären durchaus harmlos gewesen, wenn Vertraulichkeit im Umgang, wo jedes freundschaftliche Gefühl fehlt, nicht etwas an sich Verabscheuenswertes wäre. Überdies war sein Humor nicht sehr unterhaltend. Er bestand in der ermüdenden Wiederholung anschaulicher Redensarten, mit denen er unter einer Lachsalve über bestimmte Leute herzog. „Hoffnungsloser Faltermörder. Ha, ha, ha!" war ein Musterbeispiel seines eigenartigen Witzes, an dem er sich selbst so sehr erfreute. Und in der gleichen Art äußerst feinen Humors lenkte er meine Aufmerksamkeit eines Tages auf den Maschinisten der Dampfbarkasse, als wir den Weg am Fluß entlangschlenderten.

Kopf und Schultern des Mannes tauchten über dem Deck auf, wo verschiedenes Werkzeug seines Handwerks und ein paar Maschinenteile herumlagen. Er reparierte etwas an der Maschine. Beim Geräusch unserer Schritte hob er ängstlich ein beschmiertes Gesicht mit einem spitzen Kinn und einem winzigen blonden Schnurrbart. Was man unter den schwarzen Flecken von seinen feinen Zügen sehen konnte, schien mir abgezehrt und bleich in dem grünlichen Schatten des riesigen Baumes, der seine Blätter über der Barkasse ausbreitete, die dicht am Ufer vertäut lag.

Zu meiner großen Überraschung sprach Harry Gee ihn mit „Krokodil" an, in jenem halb spöttischen, halb einschüchternden Ton, der bezeichnend ist für die Selbstzufriedenheit solcher vergnüglichen Leute: „Wie geht's mit der Arbeit voran, Krokodil?"

Ich hätte vorher erwähnen sollen, daß der liebenswürdige Harry irgendwo – in irgendeiner Kolonie – eine Art Französisch aufgeschnappt hatte und daß er es mit einer unangenehmen, gekünstelten Exaktheit aussprach, als wolle er sich über die Sprache lustig machen. Der Mann in der Barkasse antwortete ihm schnell mit einer angenehmen Stimme. Seine Augen waren von einer feucht schimmernden Sanftheit, und seine Zähne blitzten strahlend weiß zwischen seinen dünnen, herabhängenden Lippen. Der Verwalter wandte sich mir zu und erklärte sehr heiter und laut: „Ich nenne ihn Krokodil, weil er hab im und halb außerhalb des Flusses lebt. Amphibisch – verstehen Sie? Es leben auf der Insel keine anderen Amphibien außer den Krokodilen, also muß er doch dazu gehören – oder? Aber in Wirklichkeit ist er zumindest un citoyen anarchiste de Barcelone."

„Ein anarchistischer Bürger aus Barcelona?" wiederholte ich einfältig und blickte auf den Mann herab. Der hatte sich im Maschinenraum der Barkasse seiner Arbeit zugewandt und zeigte uns seinen gebeugten Rücken. In dieser Haltung hörte ich ihn laut und vernehmlich protestieren: „Ich kann nicht einmal Spanisch."

„He! Was denn? Du wagst es, zu leugnen, daß du von dort drüben kommst?" fuhr ihn der vorzügliche Verwalter barsch an.

Da richtete sich der Mann auf, ließ einen Schraubenschlüssel fallen, den er gerade benutzt hatte, und wandte uns sein Gesicht zu; er zitterte an allen Gliedern.

„Ich leugne nichts, nichts, nichts!" sagte er erregt.

Er hob den Schraubenschlüssel auf und ging wieder an die Arbeit, ohne uns weiter zu beachten. Nachdem wir ihn etwa eine Minute lang angeschaut hatten, gingen wir.

„Ist er wirklich ein Anarchist?" fragte ich, als wir außer Hörweite waren.

„Das interessiert mich einen feuchten Kehricht, was er ist", antwortete der humorvolle Angestellte der B.O.S. Co. „Ich hab ihm den Namen gegeben, weil es mir paßt, ihn so zu nennen. Es ist gut für die Firma."

„Für die Firma!" rief ich aus und blieb plötzlich stehen.

„Haha!" frohlockte er, reckte sein kahles Boxergesicht hoch und spreizte seine dünnen langen Beine. „Das wundert Sie. Ich bin verpflichtet, mein Bestes für meine Firma zu tun. Sie hat ungeheure Ausgaben. Ja – unser Vertreter in Horta hat mir erzählt, daß sie jedes Jahr fünfzigtausend Pfund für Werbung auf der ganzen Welt ausgeben! Man darf nicht zu sparsam sein, wenn der Laden laufen soll. Nun, hören Sie nur zu. Als ich hier die Verwaltung übernahm, hatte das Gut keine Dampfbarkasse. Ich verlangte eine und hörte nicht auf, mit jeder Post eine zu verlangen, bis ich sie bekam; aber der Mann, den sie mitschickten, schmiß seinen Job nach Ablauf von zwei Monaten hin und ließ die Barkasse am Ponton in Horta vertäut liegen. Hat in einer Sägemühle flußaufwärts mehr Mäuse verdient – der Teufel soll ihn holen! Und seitdem war's immer dasselbe. Jeder Schotten- oder Yankeestrolch, dem's gefällt, sich hier draußen Mechaniker zu nennen, verdient achtzehn Pfund im Monat, und im nächsten, wissen Sie, ist er verschwunden, nachdem er mit ziemlicher Wahrscheinlichkeit etwas kaputt gemacht hat. Ich geb Ihnen mein Wort drauf, daß einige der Subjekte, die ich als Maschinisten hatte, den Dampfkessel nicht vom Schornstein unterscheiden konnten. Aber dieser Bursche beherrscht sein Fach, und ich will nicht, daß er abhaut. Verstehen Sie?"

Und er schlug mir leicht auf die Brust, um das zu unterstreichen. Ich ignorierte die Eigenarten seines Verhaltens und wollte wissen, was all das damit zu tun habe, daß der Mann ein Anarchist sei.

„Kommen Sie!" höhnte der Verwalter. „Wenn Sie plötzlich einen barfüßigen, verwahrlosten Kerl sehen würden, der im Gebüsch an der Seeseite der Insel herumschleicht, und gleichzeitig nicht weiter als eine Meile vom Strand entfernt einen kleinen Schoner voller Nigger bemerken würden, der in großer Eile abdreht, würden Sie doch nicht denken, daß der Mann dort vom Himmel gefallen ist, oder? Und es konnte nichts anderes sein als das oder Cayenne. Ich habe meine fünf Sinne beisammen. Sowie ich dieses merkwürdige Spiel erblickte, sagte ich mir: entflohener Sträfling. Ich war dessen so sicher, wie ich es in dieser Minute bin, daß ich Sie hier stehen sehe. So sprengte ich geradewegs auf ihn zu. Ein Weilchen hielt er seine Stellung auf einem Sandhügel und schrie: ‚Monsieur! Monsieur! Arrêtez!', und dann, im letzten Moment, lief er los und rannte um sein Leben. Da sage ich mir: Dich werde ich zähmen, vorher lasse ich dich nicht aus den Fingern. So ritt ich ohne ein einziges Wort weiter und drängte ihn hierhin und dorthin. Ich trieb ihn auf das Ufer zu, und schließlich hatte ich ihn auf einer Landzunge eingekeilt, er stand mit den Fersen im Wasser und hatte nichts als Meer und Himmel im Rücken, und mein Pferd scharrte mit den Hufen im Sand und schüttelte den Kopf, nicht weiter als ein Yard von ihm entfernt.

Da kreuzte er die Arme auf der Brust und streckte das Kinn irgendwie verzweifelt nach oben; aber ich war nicht durch die bettelnde Pose zu beeindrucken.

Ich sage: ‚Du bist ein entwichener Sträfling.'

Als er mein Französisch hörte, senkte er das Kinn und wechselte die Farbe.

‚Ich leugne nichts', sagt er, noch keuchend, denn ich hatte ihn ganz schön flott vor meinem Pferd herumhüpfen lassen. Ich fragte ihn, was er hier mache. Er hatte unterdessen Atem geholt und erklärte, er hätte zu einer Farm gewollt, von der er gehört habe (von den Schonerleuten, nehme ich an), daß sie sich in der Nähe befinde. Da lachte ich laut, und ihm wurde unbehaglich. War er hinters Licht geführt worden? Gab es etwa keine Farm, die zu Fuß erreichbar war?

Ich lachte und lachte. Er war zu Fuß, und natürlich hätte ihn der erste Rinderhaufen, dem er über den Weg gelaufen wäre, unter seinen Hufen zerstampft. Ein Unberittener, der auf den Weidegründen überrascht wird, hat nicht die geringste Chance.

‚Daß ich dir in dieser Weise begegnet bin, hat dir zweifellos das Leben gerettet', sagte ich. Er bemerkte, es sei vielleicht so; aber er seinerseits habe gedacht, ich hätte ihn unter den Hufen meines Pferdes töten wollen. Ich versicherte ihm, daß nichts leichter gewesen wäre, hätte ich es vorgehabt. Und dann hielten wir gleichsam schlagartig inne. Ich wußte absolut nicht, was ich mit diesem Sträfling anfangen sollte, wenn ich ihn nicht ins Meer schleuderte. Mir fiel ein, ihn zu fragen, weshalb er deportiert worden sei. Er senkte den Kopf.

‚Was ist es?' sage ich. ‚Diebstahl, Mord, Vergewaltigung oder was?' Ich wollte hören, was er zu seiner Rechtfertigung zu sagen hatte, obwohl ich natürlich irgendeine Lüge erwartete. Aber alles, was er sagte, war ...

‚Machen Sie draus, was Sie wollen. Ich leugne nichts. Es hat keinen Sinn, etwas zu leugnen.'

Ich musterte ihn genau, und mir kam ein Gedanke.

‚Sie haben dort auch Anarchisten', sagte ich. ‚Vielleicht bist du einer davon.'

‚Ich leugne überhaupt nichts, Monsieur', wiederholt er.

Auf diese Antwort hin dachte ich, daß er vielleicht kein Anarchist sei. Ich glaube, diese verdammten Verrückten sind eher stolz auf sich. Wenn er einer gewesen wäre, hätte er es wahrscheinlich unumwunden zugegeben.

‚Was warst du, bevor du ein Sträfling wurdest?'

‚Ouvrier', sagte er. ‚Und ein guter Arbeiter noch dazu.'

Da begann ich zu glauben, er müsse doch ein Anarchist sein. Das ist die Klasse, aus der sie meistens kommen, nicht wahr? Ich hasse diese feigen bombenschmeißenden Scheusale. Ich hatte mich fast entschlossen, mein Pferd kurzerhand zu wenden und ihn verhungern oder ertrinken zu lassen, wo er war, je nachdem was ihm am besten gefiel. Was das Durchqueren der Insel betraf, um mich erneut zu belästigen, so würde das Vieh das erledigen. Ich weiß nicht, was mich veranlaßte zu fragen: ‚Was für ein Arbeiter?'

Es interessierte mich einen feuchten Kehricht, ob er mir antworten würde oder nicht. Aber als er sofort ‚Mécanicien, Monsieur' sagte, sprang ich beinahe aus dem Sattel vor Aufregung. Die Barkasse lag schon seit drei Wochen seeuntüchtig und nutzlos im Fluß. Meine Pflicht gegenüber der Firma war klar. Er hatte mein Auffahren ebenfalls bemerkt, und so starrten wir uns ungefähr eine Minute lang wie gebannt an.

‚Steig hinter mir aufs Pferd', sagte ich ihm. ‚Du wirst mir meine Dampfbarkasse in Ordnung bringen.'"

Das sind die Worte, mit denen mir der ehrenwerte Verwalter des Gutes Marañon von der Ankunft des vermeintlichen Anarchisten erzählte. Er hatte vor, ihn zu behalten – aus Pflichtgefühl gegenüber der Firma –, und der Name, den er ihm gegeben hatte, würde den Mann daran hindern, irgendwo in Horta Arbeit zu bekommen. Die Viehhirten des Gutes verbreiteten ihn in der ganzen Stadt, wenn sie auf Urlaub gingen. Sie wußten nicht, was ein Anarchist ist, und auch nicht, was Barcelona bedeutet. Sie nannten ihn Anarchisto de Barcelona, als wäre es sein Vor- und Nachname. Aber die Leute in der Stadt hatten in ihren Zeitungen über Anarchisten in Europa gelesen und waren sehr beeindruckt. Über den witzigen Zusatz „de Barcelona" lachte Mr. Harry Gee ungeheuer zufrieden in sich hinein. „Diese Art ist besonders mörderisch, nicht wahr? Es macht der Sägemühlenbande noch mehr Angst davor, etwas mit ihm zu tun zu haben – verstehen Sie?" frohlockte er offen. „Ich halte ihn mit diesem Namen besser, als wenn ich ihn mit dem Bein an das Deck der Dampfbarkasse ketten ließe.

Und wohlgemerkt", fügte er nach einer Pause hinzu, „er leugnet es nicht. Ich tue ihm in keiner Weise Unrecht. Er ist auf jeden Fall irgendein Sträfling."

„Aber ich nehme an, Sie zahlen ihm etwas Lohn, oder?" fragte ich.

„Lohn! Was will er hier mit Geld? Er kriegt sein Essen aus meiner Küche und seine Kleidung aus dem Lager. Natürlich werde ich ihm am Jahresende etwas geben, aber Sie glauben doch nicht, ich würde einen Sträfling beschäftigen und ihm das gleiche Geld wie einem ehrlichen Mann zahlen? Vor allen Dingen habe ich die Interessen meiner Firma im Auge."

Ich räumte ein, daß für eine Firma, die jedes Jahr fünfzigtausend Pfund für Werbung ausgebe, strengste Sparsamkeit offensichtlich notwendig sei. Der Verwalter der Marañon Estancia brummte zustimmend.

„Und ich will Ihnen was sagen“, fuhr er fort, „wenn ich sicher wäre, er ist ein Anarchist, und er hätte die Frechheit, mich nach Geld zu fragen, er würde von mir einen Fußtritt kriegen. Doch soll er den Vorteil des Zweifels haben. Ich bin durchaus gewillt anzunehmen, daß er nichts Übleres getan hat, als jemanden mit dem Messer zu erstechen – mit mildernden Umständen –, französische Art, Sie wissen doch. Aber jener umstürzlerische mörderische Blödsinn, jede Ruhe und Ordnung in der Welt abzuschaffen, bringt mein Blut zum Kochen. Er zieht nur jedem anständigen, ehrbaren, fleißigen Menschen den Boden unter den Füßen weg. Ich sage Ihnen, das Gewissen der Leute, die eins haben, wie Sie oder ich, muß in irgendeiner Weise geschützt werden; sonst wäre der erste gemeine Halunke, der daherkäme, in jeder Hinsicht genau so gut wie ich. Stimmt doch, oder? Und das ist absurd!“

Er starrte mich an. Ich nickte leicht und murmelte, daß an seiner Ansicht zweifellos eine Menge Wahres sei.

Die Hauptwahrheit, die an den Ansichten von Paul, dem Maschinisten, zu entdecken war, bestand darin, daß eine kleine Sache einen Menschen ins Verderben stürzen kann.

„Il ne faut pas beaucoup pour perdre un homme“, sagte er eines Abends nachdenklich zu mir.

Ich gebe diesen Gedanken auf französisch wieder, weil der Mann aus Paris war, keineswegs aus Barcelona. Auf der Marañon Estancia wohnte er abseits der Farm in einem kleinen Schuppen mit einem Metalldach und Strohwänden, den er mon atelier nannte. Er hatte dort eine Werkbank. Sie hatten ihm mehrere Pferdedecken gegeben und einen Sattel – nicht, daß er jemals Gelegenheit hatte zu reiten, sondern weil von den Arbeitern, die alle vaqueros – Viehknechte – waren, kein anderes Lager benutzt wurde. Und auf diesem Pferdegeschirr pflegte er, wie ein Sohn der Ebenen, inmitten des Werkzeugs seines Berufes zu schlafen, in einem Durcheinander rostigen Schrotts, mit einem transportablen Schmiedeherd an seinem Kopf, unter der Werkbank, die sein schmutziges Moskitonetz hielt.

Gelegentlich brachte ich ihm ein paar Kerzenreste, die ich aus dem spärlichen Vorrat des Verwalterhauses sichergestellt hatte. Er war sehr dankbar dafür. Er liege im Dunkeln nicht gern wach, gestand er. Er klagte, daß ihn der Schlaf fliehe. „Le sommeil me fuit", erklärte er mit seiner gewohnten Art gedämpften Stoizismus, der ihn sympathisch und rührend machte. Ich verdeutlichte ihm, daß ich der Tatsache, daß er ein Sträfling gewesen sei, keine übermäßige Bedeutung beimesse.

So geschah es, daß er sich eines Abends veranlaßt fühlte, von sich zu erzählen. Wenn einer der Kerzenstummel auf dem Rand der Werkbank bis zum Ende heruntergebrannt war, beeilte er sich, einen weiteren anzuzünden.

Er hatte in einer Provinzgarnison seinen Militärdienst geleistet und war nach Paris zurückgekehrt, um sich seinem Beruf zu widmen. Es war ein gutbezahlter Beruf. Er erzählte mir mit einigem Stolz, daß er nach kurzer Zeit nicht weniger als zehn Franc am Tag verdient habe. Er habe daran gedacht, sich bald selbständig zu machen und zu heiraten.

An dieser Stelle seufzte er tief und hielt inne. Dann kehrte er zu seinem stoischen Ton zurück: „Scheinbar wußte ich nicht genug über mich selbst."

An seinem fünfundzwanzigsten Geburtstag hatten zwei seiner Freunde aus der Reparaturwerkstatt, in der er arbeitete, vorgeschlagen, ihm ein Essen zu spendieren. Er war ungeheuer beeindruckt von dieser Aufmerksamkeit.

„Ich war ein ordentlicher Mensch", bemerkte er, „aber ich bin nicht weniger gesellig als irgend jemand anders."

Das Gastmahl fand in einem kleinen Café auf dem Boulevard de la Chapelle statt. Zum Essen tranken sie einen besonderen Wein. Er war vortrefflich. Alles war vortrefflich, und die Welt schien – nach seinen eigenen Worten – ein sehr guter Ort zum Leben. Er hatte gute Aussichten, ein wenig Geld beiseite gelegt und die Zuneigung zweier vortrefflicher Freunde. Er erbot sich, alle Getränke nach dem Essen zu bezahlen, was seinerseits nur angebracht war.

Sie tranken mehr Wein, sie tranken Schnaps, Kognak, Bier, dann mehr Schnaps und mehr Kognak. Zwei Fremde, die am Nebentisch saßen, hätten ihn, so sagte er, mit so viel Freundlichkeit angesehen, daß er sie einlud, sich der Feier anzuschließen.

Er hatte in seinem Leben nie so viel getrunken. Seine freudige Erregung war außergewöhnlich und so angenehm, daß er sich jedesmal, wenn sie nachließ, beeilte, weitere Getränke zu bestellen.

„Es schien mir", sagte er in seinem ruhigen Ton und sah in dem düsteren Schuppen voller Schatten auf den Fußboden, „daß ich an dem Punkt war, an dem man sogleich zu großer und wunderbarer Glückseligkeit gelangt. Noch ein Schluck, so fühlte ich, würde ausreichen. Die anderen hielten gut mit mir mit, Glas für Glas."

Aber etwas Merkwürdiges geschah. Die Fremden sagten irgend etwas, und seine freudige Erregung sank. Düstere Gedanken – des idées noires – schossen ihm durch den Kopf. Die ganze Welt außerhalb des Cafés kam ihm vor wie ein gräßlicher, übler Ort, wo eine große Zahl armer Teufel arbeiten und sich schinden müsse zu dem einzigen Zweck, daß einige wenige in Kutschen fahren und in Palästen ausschweifend leben könnten. Er begann sich seines Glücks zu schämen. Die traurige Tatsache des grausamen Schicksals der Menschheit quälte sein Herz. Mit vor Kummer erstickter Stimme versuchte er, diesen Gedanken Ausdruck zu verleihen. Er glaube, er habe abwechselnd geweint und geflucht.

Die beiden neuen Bekannten beeilten sich, seiner menschlichen Entrüstung beizupflichten. Ja. Das Ausmaß der Ungerechtigkeit in der Welt sei wirklich empörend. Es gebe nur einen Weg, mit dem faulen Zustand der Gesellschaft fertig zu werden. Man müsse die ganze sacrée boutique zerstören, den ganzen ungerechten Laden vernichten.

Ihre Köpfe schwebten über dem Tisch. Sie flüsterten ihm redegewandt zu; ich glaube nicht, daß sie das Ergebnis tatsächlich erwartet hatten. Er war sehr betrunken – wahnsinnig betrunken. Mit einem Wutgebrüll sprang er plötzlich auf den Tisch. Er stieß die Flaschen und Gläser um und schrie: „Vive l'anarchie! Tod den Kapitalisten!" Er schrie das immer wieder. Rings um ihn fiel zerbrochenes Glas herunter, Stühle wurden durch die Luft geschwungen, Menschen packten sich gegenseitig an der Gurgel. Die Polizei stürmte herein. Er schlug, biß, kratzte und sträubte sich, bis etwas auf seinen Kopf niederschmetterte ...

In einer Polizeizelle kam er zu sich, eingesperrt wegen tätlichen Angriffs, aufwieglerischer Rufe und anarchistischer Propaganda.

Er sah mich mit seinen feucht schimmernden, leuchtenden Augen, die in dem schwachen Licht sehr groß schienen, fest an.

„Das war schlimm. Aber sogar da hätte ich vielleicht irgendwie davonkommen können", sagte er langsam.

Ich bezweifle es. Aber welche Chance er auch hatte, sie wurde von einem jungen sozialistischen Anwalt, der sich erbot, seine Verteidigung zu übernehmen, zunichte gemacht. Vergeblich versicherte er ihm, daß er kein Anarchist sei, daß er ein ruhiger, solider Mechaniker sei, der nur zu gern zehn Stunden am Tag in seinem Beruf arbeite. In der Gerichtsverhandlung wurde er als ein Opfer der Gesellschaft dargestellt und sein trunkenes Schreien als der Ausdruck grenzenlosen Leidens. Der junge Anwalt mußte seinen Weg machen, und dieser Fall war gerade das, was er als Anfang wollte. Die Verteidigungsrede wurde als großartig bezeichnet.

Der arme Kerl hielt inne, schluckte und brachte die Erklärung hervor: „Ich bekam die auf eine erste strafbare Handlung anwendbare Höchststrafe."

Ich ließ ein entsprechendes Murmeln hören. Er senkte den Kopf und kreuzte die Arme.

„Als sie mich aus dem Gefängnis herausließen", begann er leise, „ging ich natürlich schnurstracks zu meiner alten Werkstatt. Mein patron hatte früher eine besondere Vorliebe für mich gehabt, aber als er mich erblickte, wurde er schreckensbleich und wies mir mit zitternder Hand die Tür."

Während er auf der Straße stand, beklommen und verwirrt, trat ein Mann mittleren Alters an ihn heran, der sich ebenfalls als ein Maschinenschlosser vorstellte. „Ich weiß, wer du bist", sagte er. „Ich war auf deiner Gerichtsverhandlung. Du bist ein guter Genosse, und deine Ansichten sind vernünftig. Aber das Vertrackte an der Sache ist, daß du jetzt nirgendwo Arbeit bekommen wirst. Diese Bourgeois werden sich verabreden, um dich auszuhungern. Das ist ihre Art. Erwarte kein Erbarmen von den Reichen."

Daß er auf der Straße so freundlich angesprochen worden war, hatte ihn sehr getröstet. Er schien eine Natur zu sein, die Beistand und Sympathie braucht. Der Gedanke, keine Arbeit finden zu können, hatte ihn vollkommen umgeworfen. Wenn sein patron, der ihn als einen ruhigen, ordentlichen, tüchtigen Arbeiter so gut kannte, jetzt nichts mit ihm zu tun haben wollte, dann würde es sicherlich auch niemand anders wollen. Das war klar. Die Polizei, die ein wachsames Auge auf ihn hatte, würde sich beeilen, jeden Unternehmer zu warnen, der geneigt war, ihm eine Chance zu geben. Er fühlte sich plötzlich sehr hilflos, beunruhigt und unnütz; und er folgte dem Mann mittleren Alters zur estaminet um die Ecke, wo er noch einige gute Genossen kennenlernte. Sie versicherten ihm, daß sie ihn nicht darben lassen würden, ob er nun Arbeit hätte oder nicht. Sie tranken durchweg auf die Vernichtung aller Unternehmer und auf die Zerstörung der Gesellschaft.

Er saß da und biß sich auf die Unterlippe.

„So, Monsieur, wurde ich ein compagnon", sagte er. Die Hand, mit der er sich über die Stirn strich, zitterte. „Trotzdem, etwas stimmt nicht in einer Welt, in der ein Mann wegen eines Glases mehr oder weniger zugrunde gerichtet werden kann."

Er blickte nie auf, doch ich konnte sehen, daß er sich in seinem Trübsinn allmählich erregte. Er schlug mit der offenen Handfläche auf die Werkbank.

„Nein!" schrie er. „Es war ein unerträgliches Dasein! Beobachtet von der Polizei, beobachtet von den Genossen, gehörte ich mir selbst nicht mehr! Ja, ich konnte nicht einmal zu meiner Sparkasse gehen und ein paar Francs abheben, ohne daß ein Genosse an der Tür herumlungerte, um dafür zu sorgen, daß ich mich nicht aus dem Staub machte! Und die meisten von ihnen waren nichts weiter als Einbrecher. Die Intelligenten, meine ich. Sie bestehlen die Reichen; sie holen sich nur zurück, was ihnen gehörte, sagten sie. Wenn ich etwas getrunken hatte, glaubte ich ihnen. Es gab außerdem die Dummköpfe und die Verrückten. Des exaltés – quoi! Wenn ich betrunken war, liebte ich sie. Wenn ich noch mehr trank, war ich aufgebracht über die Welt. Das war die beste Zeit. Ich fand Zuflucht vor dem Elend im Zorn. Aber man kann nicht immer betrunken sein – n'est-ce pas, Monsieur? Und wenn ich nüchtern war, hatte ich Angst, mich davonzumachen. Sie hätten mich abgestochen wie ein Schwein."

Wieder kreuzte er die Arme und hob sein spitzes Kinn mit einem bitteren Lächeln.

„Bald sagten sie mir, es sei Zeit, an die Arbeit zu gehen. Die Arbeit bestand darin, eine Bank auszurauben. Hinterher würde eine Bombe geworfen werden, um den Ort zu verwüsten. Meine Anfängerrolle würde darin bestehen, in einer Straße an der Rückseite Wache zu halten und auf eine schwarze Tasche mit der Bombe darin aufzupassen, bis sie gebraucht wurde. Nach der Zusammenkunft, auf der die Sache festgelegt worden war, wich ein zuverlässiger Genosse keinen Fußbreit von mir. Ich hatte nicht gewagt zu protestieren, ich hatte Angst, in dem Raum stillschweigend umgebracht zu werden; erst als wir nebeneinander hergingen, fragte ich mich, ob es nicht besser für mich sei, mich plötzlich in die Seine zu stürzen. Aber während ich mir das durch den Kopf gehen ließ, hatten wir die Brücke überquert, und später hatte ich nicht die Gelegenheit dazu."

In dem Licht des Kerzenstummels sah er mit seinen scharfen Zügen, dem flaumigen kleinen Schnurrbart und dem ovalen Gesicht manchmal auf zarte und unbekümmerte Weise jung aus, und dann wieder, wenn er seine gekreuzten Arme an die Brust drückte, erschien er ziemlich alt, verbraucht, sorgenvoll.

Da er schwieg, fühlte ich mich verpflichtet zu fragen: „Nun, und wie endete es?"

„Deportation nach Cayenne", antwortete er.

Er schien zu glauben, daß jemand den Plan verraten hätte. Als er in der Straße hinter der Bank mit der Tasche in der Hand Wache gehalten habe, sei die Polizei über ihn hergefallen. „Diese Schwachsinnigen" hätten ihn zu Boden geschlagen, ohne zu bemerken, was er in der Hand trug. Er habe sich gewundert, wieso die Bombe nicht explodierte, als er fiel. Aber sie sei nicht explodiert.

„Ich habe versucht, meine Geschichte vor Gericht zu erzählen", fuhr er fort. „Der Präsident war belustigt. Es gab im Publikum einige Idioten, die lachten."

Ich äußerte die Hoffnung, daß einige seiner Gefährten ebenfalls geschnappt worden seien. Er schauderte leicht, bevor er mir sagte, daß es zwei waren – Simon, auch Biscuit genannt, der Maschinenschlosser im mittleren Alter, der ihn auf der Straße angesprochen hatte, und ein Kerl namens Mafile, einer der verständnisvollen Fremden, die seinen Gedanken beigepflichtet und ihn in seinem menschlichen Leid getröstet hatten, als er sich in dem Café betrank.

„Ja", sprach er mühsam weiter, „ich hatte drüben auf der Insel St. Joseph den Vorteil ihrer Gesellschaft, zusammen mit ungefähr achtzig oder neunzig anderen Sträflingen. Wir galten alle als gefährlich."

Die Insel St. Joseph ist die schönste der Iles de Salut. Sie ist felsig und grün und hat flache Schluchten, Gebüsche, Dickichte, Haine von Mangobäumen und viele Fiederpalmen. Sechs mit Revolvern und Karabinern bewaffnete Wärter bewachen die Sträflinge, die dort gefangengehalten werden.

Eine achtruderige Gig hält am Tage über einen Kanal, der eine Viertelmeile breit ist, die Verbindung mit der Ile Royale aufrecht, wo sich ein Militärposten befindet. Morgens um sechs macht sie die erste Fahrt. Nachmittags um vier ist ihr Dienst zu Ende, und dann wird sie nach einem kleinen Anlegeplatz auf der Ile Royale gezogen, und es wird ein Wachposten für sie und einige kleinere Boote aufgestellt. Von diesem Zeitpunkt bis zum nächsten Morgen bleibt die Insel St. Joseph von der übrigen Welt abgeschnitten, und die Wärter patrouillieren dann wieder auf dem Weg vom Wärterhaus zu den Sträflingshütten, und eine Vielzahl von Haien patrouilliert in den Wassern rundum.

Unter diesen Umständen planten die Sträflinge eine Meuterei. So etwas war in der Geschichte der Strafanstalt noch niemals vorgekommen. Aber ihr Plan hatte eine gewisse Aussicht auf Erfolg. Die Wärter mußten während der Nacht überrumpelt und umgebracht werden. Ihre Waffen würden es den Sträflingen ermöglichen, die Leute in der Gig niederzuschießen, wenn sie am Morgen längsseit kam. Sobald die Gig in ihrem Besitz war, sollten weitere Boote erbeutet werden, und die ganze Gesellschaft sollte drauflosrudern, auf die Küste zu.

Bei Einbruch der Dunkelheit ließen die beiden diensthabenden Wärter die Sträflinge wie gewöhnlich antreten. Dann schickten sie sich an, die Hütten zu inspizieren, um sich zu versichern, daß alles in Ordnung sei. In dem Augenblick, da sie hineingingen, wurden sie angefallen und vollkommen erstickt unter der Zahl ihrer Angreifer. Die Dämmerung schwand rasch. Es war Neumond; und dicke schwarze Wolken, die sich über der Küste zusammenballten, verstärkten die tiefe Dunkelheit der Nacht. Die Sträflinge versammelten sich auf dem freien Platz, berieten über den nächsten Schritt, der zu tun sei, stritten leise miteinander.

„Sie haben bei all dem mitgemacht?“ fragte ich.

„Nein. Ich wußte natürlich, was man vorhatte. Aber warum sollte ich diese Wärter töten? Ich hatte nichts gegen sie. Aber ich hatte Angst vor den anderen. Was auch geschehen würde, ich würde ihnen nicht entrinnen können. Ich saß allein auf einem Baumstumpf, den Kopf in den

Händen, und mir war das Herz schwer bei dem Gedanken an eine Freiheit, die für mich nichts als ein Hohn sein konnte. Plötzlich nahm ich erschrocken die Gestalt eines Mannes auf dem Weg in der Nähe wahr. Er stand ganz still, dann verwischten sich seine Konturen in der Nacht. Es mußte der Oberwärter gewesen sein, der kam, um nachzusehen, was aus seinen beiden Männern geworden war. Niemand bemerkte ihn. Die Sträflinge stritten weiter über ihre Pläne. Die Führer konnten sich keinen Gehorsam verschaffen. Das hitzige Geflüster dieser dunklen Masse von Männern war ganz entsetzlich.

Schließlich teilten sie sich in zwei Gruppen und gingen los. Als sie an mir vorbei waren, stand ich auf, matt und hoffnungslos. Der Weg zum Wärterhaus war dunkel und still, aber auf jeder Seite raschelten ein wenig die Büsche. Dann sah ich einen schwachen Lichtstrahl vor mir. Der Oberwärter, gefolgt von seinen drei Männern, kam vorsichtig näher. Aber er hatte es versäumt, seine dunkle Laterne richtig zu schließen. Die Sträflinge hatten den schwachen Schein auch gesehen. Man hörte einen furchtbaren wilden Schrei, Tumult auf dem dunklen Weg, Schüsse, Schläge, Stöhnen: Und mit dem Geräusch krachender Büsche, den Rufen der Verfolger und den Schreien der Verfolgten ging die Jagd auf Menschen, die Jagd auf die Wärter an mir vorbei ins Innere der Insel. Ich war allein. Und ich versichere Ihnen, Monsieur, mir war alles gleichgültig. Nachdem ich eine Weile regungslos dagestanden hatte, ging ich weiter den Weg entlang, bis ich gegen etwas Hartes stieß. Ich bückte mich und hob den Revolver eines Wärters auf. Ich fühlte mit den Fingern, daß er mit fünf Patronen geladen war. Durch die Windböen hörte ich, wie die Sträflinge weit entfernt einander zuriefen, und dann übertönte ein Donnerrollen das Raunen und Rauschen der Bäume. Plötzlich glitt ein großes Licht sehr tief am Boden über meinen Weg und ließ einen Frauenrock und den Rand einer Schürze sehen.

Ich wußte, daß die Person, die es trug, die Frau des Oberwärters sein mußte. Sie hatten sie scheinbar ganz und gar vergessen. Ein Schuß ertönte im Innern der Insel, und sie schrie im Laufen laut auf. Sie lief weiter. Ich folgte ihr, und bald sah ich sie wieder. Mit der einen Hand zog sie am Strang der großen Glocke, die am Ende des Piers hängt, und mit der anderen schwang sie die schwere Laterne hin und her. Das ist das vereinbarte Zeichen für die Ile Royale, falls des Nachts Hilfe erforderlich sein sollte. Der Wind trug den Ton von unserer Insel fort, und das Licht, das sie schwang, war auf der Landseite durch die wenigen Bäume verborgen, die in der Nähe des Wärterhauses wachsen.

Ich trat von hinten ziemlich dicht an sie heran. Sie zog weiter an dem Strang, ohne aufzuhören, ohne zur Seite zu blicken, als wäre sie ganz allein auf der Insel. Eine tapfere Frau, Monsieur. Ich steckte den Revolver in meine blaue Bluse und wartete. Ein Blitzstrahl und ein Donnerschlag machten sowohl das Geräusch als auch das Licht des Signals einen Augenblick lang zunichte, aber sie zögerte kein bißchen, sie zog an dem Glockenstrang und schwang die Laterne so regelmäßig wie eine Maschine. Sie war eine schöne Frau von dreißig – nicht älter. Ich dachte bei mir: All dies ist nicht gut in einer Nacht wie dieser. Und ich faßte den Entschluß, daß ich ihr, falls ein Trupp meiner Mitgefangenen an den Pier herunterkam – was sicher bald passieren mußte –, durch den Kopf schießen würde, bevor ich mich selbst erschoß. Ich kannte die ‚Genossen' gut. Diese Idee erweckte in mir ein ziemliches Interesse am Leben, Monsieur, und sofort ging ich, anstatt auf törichte Weise ungedeckt auf dem Pier zu bleiben, den Weg ein Stück zurück und kauerte mich hinter einen Busch. Ich wollte nicht, daß man unversehens über mich herfiel und mich vielleicht daran hinderte, wenigstens einem menschlichen Wesen einen unschätzbaren Dienst zu erweisen, bevor ich selber starb.

Aber es ist anzunehmen, daß man das Signal sah, denn die Gig von der Ile Royale kam in erstaunlich kurzer Zeit herüber. Die Frau fuhr ohne Unterbrechung fort in ihrem Tun, bis das Licht ihrer Laterne plötzlich den Offizier, der das Kommando führte, und die Bajonette der Soldaten im Boot aufblitzen ließ. Dann setzte sie sich nieder und fing an zu weinen.

Sie brauchte mich nicht mehr. Ich rührte mich nicht. Einige Soldaten waren nur in Hemdsärmeln, andere ohne Stiefel, gerade wie sie der Ruf zu den Waffen angetroffen hatte. Sie kamen im Laufschritt an meinem Busch vorbei. Die Gig hatte man fortgeschickt, um noch mehr Soldaten zu holen, und die Frau saß weinend ganz allein am Ende des Piers, und die Laterne stand in ihrer Nähe auf dem Boden.

Da sah ich plötzlich in dem Licht am Ende des Piers die roten Pantalons zweier weiterer Männer. Ich war überwältigt vor Erstaunen. Auch sie begannen zu laufen. Ihre aufgeknöpften Uniformröcke flatterten, und sie waren ohne Kopfbedeckung. Einer von ihnen keuchte dem anderen zu: ‚Geradeaus! Geradeaus!'

Wo in aller Welt sind sie hergekommen, fragte ich mich. Langsam ging ich den kurzen Pier hinunter. Ich sah die Gestalt der Frau, die vor Schluchzen bebte, und hörte sie immer deutlicher jammern: ‚Oh, mein Mann! Mein armer Mann! Mein armer Mann!' Ich schlich leise weiter. Sie konnte weder etwas hören noch sehen. Sie hatte sich die Schürze über den Kopf geworfen und wiegte sich in ihrem Kummer hin und her. Ich aber bemerkte ein kleines Boot, das am Ende des Piers festgemacht war.

Jene beiden Männer – sie hatten wie sous-officiers ausgesehen – mußten darin gekommen sein, nachdem sie, wie ich annehme, die Gig zu spät erreicht hatten. Es ist unglaublich, daß sie aus Pflichtgefühl derart gegen die Vorschriften verstoßen haben sollten. Und es war dumm von ihnen. Ich traute meinen Augen selbst in dem Moment nicht, als ich in das Boot stieg.

Ich ruderte langsam am Ufer entlang. Eine schwarze Wolke hing über den Iles de Salut. Ich hörte Schüsse, Rufe. Eine andere Jagd hatte begonnen – die Jagd auf die Sträflinge. Die Ruder waren zu lang, um bequem zu rudern. Ich kam nur schwer mit ihnen zurecht, obwohl das

Boot selbst leicht war. Aber als ich auf die andere Seite der Insel gelangte, brachen aus der Gewitterwolke Regen und Wind. Ich war außerstande, dagegen anzukommen. Ich ließ das Boot ans Ufer treiben und machte es fest.

Ich kannte die Stelle. Eine baufällige alte Hütte stand hier am Wasser. Dorthinein kauerte ich mich und hörte durch das Rauschen des Windes und des Platzregens Menschen durch die Büsche jagen. Sie kamen heraus zum Strand. Vielleicht Soldaten. Ein Blitzstrahl ließ alles in meiner Nähe deutlich hervortreten. Zwei Sträflinge!

Und sofort rief eine erstaunte Stimme aus: ‚Das ist ein Wunder!' Es war die Stimme von Simon, auch Biscuit genannt.

Und eine andere Stimme knurrte: ‚Was ist ein Wunder?'

‚Na, hier liegt ein Boot!'

‚Du mußt verrückt sein, Simon! Aber da ist ja tatsächlich ... ein Boot.'

Wohl aus Furcht verfielen sie in vollkommenes Schweigen. Der andere Mann war Mafile. Vorsichtig sprach er wieder.

‚Es ist festgemacht. Irgend jemand muß hier sein.'

Ich sagte aus der Hütte heraus zu ihnen: ‚Ich bin hier.'

Da kamen sie hinein und gaben mir bald zu verstehen, daß das Boot ihnen gehöre, nicht mir. ‚Wir sind zwei', sagte Mafile, ‚gegen dich allein.'

Ich trat hinaus ins Freie, um mich von ihnen fernzuhalten, aus Angst, einen heimtückischen Schlag auf den Kopf zu bekommen. Ich hätte sie beide erschießen können, wo sie standen. Aber ich sagte nichts. Ich unterdrückte das Lachen, das in meinem Halse aufstieg. Ich zeigte mich sehr demütig und bat, mich ihnen anschließen zu dürfen. Sie beratschlagten leise über mein Schicksal, während ich, die Hand am Revolver in meiner Bluse, ihr Leben in der Gewalt hatte. Ich ließ sie leben. Ich wollte, daß sie das Boot ruderten. Ich führte ihnen mit kriecherischer Demut vor Augen, daß ich mich auf die Handhabung eines Bootes verstand und daß wir uns, da wir drei zum Rudern sein würden, abwechselnd ausruhen könnten. Das gab für sie schließlich den Ausschlag. Es war Zeit. Ein bißchen noch, und ich hätte Schreianfälle bekommen, so komisch war es."

In diesem Augenblick brach seine Erregung hervor. Er sprang von der Bank und gestikulierte. Die großen Schatten seiner Arme, die über Decke und Wände schossen, ließen den Schuppen zu klein erscheinen, um seine Aufregung zu fassen.

„Ich leugne nichts", brach es aus ihm hervor. „Ich war in gehobener Stimmung, Monsieur. Ich erlebte eine Art Glückseligkeit. Aber ich verhielt mich sehr ruhig. Die ganze Nacht hindurch ruderte ich, wenn die Reihe an mich kam. Wir hielten auf die offene See zu und setzten unsere Hoffnung auf ein vorbeifahrendes Schiff. Es war ein tollkühnes Unternehmen. Ich hatte sie dazu überredet. Als die Sonne aufging, war die Unermeßlichkeit des Wassers ruhig, und die Iles de Salut sahen vom höchsten Punkt jeder Dünung nur wie dunkle Flecken aus. Ich steuerte zu der Zeit. Mafile, der als Bugmann ruderte, stieß einen Fluch aus und sagte: ‚Wir müssen uns ausruhen.'

Die Zeit zum Lachen war endlich gekommen. Und ich tat es zur Genüge, kann ich Ihnen versichern. Ich hielt mir die Seiten und wälzte mich auf meinem Sitz; sie machten vielleicht verblüffte Gesichter. ‚Was ist denn in den Knilch gefahren?' schreit Mafile.

Und Simon, der mir am nächsten saß, sagt über die Schulter zu ihm: ‚Der Teufel soll mich holen, wenn der nicht verrückt geworden ist!'

Dann zog ich den Revolver heraus. Aha! Sofort hatten sie beide den starrsten Blick, den Sie sich vorstellen können. Haha! Sie waren erschrocken. Aber sie ruderten. O ja, sie ruderten den ganzen Tag und sahen manchmal wütend und manchmal kleinmütig aus. Mir entging nichts, denn ich mußte sie die ganze Zeit im Auge behalten, sonst hätten sie sich – krach! – augenblicklich auf mich gestürzt. Ich legte die Hand mit dem Revolver schußbereit auf mein Knie und steuerte mit der anderen. Ihre Gesichter bekamen langsam Blasen. Himmel und Meer um uns schienen zu brennen, und das Meer dampfte in der Sonne. Das Boot machte ein zischendes Geräusch, während es durch das Wasser glitt. Manchmal trat Mafile Schaum vor den Mund, und manchmal stöhnte er. Aber er ruderte. Er wagte nicht aufzuhören. Seine Augen wurden ganz und gar blutunterlaufen, und die Unterlippe hatte er sich zerbissen. Simon war heiser wie eine Krähe.

‚Genosse . . .', fängt er an.

‚Hier gibt es keine Genossen. Ich bin euer patron.'

‚Dann, patron', sagt er, ‚im Namen der Menschlichkeit, laß uns ausruhen.'

Ich ließ sie. Auf dem Boden des Bootes plätscherte ein wenig Regenwasser. Ich erlaubte ihnen, es mit der hohlen Hand zu schöpfen. Aber als ich befahl ‚En route', ertappte ich sie dabei, wie sie vielsagende Blicke tauschten. Sie dachten, irgendwann würde ich einschlafen müssen! Aha! Aber ich wollte nicht einschlafen. Ich war wacher denn je. Sie waren es, die beim Rudern einschliefen, sie fielen einer nach dem anderen plötzlich kopfüber von den Ruderbänken. Ich ließ sie liegen. Alle Sterne standen am Himmel. Es war eine stille Welt. Die Sonne ging auf. Ein neuer Tag. Allez! En route!

Sie ruderten schlecht. Sie verdrehten die Augen, und die Zungen hingen ihnen heraus. In der Mitte des Vormittags krächzte Mafile: ‚Los, wir stürzen uns auf ihn, Simon. Ich lasse mich lieber gleich erschießen, als daß ich vor Durst, Hunger und Erschöpfung am Ruder sterbe.'

Doch während er sprach, ruderte er; und Simon ruderte ebenfalls weiter. Das ließ mich lächeln. Ah! Sie liebten ihr Leben, diese beiden in dieser ihrer schlechten Welt, ebenso wie auch ich mein Leben geliebt hatte, bevor sie es mir mit ihren Phrasen verdarben. Ich ließ sie bis zur Erschöpfung weiterrudern, und erst dann wies ich auf die Segel eines Schiffes am Horizont.

Haha! Sie hätten sehen sollen, wie sie auflebten und sich mit Eifer an ihre Arbeit machten! Denn ich ließ sie weiterrudern, geradewegs auf den Kurs des Schiffes zu. Sie waren verändert. Die Art von Mitleid, die ich für sie empfunden hatte, verließ mich. Mit jeder Minute glichen sie mehr sich selbst. Sie sahen mich mit den Blicken an, derer ich mich so gut erinnerte. Sie waren glücklich. Sie lächelten.

‚Ja', sagte Simon, ‚die Energie dieses Burschen hat uns das Leben gerettet. Hätte er uns nicht dazu gebracht, wir hätten es nie geschafft, bis in die Nähe von Schiffen hinauszurudern. Genosse, ich verzeihe dir. Ich bewundere dich.'

Und Mafile knurrt von vorn: ‚Wir sind dir zu großem Dank verpflichtet, Genosse. Du bist zum Führer wie geschaffen!'

Genosse! Monsieur! Ach, was für ein gutes Wort! Und sie, solche Männer wie diese beiden, hatten es zu einem verfluchten Wort gemacht. Ich sah sie an. Ich erinnerte mich ihrer Lügen, ihrer Versprechen, ihrer Drohungen und aller meiner Tage des Elends. Warum hatten sie mich nicht allein lassen können, nachdem ich aus dem Gefängnis gekommen war? Ich sah sie an und dachte, daß ich, solange sie lebten, niemals frei sein würde. Niemals. Weder ich noch andere, die wie ich ein warmes Herz und einen schwachen Kopf hatten. Denn ich weiß, ich habe keinen starken Kopf, Monsieur. Eine blinde Wut kam über mich – wie bei totaler Betrunkenheit –, aber nicht auf die Ungerechtigkeit der Gesellschaft. O nein!

‚Ich muß frei sein!' rief ich zornerfüllt.

‚Vive la liberté!' schreit dieser Schurke Mafile. ‚Mort aux bourgeois, die uns nach Cayenne schickten! Sie werden bald erfahren, daß wir frei sind.'

Der Himmel, das Meer, der ganze Horizont schienen sich rings um das Boot rot, blutrot zu färben. In meinen Schläfen hämmerte es so laut, daß ich mich fragte, wieso sie es nicht hörten. Wie war es möglich, daß sie es nicht hörten? Wie war es möglich, daß sie nicht verstanden?

Ich hörte Simon fragen: ‚Sind wir jetzt nicht weit genug hinausgerudert?'

‚Ja. Weit genug', sagte ich. Er tat mir leid; es war der andere, den ich haßte. Mit einem lauten Seufzer holte er sein Ruder ein, und als er die Hand hob, um sich die Stirn abzuwischen mit der Miene eines Mannes, der seine Arbeit getan hat, drückte ich meinen Revolver ab und schoß ihm so vom Knie aus mitten ins Herz. Er fiel um, sein Kopf hing über dem Bootsrand. Ich sah ihn nicht mehr an. Der andere schrie durchdringend auf. Nur ein Schrei des Entsetzens. Dann war alles still.

Er glitt von der Ruderbank auf die Knie und hob die gefalteten Hände flehend vor sein Gesicht. ‚Gnade', flüsterte er schwach. ‚Gnade für mich! Genosse.'

‚Ah, Genosse', sagte ich leise. ‚Ja, Genosse, natürlich. Nun, dann ruf: Vive l'anarchie.'

Er warf seine Arme hoch, das Gesicht zum Himmel gerichtet und den Mund weit offen in einem großen Aufschrei der Verzweiflung. ‚Vive l'anarchie! Vive . . .'

Er brach augenblicklich zusammen, von einer Kugel durch den Kopf getroffen.

Ich warf sie beide über Bord. Auch den Revolver warf ich weg. Dann setzte ich mich ruhig hin. Endlich war ich frei! Endlich. Ich blickte nicht einmal zum Schiff, es war mir egal; wirklich, ich glaube, ich muß eingeschlafen sein, denn ganz plötzlich hörte ich Rufe, und ich sah das Schiff fast über mir. Sie zogen mich an Bord und machten das Boot achtern fest. Es waren alles Schwarze, mit Ausnahme des Kapitäns, der ein Mulatte war. Nur er verstand ein paar Worte Französisch. Ich konnte nicht herausfinden, wohin sie fuhren, und auch nicht, wer sie waren. Sie gaben mir jeden Tag etwas zu essen, aber mir gefiel die Art nicht, wie sie sich in ihrer Sprache über mich unterhielten. Vielleicht erwogen sie, mich über Bord zu werfen, um im Besitz des Bootes zu bleiben. Woher sollte ich das wissen? Als wir an dieser Insel vorbeikamen, fragte ich, ob sie bewohnt sei. Ich erfuhr von dem Mulatten, daß es ein Haus auf ihr gebe. Eine Farm meinen sie, dachte ich. So bat ich sie, mich auf den Strand an Land zu setzen und für ihre Unannehmlichkeiten das Boot zu behalten. Das war, glaube ich, genau das, was sie wollten. Den Rest kennen Sie."

Nachdem er diese Worte ausgesprochen hatte, verlor er plötzlich jede Selbstbeherrschung. Er schritt schnell auf und ab, bis er schließlich zu laufen begann; seine Arme gingen wie Windmühlenflügel, und seine Ausrufe wurden wie die eines Rasenden. Ihr Kern bestand darin, daß er „nichts leugne, nichts!". Ich konnte ihn nur fortfahren lassen, setzte mich ihm aus dem Wege und wiederholte ab und zu „Calmez-vous, calmez-vous", bis sich seine Erregung erschöpfte.

Ich muß auch gestehen, daß ich noch lange, nachdem er unter sein Moskitonetz gekrochen war, dablieb. Er hatte mich angefleht, ihn nicht zu verlassen; so wachte ich bei ihm, wie man bei einem ängstlichen Kind wacht – im Namen der Menschlichkeit –, bis er einschlief.

Im großen und ganzen bin ich der Ansicht, daß er viel mehr von einem Anarchisten an sich hatte, als er mir oder sich selbst eingestand, und daß er, abgesehen von den Besonderheiten seines Falles, vielen anderen Anarchisten sehr ähnelte. Warmes Herz und schwacher Kopf – das ist des Rätsels Lösung; und es ist eine Tatsache, daß sich die schmerzlichsten Widersprüche und die schrecklichsten Konflikte der Welt in jeder einzelnen Brust, die des Gefühls und der Leidenschaft fähig ist, fortsetzen.

Von eigenen Nachforschungen her kann ich bestätigen, daß die Geschichte von der Sträflingsmeuterei in jeder Einzelheit so war, wie er sie erzählt hat.

Als ich von Cayenne nach Horta zurückkam und den „Anarchisten" wiedertraf, sah er nicht gut aus. Er war erschöpfter, noch schwächer und sehr bleich unter den schmutzigen Flecken seines Berufes. Offensichtlich bekam ihm das Fleisch der Hauptherde der Firma (in seiner unkonzentrierten Form) überhaupt nicht.

Es war auf dem Ponton in Horta, als wir uns begegneten; und ich versuchte, ihn dazu zu bewegen, die Barkasse vertäut liegenzulassen, wo sie war, und mir auf der Stelle nach Europa zu folgen. Es wäre zu schön gewesen, sich die Überraschung und den Ärger des ausgezeichneten Verwalters über das Entkommen des armen Kerls vorzustellen. Aber er lehnte mit unbezwingbarer Hartnäckigkeit ab.

„Sie wollen doch sicherlich nicht immer hier leben!" rief ich. Er schüttelte den Kopf.

„Ich werde hier sterben", sagte er. Dann fügte er trübsinnig hinzu: „Weit weg von *ihnen.*"

Manchmal denke ich an ihn, wie er mit offenen Augen auf seinem Pferdegeschirr in dem niedrigen Schuppen voller Werkzeug und Schrott liegt – der Anarchistensklave des Gutes Marañon, der mit Resignation auf den Schlaf wartet, der ihn „fliehe", wie er auf so eigenartige Weise zu sagen pflegte.

Das Duell

I

Napoleon I., dessen Karriere den Charakter eines Duells gegen ganz Europa hatte, liebte keine Duelle zwischen den Offizieren seiner Armee. Der große Soldatenkaiser war kein Säbelraßler und hatte wenig Respekt vor Traditionen.

Dennoch zieht sich eine Duellgeschichte, die in der Armee zur Legende wurde, durch das Epos der kaiserlichen Kriege. Zum Erstaunen und zur Bewunderung ihrer Kameraden führten während der Jahre allgemeinen Gemetzels zwei Offiziere wie wahnwitzige Künstler, die noch versuchen, pures Gold zu vergolden oder einer Lilie Farben aufzutragen, einen persönlichen Kampf. Sie waren Offiziere der Kavallerie, und ihre Verbindung mit dem kühnen, aber eigensinnigen Tier, das Männer ins Gefecht trägt, scheint besonders passend. Es wäre schwierig, sich als Helden dieser Legende zum Beispiel zwei Offiziere der Linieninfanterie vorzustellen, deren Phantasie durch vieles Marschieren beschränkt ist und deren Tapferkeit notwendigerweise von einer schwerfälligeren Art sein muß. Was Kanoniere oder Pioniere betrifft, deren Köpfe durch eine mathematische Kost kühl bleiben, so ist es einfach undenkbar.

Die Namen der beiden Offiziere waren Feraud und D'Hubert, und jeder war Leutnant in einem Husarenregiment, jedoch nicht in dem gleichen.

Feraud versah Arbeit im Regiment, aber Ltn. D'Hubert hatte das Glück, dem General, der die Division befehligte, als officier d'ordonnance persönlich unterstellt zu sein. Es war in Straßburg, und in dieser angenehmen und bedeutenden Garnison verbrachten sie zu ihrer großen Freude eine kurze Zeit des Friedens, die sie, obwohl beide äußerst kriegerisch, genossen; denn es war ein Frieden zum Klingeschärfen und Zündschloßreinigen, einem Soldatenherzen teuer und dem militärischen Prestige nicht abträglich, insofern als niemand an seine Echtheit oder Dauerhaftigkeit glaubte.

Unter solchen geschichtlichen Umständen, so günstig für die richtige Wertschätzung militärischer Muße, ging Ltn. D'Hubert eines schönen Nachmittags durch eine unbelebte Straße eines freundlichen Vororts zum Quartier von Ltn. Feraud in einem Privathaus mit einem Garten an der Rückseite, das einer alten, unverheirateten Dame gehörte.

Er klopfte an, und sofort wurde ihm von einem jungen Dienstmädchen in elsässischer Tracht geöffnet. Ihre frische Gesichtsfarbe und ihre langen Augenwimpern, die sie beim Anblick des hochgewachsenen Offiziers sittsam senkte, bewirkten bei Ltn. D'Hubert, der für ästhetische Eindrücke empfänglich war, eine Lockerung des kalten, finsteren Ernstes auf seinem Gesicht. Gleichzeitig bemerkte er über dem Arm des Mädchens ein Paar Husarenhosen, blau mit einem roten Streifen.

„Ist Ltn. Feraud da?" fragte er wohlwollend.

„O nein, mein Herr! Er ist heute morgen um sechs weggegangen."

Das hübsche Dienstmädchen versuchte, die Tür zu schließen. Das verhinderte Ltn. D'Hubert mit höflicher Entschlossenheit, trat in den Vorraum und ließ dabei seine Sporen klirren.

„Aber meine Liebe! Sie wollen damit doch nicht sagen, daß er seit heute früh um sechs noch nicht zu Hause war?"

Mit diesen Worten öffnete Ltn. D'Hubert ohne Umschweife die Tür zu einem Zimmer, das so behaglich und sauber aufgeräumt war, daß er nur nach den inneren Beweisen in Gestalt von Stiefeln, Uniformen und militärischen Ausrüstungsgegenständen die Überzeugung gewann, es müsse sich um Ltn. Ferauds Zimmer handeln. Und er sah auch, daß Ltn. Feraud nicht zu Hause war. Das Dienstmädchen, das die Wahrheit gesagt hatte, war ihm gefolgt und blickte offenherzig zu ihm auf.

„Hm!" sagte Ltn. D'Hubert sehr enttäuscht, denn er war schon überall gewesen, wo ein Husarenleutnant an einem schönen Nachmittag zu finden sein könnte. „Also nicht da? Und wissen Sie zufällig, meine Liebe, warum er heute früh um sechs weggegangen ist?"

„Nein", antwortete sie bereitwillig. „Gestern abend kam er spät nach Hause, und dann schnarchte er. Ich hab ihn gehört, als ich um fünf aufstand. Dann zog er seine älteste Uniform an und ging weg. Dienst, nehme ich an."

„Dienst? Wo denken Sie hin!" rief Ltn. D'Hubert aus. „Nein, mein Engel, er ist so zeitig aus dem Haus gegangen, um sich mit einem Zivilisten zu duellieren."

Sie vernahm diese Neuigkeit, ohne dabei mit ihren dunklen Wimpern zu zucken. Ganz offensichtlich waren die Handlungen von Ltn. Feraud allgemein über jede Kritik erhaben. Nur einen Augenblick lang blickte sie in stummer Überraschung auf, und aus diesem Mangel an Emotion schloß Ltn. D'Hubert, daß sie Ltn. Feraud seit dem Morgen gesehen haben mußte, und schaute sich im Zimmer um.

„Nun sagen Sie's schon!" beharrte er mit gewinnender Vertraulichkeit. „Ist er jetzt vielleicht irgendwo im Haus?"

Sie schüttelte den Kopf.

„Um so schlimmer für ihn!" fuhr Ltn. D'Hubert in einem Ton beunruhigender Gewißheit fort. „Aber er ist doch heute vormittag nach Hause gekommen?"

Diesmal nickte das hübsche Mädchen leicht.

„Also doch!" rief Ltn. D'Hubert aus. „Und ist wieder weggegangen? Wozu? Konnte er denn nicht friedlich daheim bleiben! Was für ein Wahnsinniger! Mein liebes Mädel . . ."

Die natürliche Freundlichkeit in Ltn. D'Huberts Charakter und sein starker Kameradschaftssinn kamen seiner Beobachtungsgabe zu Hilfe. Er schlug einen anderen Ton an, der von überaus einschmeichelnder Sanftheit war, und den Blick auf die über dem Arm des Mädchens hängenden Husarenhosen heftend, appellierte er an das Interesse, das sie für Ltn. Ferauds Wohlergehen und Glück hegte. Er war hartnäckig und überzeugend und gebrauchte seine Augen, die freundlich und schön waren, mit vortrefflicher Wirkung. Sein Bestreben, des Leutnants schnellstens habhaft zu werden, und zwar zu seinem eigenen Besten, schien so echt, daß er das Mädchen schließlich doch zum Reden brachte. Unglücklicherweise hatte sie nicht viel zu erzählen. Ltn. Feraud sei kurz vor zehn wieder nach Hause gekommen, geradewegs in sein Zimmer gegangen und habe sich auf sein Bett geworfen, um seinen Schlummer fortzusetzen. Sie habe ihn noch lauter als zuvor und bis weit in den Nachmittag hinein schnarchen hören. Dann sei er aufgestanden, habe seine beste Uniform angezogen und sei ausgegangen. Das sei alles, was sie wisse.

Sie blickte auf, und Ltn. D'Hubert starrte sie ungläubig an.

„Das ist ja unglaublich. Paradiert in der Stadt in seiner besten Uniform! Mein liebes Kind, wissen Sie denn nicht, daß er heute früh jenen Zivilisten durchbohrt hat? Ganz und gar durch, so wie man einen Hasen aufspießt."

Das hübsche Mädchen vernahm die gräßliche Nachricht ohne irgendwelche Anzeichen von Erschütterung, aber sie preßte ihre Lippen nachdenklich zusammen.

„Er paradiert nicht in der Stadt", bemerkte sie in leisem Tonfall. „Durchaus nicht."

„Die Familie des Zivilisten macht einen furchtbaren Lärm darum", fuhr Ltn. D'Hubert, seinem Gedankengang folgend, fort. „Und der General ist sehr aufgebracht. Es ist eine der besten Familien der Stadt. Feraud hätte sich zumindest verborgen halten sollen . . ."

„Was hat der General mit ihm vor?" erkundigte sich das Mädchen besorgt.

„Den Kopf wird er ihm schon nicht abschlagen lassen", brummte Ltn. D'Hubert. „Sein Betragen ist aber gewiß ungehörig. Durch solch herausforderndes Verhalten schafft er sich endlose Unannehmlichkeiten."

„Er paradiert aber nicht in der Stadt", beharrte das Dienstmädchen mit schüchternem Murmeln.

„Ja, natürlich. Jetzt fällt mir ein, ich hab ihn auch nirgendwo gesehen. Bloß wo in aller Welt ist er hin?"

„Er stattet einen Besuch ab", bemerkte das Mädchen nach einem Moment des Schweigens.

Ltn. D'Hubert stutzte.

„Einen Besuch! Meinen Sie einen Besuch bei einer Dame? So eine Frechheit! Und woher wissen Sie das, meine Liebe?"

Ohne ihre weibliche Verachtung für die Begriffsstutzigkeit des männlichen Verstandes zu verhehlen, erinnerte ihn das hübsche Mädchen daran, daß Ltn. Feraud seine beste Uniform angelegt habe, bevor er ausgegangen sei. Auch habe er seinen neuesten Dolman angezogen, fügte sie in einem Ton hinzu, als ginge ihr dieses Gespräch auf die Nerven, und wandte sich brüsk ab.

Ohne daß Ltn. D'Hubert die Richtigkeit der Schlußfolgerung bezweifelte, fand er nicht, daß sie ihn bei seinen offiziellen Nachforschungen sehr viel weiterbrachte. Denn seine Suche nach Ltn. Feraud hatte einen offiziellen Charakter. Er kannte keine der Frauen, die dieser Mensch, der am Morgen einen Mann durchbohrt hatte, am Nachmittag besuchen könnte. Die beiden jungen Männer kannten einander nur flüchtig. In seiner Verlegenheit biß er sich auf den behandschuhten Finger.

„Besuch!" rief er aus. „Besuch beim Teufel!"

Das Mädchen, das ihm den Rücken zukehrte und die Husarenhosen auf einem Stuhl zusammenlegte, protestierte mit einem ärgerlichen kurzen Lachen: „Aber nein! Bei Madame de Lionne."

Ltn. D'Hubert pfiff leise. Madame de Lionne war die Frau eines hohen Beamten, die einen bekannten Salon führte und einige Ansprüche auf Feingefühl und Eleganz erhob. Ihr Gatte war Zivilist und alt; aber die Gesellschaft des Salons war jung und militärisch. Ltn. D'Hubert hatte nicht gepfiffen, weil ihm der Gedanke, Ltn. Feraud in ebendiesen Salon verfolgen zu müssen, unangenehm gewesen wäre, sondern weil er, erst vor kurzem in Straßburg angekommen, noch nicht die Zeit gehabt hatte, sich bei Madame de Lionne vorzustellen. Was dieser Säbelraßler Feraud dort wohl machte, dachte er. Er schien nicht der Mann zu sein, der ...

„Sind Sie sich dessen sicher, was Sie da sagen?" fragte Ltn. D'Hubert.

Das Mädchen war völlig sicher. Ohne sich umzudrehen und ihn anzusehen, erklärte sie, der Kutscher ihrer nächsten Nachbarn kenne den maître-d'hôtel von Madame de Lionne. Auf diese Weise komme sie zu ihren Informationen. Und sie sei völlig sicher. Indem sie letzteres sagte, seufzte sie. Ltn. Feraud spreche dort beinahe jeden Nachmittag vor, setzte sie noch hinzu.

„Ach nein!" rief D'Hubert ironisch aus. In seinen Augen sank Madame de Lionne um ein paar Stufen. Ltn. Feraud schien ihm nicht besonders beachtenswert für eine Frau, die in dem Rufe stand, Feingefühl und Eleganz zu besitzen. Aber man konnte nie wissen. Im Grunde waren sie alle gleich – eher sehr praktisch als idealistisch. Doch Ltn. D'Hubert erlaubte seinem Geiste nicht, bei diesen Betrachtungen zu verweilen.

„Donner und Blitz!" überlegte er laut. „Der General geht manchmal dorthin. Wenn er zufällig gewahr wird, daß der Bursche der Dame schöne Augen macht, wird's verteufelten Ärger geben! Unser General ist kein sehr umgänglicher Mensch, müssen Sie wissen."

„Dann gehen Sie schnell hin und stehen Sie jetzt nicht hier herum, nachdem ich Ihnen gesagt habe, wo er ist!" rief das Mädchen, über und über errötend.

„Danke, meine Liebe! Ich weiß nicht, was ich ohne Sie getan hätte."

Nachdem er seine Dankbarkeit auf ungestüme Weise bekundet hatte, die sie zunächst heftig abgewehrt und dann mit einer plötzlichen und noch abweisenderen Gleichgültigkeit geduldet hatte, ging Ltn. D'Hubert.

Martialischen Schrittes zog er klirrend und klingend durch die Straßen. Einen Kameraden in einem Salon, in dem er nicht bekannt war, aufzustöbern, störte ihn nicht im geringsten. Eine Uniform ist eine Eintrittserlaubnis. Seine Position als des Generals officier d'ordonnance trug noch zu seiner Selbstsicherheit bei. Überdies hatte er nun, da er wußte, wo Ltn. Feraud zu finden war, keine andere Wahl. Es war eine dienstliche Angelegenheit.

In der äußeren Erscheinung war das Haus von Madame de Lionne tadellos. Ein Diener in Livree, der die Tür zu einem großen Gesellschaftszimmer mit gewachstem Fußboden öffnete, rief seinen Namen aus und trat zur Seite, um ihn vorbeizulassen. Es war ein Empfangstag. Die Damen trugen große Hüte, die mit einer Fülle von Federn überladen waren; ihre Körper steckten von den Achselhöhlen bis zu den Spitzen ihrer flachen Atlasschuhe in eng anliegenden weißen Kleidern und wirkten sylphenhaft und kalt mit den großartig entblößten Schultern und Armen. Die Männer dagegen, die sich mit ihnen unterhielten, waren reich und mehrfarbig gekleidet; bei ihnen reichten die Kragen bis an die Ohren, und um die Taillen waren breite Schärpen geschlungen. Ltn. D'Hubert schritt unbeeindruckt durch den Raum und bat, sich vor einer sylphenhaften Gestalt tief verbeugend, die sich auf einer Couch zurücklehnte, um Verzeihung für diese Störung, die durch nichts zu entschuldigen sei als durch die extreme Dringlichkeit des dienstlichen Befehls, den er seinem Kameraden Feraud mitzuteilen habe. Er behalte sich vor, sogleich in ordentlicherer Manier zurückzukommen und für die Unterbrechung des interessanten Gesprächs um Vergebung zu bitten . . .

Ein entblößter Arm streckte sich ihm mit huldvoller Lässigkeit entgegen, noch bevor er aufgehört hatte zu sprechen. Respektvoll preßte er die Hand an seine Lippen und dachte dabei, daß sie knochig war. Madame de Lionne war eine Blondine mit allzu zarter Haut und einem langen Gesicht.

„C'est ça!" sagte sie mit einem verklärten Lächeln und ließ dabei eine Reihe großer Zähne sehen. „Kommen Sie heute abend und bitten Sie um Vergebung."

„Ich werde ganz bestimmt kommen, Madame.“

Unterdessen saß Ltn. Feraud, prächtig in seinem neuen Dolman und den auf Hochglanz polierten Stiefeln seiner Waffengattung, auf einem Stuhl unmittelbar neben der Couch; eine Hand ruhte auf seinem Schenkel, die andere zwirbelte seinen Schnurrbart zu einer Spitze. Auf einen vielsagenden Blick von D'Hubert hin erhob er sich ohne Eile und folgte ihm in eine Fensternische.

„Was wollen Sie denn von mir?“ fragte er mit erstaunlicher Gleichgültigkeit. Ltn. D'Hubert konnte sich nicht vorstellen, daß Ltn. Feraud in der Arglosigkeit seines Herzens und der Einfachheit seines Gewissens sein Duell in einem Lichte sah, in dem weder Reue noch überhaupt ein vernunftmäßiges Begreifen der Folgen einen Platz fanden. Ihm war zwar nicht deutlich erinnerlich, wodurch der Streit entstanden war (begonnen hatte er in einem Hause, in dem spät abends Bier und Wein getrunken wird), aber er hegte nicht den geringsten Zweifel, daß er der Beleidigte gewesen war. Als Sekundanten hatte er zwei erfahrene Freunde gehabt, alles war nach den für ein solches Abenteuer geltenden Regeln verlaufen, und in einem Duell geht es ganz offensichtlich darum, daß einer zumindest verletzt, wenn nicht sofort getötet wird. Der Zivilist war verletzt worden. Das war ebenfalls in Ordnung. Ltn. Feraud war vollkommen ruhig, doch Ltn. D'Hubert hielt es für Verstellung und sprach mit einer gewissen Lebhaftigkeit.

„Auf Anordnung des Generals erteile ich Ihnen den Befehl, sich sofort in Ihr Quartier zu begeben und dort unter strengem Arrest zu bleiben.“

Jetzt war es an Ltn. Feraud, erstaunt zu sein. „Was zum Teufel sagen Sie mir da?“ murmelte er dumpf und verfiel in solch tiefe Verwunderung, daß er den Bewegungen Ltn. D'Huberts nur mechanisch folgen konnte. Die beiden Offiziere, der eine hochgewachsen, mit einem interessanten Gesicht und einem Schnurrbart von der Farbe reifen Korns, der andere klein und untersetzt, mit einer Hakennase und einem dichten Schopf lockigen schwarzen Haares, traten an die Herrin des Hauses heran, um sich zu verabschieden. Madame de Lionne, eine Frau von eklektischem Geschmack, lächelte den beiden waffentragenden jungen Männern gleichermaßen verbindlich und interessiert zu. Sie war entzückt von der grenzenlosen Verschiedenheit der menschlichen Rasse. Alle übrigen Augenpaare im Salon folgten den fortgehenden Offizieren; und als sie draußen waren, taten ein oder zwei Männer, die schon von dem Duell gehört hatten, den sylphenhaften Damen diese Nachricht kund, die darauf mit leisen Aufschreien menschlicher Teilnahme reagierten.

Indessen gingen die beiden Husaren nebeneinander her. Ltn. Feraud versuchte, den versteckten Grund der ganzen Sache herauszubekommen, der sich in diesem Falle der Fassungskraft seines Verstandes entzog, während Ltn. D'Hubert sich über die Rolle ärgerte, die er zu spielen hatte, denn laut Anweisung des Generals sollte er persönlich dafür sorgen, daß Ltn. Feraud seinen Befehl genauestens und sofort ausführte.

„Der Chef scheint dieses Individuum zu kennen", dachte er, seinen Begleiter beäugend, dessen rundes Gesicht, die runden Augen und sogar der aufgezwirbelte, tiefschwarze kleine Schnurrbart durch eine innerliche Erbitterung über das Unbegreifliche belebt schienen. Und laut bemerkte er ziemlich vorwurfsvoll: „Der General ist verdammt wütend auf Sie!"

Da blieb Ltn. Feraud auf dem Rande des Bürgersteigs jäh stehen und schrie mit einem Ausdruck unmißverständlicher Aufrichtigkeit: „Warum in aller Welt?" Die Arglosigkeit der feurigen Gaskognerseele wurde in der Art und Weise sichtbar, wie er seinen Kopf mit beiden Händen packte, als wolle er verhindern, daß er vor Verwirrung zerspränge.

„Wegen des Duells", sagte Ltn. D'Hubert kurz. Er war sehr ärgerlich über dieses absurde Gehabe.

„Das Duell! Das . . ."

Ltn. Feraud geriet aus einem Ausbruch der Verwunderung in einen anderen. Er ließ die Hände sinken und ging langsam weiter, bemüht, diese Auskunft mit seinem eigenen Gemütszustand in Einklang zu bringen. Es war unmöglich. Da brach es empört aus ihm hervor: „Sollte ich zulassen, daß dieser Sauerkrautfresser von Zivilist seine Stiefel an der Uniform des 7. Husarenregiments abwischt?“

Bei dieser schlichten Gesinnung konnte Ltn. D'Hubert nicht gänzlich unbewegt bleiben. Er dachte bei sich selbst, dieser kleine Kerl sei zwar ein Verrückter, aber es sei etwas dran an dem, was er gesagt habe.

„Natürlich weiß ich nicht, inwieweit Sie im Recht waren“, begann er beschwichtigend. „Und der General ist selbst vielleicht nicht genau informiert. Jene Leute haben ihm dauernd in den Ohren gelegen mit ihrem Lamentieren.“

„Ach, der General ist nicht genau informiert“, murmelte Ltn. Feraud und ging immer schneller, da sein Zorn über die Ungerechtigkeit seines Schicksals zu wachsen begann. „Er ist nicht genau ... und befiehlt strengen Arrest für mich, und wer weiß, was danach kommt!“

„Regen Sie sich nicht so auf“, wandte der andere ein. „Die Familie Ihres Gegners ist sehr einflußreich, wissen Sie, und auf den ersten Blick sieht es schlimm genug aus. Der General mußte ihrer Klage sofort nachgehen. Ich glaube aber nicht, daß er die Absicht hat, mit Ihnen allzu streng zu sein. Für Sie ist es das Beste, eine Weile außer Sicht zu bleiben.“

„Ich bin dem General sehr verbunden“, knurrte Ltn. Feraud durch die Zähne. „Und vielleicht würden Sie sagen, ich sollte auch Ihnen dankbar sein für die Mühe, die Sie sich gemacht haben, um mich im Empfangszimmer einer Dame aufzuspüren, die ...“

„Offen gesagt“, unterbrach ihn Ltn. D'Hubert mit einem arglosen Lachen, „ich glaube, das sollten Sie. Ich hatte endlose Scherereien, um herauszufinden, wo Sie sind. Unter diesen Umständen war es nicht gerade der richtige Ort für Sie zum Amüsieren. Wenn Sie der General dort ertappt hätte, wie Sie der Göttin des Tempels schöne Augen machten ... aber wirklich! ... Er mag es nicht, sich mit Beschwerden gegen seine Offiziere abgeben zu müssen, wissen Sie. Und es sah ungemein nach reiner Angabe aus."

Die beiden Offiziere waren nun an der Haustür von Ltn. Ferauds Unterkunft angelangt, als sich letzterer seinem Begleiter zuwandte. „Ltn. D'Hubert", sagte er, „ich habe Ihnen etwas zu sagen, was sich nicht gut auf der Straße sagen läßt. Sie müssen schon mit heraufkommen."

Das hübsche Dienstmädchen hatte die Tür geöffnet. Ltn. Feraud fegte brüsk an ihr vorbei, und sie blickte erschrocken und fragend zu Ltn. D'Hubert auf, der nur leicht mit den Achseln zucken konnte, während er mit deutlichem Widerwillen folgte.

In seinem Zimmer öffnete Ltn. Feraud die Spange seines neuen Dolmans, warf ihn auf das Bett und wandte sich, die Arme über der Brust kreuzend, an den anderen Husaren.

„Bilden Sie sich ein, ich bin ein Mann, der eine Ungerechtigkeit friedlich hinnimmt?" fragte er mit aufbrausender Stimme.

„Ach, seien Sie doch vernünftig!" entgegnete Ltn. D'Hubert.

„Ich bin vernünftig! Ich bin vollkommen vernünftig!" versetzte der andere mit bedrohlicher Zurückhaltung. „Den General kann ich für sein Verhalten nicht zur Rechenschaft ziehen, aber Sie werden mir für Ihres geradestehen."

„Ich kann mir diesen Unsinn nicht anhören", murmelte Ltn. D'Hubert und zog dabei eine etwas geringschätzige Grimasse.

„Sie nennen das Unsinn? Mir scheint das eine völlig klare und deutliche Äußerung zu sein, es sei denn, Sie verstehen kein Französisch."

„Was in aller Welt meinen Sie damit?"

„Ich meine damit", schrie Ltn. Feraud plötzlich auf, „daß ich Ihnen die Ohren abhauen werde, um Sie zu lehren, mich nicht mit den Befehlen des Generals zu belästigen, wenn ich mich mit einer Dame unterhalte!"

Dieser wahnsinnigen Erklärung folgte ein tiefes Schweigen, und durch das offene Fenster hörte Ltn. D'Hubert die kleinen Vögel im Garten friedlich singen. Seine Ruhe bewahrend, sagte er: „Nun gut! Wenn Sie diesen Ton anschlagen, werde ich mich natürlich zu Ihrer Verfügung halten, sobald Sie die Freiheit haben, sich mit dieser Angelegenheit zu befassen; aber ich glaube, die Ohren werden Sie mir nicht abhauen."

„Damit werde ich mich sofort befassen", erklärte Ltn. Feraud mit äußerster Wildheit. „Wenn Sie denken, Sie können sich heute abend in Madame de Lionnes Salon mit Ihrem affektierten Getue aufspielen, dann irren Sie sich sehr."

„Ich muß schon sagen!" erwiderte Ltn. D'Hubert, der langsam ärgerlich wurde, „Sie sind ein unmöglicher Mensch. Der Befehl des Generals an mich lautete, Sie unter Arrest zu setzen, und nicht, Sie in kleine Stücke zu zerlegen. Guten Tag!" Und dem kleinen Gaskogner den Rükken kehrend, der, immer nüchtern bei seinen Zechereien, doch von Geburt berauscht war von der Sonne seiner weinreifenden Heimat, steuerte der Nordfranzose, der zwar bei Gelegenheit einen tüchtigen Schluck nehmen konnte, aber nüchtern auf die Welt gekommen war unter dem regenreichen Himmel der Picardie, auf die Tür zu. Als er jedoch hinter sich das unmißverständliche Geräusch eines Säbels, der aus der Scheide fährt, vernahm, hatte er keine andere Wahl, als stehenzubleiben.

„Zum Teufel mit diesem verrückten Südländer!" dachte er, während er sich rasch umdrehte und gelassen die kriegerische Haltung von Ltn. Feraud musterte, der einen blanken Säbel in der Hand hielt.

„Sofort! Sofort!" stammelte Feraud außer sich.

„Meine Antwort haben Sie", entgegnete der andere, sich sehr beherrschend.

Anfangs war er nur irritiert gewesen und etwas belustigt, aber jetzt verdüsterte sich sein Gesicht. Er fragte sich ernsthaft, wie er es anstellen könnte, von hier wegzukommen. Es war unmöglich, vor einem Mann mit einem Säbel davonzulaufen, und was einen Kampf mit ihm betraf, so schien das überhaupt nicht in Frage zu kommen. Er wartete eine Weile und sagte dann genau das, was er im Grunde dachte.

„Hören Sie auf damit! Ich werde mich nicht mit Ihnen schlagen. Ich lasse mich nicht lächerlich machen."

„Ach, sieh mal an", zischte der Gaskogner. „Ich nehme an, Sie ziehen es vór, als ehrlos zu gelten. Hören Sie, was ich sage? . . . Ehrlos! Ehrlos! Ehrlos!" schrie er, auf den Zehen wippend und im Gesicht sehr rot anlaufend.

Ltn. D'Hubert dagegen wurde beim Klang des anstößigen Wortes für einen Augenblick sehr blaß, dann errötete er bis in die Wurzeln seines blonden Haares. „Aber Sie können nicht aus dem Haus, um sich zu schlagen; Sie sind unter Arrest, Sie Verrückter!" wandte er mit zorniger Verachtung ein.

„Da ist der Garten: Hingestreckt passen Sie langes Elend allemal hinein", sprudelte es aus dem anderen mit einer solchen Heftigkeit heraus, daß der Zorn des kühleren Mannes irgendwie nachließ.

„Das ist vollkommen absurd", sagte er, nur allzu froh bei dem Gedanken, für den Moment einen Ausweg gefunden zu haben. „Wir werden niemals Kameraden dazu bringen, als Sekundanten zu fungieren. Es ist widersinnig."

„Sekundanten! Hol die der Teufel! Die brauchen wir nicht. Scheren Sie sich bloß nicht um irgendwelche Sekundanten. Ich werde Ihren Freunden Nachricht geben, daß sie kommen und Sie begraben, wenn ich fertig bin. Und wenn Sie Zeugen wollen, dann lasse ich dem alten Mädchen sagen, sie soll ihren Kopf aus einem Fenster an der Rückfront stecken. Moment mal! Da ist ja noch der Gärtner. Der genügt. Er ist stocktaub, hat aber zwei Augen im Kopf. Na kommen Sie schon! Ich werde Sie lehren, Herr Stabsoffizier, daß das Austragen von Generalsbefehlen nicht immer ein Kinderspiel ist."

Während er so redete, hatte er seine leere Säbelscheide losgeschnallt. Er schleuderte sie unter das Bett, senkte die Spitze des Säbels, fegte am fassungslosen Ltn. D'Hubert vorbei und schrie: „Folgen Sie mir!" Sowie er die Tür aufgerissen hatte, hörte man einen schwachen Schrei, und das hübsche Dienstmädchen, das am Schlüsselloch gelauscht hatte, taumelte zurück, die Handrücken über die Augen legend. Feraud schien sie nicht zu sehen, doch sie rannte ihm nach und griff nach seinem linken Arm. Er schüttelte sie ab, da eilte sie auf Ltn. D'Hubert zu und packte ihn am Ärmel seiner Uniform.

„Sie gemeiner Mensch!" schluchzte sie. „Haben Sie ihn deshalb gesucht?"

„Lassen Sie mich los", bat Ltn. D'Hubert und versuchte, sich behutsam freizumachen. „Es geht hier ja wie in einem Tollhaus zu", protestierte er gereizt. „Lassen Sie mich endlich los! Ich werde ihm nichts tun."

Auf diese Versicherung reagierte Ltn. Feraud mit einem diabolischen Lachen. „Na kommen Sie schon!" schrie er, mit dem Fuß aufstampfend.

Und Ltn. D'Hubert folgte. Ihm blieb gar nichts anderes übrig. Jedoch muß zur Verteidigung seines gesunden Verstandes festgehalten werden, daß diesem wackeren jungen Mann, als er durch den Vorraum ging, der Gedanke kam, die Haustür zu öffnen und sich aus dem Staub zu machen, ein Gedanke, den er natürlich sofort von sich wies, denn er war sicher, der andere würde ihm ohne Scham oder Bedenken nachsetzen. Und die Vorstellung, ein Husarenoffizier werde von einem anderen Husarenoffizier mit blankem Säbel die Straße entlanggejagt, konnte keinen Augenblick in Erwägung gezogen werden. So folgte er in den Garten. Hinter ihnen wankte auch das Mädchen hinaus. Mit aschfahlen Lippen und verstörtem, angstvollem Blick ergab sie sich einem furchtbaren Abwarten. Sie hatte auch den Gedanken, sie könne nötigenfalls Ltn. Ferauds Leben mit ihrem Leibe schützen.

Der taube Gärtner, der von den sich nähernden Schritten absolut nichts ahnte, goß weiter seine Blumen, bis ihm Ltn. Feraud auf den Rücken schlug. Als der Alte plötzlich einen wütenden Mann erblickte, der einen großen Säbel schwang, zitterte er an allen Gliedern und ließ die Gießkanne fallen. Sofort stieß sie Ltn. Feraud mit großer Feindseligkeit weg, packte den Gärtner an der Gurgel und drängte ihn an einen Baum zurück. Dort hielt er ihn fest und schrie ihm ins Ohr: „Bleib hier und guck zu! Verstehst du? Du sollst zugucken! Rühr dich ja nicht von der Stelle!"

Ltn. D'Hubert kam langsam den Weg hinunter und öffnete seinen Dolman mit unverhohlenem Widerwillen. Sogar dann, als seine Hand schon das Heft des Säbels umschloß, zögerte er noch, bis ein Brüllen: „En garde, fichtre. Was glauben Sie, wozu Sie hergekommen sind?" und der Angriff seines Gegners ihn zwangen, sich so schnell wie möglich in Verteidigungsstellung zu bringen.

Das Klirren der Waffen erfüllte jenen gepflegten Garten, der bisher kein kriegerischeres Geräusch gekannt hatte als das Klappern von Baumscheren; und sogleich zeigte sich oben in einem Fenster der Oberkörper einer alten Dame. Sie schleuderte ihre Arme über ihrer weißen Haube empor und zeterte mit überschnappender Stimme. Der Gärtner blieb wie angewurzelt am Baum stehen, sein zahnloser Mund stand in idiotischer Verwunderung offen, und etwas weiter weg am Weg lief das hübsche Mädchen, wie an einen kleinen Rasenplatz gebannt, händeringend und wirr murmelnd, ein paar Schritte hin und her. Sie stürzte sich nicht zwischen die Duellanten: die Attacken von Ltn. Feraud waren so heftig, daß ihr der Mut sank. Ltn. D'Hubert, dessen Kräfte sich auf die Verteidigung konzentrierten, mußte all sein Geschick und seine Fechtkunst mit dem Säbel aufbieten, um die Angriffe seines Gegners abzufangen. Zweimal hatte er schon zurückweichen müssen. Es beunruhigte ihn, daß er auf den runden, trockenen, unter den harten Stiefelsohlen rollenden Kieseln des Weges keinen sicheren Halt fand. Dieser Boden ist äußerst ungeeignet, dachte er, während er den feurigen Blick seines stämmigen Gegners aufmerksam und mit zusammengekniffenen, von langen Wimpern abgeschirmten Augen beobachtete. Diese absurde Affäre würde seinen Ruf als vernünftiger, vielversprechender junger Offizier mit gutem Benehmen ruinieren. Sie würde auf jeden Fall seinen unmittelbaren Aussichten schaden und ihn um das Wohlwollen seines Generals bringen. Zweifellos waren diese weltlichen Betrachtungen angesichts des Ernstes des Augenblicks unangebracht. Ein Duell, ob es nun als eine Zeremonie des Ehrenkultes betrachtet oder in seinem moralischen Gehalt sogar zu einer Art Männersport herabgemindert wird, erfordert vollkommene Zielstrebigkeit und eine mordlustige Nüchternheit der Stimmung. Andererseits übte diese lebhafte Sorge um seine Zukunft insofern keine schlechte Wirkung auf Ltn. D'Hubert aus, als sich dadurch sein Zorn zu regen begann. Seit etwa siebzig Sekunden kreuzten sie die Klingen, und wieder mußte Ltn. D'Hubert zurückweichen, um zu vermeiden, daß er seinen rücksichtslosen Gegner wie einen Käfer für den Sammlungsschrank aufspießte. Daraufhin stieß Ltn. Feraud, der den Beweggrund mißverstanden hatte, mit so etwas wie einem triumphierenden Zähnefletschen erneut vor.

Diese wütende Bestie wird mich gleich gegen die Wand drängen, dachte Ltn. D'Hubert. Er glaubte sich viel näher am Haus, als er war, und traute sich nicht, den Kopf zu wenden; es schien ihm, als hielte er sich seinen Gegner fast mehr mit den Augen als mit der Säbelspitze vom Leibe. Ltn. Feraud duckte sich und sprang an mit der grimmigen Behendigkeit eines Tigers, die dem tapfersten Mann Mühe machen konnte. Jedoch noch erschreckender als die Wut eines wilden Tieres, das in aller Unschuld des Herzens eine natürliche Funktion erfüllt, war die Entschlossenheit in der Verfolgung eines blutigen Ziels, die allein der Mensch an den Tag legen kann. Dies begriff Ltn. D'Hubert schließlich inmitten seiner weltlichen Betrachtungen. Es war eine widersinnige und schädliche Affäre, in die er da hineingezogen wurde, aber mit welch läppischer Absicht der Kerl auch angefangen haben mochte, so war es nur zu klar, daß er jetzt vorhatte zu töten – nichts weniger. Er strebte danach mit einer Willensintensität, die völlig über die geringeren Gaben eines Tigers hinausging.

Wie es bei im Grunde unerschrockenen Männern der Fall ist, interessierte Ltn. D'Hubert das ganze Ausmaß der

Gefahr. Und sobald er ein wirkliches Interesse empfand, sprachen die Länge seines Arms und die Kühle seines Kopfes zu seinen Gunsten. Es war nun an Ltn. Feraud zurückzuweichen; er tat es mit einem entsetzlichen Grunzen unbefriedigter Wut. Schnell täuschte er mit einer Finte und stürmte dann geradeaus vor.

Aha! Das willst du also! rief Ltn. D'Hubert im Geiste aus. Der Kampf dauerte schon beinahe zwei Minuten, Zeit genug für jeden Mann zu ergrimmen, ganz unabhängig vom Anlaß des Streits. Und mit einem Mal war es vorbei. Als Ltn. Feraud versuchte, unter der Deckung seines Gegners hindurch diesem auf den Leib zu rücken, empfing er einen Hieb auf seinen vorgestreckten Arm. Er spürte ihn nicht im geringsten, aber er brachte seinen Angriff zum Stehen, und als seine Füße auf dem Kies wegrutschten, fiel er mit großer Heftigkeit hintenüber. Der Schock stieß sein brodelndes Gehirn in die vollkommene Ruhe der Bewußtlosigkeit. Gleichzeitig mit seinem Fall schrie das hübsche Dienstmädchen auf; aber die alte Jungfer am Fenster hörte auf mit ihrem Gekeife und begann sich fromm zu bekreuzigen.

Als er seinen Gegner völlig reglos, mit dem Gesicht zum Himmel, hingestreckt sah, glaubte Ltn. D'Hubert, er habe ihn auf der Stelle getötet. Der Eindruck, hart genug dreingehauen zu haben, um seinen Mann glatt in zwei zu zerteilen, erfüllte ihn eine Weile mit einer übersteigerten Erinnerung an den rechten guten Willen, den er in den Hieb gelegt hatte. Hastig ließ er sich neben dem am Boden liegenden Körper auf die Knie fallen. Nachdem er entdeckt hatte, daß nicht einmal der Arm durchtrennt war, mischte sich eine leichte Enttäuschung mit einem Gefühl der Erleichterung. Der Kerl verdiente das Schlimmste. Doch wollte er den Tod dieses Sünders wirklich nicht. Nach Lage der Dinge war die Affäre häßlich genug, und Ltn. D'Hubert widmete sich sogleich der Aufgabe, die Blutung zu stillen. Es war sein Schicksal, daß ihm das hübsche Dienstmädchen diese Aufgabe grotesk erschwerte. Gellende Schreie des Entsetzens ausstoßend, fiel sie ihn von hinten an, griff mit den Fingern in sein Haar und zog ihn am Kopf zurück. Warum sie nun gerade diesen Moment gewählt hatte, um ihn zu behindern, konnte er nicht im mindesten verstehen. Er versuchte es auch gar nicht. Es war alles wie ein sehr böser und quälender Traum. Zweimal mußte er aufstehen und sie abschütteln, um nicht hintenübergezerrt zu werden. Er tat dies gleichmütig, ohne ein Wort, und kniete sofort wieder nieder, um seine Arbeit fortzusetzen. Aber beim dritten Mal – seine Arbeit war getan – packte er sie und hielt ihre Arme an ihren Körper gedrückt. Ihre Haube war halb heruntergerutscht, ihr Gesicht war rot, ihre Augen glühten vor rasender Verwegenheit. Er sah sie milde an, während sie ihn einen Schuft, einen Verräter und einen Mörder nannte, viele Male hintereinander. Das ärgerte ihn nicht so sehr als die Gewißheit, daß sie es geschafft hatte, sein Gesicht reichlich zu zerkratzen. Zum Skandal der Geschichte würde noch die Lächerlichkeit hinzukommen. Er stellte sich vor, wie sie in ausgeschmückter Form ihren Weg durch die Garnison der Stadt nehmen würde, durch die ganze Armee an der Grenze, mit jeder nur möglichen Entstellung von Ursache, Stimmung und Umständen, wie sie einen Zweifel an der geistigen Gesundheit seines Verhaltens und der Sauberkeit seines Geschmacks sogar bis zu den Ohren seiner achtbaren Familie dringen lassen würde. Es war ja alles ganz gut und schön für diesen Feraud, der keine Verbindungen hatte, keine Familie, die erwähnenswert gewesen wäre, und keine anderen Qualitäten als seinen Mut, der ohnehin eine Selbstverständlichkeit war und den jeder einzelne Reiter in der ganzen Masse der französischen Kavallerie besaß. Immer noch die Arme des Mädchens mit starkem Griff nach unten haltend, blickte Ltn. D'Hubert flüchtig über seine Schulter. Ltn. Feraud hatte die Augen geöffnet. Er bewegte sich nicht. Wie einer, der gerade aus einem tiefen Schlaf erwachte, starrte er ausdruckslos in den Abendhimmel.

Ltn. D'Huberts dringliche Zurufe an den alten Gärtner erzielten keine Wirkung – nicht einmal soviel, daß er seinen zahnlosen Mund schloß. Dann fiel ihm ein, daß der Mann ja stocktaub war. Die ganze Zeit über sträubte sich das Mädchen, nicht mit mädchenhafter Zurückhaltung, sondern wie eine hübsche stumme Furie, und trat ihm von Zeit zu Zeit vors Schienbein. Er hielt sie weiterhin wie in einem Schraubstock, denn sein Instinkt sagte ihm, sie würde ihm die Augen auskratzen, ließe er sie los. Seine Stellung empfand er jedoch als höchst erniedrigend. Schließlich gab sie auf. Sie war mehr erschöpft als besänftigt, fürchtete er. Dessenungeachtet versuchte er, aus diesem bösen Traum auf dem Verhandlungswege herauszukommen.

„Hören Sie mich an", sagte er so ruhig er konnte. „Versprechen Sie mir, nach einem Arzt zu laufen, wenn ich Sie loslasse?"

Mit echter Betrübnis hörte er sie erklären, sie würde nichts dergleichen tun. Es sei im Gegenteil, so schluchzte sie, ihre Absicht, im Garten zu bleiben und den Besiegten mit Händen und Füßen zu beschützen. Das war schockierend.

„Mein liebes Kind!" rief er verzweifelt, „ist es möglich, daß Sie mich für fähig halten, einen verwundeten Gegner zu morden? Ist es ... Seien Sie ruhig, Sie kleine Wildkatze, Sie!"

Sie rangen miteinander. Hinter ihnen sagte eine belegte, schläfrige Stimme: „Was wollen Sie von dem Mädel?"

Ltn. Feraud hatte sich auf seinem gesunden Arm aufgerichtet. Müde betrachtete er seinen anderen Arm, seine mit Blut besudelte Uniform, eine kleine rote Lache auf dem Erdboden, seinen Säbel, der einen Fuß entfernt auf dem Weg lag. Dann legte er sich vorsichtig wieder hin, um über alles nachzudenken, soweit ein dröhnender Kopfschmerz geistige Anstrengungen zulassen würde.

Ltn. D'Hubert gab das Mädchen frei, das sich sofort an der Seite des anderen Husaren niederhockte. Die Schatten der Nacht fielen auf den kleinen, ordentlichen Garten mit dieser rührenden Gruppe, von der leises Murmeln von Kummer und Mitleid mit anderen schwachen Geräuschen unterschiedlicher Art ausging, als versuche ein nicht vollkommen wacher Kranker zu fluchen. Ltn. D'Hubert entfernte sich.

Er ging durch das ruhige Haus und war froh und dankbar über die einbrechende Dunkelheit, die seine blutbefleckten Hände und sein zerkratztes Gesicht vor den Vorübergehenden verbarg. Aber diese Geschichte konnte auf keinen Fall verborgen bleiben. Vor allem fürchtete er die Schande und die Lächerlichkeit und war sich der peinlichen Tatsache bewußt, daß er sich durch die hinteren Gassen schlich wie ein Mörder. Bald unterbrachen die Töne einer Flöte, die aus dem offenen Fenster eines erleuchteten Zimmers im oberen Stockwerk eines bescheidenen Hauses kamen, seine trüben Gedanken. Sie wurde mit hartnäckiger Virtuosität gespielt, und durch die fioritures der Melodie konnte man das regelmäßige Taktschlagen mit dem Fuß hören.

Ltn. D'Hubert rief einen Namen, nämlich den eines Feldarztes, den er ziemlich gut kannte. Die Töne der Flöte verstummten, der Musikant erschien am Fenster, das Instrument noch immer in der Hand, und spähte auf die Straße.

„Wer ruft da? Sie, D'Hubert? Was führt Sie denn hierher?"

Er hatte es nicht gern, wenn er zu der Stunde, da er Flöte spielte, gestört wurde. Er war ein Mann, dessen Haar schon grau geworden war bei der undankbaren Aufgabe, Wunden auf Schlachtfeldern zu verbinden, wo andere Beförderung und Ruhm ernteten.

„Ich möchte, daß Sie sofort zu Feraud gehen. Kennen Sie Ltn. Feraud? Er wohnt in der nächsten Straße. Es ist nur ein Katzensprung von hier."

„Was ist los mit ihm?"

„Verwundet."

„Sind Sie sicher?"

„Ganz sicher!" rief D'Hubert. „Ich komme ja von dort."

„Das ist amüsant", sagte der ältere Arzt. Amüsant war sein Lieblingswort; aber sein Gesichtsausdruck paßte niemals dazu, wenn er es aussprach. Er war ein gleichmütiger Mensch. „Kommen Sie herein", fügte er hinzu. „Ich mach mich gleich fertig."

„Danke! Ich komme. Ich möchte mir in Ihrem Zimmer die Hände waschen."

Ltn. D'Hubert fand den Arzt damit beschäftigt, seine Flöte auseinanderzuschrauben und die Stücke methodisch in ein Futteral zu legen. Er wandte den Kopf.

„Wasser dort – in der Ecke. Ihre Hände haben's wirklich nötig."

„Ich habe die Blutung gestillt", sagte Ltn. D'Hubert. „Aber Sie sollten sich lieber beeilen. Es ist etwas mehr als zehn Minuten her, wissen Sie."

Der Arzt überstürzte sich nicht.

„Was ist los? Verband abgegangen? Das ist ja amüsant. Ich habe den ganzen Tag im Krankenhaus gearbeitet, heute morgen erzählte mir doch jemand, er sei ohne einen Kratzer davongekommen."

„Wahrscheinlich nicht das gleiche Duell", knurrte Ltn. D'Hubert übellaunig, während er sich die Hände an einem rauhen Handtuch abtrocknete.

„Nicht das gleiche ... Was? Ein anderes. Da müßte mich ja der Teufel reiten, wenn ich mich zweimal an einem Tag duellieren sollte." Der Arzt sah Ltn. D'Hubert genau an. „Woher haben Sie denn dieses zerkratzte Gesicht? Noch dazu beide Seiten – und symmetrisch. Das ist ja amüsant."

„Sehr amüsant!" stieß Ltn. D'Hubert hervor. „Und seinen aufgeschlitzten Arm werden Sie auch amüsant finden. Damit werden Sie sich beide eine recht lange Zeit amüsieren können."

Der Doktor war verblüfft und beeindruckt von der schroffen Bitterkeit in Ltn. D'Huberts Ton. Gemeinsam verließen sie das Haus, und auf der Straße war er noch verblüffter über sein Verhalten.

„Kommen Sie denn nicht mit?" fragte er.

„Nein", sagte Ltn. D'Hubert. „Sie finden das Haus auch allein. Die Haustür wird sehr wahrscheinlich offenstehen."

„In Ordnung. Wo ist sein Zimmer?"

„Erdgeschoß. Aber Sie sollten lieber erst gerade durchgehen und in den Garten sehen."

Auf diese verwunderliche Information hin ging der Arzt ohne weitere Worte. Als Ltn. D'Hubert sein Quartier wieder erreichte, hegte er eine heftige und beunruhigende Empörung. Er fürchtete die Spötteleien seiner Kameraden beinahe genausosehr wie den Zorn seiner Vorgesetzten. Die Wahrheit war verdammt grotesk und unangenehm, sogar wenn man die Regelwidrigkeit des Kampfes selbst außer acht ließ, durch die er einer strafbaren Handlung schrecklich nahekam. Wie bei allen Männern ohne viel Vorstellungsvermögen – eine Fähigkeit, die das analytische Denken erleichtert – wirkten die offenkundigen Aspekte seiner mißlichen Lage ungeheuer zermürbend auf Ltn. D'Hubert. Er war zweifellos froh, daß er Ltn. Feraud nicht außerhalb aller Regeln und ohne die für ein solches Verfahren üblichen Zeugen getötet hatte. Ungemein froh. Gleichzeitig hatte er das Gefühl, als hätte er ihm nur zu gern ohne viel Federlesens den Hals umgedreht.

Er befand sich noch immer im Banne dieser widersprüchlichen Gedanken, als ihn der Arzt und Liebhaber der Flöte besuchen kam. Mehr als drei Tage waren vergangen. Ltn. D'Hubert war nicht mehr officier d'ordonnance des Generals, der die Division befehligte. Er war zu seinem Regiment zurückgeschickt worden. Und er nahm die Verbindung mit der militärischen Familie des Soldaten wieder auf, indem er in strengen Arrest gesetzt wurde, nicht in seinem Quartier in der Stadt, sondern in einem Kasernenraum. Wegen der Schwere des Falles war ihm jeglicher Besuch untersagt. Er wußte nicht, was geschehen war, was man sagte oder dachte. Für den sorgenschweren Gefangenen kam das Erscheinen des Arztes völlig unerwartet. Der Liebhaber der Flöte begann mit der Erklärung, er sei nur da durch eine besondere Gunst des Obersten.

„Ich habe ihm zu verstehen gegeben, daß es nur recht und billig sei, Ihnen einige zuverlässige Nachrichten über Ihren Gegner zukommen zu lassen", fuhr er fort. „Sie werden erfreut sein zu hören, daß es mit ihm schnell besser wird."

Ltn. D'Huberts Gesicht zeigte keine Zeichen von

Freude. Er ging in dem staubigen, kahlen Raum weiterhin auf und ab.

„Nehmen Sie Platz, Doktor!“ murmelte er.

Der Doktor setzte sich.

„Diese Affäre wird verschieden beurteilt – in der Stadt und in der Armee. In der Tat, die Vielfalt der Meinungen ist amüsant.“

„Soso“, murmelte Ltn. D'Hubert, der fortwährend von einer Wand zur andern schritt. Innerlich wunderte er sich jedoch, daß es über die Angelegenheit zwei Meinungen geben konnte. Der Arzt fuhr fort.

„Natürlich, da die wahren Tatsachen nicht bekannt sind ...“

„Ich hab ja gedacht“, unterbrach ihn D'Hubert, „der Bursche hätte Sie über die Tatsachen unterrichtet.“

„Er sagte etwas“, räumte der andere ein, „als ich das erste Mal bei ihm war. Und übrigens, ich fand ihn tatsächlich im Garten. Durch das Aufschlagen mit dem Hinterkopf war er etwas durcheinander, später war er dann eher schweigsam als gesprächig.“

„Hab nicht gedacht, daß er den Anstand hätte, sich zu schämen!“ murmelte D'Hubert, weiter den Raum durchmessend, während der Doktor brummte: „Das ist ja sehr amüsant. Sich zu schämen! Beschämung entsprach nicht gerade seinem Gemütszustand. Aber Sie mögen die Sache anders sehen.“

„Wovon reden Sie? Welche Sache?“ fragte D'Hubert mit einem Seitenblick auf die grobgesichtige, grauhaarige Gestalt, die auf einem hölzernen Stuhl saß.

„Was es auch ist“, sagte der Arzt ein wenig ungehalten. „Ich möchte mich nicht zu Ihrem Verhalten äußern ...“

„Bei Gott, das ist auch besser so!“ fuhr D'Hubert auf.

„Na, na! Ziehen Sie nicht so schnell den Säbel! Auf die Dauer macht sich das nicht bezahlt. Begreifen Sie doch ein für allemal, daß ich keinen von Euch Jungen zerlegen würde außer mit den Instrumenten meines Berufes. Aber mein Rat ist gut. Wenn Sie so weitermachen, dann bringen Sie sich in einen üblen Ruf.“

„Wenn ich wie weitermache?“ fragte Ltn. D’Hubert, der jäh stehenblieb, ganz bestürzt. „Ich! ... Ich! ... bringe mich in einen Ruf ... Was meinen Sie?“

„Ich sagte Ihnen, ich möchte nicht über Recht und Unrecht bei diesem Vorfall urteilen. Das ist nicht meine Aufgabe. Trotzdem ...“

„Was in aller Welt hat er Ihnen gesagt?“ unterbrach ihn Ltn. D’Hubert wie mit erschrockenem Staunen.

„Ich sagte Ihnen schon, daß er zuerst, als ich ihn im Garten antraf, durcheinander war. Später war er natürlich zurückhaltend. Aber ich vermute zumindest, daß er nicht anders konnte.“

„So, meinen Sie?“ rief Ltn. D’Hubert mit erhobener Stimme und dann, sie eindrucksvoll senkend: „Und was ist mit mir? Konnte ich anders?“

Der Arzt stand auf. Seine Gedanken kreisten um die Flöte, seinen ständigen Begleiter mit der tröstenden Stimme. In der Nähe von Feldlazaretten, nach vierundzwanzig Stunden harter Arbeit hatte man ihn erlebt, wie er mit ihren süßen Tönen die schreckliche Stille von Schlachtfeldern durchbrach, die dem Schweigen und den Toten überlassen waren. Die erquickende Stunde seines Alltags näherte sich, und in Friedenszeiten hielt er an den Minuten fest wie ein Geizhals an seinem Schatz.

„Natürlich! Natürlich!“ sagte er leichthin. „Sie müssen ja so denken. Es ist amüsant. Da ich jedoch Ihnen beiden gegenüber vollkommen neutral und wohlwollend gesonnen bin, habe ich eingewilligt, Ihnen seine Botschaft auszurichten. Fassen Sie es meinetwegen so auf, daß ich einem Kranken seinen Willen tue. Er möchte Sie wissen lassen, daß diese Affäre keineswegs beendet ist. Er hat vor, Ihnen seine Sekundanten zu schicken, sobald er wieder zu Kräften gekommen ist – vorausgesetzt natürlich, die Armee ist zu der Zeit nicht im Felde.“

„So, das hat er also vor? Na schön, soll er doch“, sprudelte Ltn. D’Hubert heftig heraus.

Das Geheimnis seines Ausbruchs lag dem Besucher nicht offen; aber diese Erregung bestätigte den Arzt in dem Glauben, der draußen an Boden gewann, daß zwischen diesen beiden jungen Männern irgendeine sehr ernste Meinungsverschiedenheit aufgetreten sein mußte, etwas, was ernst genug war, um einen Anschein des Rätselhaften zu besitzen, eine Tatsache von äußerster Schwere. Und um ihren dringlichen Streit über diese Tatsache zu entscheiden, hatten es die beiden jungen Männer riskiert, fast am Anfang ihrer Laufbahn degradiert und entehrt zu werden. Der Arzt befürchtete, daß die bevorstehende Untersuchung die öffentliche Neugier nicht befriedigen würde. Sie würden die Öffentlichkeit nicht ins Vertrauen ziehen über das, was sich zwischen ihnen abgespielt hatte, etwas so Unerhörtes, daß sie deswegen einer Mordanklage ins Auge gesehen hatten – nicht mehr und nicht weniger. Aber was konnte es sein?

Der Arzt war von Natur aus nicht sehr neugierig; jedoch diese Frage, die ihm nicht aus dem Kopf ging, ließ ihn zweimal an jenem Abend das Instrument von den Lippen nehmen und eine ganze Minute lang – gerade in der Mitte einer Melodie – still dasitzen in dem Versuch, eine plausible Vermutung anzustellen.

2

Das gelang ihm nicht besser als dem Rest der Garnison und der ganzen Gesellschaft. Die beiden jungen Offiziere, bis dahin ohne besondere Bedeutung, wurden beachtenswert durch die allgemeine Neugier auf den Ursprung ihres Streits. Madame de Lionnes Salon war der Mittelpunkt geistreicher Mutmaßungen; eine Zeitlang wurde diese Dame selbst mit Fragen bestürmt als die letzte Person, die bekanntermaßen mit diesen unglücklichen und leichtsinnigen jungen Männern gesprochen hatte, bevor sie zusammen aus ihrem Haus zu einem wilden Gefecht mit Säbeln zogen, in der Abenddämmerung, in einem privaten Garten. Sie beteuerte, sie habe nichts Ungewöhnliches an ihrem Verhalten beobachtet. Ltn. Feraud sei sichtlich verärgert gewesen, daß er weggerufen wurde. Das sei durchaus natürlich; kein Mann habe es gern, in einem Gespräch mit einer Dame gestört zu werden, die für ihre Eleganz und ihr Feingefühl bekannt sei. Aber in Wahrheit war das Thema Madame de Lionne lästig, denn ihre Person konnte durch kein noch so phantasievolles Gerede mit dieser Affäre in Zusammenhang gebracht werden. Und es ärgerte sie, daß man vorbrachte, bei dem Fall sei möglicherweise eine Frau im Spiel gewesen. Dieser Ärger entsprang nicht ihrer Eleganz oder ihrem Feingefühl, sondern einer instinktiveren Seite ihres Wesens. Schließlich wurde er so groß, daß sie es sich entschieden verbat, das Thema unter ihrem Dach zu erwähnen. In der Nähe ihrer Couch befolgte man dieses Verbot, aber weiter im Salon wurde der Mantel des auferlegten Schweigens weiterhin mehr oder weniger gelüftet. Ein Mensch mit einem langen, blassen Gesicht, ähnlich dem eines Schafes, meinte kopfschüttelnd, es sei ein seit langem bestehender Streit, der mit der Zeit von Haß vergiftet worden sei. Ihm wurde entgegengehalten, daß die Männer für eine solche Theorie zu jung seien. Auch stammten sie aus verschiedenen und weit voneinander entfernten Teilen Frankreichs. Überdies gäbe es noch weitere natürliche Unmöglichkeiten. Ein Unterkommissar der Intendantur, ein angenehmer und gebildeter Junggeselle in Kaschmirhosen, Reitstiefeln und einem blauen, silberbetreßten Rock, der vorgab, an die Seelenwanderung zu glauben, äußerte die Ansicht, die beiden seien einander vielleicht schon in einem früheren Leben begegnet. Die Fehde läge in der vergessenen Vergangenheit. Es könnte etwas in ihrem gegenwärtigen Dasein völlig Unbegreifliches gewesen sein, aber ihre Seelen erinnerten sich der Gegnerschaft und offenbarten eine unwillkürliche Feindseligkeit. Er entwickelte diese Theorie im Scherz. Doch die Affäre war vom weltlichen und militärischen Standpunkt, aus dem Blickwinkel der Ehre und der Vernunft so absurd, daß diese geisterhafte Erklärung noch verständlicher erschien als jede andere.

Die beiden Offiziere hatten niemandem etwas Genaues

anvertraut. Die Demütigung, mit der Waffe in der Hand besiegt worden zu sein, und ein unbehagliches Gefühl, durch die Ungerechtigkeit des Schicksals in eine mißliche Lage geraten zu sein, ließen Ltn. Feraud grimmig stumm bleiben. Er mißtraute dem Mitgefühl der Menschheit. Das würde sich natürlich jenem geckenhaften Stabsoffizier zuwenden. Im Bett liegend, erging er sich in lauten Schmähungen vor dem hübschen Dienstmädchen, das sich seiner Bedürfnisse mit Hingabe annahm und sich seine furchtbaren Verwünschungen mit Besorgnis anhörte. Daß Ltn. D'Hubert „dafür zahlen" sollte, schien ihr gerecht und natürlich. Ihr größtes Anliegen bestand darin, daß Ltn. Feraud sich nicht aufregen solle. Der Demut ihres Herzens erschien er so völlig bewunderungswürdig und faszinierend, daß es ihre einzige Sorge war, er möge sich schnell erholen, wenn auch nur, um seine Besuche in Madame de Lionnes Salon wieder aufzunehmen.

Ltn. D'Hubert blieb schweigsam aus dem unmittelbaren Grunde, daß es außer dem Burschen, einem stumpfsinnigen jungen Soldaten, niemanden gab, mit dem er sprechen konnte. Überdies war er sich bewußt, daß die Episode, so ernst sie von Berufs wegen auch war, ihre komische Seite hatte. Wenn er darüber nachdachte, hatte er immer noch das Gefühl, daß er Ltn. Feraud gern den Hals umdrehen wollte. Aber dieser Ausdruck war eher bildlich als konkret und zeugte mehr von einem Gemütszustand als von einem wirklichen körperlichen Drang. Gleichzeitig lebte in diesem jungen Mann ein Gefühl der Kameradschaft und der Güte, das ihm gebot, die Lage von Ltn. Feraud nicht noch schlechter zu machen, als sie war. Er wollte über diese scheußliche Affäre nicht ausführlich reden. Bei der Untersuchung würde er natürlich zu seiner Verteidigung die Wahrheit sagen müssen. Diese Aussicht bedrückte ihn.

Es fand aber keine Untersuchung statt. Statt dessen rückte die Armee ins Feld. Ltn. D'Hubert, ohne Kommentar freigelassen, übernahm seine Regimentspflichten; und Ltn. Feraud, den Arm gerade aus der Binde, ritt ungefragt mit seiner Schwadron, um seine Genesung im Rauch von Schlachtfeldern und an der frischen Luft nächtlicher Biwaks zu vollenden. Diese stärkende Behandlung tat ihm so gut, daß er sich beim ersten Gerücht von einem Waffenstillstand ohne Bedenken wieder seinem privaten Krieg zuwenden konnte.

Diesmal sollte er in regulärer Weise geführt werden. Er schickte zwei Freunde zu Ltn. D'Hubert, dessen Regiment nur einige Meilen entfernt stand. Diese Freunde hatten ihrem Duellanten keine Fragen gestellt. „Ich schulde ihm eins, diesem schönen Stabsoffzier", hatte er grimmig gesagt, und sie gingen fort, ganz zufrieden mit ihrer Mission. Ltn. D'Hubert hatte keine Schwierigkeiten, zwei Freunde zu finden, die ihrem Duellanten gegenüber gleichermaßen diskret und ergeben waren. „Da ist so 'n verrückter Kerl, dem ich eine Lektion erteilen muß", hatte er kurz erklärt, und sie fragten nicht nach triftigeren Gründen.

So kam es eines frühen Morgens auf einem geeigneten Feld zu einem Gefecht mit Duellsäbeln. Beim dritten Schlagwechsel fand sich Ltn. D'Hubert auf dem Rücken im taufeuchten Gras liegend wieder, mit einem Loch in der Seite. Eine klare Sonne, die über einer Landschaft von Wiesen und Wäldern aufging, hing zu seiner Linken. Ein Arzt – nicht der Flötenspieler, sondern ein anderer – beugte sich über ihn und tastete die Wunde ringsum ab. „Gerade noch davongekommen. Aber es ist nichts Ernsthaftes", erklärte er.

Ltn. D'Hubert hörte diese Worte mit Wohlgefallen. Einer seiner Sekundanten, der im nassen Gras saß und seinen Kopf im Schoß hielt, sagte: „Das Kriegsglück, mon pauvre vieux. Was wollen Sie mehr? Sie sollten sich lieber versöhnen, wie zwei gute Kameraden. Wirklich!"

„Sie wissen nicht, was Sie da verlangen", murmelte Ltn. D'Hubert mit schwacher Stimme. „Aber wenn er . . ."

Auf einem anderen Teil der Wiese drängten Ltn. Ferauds Sekundanten ihn, hinüberzugehen und seinem Gegner die Hand zu geben.

„Sie haben die Rechnung mit ihm beglichen – que diable. Jetzt ist das angebracht. Dieser D'Hubert ist ein anständiger Kerl."

„Ich kenne die Anständigkeit dieser Generalslieblinge", knurrte Ltn. Feraud durch die Zähne, und sein düsterer Gesichtsausdruck ließ sie von weiteren Versöhnungsbemühungen Abstand nehmen. Die Sekundanten grüßten sich aus einiger Entfernung und brachten ihre Männer vom Feld. Am Nachmittag hatte Ltn. D'Hubert, sehr beliebt als ein guter Kamerad, der große Tapferkeit mit einem offenen und ausgeglichenen Wesen verband, viele Besucher. Es wurde bemerkt, daß sich Ltn. Feraud nicht, wie sonst üblich, viel draußen zeigte, um die Glückwünsche seiner Freunde entgegenzunehmen. Sie hätten ihn nicht enttäuscht, denn auch ihn mochte man wegen seines übersprudelnden südlichen Temperaments und der Schlichtheit seines Charakters. An all den Orten, wo Offiziere am Ende des Tages zusammenzukommen pflegten, wurde das Duell des Morgens von jedem Blickwinkel aus besprochen. Obwohl Ltn. D'Hubert diesmal geschlagen worden war, wurde seine Fechtkunst gelobt. Niemand konnte bestreiten, daß sie sehr scharf, sehr exakt war. Man munkelte sogar, wenn er getroffen worden sei, dann nur, weil er seinen Gegner habe schonen wollen. Aber von vielen wurden Kraft und Schwung von Ltn. Ferauds Angriff als unüberwindlich bezeichnet.

Über die Vorzüge der beiden Offiziere als Duellanten unterhielt man sich offen, aber ihre Haltung zueinander nach dem Zweikampf wurde zurückhaltend und mit Vorsicht beurteilt. Sie war unversöhnlich, und das war zu bedauern. Doch schließlich müßten sie am besten wissen, was der Schutz ihrer Ehre gebiete. Es sei nicht Sache ihrer Kameraden, sich allzusehr in die Angelegenheit einzumischen. Was die Entstehung des Streits betraf, so war man allgemein der Ansicht, er rühre aus der Zeit, da sie in Straßburg in Garnison lagen. Darüber schüttelte der musikalische Arzt den Kopf. Er gehe viel weiter zurück, glaube er.

„Ja natürlich! Sie müssen doch die ganze Geschichte kennen“, riefen mehrere Stimmen, brennend vor Neugier. „Was war es?“

Er blickte bedachtsam von seinem Glas auf. „Selbst wenn ich es noch so genau wüßte, dürften Sie nicht erwarten, daß ich es Ihnen erzähle, da es beide Duellanten vorziehen, nichts zu sagen.“

Er stand auf und ging hinaus, den Eindruck des Rätselhaften hinterlassend. Er konnte nicht länger bleiben, weil die verlockende Stunde des Flötenspiels heranrückte.

Nachdem er gegangen war, bemerkte ein sehr junger Offizier feierlich: „Offensichtlich! Er muß schweigen.“

Niemand bezweifelte die völlige Richtigkeit dieser Feststellung. Irgendwie verstärkte sie noch das Bedeutungsvolle der Affäre. Mehrere ältere Offiziere beider Regimenter, veranlaßt durch nichts als reines Wohlwollen und Liebe zur Eintracht, schlugen vor, ein Ehrengericht zu bilden, dem die beiden jungen Männer die Aufgabe ihrer Versöhnung überlassen sollten. Unglücklicherweise traten sie zuerst an Ltn. Feraud heran, in der Annahme, daß sie ihn, der gerade einen großen Sieg davongetragen hatte, verträglich und zur Mäßigung gestimmt antreffen würden.

Der Gedankengang war durchaus folgerichtig. Dennoch erwies sich der Schritt als unglücklich. In jener moralischen Entspannung, die durch das Wohlgefühl befriedigter Eitelkeit verursacht wird, hatte sich Ltn. Feraud insgeheim dazu herabgelassen, den Fall zu überdenken, und war sogar soweit gekommen, nicht die Gerechtigkeit seiner Sache, aber die tatsächliche Klugheit seines Verhaltens in Zweifel zu ziehen. Da dem so war, hatte er keine Lust, darüber zu sprechen. Der Vorschlag der erfahrenen Männer der Regimenter brachte ihn in eine schwierige Lage. Er war ihm zuwider, und dieser Widerwille weckte in ihm durch eine paradoxe Logik wieder seine Feindseligkeit gegen Ltn. D'Hubert. Sollte er ewig von diesem Kerl verfolgt werden – diesem Kerl, der eine teuflische Gabe hatte, die Leute irgendwie herumzukriegen? Und doch war es schwierig, jene Vermittlung rundheraus abzulehnen, die durch den Ehrenkodex gutgeheißen wurde.

Er begegnete der Schwierigkeit mit einer Einstellung grimmiger Zurückhaltung. Er zwirbelte seinen Schnurrbart und gebrauchte vage Worte. Sein Fall sei vollkommen klar. Er schäme sich nicht, ihn vor einem ordentlichen Ehrengericht darzulegen, ebensowenig fürchte er, ihn auf dem Felde zu verteidigen. Er sehe keinen Grund, sofort auf den Vorschlag einzugehen, bevor er nicht in Erfahrung gebracht habe, wie sein Gegner ihn voraussichtlich aufnehmen werde.

Später am Tage, als seine Erbitterung Macht über ihn gewann, hörte man ihn in der Öffentlichkeit sardonisch bemerken, „daß es für Ltn. D'Hubert das Allergünstigste wäre, denn beim nächsten Zusammentreffen könnte er kaum hoffen, mit einer bloßen Kleinigkeit von drei Wochen im Bett davonzukommen".

Dieser prahlerische Satz konnte durch den tiefsten Machiavellismus eingegeben worden sein. Südliche Naturen verbergen oft unter der äußeren Impulsivität ihrer Handlungen und Reden ein gewisses Maß an Schlauheit.

Ltn. Feraud, der der Gerechtigkeit der Menschen mißtraute, wollte keineswegs ein Ehrengericht; und die obigen Worte, die so gut mit seinem Temperament übereinstimmten, hatten auch den Vorzug, seinem Zweck dienlich zu sein. Ob nun so gemeint oder nicht, sie gelangten in weniger als vierundzwanzig Stunden in Ltn. D'Huberts Schlafzimmer. Infolgedessen reagierte Ltn. D'Hubert, auf Kissen gestützt sitzend, auf die Vorschläge, die ihm am nächsten Tag gemacht wurden, mit der Erklärung, daß die Affäre von einer Art sei, die keine Erörterung dulde.

Das blasse Gesicht des verwundeten Offiziers, seine schwache Stimme, die er noch vorsichtig gebrauchen mußte, und die höfliche Würde seines Tons hatten eine große Wirkung auf seine Zuhörer. Draußen erzählt, trug all dies mehr dazu bei, das Geheimnis zu verdunkeln, als Ltn. Ferauds Redereien. Letzterer war sehr erleichtert über den Ausgang. Allmählich fand er Gefallen an dem Zustand allgemeiner Verwunderung, und er freute sich, ihn durch die Annahme einer Haltung grimmigen Schweigens noch zu verstärken.

Der Oberst von Ltn. D'Huberts Regiment war ein grauhaariger, wetterharter Krieger, der seine Pflichten unkompliziert betrachtete. „Ich kann nicht zulassen", sagte er sich, „daß dem besten meiner Subalternoffiziere für nichts und wieder nichts so ein Schaden zugefügt wird. Ich muß dieser Affäre persönlich auf den Grund gehen. Er muß herauskommen mit der Sprache, und wenn es mit dem Teufel zuginge. Der Oberst sollte diesen Burschen mehr sein als ein Vater." Und tatsächlich liebte er all seine Männer mit einer solchen Zuneigung, wie sie ein Vater einer großen Familie für jedes einzelne ihrer Mitglieder empfinden kann. Wenn Menschen durch einen Irrtum der Vorsehung als bloße Zivilisten zur Welt kamen, dann wurden sie in ein Regiment neu hineingeboren, wie Kinder in eine Familie hineingeboren werden, und es war allein jene militärische Geburt, die zählte.

Beim Anblick von Ltn. D'Hubert, wie er vor ihm stand, sehr bleich und hohläugig, ergriff plötzlich echtes Mitleid das Herz des alten Kriegers. All seine Liebe für das Regiment – jene Truppe von Männern, die er in der Hand hielt, um sie vorwärtszuschicken und zurückzuziehen, die ihn mit Stolz erfüllten und all seine Gedanken beherrschten – schien sich einen Moment auf die Person des vielversprechendsten Subalternoffiziers zu konzentrieren. Er räusperte sich drohend und blickte furchtbar finster drein. „Sie müssen begreifen", begann er, „daß mir das Leben eines einzelnen Mannes im Regiment ganz egal ist. Ich würde euch achthundertdreiundvierzig Mann nebst Pferden mit nicht mehr Bedenken in den Abgrund des Verderbens galoppieren lassen, als wenn ich eine Fliege erledigte!"

„Jawohl, Herr Oberst. Sie würden an unserer Spitze reiten", sagte Ltn. D'Hubert mit einem matten Lächeln.

Der Oberst, der es für notwendig hielt, sehr diplomatisch zu sein, brüllte daraufhin geradezu: „Sie sollen wissen, Ltn. D'Hubert, daß ich nötigenfalls danebenstehen und zusehen könnte, wie Sie alle zur Hölle reiten. Sogar dazu wäre ich imstande, wenn es das Wohl des Heeres und meine Pflicht gegenüber dem Vaterland von mir verlangten. Aber das ist unausdenkbar, also spielen Sie gar nicht erst auf so etwas an.“ Sein Blick war schrecklich, aber sein Ton wurde sanfter. „Da ist noch etwas Milch um Ihren Schnurrbart, mein Junge. Sie wissen ja nicht, wozu ein Mann wie ich fähig ist. Ich würde mich hinter einem Heuschober verbergen, wenn ... Grinsen Sie mich nicht an! Was fällt Ihnen ein? Wenn dies nicht ein privates Gespräch wäre, würde ich ... Sehen Sie mal! Ich bin verantwortlich dafür, daß in meinem Befehlsbereich Menschenleben nur zum Ruhme unseres Vaterlandes und zur Ehre des Regiments verbraucht werden. Verstehen Sie das? Aber was zum Teufel hat es dann zu bedeuten, daß Sie sich von diesem Burschen aus dem 7. Husarenregiment so aufspießen lassen? Es ist einfach schändlich!“

Ltn. D'Hubert war über alle Maßen ärgerlich. Seine Schultern bewegten sich leicht. Eine andere Antwort gab er nicht. Er konnte seine Verantwortung nicht zurückweisen.

Der Oberst verschleierte seinen Blick und senkte seine Stimme noch mehr. „Es ist traurig!“ murmelte er. Und wieder änderte er seinen Ton. „Nun aber heraus damit!“ fuhr er überredend, aber mit jenem Beiklang von Autorität, wie er in der Kehle eines guten Führers von Männern wohnt, fort. „Diese Affäre muß bereinigt werden. Ich wünsche, daß mir klipp und klar gesagt wird, worum es sich handelt. Ich verlange als Ihr bester Freund, es zu erfahren.“

Die zwingende Macht der Autorität, der überredende Einfluß der Freundlichkeit hatten eine starke Wirkung auf einen Mann, der gerade vom Krankenbett aufgestanden war. Ltn. D'Huberts Hand, die den Knauf eines Stocks umfaßte, zitterte etwas. Aber seine nördliche Gemütsart, empfindsam, doch vorsichtig und auch klardenkend in ihrer idealistischen Art, zügelte seine Regung, sich die ganze tödliche Widersinnigkeit vom Herzen zu reden. Entsprechend dem Gebot idealer Weisheit drehte er seine

Zunge siebenmal im Munde, bevor er redete. Dann sprach er nur Worte des Dankes.

Der Oberst hörte zu, anfangs interessiert, dann perplex. Schließlich runzelte er die Stirn. „Sie zögern? – mille tonnerres! Habe ich Ihnen nicht gesagt, daß ich es mit Ihnen zu erörtern gedenke – wie ein Freund?"

„Jawohl, Herr Oberst!" antwortete Ltn. D'Hubert sanft. „Aber ich befürchte, wenn Sie mich als ein Freund bis zu Ende angehört haben, werden Sie Maßnahmen als mein vorgesetzter Offizier ergreifen."

Der aufmerksame Oberst schnappte mit den Kiefern. „Nanu, was soll mir das?" sagte er offen. „Ist es denn so verdammt schändlich?"

„Ist es nicht", verneinte Ltn. D'Hubert mit schwacher, doch fester Stimme.

„Natürlich werde ich im Sinne des Wohls der Truppe handeln. Davon kann mich nichts abhalten. Was glauben Sie, warum ich es erfahren möchte?"

„Ich weiß, es ist nicht aus bloßer Neugier", beteuerte Ltn. D'Hubert. „Ich weiß, Sie werden klug handeln. Aber was ist mit dem guten Ruf des Regiments?"

„Der kann durch irgendeine jugendliche Torheit eines Leutnants nicht beeinträchtigt werden", sagte der Oberst streng.

„Nein, das nicht. Aber durch böse Zungen. Man wird behaupten, daß sich ein Leutnant des 4. Husarenregiments aus Angst vor einem Zusammentreffen mit seinem Gegner hinter seinem Oberst verstecke. Und das wäre schlimmer, als sich hinter einem Heuschober zu verbergen – für das Wohl der Truppe. Das kann ich mir nicht leisten, Herr Oberst."

„Niemand würde es wagen, etwas Derartiges zu sagen", begann der Oberst sehr heftig, beendete den Satz jedoch in einem unsicheren Ton. Die Tapferkeit von Ltn. D'Hubert war bekannt. Aber der Oberst wußte wohl, daß der Mut zum Duell, zum Zweikampf, zu Recht oder Unrecht als ein Mut besonderer Art betrachtet wird. Und es war äußerst notwendig, daß ein Offizier seines Regiments jede Art von

Mut besaß – und ihn auch bewies. Der Oberst schob seine Unterlippe vor und schaute weit weg, mit einem eigentümlichen, glasigen Starrblick. Das war der Ausdruck seiner Ratlosigkeit – ein Ausdruck, der seinem Regiment so gut wie unbekannt war; denn Ratlosigkeit ist ein Zustand, der unvereinbar ist mit dem Rang eines Obersten der Kavallerie. Der Oberst selbst war überwältigt von der unangenehmen Neuigkeit der Empfindung. Da er nicht ans Nachdenken gewöhnt war, außer über berufliche Angelegenheiten, die mit dem Wohlergehen von Männern und Pferden verbunden waren und mit deren zweckmäßigem Einsatz auf dem Felde des Ruhmes, sanken seine geistigen Leistungen auf die Stufe bloßer innerlicher Wiederholungen grober Redensarten herab. Mille tonnerres! ... Sacré nom de nom ..., dachte er.

Ltn. D'Hubert hustete mühsam und fügte mit matter Stimme hinzu: „Es wird genügend böse Zungen geben, die sagen werden, daß ich feige war. Und ich bin sicher, Sie erwarten nicht von mir, das zu ignorieren. Ich könnte plötzlich ein Dutzend Duelle auf dem Halse haben statt dieser einen Affäre."

Die klare Einfachheit dieses Arguments machte Eindruck auf den Verstand des Obersten. Er sah seinen Untergebenen unverwandt an. „Setzen Sie sich, Leutnant!" sagte er barsch. „Das ist eine ganz verteufelte ... Setzen Sie sich!"

„Mon Colonel", begann Ltn. D'Hubert wieder, „ich fürchte keine bösen Zungen. Es gibt einen Weg, sie zum Schweigen zu bringen. Aber da ist auch mein Seelenfrieden. Ich wäre nicht imstande, den Gedanken loszuwerden, daß ich einen Offizierskameraden ruiniert habe. Ganz gleich, welche Maßnahmen Sie ergreifen, sie müssen zwangsläufig Weiteres nach sich ziehen. Auf die Untersuchung hat man verzichtet – lassen Sie es jetzt auf sich beruhen. Sie wäre ganz bestimmt verhängnisvoll für Feraud gewesen."

„Hei! Sieh mal an! Hat er sich denn so übel benommen?"

„Ja. Es war ziemlich übel", murmelte Ltn. D'Hubert. Er

war noch sehr schwach und verspürte eine Neigung zu weinen.

Da der andere Mann nicht zu seinem Regiment gehörte, hatte der Oberst keine Schwierigkeiten, dies zu glauben. Er fing an, im Raum auf und ab zu schreiten. Er war ein guter Vorgesetzter, diskreter Sympathie fähig. Aber in anderer Hinsicht war er auch nur ein Mensch, und das wurde augenscheinlich, weil er der Verschlagenheit nicht fähig war.

„Das wirklich Verteufelte ist, Leutnant", platzte er in der Arglosigkeit seines Herzens heraus, „daß ich meine Absicht erklärt habe, dieser Affäre auf den Grund zu gehen. Und wenn ein Oberst etwas sagt ... verstehen Sie ..."

Da unterbrach Ltn. D'Hubert ernst: „Ich möchte Sie bitten, Herr Oberst, sich mit meinem Ehrenwort zu begnügen, daß ich in eine verdammte Lage gebracht wurde, in der ich keine Wahl hatte; ich hatte gar keine andere Möglichkeit, die mit meiner Würde als Mann und Offizier vereinbar gewesen wäre ... Letzten Endes, Herr Oberst, ist diese Tatsache der eigentliche Grund der Affäre. Jetzt kennen Sie ihn. Der Rest ist nichts als Detail ..."

Der Oberst hielt plötzlich inne. Ltn. D'Huberts Ruf, über einen gesunden Menschenverstand und einen guten Charakter zu verfügen, gab den Ausschlag. Ein kühler Kopf, ein warmes Herz, offen wie der Tag. Immer korrekt in seinem Verhalten. Man mußte ihm glauben. Mannhaft unterdrückte der Oberst eine ungeheure Neugier. „Hm! Sie versichern das als Mann und Offizier ... Keine Wahl? Nein?"

„Als Offizier – noch dazu als Offizier des 4. Husarenregiments", beteuerte Ltn. D'Hubert beharrlich, „keine. Und das ist der Grund der Affäre, Herr Oberst."

„Ja. Aber ich verstehe immer noch nicht, warum, gegenüber seinem Oberst ... Ein Oberst ist ein Vater – que diable!"

Ltn. D'Hubert hätte noch nicht sein Krankenzimmer verlassen dürfen. Er wurde sich seiner körperlichen Unzulänglichkeit mit einem Gefühl der Erniedrigung und Verzweiflung bewußt. Aber die morbide Halsstarrigkeit eines Kranken beherrschte ihn, und gleichzeitig spürte er mit Entsetzen, wie sich seine Augen mit Wasser füllten. Dieser Ärger schien zu groß, als daß er damit fertigwerden konnte. Eine Träne lief die magere, blasse Wange von Ltn. D'Hubert herab.

Der Oberst kehrte ihm hastig den Rücken zu. Man hätte eine Stecknadel fallen hören. „Es ist irgendeine dumme Weibergeschichte – nicht wahr?"

Mit diesen Worten drehte sich der Oberst rasch um, um die Wahrheit zu erfassen, die keine wunderbare Gestalt ist, die in einem Brunnen wohnt, sondern ein scheuer Vogel, den man am besten durch eine List fängt. Dies war der letzte Schachzug in der Diplomatie des Obersten. Er sah die Wahrheit unmißverständlich in Ltn. D'Huberts Geste aufleuchten, der seine schwachen Arme und seine Augen in äußerstem Protest zum Himmel erhob.

„Keine Weiberaffäre – nein?" knurrte der Oberst und sah ihn scharf an. „Ich frage Sie ja nicht, wer oder wo. Ich will nur wissen, ob eine Frau dahintersteckt?"

Ltn. D'Huberts Arme sanken herab, und seine schwache Stimme war bemitleidenswert gebrochen.

„Nichts dergleichen, mon Colonel."

„Bei Ihrer Ehre?" beharrte der alte Krieger.

„Bei meiner Ehre."

„Na schön", sagte der Oberst nachdenklich und biß sich auf die Lippe. Die Argumente Ltn. D'Huberts hatten ihn, begünstigt durch seine Neigung für den Mann, überzeugt. Andererseits war es höchst unpassend, daß sein Eingreifen, aus dem er kein Geheimnis gemacht hatte, keine sichtbaren Folgen zeitigen sollte. Er ließ Ltn. D'Hubert noch einige Minuten bleiben und entließ ihn dann freundlich.

„Hüten Sie noch ein paar Tage das Bett, Leutnant. Was zum Teufel denkt sich der Arzt dabei, Sie dienstfähig zu melden?"

Als Ltn. D'Hubert aus dem Quartier des Obersten kam, sagte er nichts zu dem Freund, der draußen wartete, um ihn nach Hause zu bringen. Er sagte zu niemandem etwas.

Ltn. D'Hubert machte keine vertraulichen Mitteilungen. Aber am Abend jenes Tages öffnete der Oberst, unter den Ulmen spazierend, die in der Nähe seines Quartiers standen, in Gesellschaft seines Stellvertreters den Mund.

„Ich bin dieser Affäre auf den Grund gegangen", bemerkte er.

Der Oberstleutnant, ein trockener, bräunlicher kleiner Mann mit kurzem Backenbart, spitzte daraufhin die Ohren, ohne sich ein Zeichen der Neugier entschlüpfen zu lassen.

„Es ist keine Kleinigkeit", fügte der Oberst orakelhaft hinzu. Der andere wartete eine ganze Weile, bevor er murmelte: „Ach, tatsächlich, Herr Oberst!"

„Keine Kleinigkeit", wiederholte der Oberst und blickte geradeaus. „Ich hab es D'Hubert jedoch untersagt, in den nächsten zwölf Monaten Feraud eine Forderung zu schikken oder eine von ihm anzunehmen."

Er hatte dieses Verbot ersonnen, um das Prestige zu wahren, das ein Oberst haben sollte. Das Ergebnis davon war, daß dem Geheimnis, das diesen unversöhnbaren Streit umgab, ein offizielles Siegel aufgedrückt wurde. Ltn. D'Hubert wies durch ein gleichmütiges Schweigen alle Versuche zurück, ihm die Wahrheit zu entlocken. Ltn. Feraud, zuerst insgeheim unruhig, gewann seine Sicherheit mit der Zeit wieder. Er bemäntelte seine Unwissenheit über die Bedeutung der verhängten Waffenruhe durch leichtes, sardonisches Lachen, als belustige ihn das, was er für sich zu behalten beabsichtigte. „Aber was wirst du tun?" pflegten ihn seine engsten Freunde zu fragen. Er beließ es dabei, mit einer etwas feindseligen Miene zu antworten: „Qui vivra verra." Und jeder bewunderte seine Verschwiegenheit.

Vor dem Ende der Waffenruhe bekam Ltn. D'Hubert seine Schwadron. Die Beförderung war wohlverdient, aber irgendwie schien niemand das Ereignis zu erwarten. Als Ltn. Feraud davon auf einer Offizierszusammenkunft hörte, knurrte er durch die Zähne: „Ach so?" Sofort nahm er seinen Säbel von einem Haken nahe der Tür, schnallte ihn sorgfältig um und verließ die Gesellschaft ohne ein weiteres Wort. Mit gemessenen Schritten ging er nach Hause, schlug Feuer mit seinem Feuerzeug und zündete eine Talgkerze an. Dann riß er einen unglücklichen Glasbecher vom Kaminsims und schmetterte ihn heftig auf den Fußboden.

Jetzt, da D'Hubert einen höheren Rang besaß, konnte von einem Duell keine Rede sein. Es konnte keiner von ihnen eine Forderung schicken oder annehmen, ohne sich damit einem Kriegsgerichtsverfahren auszusetzen. Daran war gar nicht zu denken. Ltn. Feraud, der seit vielen Tagen kein echtes Verlangen gespürt hatte, Ltn. D'Hubert mit der Waffe in der Hand gegenüberzutreten, ärgerte sich wieder über die systematische Ungerechtigkeit des Schicksals. „Glaubt er denn, er wird mir auf diese Weise entkommen?" dachte er empört. Er sah in der Beförderung eine Intrige, ein Komplott, ein feiges Manöver. Jener Oberst wußte, was er tat. Er hatte sich beeilt, seinen Günstling für eine Rangerhöhung zu empfehlen. Es war unerhört, daß ein Mann es fertigbringen sollte, die Folgen seiner Handlungen auf solch dunklen und krummen Wegen zu umgehen.

Von unbekümmerter Natur, von eher kampflustigem als militärischem Temperament, war Ltn. Feraud bereit gewesen, Hiebe auszuteilen und zu empfangen, aus reiner Freude am bewaffneten Streit und ohne große Aufstiegsgedanken; doch nun regte sich in seiner Brust ein dringender Wunsch, vorwärtszukommen. Dieser Kämpfer aus Berufung beschloß bei sich, glänzende Gelegenheiten zu nutzen und um die günstige Meinung seiner Vorgesetzten zu werben wie ein echtes Weltkind. Er wußte, er war so tapfer wie nur irgend jemand, und zweifelte niemals an seinem persönlichen Charme. Doch weder die Tapferkeit noch der Charme schienen sehr schnell zu wirken. Ltn. Ferauds gewinnende, sorglose Angriffslust eines beau sabreur erlitt eine Veränderung. Er fing an, bittere Anspielungen zu machen über „raffinierte Burschen, die vor nichts zurückschrecken, um weiterzukommen". Die Armee sei voll von ihnen, pflegte er zu sagen, man brauche sich nur umzusehen. Aber die ganze Zeit hatte er nur eine Person im Auge, seinen Gegner D'Hubert. Einmal vertraute er einem ihn bewundernden Freunde an: „Weißt du, ich verstehe es eben nicht, mich bei den richtigen Leuten einzuschmeicheln. Das liegt nicht in meinem Charakter."

Er bekam seine Beförderung erst eine Woche nach Austerlitz. Die leichte Kavallerie der Großen Armee hatte für ein Weilchen sehr viel Interessantes zu tun. Sobald der Druck beruflicher Beschäftigung nachgelassen hatte, unternahm Hauptmann Feraud Schritte, um ohne Zeitverlust einen Zweikampf in die Wege zu leiten. „Ich kenne doch meinen Mann", bemerkte er grimmig. „Wenn ich mich nicht beeile, wird er dafür sorgen, daß er über die Köpfe eines Dutzends Besserer hinweg befördert wird. Darin hat er den Bogen raus."

Dieses Duell wurde in Schlesien ausgetragen. Wenn auch nicht bis zu einem Ende, so wurde es auf jeden Fall bis zu einem Stillstand ausgefochten. Die Waffe war der Kavalleriesäbel, und die Gewandtheit, die Kunstfertigkeit, die Kraft und die Entschlossenheit, die die Gegner an den Tag legten, nötigten den Zuschauern Bewunderung ab. Es wurde beiderseits der Donau zum Gesprächsgegenstand und bis zu den Garnisonen von Graz und Laibach. Siebenmal kreuzten sie die Klingen. Beide hatten viele Wunden, die reichlich bluteten. Beide weigerten sich immer wieder, den Kampf abbrechen zu lassen, mit einer, wie es schien, tödlichen Feindseligkeit. Dieser Anschein wurde von seiten Hauptmann D'Huberts durch ein vernunftmäßiges Verlangen bewirkt, ein für allemal mit dieser Ursache des Verdrusses fertig zu werden; von seiten Hauptmann Ferauds durch eine enorme Erregung seiner kämpferischen Instinkte und den Antrieb verletzter Eitelkeit. Schließlich wurden sie, mit zerzaustem Haar, zerfetzten Hemden, blutüberströmt und kaum noch fähig zu stehen, von ihren staunenden und entsetzten Sekundanten gewaltsam fortgeführt. Später, von Kameraden begierig nach Einzelheiten bedrängt, erklärten diese Herren, sie hätten nicht zulassen können, daß diese Art Hackerei unbegrenzt fortgesetzt würde. Befragt, ob der Streit diesmal entschieden worden sei, verkündeten sie, es sei ihre Überzeugung, daß es sich um ein Zerwürfnis handle, welches nur entschieden werden könne, indem eine der Seiten leblos am Boden liegenbliebe. Die aufsehenerregende Nachricht verbreitete sich von einem Armeekorps zum anderen und drang schließlich bis zu den kleinsten Abteilungen der Truppen, die zwischen Rhein und Save einquartiert waren. In den Cafés von Wien wurde nach den Einzelheiten, die man erfahren hatte, allgemein eingeschätzt, daß die Gegner imstande sein würden, in spätestens drei Wochen wieder aufeinanderzutreffen. Etwas wirklich Unerhörtes in der Geschichte des Duellierens wurde erwartet.

Diese Erwartungen wurden zunichte gemacht durch die Notwendigkeiten des Dienstes, die die beiden Offiziere auseinanderbrachten. Von ihrem Streit war offiziell keine Notiz genommen worden. Er gehörte jetzt der Armee, und niemand durfte sich leichtfertig einmischen. Aber die Duellgeschichte, oder vielmehr ihr Hang zum Duell, muß ihrer Beförderung irgendwie im Wege gestanden haben, denn sie waren noch immer Hauptmann, als sie während des Krieges mit Preußen wieder zusammenkamen. Nach Jena wurden sie nach Norden entsandt – den Befehl über die Armee hatte Marschall Bernadotte, Fürst von Pontecorvo – und zogen gleichzeitig in Lübeck ein.

Es war erst nach der Besetzung dieser Stadt, daß Hauptmann Feraud Muße fand, über sein künftiges Verhalten in Anbetracht der Tatsache nachzudenken, daß Hauptmann D'Hubert zum dritten Adjutanten des Marschalls ernannt worden war. Den Großteil einer Nacht sann er darüber nach und rief am Morgen zwei verständnisvolle Freunde zu sich.

„Ich hab es mir in Ruhe durch den Kopf gehen lassen", sagte er und sah sie mit blutunterlaufenen, müden Augen unverwandt an. „Ich sehe ein, ich muß diese intrigante Person loswerden. Jetzt hat er es fertiggebracht, sich in den persönlichen Stab des Marschalls einzuschleichen. Das ist eine direkte Provokation gegen mich. Ich kann keine

Situation ertragen, in der ich jeden Tag darauf gefaßt sein muß, durch ihn einen Befehl zu erhalten. Und weiß Gott, was für einen Befehl! So was ist schon mal passiert – und das ist einmal zuviel. Er versteht dies vollkommen, keine Sorge. Mehr kann ich euch nicht sagen. Nun wißt ihr, was ihr zu tun habt."

Dieses Gefecht fand außerhalb Lübecks statt, auf sehr offenem Gelände, das mit besonderer Sorgfalt unter Berücksichtigung der allgemeinen Meinung der Kavalleriedivision, die zu dem Armeekorps gehörte, ausgewählt worden war, daß die beiden Offiziere dieses Mal zu Pferde aufeinandertreffen sollten. Schließlich sei dieses Duell eine Kavallerieaffäre, und auf einem Kampf zu Fuß zu bestehen würde aussehen wie eine Geringschätzung der eigenen Waffengattung. Die Sekundanten, durch diesen ungewöhnlichen Vorschlag beunruhigt, eilten daraufhin zu ihren Duellanten. Hauptmann Feraud ging sofort und mit Eifer darauf ein. Aus irgendeinem dunklen Grunde, der zweifellos mit seiner Psychologie zusammenhing, hielt er sich zu Pferde für unbesiegbar. Ganz allein innerhalb der vier Wände seines Zimmers, rieb er sich die Hände und murmelte triumphierend: „Haha, mein schöner Stabsoffizier, jetzt hab ich dich."

Hauptmann D'Hubert seinerseits zuckte leicht mit den Achseln, nachdem er seine Freunde längere Zeit angestarrt hatte. Diese Affäre hatte sein Dasein hoffnungslos und ganz unvernünftig kompliziert. Eine Widersinnigkeit mehr oder weniger im Lauf der Dinge spielte keine Rolle – jegliche Widersinnigkeit wirkte abstoßend auf ihn; aber, weltmännisch wie immer, brachte er ein leicht ironisches Lächeln zustande und sagte mit seiner ruhigen Stimme: „Es wird sicher in gewissem Grade die Eintönigkeit der Angelegenheit beseitigen."

Als er dann allein war, setzte er sich an einen Tisch und stützte den Kopf in die Hände. In letzter Zeit hatte er sich nicht geschont, und der Marschall hatte all seine Adjutanten besonders hart arbeiten lassen. Die vergangenen drei Wochen des Kämpfens bei furchtbarem Wetter hatten seine Gesundheit angegriffen. Wenn er übermüdet war, litt er an einem Stechen in seiner verwundeten Seite, und dieses unangenehme Gefühl deprimierte ihn immer. „Daran ist dieser Grobian auch schuld“, dachte er bitter.

Am Tag zuvor hatte er einen Brief von daheim erhalten, der ihm die bevorstehende Heirat seiner einzigen Schwester ankündigte. Er überlegte, daß er sie seit der Zeit, als sie neunzehn und er sechsundzwanzig war und er sich zum Garnisonsleben nach Straßburg aufmachte, nur zweimal kurz gesehen hatte. Sie waren große Freunde und Vertraute gewesen; und nun sollte sie einem Manne zur Frau gegeben werden, den er nicht kannte – zweifellos einem sehr ehrenwerten Menschen, aber bei weitem nicht gut genug für sie. Er würde seine Léonie von früher nie wiedersehen. Sie hatte ein kluges Köpfchen und viel Feingefühl; sie würde sicherlich wissen, wie sie mit dem Burschen umzugehen habe. Er war unbesorgt um ihr Glück, aber er fühlte sich vom ersten Platz in ihren Gedanken verdrängt, der ihm gehört hatte, seitdem das Mädchen sprechen konnte. Ein melancholischer Schmerz um die Tage seiner Kindheit überkam Hauptmann D'Hubert, den dritten Adjutanten des Fürsten von Pontecorvo.

Er warf den Gratulationsbrief beiseite, den er pflichtgemäß, aber ohne Begeisterung, angefangen hatte zu schreiben. Er nahm ein neues Stück Papier und schrieb darauf die Worte: „Dies ist mein letzter Wille.“ Indem er auf diese Worte sah, ergab er sich unerfreulichen Gedanken; eine Ahnung, daß er die Schauplätze seiner Kindheit nie wiedersehen würde, drückte Hauptmann D'Huberts ausgeglichene Stimmung nieder. Er sprang auf, schob dabei seinen Stuhl zurück, gähnte ausgiebig, zum Zeichen, daß er sich nichts aus Ahnungen mache, und warf sich auf das Bett, um einzuschlafen. In der Nacht erschauerte er von Zeit zu Zeit, ohne aufzuwachen. Am Morgen ritt er zwischen seinen beiden Sekundanten aus der Stadt, über belanglose Dinge schwatzend, und schaute rechts und links mit offensichtlicher Gleichgültigkeit in den dichten Morgennebel, der die flachen, grünen, von Hecken umsäumten Felder verschleierte. Er sprang über einen Graben und sah die Gestalten vieler berittener Männer sich in dem Dunst bewegen. „Wir sollen uns anscheinend vor einer Galerie schlagen“, murmelte er bitter vor sich hin.

Seine Sekundanten waren recht beunruhigt über den Zustand der Atmosphäre, aber bald drängte sich eine fahle, kraftlose Sonne aus dem tiefen Dunstschleier hervor, und Hauptmann D'Hubert erkannte in der Ferne drei Reiter, die etwas abseits von den anderen hielten. Es waren Hauptmann Feraud und seine Sekundanten. Er zog seinen Säbel und überzeugte sich, daß er ordentlich an seinem Handgelenk befestigt war. Und dann ritten die Sekundanten, die in geschlossener Gruppe – die Köpfe ihrer Pferde zusammen – da gestanden hatten, in leichtem Galopp auseinander und ließen ein großes freies Feld zwischen ihm und seinem Gegner. Hauptmann D'Hubert schaute auf die fahle Sonne, auf die trostlosen Felder, und die Unsinnigkeit des bevorstehenden Kampfes erfüllte ihn mit Traurigkeit. Von einem entfernten Teil des Feldes rief eine Stentorstimme Kommandos in genauen Zeitabständen: Au pas ... Au trot ... Charrrgez! ... Todesahnungen kommen einem Mann nicht ohne Grund, dachte er gerade in dem Augenblick, als er seinem Pferd die Sporen gab.

Und daher war er mehr als überrascht, als sich Hauptmann Feraud beim allerersten Schlagwechsel eine Blöße gab und eine Hiebwunde über der Stirn empfing, deren Blut ihn blind machte, wodurch der Kampf beendet war, beinahe bevor er richtig angefangen hatte. Es war unmöglich weiterzukämpfen. Hauptmann D'Hubert verließ seinen Widersacher, der schrecklich fluchte und im Sattel zwischen seinen beiden entsetzten Freunden wankte, setzte wieder über den Graben auf die Straße und ritt mit seinen beiden Sekundanten, die über den schnellen Ausgang des Gefechts recht betroffen schienen, im Trab nach Hause. Am Abend beendete Hauptmann D'Hubert den Gratulationsbrief zur Hochzeit seiner Schwester.

Er wurde spät damit fertig. Es war ein langer Brief. Hauptmann D'Hubert ließ seiner Phantasie freien Lauf. Er teilte seiner Schwester mit, daß er sich recht verlassen fühlen würde nach dieser großen Veränderung in ihrem Leben; aber dann würde auch für ihn der Tag kommen, sich zu verheiraten. Tatsächlich denke er schon an die Zeit, da es in Europa keinen Feind mehr zu bekämpfen geben würde und die Epoche der Kriege vorbei wäre. „Ich hoffe", schrieb er, „daß ich dann in greifbarer Nähe eines Marschallstabs bin, und Du wirst eine erfahrene Ehefrau sein. Du wirst nach einer Frau für mich Ausschau halten. Ich werde bis dahin wahrscheinlich kahl sein und ein bißchen blasé. Ich wünsche mir ein junges Mädchen, hübsch natürlich und mit einem großen Vermögen, das mir helfen soll, meine ruhmvolle Laufbahn in dem Glanz zu beschließen, der meinem hohen Rang gebührt." Er schloß mit der Information, daß er gerade einem lästigen, streitsüchtigen Burschen eine Lektion erteilt habe, der sich einbilde, einen Grund zum Groll gegen ihn zu haben. „Aber wenn Du in der Tiefe Deiner Provinz jemals hören solltest", fuhr er fort, „Dein Bruder sei eine streitsüchtige Natur, so glaube es auf keinen Fall. Man kann ja nicht wissen, was für Klatsch aus der Armee bis zu Deinen arglosen Ohren dringt. Was Du auch hören magst, Du kannst sicher sein, daß Dein Dich stets liebender Bruder kein Duellierer ist." Dann zerknüllte Hauptmann D'Hubert das leere Blatt Papier, das mit den Worten „Dies ist mein letzter Wille" überschrieben war, und warf es mit einem schallenden Lachen über sich selbst ins Feuer. Es war ihm ganz egal, was dieser Verrückte tun mochte. Er war plötzlich zu der Überzeugung gelangt, daß sein Gegner vollkommen machtlos war, sein Leben in irgendeiner Weise zu beeinflussen; außer vielleicht in der Weise, daß er in die herrlichen, fröhlichen Pausen zwischen den Feldzügen eine besondere Erregung brachte.

Von da an sollte es jedoch in Hauptmann D'Huberts Laufbahn keine friedlichen Pausen mehr geben. Er sah die Schlachtfelder von Eylau und Friedland, marschierte hin und her im Schnee, im Morast, im Staub polnischer Ebenen, erntete Ruhm und Beförderung auf all den Straßen

Nordosteuropas. Unterdessen führte Hauptmann Feraud, der mit seinem Regiment südwärts geschickt worden war, einen unbefriedigenden Krieg in Spanien. Erst als die Vorbereitungen für den russischen Feldzug begannen, wurde er wieder nach Norden beordert. Er verließ das Land der Mantillas und Apfelsinen ohne Bedauern.

Die ersten Anzeichen einer nicht unkleidsamen Kahlheit dehnten Oberst D'Huberts hohe Stirn noch aus. Diese war nicht mehr weiß und glatt wie in den Tagen seiner Jugend; der freundlich offene Blick seiner blauen Augen war ein wenig hart geworden, wie durch zu vieles Spähen durch den Rauch von Schlachten. Oberst Ferauds schwarzer Schopf, derb und gekräuselt wie eine Mütze aus Pferdehaar, wies um die Schläfen viele silberne Fäden auf. Ein abscheulicher Krieg der Hinterhalte und unrühmlichen Überraschungen hatte seinen Charakter nicht besser werden lassen. Die schnabelartige Krümmung seiner Nase wurde durch eine tiefe Falte auf jeder Seite des Mundes unangenehm hervorgehoben. Von seinen runden Augen gingen strahlenförmig Fältchen aus. Mehr denn je erinnerte er an einen reizbaren und starrblickenden Vogel – an so etwas wie eine Kreuzung zwischen einem Papagei und einer Eule. Er war immer noch äußerst offen in seiner Abneigung gegen „intrigante Burschen". Er ergriff jede Gelegenheit, um zu erklären, daß er seinen Rang nicht in den Vorzimmern von Marschällen erworben habe. Die unglücklichen Menschen, Zivilisten oder Militärs, die in der Absicht, liebenswürdig zu sein, Oberst Feraud baten, ihnen zu erzählen, wie er zu der sehr deutlich erkennbaren Narbe auf der Stirn gekommen sei, waren befremdet, daß er ihnen auf verschiedene Weise über den Mund fuhr, manchmal einfach grob und ein andermal rätselhaft sardonisch. Junge Offiziere wurden von ihren erfahreneren Kameraden freundlich gewarnt, nicht offen auf die Narbe des Obersten zu starren. Aber ein Offizier mußte in seinem Beruf wirklich sehr unbedarft sein, wenn er noch nicht von der legendären Geschichte jenes Duells gehört hatte, dessen Ursprung in einer mysteriösen, unverzeihlichen Beleidigung lag.

3

Der Rückzug von Moskau ließ alle persönlichen Gefühle in einem Meer der Katastrophe und des Jammers versinken. Als Oberste ohne Regimenter trugen D'Hubert und Feraud die Muskete in den Reihen des sogenannten heiligen Bataillons – eines Bataillons, das sich aus Offizieren aller Waffengattungen zusammensetzte, die keine Truppen mehr zu befehligen hatten.

In jenem Bataillon taten beförderte Oberste Dienst als Feldwebel; die Generäle führten die Kompanien an; ein Marschall von Frankreich, Fürst des Kaiserreichs, kommandierte das Ganze. Alle hatten sich mit Musketen versorgt, die sie am Wege aufgehoben hatten, und mit Patronen von den Toten. In der allgemeinen Zerstörung der Bande der Disziplin und der Pflicht, die die Kompanien, die Bataillone, die Regimenter, die Brigaden und die Divisionen einer bewaffneten Macht zusammenhalten, setzte diese Abteilung ihren Stolz daran, einen gewissen Schein von Ordnung und Formation zu bewahren. Die einzigen Nachzügler waren die, die wegtraten, um ihre erschöpften Seelen der Kälte zu überlassen. Die Männer schleppten sich dahin, und ihr Zug störte nicht die tödliche Stille der Ebenen, die im bläulichen Licht der Schneemassen unter einem aschfarbenen Himmel glänzten. Wirbelwinde jagten über die Felder, brachen gegen die dunkle Marschkolonne, hüllten sie in ein Getümmel fliegender Eiszapfen, verloren sich und gaben wieder den Blick auf sie frei, wie sie auf ihrem tragischen Wege dahinschlich, ohne den Schwung und Rhythmus des Militärschritts. Sie kämpfte sich weiter, und die Männer tauschten weder Worte noch Blicke; ganze Reihen marschierten Ellbogen an Ellbogen, Tag für Tag, und hoben niemals die Augen vom Erdboden, als wären sie in verzweifelte Gedanken versunken. In den stummen Kiefernwäldern war das Knacken der überladenen Zweige das einzige Geräusch, das sie hörten. Oft sprach von Tagesanbruch bis zur Abenddämmerung niemand in der ganzen Kolonne. Es war wie ein Todesmarsch sich abquälender

Leichen auf ein fernes Grab zu. Nur ein Kosakenalarm konnte ihren Augen einen Schein kämpferischer Entschlossenheit wiedergeben. Das Bataillon machte kehrt und ging in Gefechtsstellung oder formierte sich unter dem unaufhörlichen Rieseln der Schneeflocken zum Karree. Ein Schwarm von Reitern mit Pelzmützen auf dem Kopf richtete seine langen Lanzen und schrie „Hurra! Hurra!" um ihre drohende Unbeweglichkeit, von woher, mit dumpfem Knallen, Hunderte von dunkelroten Flammen durch die Luft schossen, die voll war von fallendem Schnee. In ganz wenigen Augenblicken waren die Reiter wieder verschwunden, als wären sie schreiend vom Sturm davongetragen worden, und das heilige Bataillon, still und allein im Schneesturm, hörte nur das Heulen des Windes, dessen Stöße sein Innerstes durchdrangen. Mit ein oder zwei Rufen von „Vive l'Empereur!" setzte es dann seinen Marsch fort und ließ einige leblose, wirr durcheinander liegende Körper zurück, winzige schwarze Flecke auf der weißen Unermeßlichkeit des Schnees.

Obwohl sie oft Seite an Seite in den Reihen marschierten oder in den Wäldern plänkelten, ignorierten die beiden Offiziere einander; dies nicht so sehr aus einer feindlichen Absicht heraus als aus einer ganz echten Gleichgültigkeit. All ihr Vorrat an innerer Energie wurde verbraucht, um der schrecklichen Feindseligkeit der Natur und dem niederschmetternden Gefühl der nicht wiedergutzumachenden Katastrophe zu trotzen. Bis zuletzt gehörten sie zu den Aktivsten, zu den am wenigsten Demoralisierten des Bataillons; ihre kraftvolle Vitalität verlieh beiden in den Augen ihrer Kameraden den Schein eines heroischen Paares. Und sie tauschten niemals mehr als einige wenige beiläufige Worte, außer an einem Tag, als sie, vor dem Bataillon gegen eine beunruhigende Kavallerieattacke plänkelnd, sich plötzlich in den Wäldern von einer kleinen Kosakengruppe abgeschnitten sahen. Zwanzig bärtige Reiter mit Pelzmützen ritten hin und her, ihre Lanzen in bedrohlichem Schweigen schwingend; aber die beiden Offiziere hatten nicht die Absicht, ihre Waffen niederzulegen, und plötzlich sagte Oberst Feraud mit heiserer, brummender Stimme, indem er sein Gewehr in den Anschlag brachte: „Sie nehmen den Kerl, Oberst D'Hubert, der am dichtesten dran ist, ich erledige den folgenden. Ich bin ein besserer Schütze als Sie."

Oberst D'Hubert nickte über seiner gerichteten Muskete. Ihre Schultern waren gegen den Stamm eines großen Baumes gepreßt; von vorn schützten sie gewaltige Schneewehen vor einem direkten Angriff. Zwei sorgfältig gezielte Schüsse ertönten in der frostigen Luft, zwei Kosaken wankten in ihren Sätteln. Die übrigen, die die Beute nicht gut genug fanden, nahmen ihre verwundeten Kameraden auf und galoppierten außer Schußweite. Es gelang den beiden Offizieren, sich wieder ihrem Bataillon anzuschließen, das zur Nacht haltgemacht hatte. Während jenes Nachmittags hatten sie sich mehr als einmal gegenseitig gestützt, und gegen Ende nahm Oberst D'Hubert, der durch seine langen Beine beim Gehen durch weichen Schnee im Vorteil war, Oberst Feraud energisch die Muskete ab und trug sie auf seiner Schulter, während er seine eigene als Stab benutzte.

Am Rande eines Dorfes, das halb im Schnee begraben war, brannte eine alte Holzscheune mit heller und ungeheurer Flamme. Das heilige Bataillon von Skeletten, in Lumpen gehüllt, drängte sich begierig an der Windseite zusammen, Hunderte von erstarrten, knochigen Händen dem Feuer hinstreckend. Niemand hatte ihr Kommen bemerkt. Bevor sie in den Schein des Lichts eintraten, das auf den eingefallenen, glasig blickenden, ausgehungerten Gesichtern spielte, sagte Oberst D'Hubert seinerseits: „Hier haben Sie Ihre Muskete, Oberst Feraud. Ich kann besser laufen als Sie."

Oberst Feraud nickte und schob sich vorwärts zur Wärme der wilden Flammen. Oberst D'Hubert war bedächtiger, aber nicht weniger darauf aus, einen Platz in der vordersten Reihe zu bekommen. Diejenigen, die sie mit den Schultern zur Seite drängten, versuchten, mit einem schwachen Beifall das Wiederauftauchen der beiden unerschrockenen Gefährten im Kämpfen und im Leiden zu begrüßen. Diesen männlichen Eigenschaften wurde vielleicht niemals eine höhere Anerkennung gezollt als mit diesem matten Jubelruf.

Dies ist der wahrheitsgetreue Bericht der während des Rückzugs von Moskau zwischen den Obersten Feraud und D'Hubert ausgetauschten Äußerungen. Oberst Ferauds Schweigsamkeit war das Ergebnis konzentrierten Zorns. Klein, behaart, das Gesicht schwarz von Schmutzschichten und dem dicht hervorsprießenden drahtigen Bart, eine Hand erfroren, in dreckige Lappen gehüllt und in einer Binde getragen, klagte er das Geschick einer beispiellosen Falschheit gegenüber dem erhabenen Mann des Schicksals an. Oberst D'Hubert, dessen lange Schnurrbartenden zu beiden Seiten seiner aufgesprungenen blauen Lippen in Eiszapfen herunterhingen, dessen Augenlider entzündet waren von dem grellen Glanz des Schnees, dessen Kleidung in der Hauptsache aus einem Schaffellmantel bestand, den er mit Mühe von dem erfrorenen Körper einer Marketenderin, die er in einem liegengebliebenen Karren fand, erbeutet hatte, beurteilte die Ereignisse bedachtsamer. Seine regelmäßig schönen Züge, jetzt nur noch knochige Linien und fleischlose Höhlen, schauten aus einer schwarzen samtenen Frauenkapuze hervor, über die gewaltsam ein Dreispitz gestülpt war, den er unter den Rädern eines leeren Armeeplanwagens, der einmal das Gepäck irgendeines Generals enthalten haben mußte, aufgehoben hatte. Da der Schaffellmantel für einen Mann seiner Größe zu kurz war, endete er sehr weit oben, und durch die Fetzen seiner Hosen sah man die Haut seiner Beine, die blau waren vor Kälte. Das rief unter diesen Umständen weder Spott noch Mitleid hervor. Niemanden kümmerten die Gefühle oder das Aussehen des Nachbarn. Oberst D'Hubert selbst, hart geworden gegen die Unbilden der Witterung, litt hauptsächlich in seiner Selbstachtung unter der erbärmlichen Anstößigkeit seiner Kleidung. Ein gedankenloser Mensch würde vielleicht glauben, daß es bei einem ganzen Heer lebloser Körper, die auf dem Weg des

Rückzugs verstreut lagen, keine große Schwierigkeit bereitet hätte, dem Mangel abzuhelfen. Aber ein Paar Hosen von einer vor Kälte erstarrten Leiche zu erbeuten ist nicht so leicht, wie es einem bloßen Theoretiker erscheinen mag. Das erfordert Zeit und Mühe. Man muß zurückbleiben, während die Gefährten weitermarschieren. Oberst D'Hubert hatte seine Bedenken, was das Wegtreten betraf. Wenn er erst einmal zur Seite gegangen war, konnte er nicht sicher sein, das Bataillon jemals wieder zu erreichen; und die greuliche Intimität eines Ringkampfes mit dem gefrorenen Toten, der der eigenen Gewalt die unnachgiebige Starrheit von Eisen entgegensetzt, war der Zartheit seiner Empfindungen zuwider. Glücklicherweise förderte Oberst D'Hubert eines Tages, als er in einem kleinen Schneehügel zwischen den Hütten eines Dorfes in der Hoffnung wühlte, dort eine gefrorene Kartoffel oder etwas Gemüseabfall zu finden, den er zwischen seine langen und wackeligen Zähne stecken konnte, ein paar Matten von der Art zutage, wie sie russische Bauern dazu benutzen, die Seiten ihrer Wagen auszuschlagen. Diese, von gefrorenem Schnee freigeklopft, um seine schöne Gestalt gelegt und rund um die Taille gut festgebunden, ergaben eine glokkenförmige Bekleidung für die untere Körperhälfte, eine Art steifen Unterrock, was Oberst D'Hubert zu einer ganz anständigen, aber viel bemerkenswerteren Erscheinung machte als vorher.

So eingekleidet, setzte er den Rückzug fort, immer von seinem persönlichen Entkommen überzeugt, jedoch voller anderer Zweifel. Die frühere Lebhaftigkeit seines Glaubens an die Zukunft war zerstört. Wenn der Weg des Ruhmes über solche unvorhergesehenen Strecken führte, dann fragte er sich – denn er war ein nachdenklicher Mensch –, ob der Führer überhaupt vertrauenswürdig wäre. Es war eine patriotische Traurigkeit, nicht unvermischt mit einer gewissen persönlichen Sorge und ganz anders als die rein gefühlsmäßige Empörung über Menschen und Dinge, die Oberst Feraud hegte. Als er drei Wochen lang in einer kleinen deutschen Stadt blieb, um seine Kräfte wiederherzustellen, war Oberst D'Hubert überrascht, bei sich eine Freude am Ausruhen zu entdecken. Seine wiederkehrende Energie war ungewohnt friedlich in ihren Zielen. Schweigend sann er über diesen seltsamen Stimmungsumschwung nach. Zweifellos machten viele seiner Offizierskameraden im Stabsrang die gleiche innerliche Erfahrung durch. Aber es waren nicht die Zeiten, darüber zu sprechen. In einem seiner Briefe in die Heimat schrieb Oberst D'Hubert: „All Deine Pläne, meine liebe Léonie, mich mit dem bezaubernden Mädchen, das Du in Deiner Nachbarschaft entdeckt hast, zu verheiraten, scheinen entfernter denn je. Es ist noch kein Frieden. Europa braucht eine weitere Lektion. Das wird für uns eine schwierige Aufgabe, aber sie wird erfüllt werden, weil der Kaiser unbesiegbar ist."

So schrieb Oberst D'Hubert aus Pommern an seine verheiratete Schwester Léonie, die jetzt im Süden Frankreichs lebte. Und soweit hätte Oberst Feraud, der an niemanden Briefe schrieb, dessen Vater sein Leben lang ein des Lesens und Schreibens unkundiger Schmied gewesen war, der keine Geschwister hatte und den niemand liebend gern mit einem bezaubernden jungen Mädchen für ein Leben in Frieden verbinden wollte, die ausgedrückten Gedanken nicht abgelehnt. Aber Oberst D'Huberts Brief enthielt auch einige philosophische Verallgemeinerungen über die Unsicherheit aller persönlichen Hoffnungen, wenn sie ganz und gar mit dem trügerischen Geschick eines freilich unvergleichlich Großen verknüpft seien, der jedoch in seiner Größe auch nur ein Mensch bleibe. Diese Ansicht wäre Oberst Feraud als ärgste Ketzerei erschienen. Einige düstere Vorahnungen militärischer Art, vorsichtig ausgedrückt, hätte Oberst Feraud geradezu als Hochverrat bezeichnet. Aber Léonie, Oberst D'Huberts Schwester, las sie mit tiefer Befriedigung und sagte, den Brief nachdenklich zusammenlegend, zu sich selbst: „Es war anzunehmen, daß Armand sich schließlich als ein vernünftiger Mensch erweist." Seit ihrer Heirat in eine Familie des Südens glaubte sie fest an die Rückkehr des legitimen Königs. Voller Hoffnung und Sorge brachte sie des Abends und des Morgens Gebete dar und zündete in Kirchen Kerzen an für die Sicherheit und das Wohlergehen ihres Bruders.

Sie hatte allen Grund zu glauben, daß ihre Gebete erhört wurden. Oberst D'Hubert erlebte Lützen, Bautzen und Leipzig, ohne ein Glied zu verlieren, und erwarb weiteren Ruhm. Sein Verhalten den Notwendigkeiten jener schrecklichen Zeit anpassend, hatte er seine Zweifel niemals laut werden lassen. Er verbarg sie unter einer freundlichen Höflichkeit solch angenehmen Charakters, daß die Leute sich oft verwundert fragten, ob sich Oberst D'Hubert irgendwelcher Katastrophen bewußt sei. Nicht nur sein Benehmen, sondern sogar sein Blick blieb unerschüttert. Die gleichbleibende Liebenswürdigkeit seiner blauen Augen brachte alle Nörgler zum Schweigen und gebot selbst der Verzweiflung Einhalt.

Über diese Haltung äußerte sich der Kaiser selbst beifällig, denn Oberst D'Hubert, jetzt dem Stab des Generalmajors zugeteilt, kam bei mehreren Gelegenheiten unter das kaiserliche Auge. Aber dies ärgerte die reizbarere Natur von Oberst Feraud. Als der Dienst ihn durch Magdeburg führte, erlaubte sich letzterer, während er finster mit dem Commandant de Place bei Tisch saß, über seinen lebenslangen Widersacher zu sagen: „Dieser Mann liebt den Kaiser nicht", und seine Worte wurden von den anderen Gästen mit tiefem Schweigen aufgenommen. Oberst Feraud, in seinem Gewissen beunruhigt durch die Schärfe dieser Anschuldigung, verspürte das Bedürfnis, sie durch ein gutes Argument zu bekräftigen. „Ich sollte ihn eigentlich kennen", rief er und fügte einige Flüche hinzu. „Man studiert doch seinen Gegner. Ich stand ihm ein halbes Dutzend Mal auf dem Felde gegenüber, wie die ganze Armee weiß. Was wollen Sie mehr? Wenn das nicht Gelegenheit genug für jeden Dummkopf ist, seinen Mann einzuschätzen, dann soll mich der Teufel holen, wenn ich weiß, was dann." Und er schaute eigensinnig und düster in die Tafelrunde.

Später in Paris erfuhr Oberst Feraud, während er vollauf mit der Reorganisation seines Regiments beschäftigt war, daß Oberst D'Hubert zum General befördert worden war.

Er starrte seinen Informanten ungläubig an, verschränkte dann die Arme, wandte sich ab und knurrte: „Von seiten dieses Mannes überrascht mich gar nichts mehr."

Und laut fügte er über die Schulter hinzu: „Sie würden mir einen großen Gefallen tun, wenn Sie General D'Hubert bei der ersten Gelegenheit sagten, daß ihn seine Beförderung eine Zeitlang vor einer recht heißen Begegnung rettet. Ich habe nur gewartet, daß er hier auftaucht."

Der andere Offizier wandte ein: „Können Sie daran denken, Oberst Feraud, zu dieser Zeit, da jedes Menschenleben dem Ruhm und der Sicherheit Frankreichs geweiht sein sollte?"

Aber die Last des Unglücks, verursacht durch militärische Niederlagen, hatte Oberst Ferauds Charakter verdorben. Wie viele andere Männer hatte ihn das Mißgeschick bösartig gemacht.

„Ich messe General D'Huberts Existenz keinerlei Bedeutung für den Ruhm oder die Sicherheit Frankreichs bei", schnauzte er boshaft. „Sie wollen doch wohl nicht behaupten, daß Sie ihn besser kennen als ich, der ich ein halbes Dutzend Mal gegen ihn angetreten bin – oder?"

Sein Gesprächspartner, ein junger Mann, war zum Schweigen gebracht. Oberst Feraud ging im Zimmer auf und ab.

„Dies ist nicht die Zeit, ein Blatt vor den Mund zu nehmen", sagte er. „Ich kann nicht glauben, daß der Mann den Kaiser jemals geliebt hat. Er hat seine Generalssterne unter den Stiefeln von Marschall Berthier aufgehoben. Nun gut. Ich werde meine auf andere Weise bekommen, und dann werden wir diese Angelegenheit erledigen, die sich schon zu lange hingezogen hat."

General D'Hubert, indirekt über Oberst Ferauds Einstellung in Kenntnis gesetzt, machte eine Geste, als wolle er eine lästige Person beiseite schieben. Seine Gedanken wurden von gewichtigeren Sorgen in Anspruch genommen. Er hatte keine Zeit gehabt, seine Familie zu besuchen. Seine Schwester, deren royalistische Hoffnungen mit jedem Tag größer wurden, bedauerte, obwohl stolz auf ihren Bruder, seinen kürzlichen Aufstieg in gewissem Maße, weil er ein auffallendes Zeichen der Gunst des Usurpators darstellte, was späterhin einen nachteiligen Einfluß auf seine Laufbahn haben könnte. Er schrieb ihr, daß niemand außer einem unversöhnlichen Gegner sagen könne, er habe seine Beförderung durch Gunst erhalten. Was seine Laufbahn betreffe, so versicherte er ihr, er schaue nicht weiter in die Zukunft als bis zum nächsten Schlachtfeld.

In dieser unerschütterlichen Haltung begann General D'Hubert den Feldzug in Frankreich und wurde am zweiten Tag der Schlacht bei Laon verwundet. Während er vom Felde getragen wurde, hörte er, daß Oberst Feraud, in diesem Augenblick zum General befördert, den Befehl erhielt, ihn an der Spitze seiner Brigade abzulösen. Spontan verfluchte er sein Geschick, denn er konnte auf den ersten Blick nicht all die Vorteile seiner bösen Wunde erkennen. Und doch war es diese heroische Art und Weise, auf die die Vorsehung seine Zukunft gestaltete. Während General D'Hubert langsam, unter der Obhut eines vertrauenswürdigen alten Dieners, nach Süden zum Landsitz seiner Schwester fuhr, blieben ihm die erniedrigenden Begegnungen und die verwirrenden Zweifel am eigenen Verhalten erspart, die auf die Männer des napoleonischen Kaiserreichs im Moment seines Falls einstürmten. Im Bett liegend, die Fenster seines Zimmers waren weit geöffnet für den Sonnenschein der Provence, begriff er die nunmehr unverhüllte Gnade, die ihm mit jenem gezackten Splitter einer preußischen Granate zuteil geworden war, der sein Pferd tötete und ihm den Oberschenkel aufriß und ihn damit vor einem offenen Konflikt mit seinem Gewissen bewahrte. Nach den vergangenen vierzehn Jahren, die er mit dem Säbel in der Hand im Sattel verbracht hatte, und mit dem Gefühl, seine Pflicht bis ganz zum Schluß getan zu haben, erschien General D'Hubert der Verzicht als eine leichte Tugend. Seine Schwester war entzückt von seiner Vernünftigkeit. „Ich überlasse mich völlig deinen Händen, meine liebe Léonie", hatte er zu ihr gesagt.

Er war immer noch bettlägerig, als er – der Einfluß der Familie seines Schwagers wurde für ihn aufgeboten – von der königlichen Regierung nicht nur die Bestätigung seines Ranges erhielt, sondern auch die Zusicherung, im aktiven Dienst zu bleiben. Dem wurde noch ein unbegrenzter Genesungsurlaub hinzugefügt. Die ungünstige Meinung, die man in bonapartistischen Kreisen über ihn hegte, war, obwohl sie auf nichts Greifbarerem als der unbewiesenen Aussage von General Feraud beruhte, die direkte Ursache für General D'Huberts Verbleiben im aktiven Dienst. Was General Feraud betraf, so wurde sein Rang ebenfalls bestätigt. Das war mehr, als er zu erwarten wagte; aber Marschall Soult, damals Kriegsminister des wieder auf den Thron gelangten Königs, bevorzugte Offiziere, die in Spanien gedient hatten. Jedoch nicht einmal die Protektion des Marschalls konnte ihm aktiven Einsatz sichern. Er blieb unversöhnlich, unbeschäftigt und finster. Er suchte in obskuren Gaststätten die Gesellschaft anderer auf Ruhegehalt gesetzter Offiziere, die in ihren Brusttaschen schmuddelige, aber ruhmvolle alte Kokarden mit der Trikolore liebevoll mit sich herumtrugen und an ihren abgetragenen Uniformen die verbotenen Adlerknöpfe beibehielten, indem sie erklärten, zu arm zu sein, um sich die vorgeschriebene Veränderung leisten zu können.

Zur Zeit der triumphalen Rückkehr von Elba, einer historischen Tatsache, so wunderbar und unglaublich wie die Heldentaten irgendeines mythologischen Halbgotts, war General D'Hubert immer noch völlig unfähig, ein Pferd zu besteigen. Auch gehen konnte er nicht sehr gut. Diese körperlichen Gebrechen, die Madame Léonie als höchst glückbringend ansah, halfen, ihren Bruder vor allen nur möglichen Dummheiten zu bewahren. Sein Gemütszustand zu jener Zeit war, wie sie mit Entsetzen feststellte, sehr weit davon entfernt, vernünftig zu sein. Dieser General, immer noch vom Verlust eines Beines bedroht, wurde eines Nachts in den Ställen des château von einem Pferdeknecht entdeckt, der, als er ein Licht sah, Diebesalarm schlug. Seine Krücke lag halb in der Streu begraben, und der General hüpfte auf einem Bein in einer offenen Box um ein schnaubendes Pferd herum, das er zu satteln versuchte. Von solcher Art waren die Auswirkungen der kaiserlichen Magie auf eine ruhige Natur und einen abwägenden Geist. Im Licht der Stallaternen von den Tränen, den Bitten, der Empörung, den Ermahnungen und Vorwürfen seiner Familie bedrängt, befreite er sich aus der schwierigen Situation dadurch, daß er auf der Stelle ohnmächtig in die Arme seiner nächsten Verwandten fiel, und wurde ins Bett getragen. Bevor er aus diesem wieder herauskam, verging die zweite Herrschaft Napoleons, die Hundert Tage fieberhafter Aufregung und großartiger Anstrengungen, wie ein schrecklicher Traum. Das tragische Jahr 1815, das mit den Konflikten und der Unruhe von Gewissen begonnen hatte, endete mit rachgierigen Verfolgungen.

Wie General Feraud dem Zugriff der Sonderkommission und dem letzten Dienst eines Erschießungskommandos entging, hat er selber nie erfahren. Es war zum Teil auf die untergeordnete Stellung zurückzuführen, die ihm während der Hundert Tage zugewiesen worden war. Der Kaiser hatte ihm kein aktives Kommando übertragen, sondern hatte ihn im Kavalleriedepot in Paris damit beschäftigt, hastig gedrillte Kavalleristen mit Pferden zu versehen und ins Feld zu scnicken. Da er der Meinung war, diese Aufgabe sei seiner Fähigkeiten unwürdig, erfüllte er sie ohne anstoßerregend auffälligen Eifer; aber zu einem größeren Teil wurde er durch das Eingreifen von General D'Hubert vor den Übergriffen der royalistischen Reaktion bewahrt.

Dieser letztere, immer noch im Genesungsurlaub, aber nun reisefähig, war von seiner Schwester nach Paris geschickt worden, um sich seinem legitimen Herrscher vorzustellen. Da niemand in der Hauptstadt irgend etwas über die Episode im Stall wissen konnte, wurde er dort ehrenvoll empfangen. Soldat bis in den tiefsten Grund seines Herzens, tröstete ihn die Aussicht, in seinem Beruf aufzusteigen, als er sich als Zielscheibe bonapartistischer Feindseligkeit sah, die ihn mit einer ihm unerklärlichen Hartnäckigkeit verfolgte. Der ganze Groll jener verbitterten und verfolgten Partei richtete sich auf ihn als den Mann, der den Kaiser *nie* geliebt hatte – der so etwas war wie ein Scheusal, bedeutend übler als ein bloßer Verräter.

Über dieses grimmige Vorurteil zuckte General D'Hubert ohne Zorn mit den Achseln. Von seinen alten Freunden zurückgewiesen und dem Entgegenkommen der royalistischen Gesellschaft tief mißtrauend, legte sich der junge und gutaussehende General (er war kaum vierzig) ein Verhalten kühler, förmlicher Höflichkeit zu, das bei der leisesten Spur einer beabsichtigten Kränkung leicht in schroffen Stolz überging. So vorbereitet, nahm General D'Hubert seine Angelegenheiten in Paris in Angriff, innerlich sehr glücklich mit dem besonderen, erhebenden Glück eines Mannes, der sehr verliebt ist. Das bezaubernde Mädchen, das seine Schwester ausgesucht hatte, war auf den Plan getreten und hatte ihn auf so gründliche Weise erobert, auf die ein junges Mädchen durch seinen bloßen Anblick einen Mann von vierzig erringen kann. Ihre Heirat sollte stattfinden, sobald General D'Hubert offiziell das versprochene Kommando erhalten hatte.

Eines Nachmittags, als General D'Hubert auf der Terrasse des Cafés Tortoni saß, erfuhr er aus dem Gespräch zweier Fremder an einem nahen Tisch, daß General Feraud, der zu der Gruppe höherer Offiziere gehörte, die nach der zweiten Rückkehr des Königs verhaftet worden waren, Gefahr lief, vor die Sonderkommission zu kommen. Da er in allen seinen freien Augenblicken der Wirklichkeit um einen Tag vorauseilte, wie es bei erwartungsvollen Liebenden häufig der Fall ist, und in einem Zustand besternter Halluzination lebte, mußte schon der Name seines ewigen Widersachers mit lauter Stimme ausgesprochen werden, um den jüngsten von Napoleons Generälen von der inneren Beschäftigung mit seiner Verlobten abzulenken. Er sah sich um. Die Fremden trugen Zivilkleidung. Hager und wettergebräunt, sich in ihren Sesseln lässig zurücklehnend, blickten sie die Leute finster und mit übellauniger, herausfordernder Zerstreutheit unter ihren Hüten hervor an, die sie sich tief über die Augen gezogen hatten. Es war nicht schwer, in ihnen zwei der zwangsweise in den Ruhestand versetzten Offiziere der Alten Garde zu erkennen. Ob sie es nun aus Angabe oder Unachtsamkeit vorzogen, in lautem Ton zu sprechen, General D'Hubert jedenfalls, der keinen Grund sah, warum er seinen Platz wechseln sollte, hörte jedes Wort. Sie schienen nicht General Ferauds persönliche Freunde zu sein. Sein Name fiel unter anderen. Als er ihn erneut hörte, brach in General D'Huberts zarte Hoffnungen auf eine Zukunft mit Familie, der die Anmut einer Frau Glanz verleihen würde, ein harter Schmerz um seine kriegerische Vergangenheit, jenen einen langen, berauschenden Waffengang, der einzigartig war im Ausmaß seines Ruhms und seiner Katastrophe – das wunderbare Werk und der besondere Besitz seiner Generation. Er empfand eine vernunftwidrige Schwäche für seinen alten Widersacher und war gefühlsmäßig dankbar für die mörderische Widersinnigkeit, die ihre Begegnung in sein Leben gebracht hatte. Sie war wie eine zusätzliche Prise Gewürz in einem scharfen Gericht. Er erinnerte sich des Aromas mit plötzlicher Schwermut. Er würde es nie wieder genießen können. Es war alles vorbei. Ich glaube, es war die Niederlage in dem Garten, die ihn von Anfang an so gegen mich aufgebracht hat, dachte er nachsichtig.

Die beiden Fremden am nächsten Tisch waren nach der dritten Erwähnung von General Ferauds Namen still geworden. Dann versicherte der Ältere der beiden, wieder in bitterem Ton, daß General Ferauds Schicksal besiegelt sei. Und warum? Nur weil er nicht so sei wie einige Emporkömmlinge, die nur sich selbst liebten. Die Royalisten wüßten, sie würden niemals etwas mit ihm anfangen können. Er liebte *den anderen* zu sehr.

Der andere war der Mann auf St. Helena. Die beiden Offiziere nickten und stießen mit den Gläsern an, bevor sie sie leerten. Dann bemerkte derselbe, der vorher gesprochen hatte, mit einem sardonischen Lachen: „Sein Gegner war da schlauer."

„Was für ein Gegner?" fragte der Jüngere, als wäre er verwundert.

„Wissen Sie das denn nicht? Sie waren beide Husaren, und nach jeder Beförderung duellierten sie sich. Haben Sie nicht von dem Duell gehört, das seit 1801 andauerte?"

Natürlich hatte der andere von dem Duell gehört. Jetzt verstand er die Anspielung. General Baron D'Hubert würde jetzt die Gunst des fetten Königs in Frieden genießen können.

„Möge er viel davon haben", murmelte der Ältere. „Sie waren beide tapfere Männer. Ich habe diesen D'Hubert nie gesehen – eine Art intriganter Dandy, wurde mir gesagt. Aber ich glaube durchaus, was ich Feraud über ihn habe sagen hören – daß er den Kaiser *nie* geliebt hat."

Sie standen auf und gingen.

General D'Hubert erlebte den Schrecken eines Schlafwandlers, der aus einem angenehmen Traum von Tätigkeit erwacht und sich auf einem Morast gehen sieht. Ein tiefer Abscheu vor dem Boden, auf dem er seinen Weg machte, überkam ihn. Sogar das Bild des bezaubernden Mädchens wurde von der Flut innerlicher Bedrängnis aus seinem Bewußtsein geschwemmt. Alles, was er jemals gewesen war oder hoffte zu werden, würde nach bitterer Schande schmecken, wenn er es nicht schaffte, General Feraud vor dem Schicksal zu bewahren, das so vielen Tapferen drohte. Getrieben von diesem beinahe krankhaften Bedürfnis, sich um die Sicherheit seines Gegners zu kümmern, arbeitete General D'Hubert so gut mit Händen und Füßen (wie man im Französischen sagt), daß er in weniger als vierundzwanzig Stunden Mittel und Wege fand, eine außerordentliche Privataudienz beim Polizeiminister zu erlangen.

General Baron D'Hubert wurde plötzlich ohne Präliminarien vorgelassen. Im Halbdunkel des Kabinetts des Ministers, hinter den Formen von Schreibtisch, Stühlen und Tischen, zwischen zwei Wandleuchtern, in denen jeweils mehrere Kerzen brannten, erblickte er eine Gestalt in einem prachtvollen Rock, die vor einem großen Spiegel posierte. Das frühere Konventsmitglied Fouché, Senator des Kaiserreichs, Verräter an jedermann, an jedem Prinzip und Motiv menschlichen Verhaltens, Herzog von Otranto und der verschlagene Macher der zweiten Restauration, probierte gerade den Sitz eines Hofrocks, in dem seine junge und fein gebildete Verlobte sein Bildnis auf Porzellan malen lassen wollte. Es war eine Kaprice, eine reizende Laune, und der erste Polizeiminister der zweiten Restauration gab sich alle Mühe, sie zu befriedigen. Denn dieser Mann, wegen der Verschlagenheit seines Verhaltens oft mit einem Fuchs verglichen, dessen moralische Seite aber mit vollem Recht durch nichts weniger Ausdrucksvolles als ein Stinktier versinnbildlicht werden könnte, wurde ebenso von seiner Liebe beherrscht wie General D'Hubert selbst.

Bestürzt, durch den Fehler eines Dieners dabei entdeckt worden zu sein, begegnete er dieser kleinen Unerfreulichkeit mit der charakteristischen Unverschämtheit, die ihm so überaus nützlich gewesen war in den endlosen Intrigen seiner selbstsüchtigen Karriere. Ohne seine Körperhaltung um Haaresbreite zu ändern, ein Bein in seidenem Strumpf vorgestellt, den Kopf über die linke Schulter gewandt, rief er gelassen: „Hier entlang, General. Bitte treten Sie näher. Nun? Ich bin ganz Ohr."

Während General D'Hubert, befangen, als sei eine seiner eigenen kleinen Schwächen bloßgestellt worden, seine Bitte so kurz wie möglich vortrug, fuhr der Herzog von Otranto fort, die Paßform seines Kragens zu befühlen, die Rockaufschläge vor dem Spiegel zurechtzuziehen und seinen Rücken in dem Versuch zu verbiegen, den Sitz der goldbestickten Rockschöße hinten zu sehen. Sein regungsloses Gesicht, seine aufmerksamen Augen hätten kein vollständigeres Interesse an diesen Dingen ausdrücken können, wenn er allein gewesen wäre.

„Von der Tätigkeit des Sondergerichts einen gewissen Feraud, Gabriel Florian, Brigadegeneral der Beförderung von 1814, ausschließen?" wiederholte er in etwas verwundertem Ton und wandte sich dann vom Spiegel ab. „Warum gerade *ihn*?"

„Ich bin überrascht, daß Eure Exzellenz, so fähig bei der Beurteilung von Männern Ihrer Zeit, es für lohnend erachtet haben sollten, jenen Namen auf die Liste setzen zu lassen."

„Ein fanatischer Bonapartist!"

„Das ist jeder Grenadier und jeder Kavallerist der Armee, wie Eure Exzellenz wohl wissen. Und die individuelle Existenz von General Feraud kann nicht von größerer Bedeutung sein als die irgendeines beliebigen Grenadiers. Er ist ein Mann ohne Verstand, ohne geistiges Fassungsvermögen überhaupt. Es ist unvorstellbar, daß er jemals irgendeinen Einfluß haben sollte."

„Immerhin hat er eine bewegliche Zunge", warf Fouché ein.

„Eine laute, das gebe ich zu, aber keine gefährliche."

„Ich will mich nicht mit Ihnen streiten. Ich weiß so gut wie nichts über ihn. Eigentlich kaum seinen Namen."

„Und doch haben Eure Exzellenz den Vorsitz in der Kommission, die vom König beauftragt wurde, diejenigen anzugeben, die abgeurteilt werden sollen", sagte General D'Hubert mit einer Betonung, die dem Ohr des Ministers nicht entging.

„Ja, General", sagte er, indem er in den dunklen Teil des riesigen Zimmers ging und sich in einen tiefen Sessel warf, der ihn verschlang, bis auf den sanften Schimmer der Goldstickereien und den bleichen Fleck seines Gesichts. „Ja, General. Nehmen Sie dort Platz."

General D'Hubert setzte sich.

„Ja, General", fuhr der Großmeister in den Künsten der Intrige und des Verrats fort, dessen Falschheit, als wäre sie zuweilen seiner Selbsterkenntnis unerträglich, sich durch plötzliche Anwandlungen zynischer Offenheit Luft machte. „Ich habe auf die Bildung der Proskriptionskommission gedrängt, und ich übernahm ihren Vorsitz. Und wissen Sie, warum? Einfach aus Angst, wenn ich sie nicht schnell in meine Hände nähme, würde mein eigener Name auf der Liste der Proskribierten an erster Stelle stehen. So sind die Zeiten, in denen wir leben. Aber noch bin ich Minister des Königs, und ich frage Sie rundheraus, warum ich den Namen dieses obskuren Feraud von der Liste entfernen soll? Sie wundern sich, wie sein Name dahin gekommen ist! Ist es möglich, daß Sie die Menschen so wenig kennen? Mein lieber General, auf der allerersten Sitzung der Kommission ergossen sich Namen über uns wie Regen vom Dach der Tuilerien. Namen! Wir hatten die Wahl unter Tausenden. Woher wissen Sie denn, daß der Name dieses Feraud, dessen Leben oder Tod für Frankreich ohne Bedeutung ist, nicht irgendeinen anderen Namen heraushält?"

Die Stimme aus dem Sessel hielt inne. Gegenüber saß General D'Hubert, reglos, schattenhaft und schweigend. Nur sein Säbel klirrte leicht. Die Stimme im Sessel begann wieder: „Und wir müssen auch versuchen, die Bedürfnisse der verbündeten Monarchen zu befriedigen. Fürst de Talleyrand sagte mir erst gestern, Nesselrode habe ihn offiziell über die Unzufriedenheit Seiner Majestät des Zaren Alexander informiert, daß die Regierung des Königs eine solch kleine Anzahl von Exempeln zu statuieren beabsichtige – besonders unter Militärs. Ich sage Ihnen das im Vertrauen."

„Auf mein Wort!" stieß General D'Hubert zwischen den Zähnen hervor, „wenn Eure Exzellenz geruhen, mich mit noch mehr vertraulichen Informationen zu beehren, weiß ich nicht, was ich tun werde. Wenn man das hört, möchte man seinen Säbel über dem Knie zerbrechen und die Stücke ..."

„Was haben Sie denn geglaubt, welcher Regierung Sie dienen?" unterbrach ihn der Minister scharf.

Nach einer kurzen Pause antwortete die entmutigte Stimme General D'Huberts: „Der Regierung Frankreichs."

„Das beruhigt Ihr Gewissen mit bloßen Worten, General. Die Wahrheit ist, daß Sie einer Regierung aus dem Exil Zurückgekehrter dienen, einer Regierung von Menschen, die zwanzig Jahre lang ohne Heimat waren und die gerade einen bösen und erniedrigenden Schreck überstanden haben. Machen Sie sich in dieser Hinsicht keine Illusionen."

Der Herzog von Otranto schwieg. Er hatte sich erleichtert und sein Ziel erreicht, dem Mann etwas Selbstachtung zu nehmen, der ihn unangenehmerweise in einem goldbestickten Hofkostüm vor einem Spiegel posierend entdeckt hatte. Aber sie waren eine Gesellschaft von Hitzköpfen in der Armee; es kam ihm in den Sinn, daß es unangenehm wäre, wenn ein wohlgesinnter General, auf Empfehlung eines Prinzen in Audienz empfangen, unmittelbar nach einer privaten Unterredung mit dem Minister etwas unbesonnen Skandalöses tun würde. In verändertem Ton stellte er eine Frage zur Sache: „Ihr Verwandter – dieser Feraud?"

„Nein. Überhaupt nicht verwandt."

„Ein intimer Freund?"

„Ein intimer ... ja. Es besteht zwischen uns eine intime Verbindung von einer Art, die es mir zu einer Ehrensache macht, zu versuchen ..."

Der Minister läutete, ohne auf das Ende des Satzes zu warten. Als der Diener hinausgegangen war, nachdem er ein Paar schwere silberne Kandelaber für den Schreibtisch hereingebracht hatte, erhob sich der Herzog von Otranto, dessen Brust in dem starken Licht ein einziges goldenes Glitzern war, nahm ein Blatt Papier aus einer Schublade, hielt es auffällig in der Hand und sagte mit überredender Liebenswürdigkeit: „Sie sollten nicht davon sprechen, Ihren Säbel über dem Knie zu zerbrechen, General. Vielleicht bekämen Sie nie einen anderen. Diesmal wird der Kaiser nicht zurückkehren ... Diable d'homme! Es gab immerhin einen Moment hier in Paris, bald nach Waterloo, in dem er mich erschreckte. Es sah aus, als sei er bereit, noch einmal von vorn anzufangen. Zum Glück fängt man nie noch einmal von vorn an, wirklich. Sie sollten nicht daran denken, Ihren Säbel zu zerbrechen, General."

General D'Hubert schaute auf den Fußboden und bewegte leicht seine Hand in einer hoffnungslosen Geste des Verzichts. Der Polizeiminister wandte seinen Blick von ihm ab und sah nachdenklich auf das Papier, das er die ganze Zeit hochgehalten hatte.

„Es sind nur zwanzig Offiziere im Generalsrang, die ausgesucht wurden zur exemplarischen Bestrafung. Zwanzig. Eine runde Zahl. Und warten Sie mal, Feraud ... Ah, da steckt er. Gabriel Florian. Parfaitement. Das ist Ihr Mann. Nun, jetzt wird es eben nur neunzehn Exempel geben."

General D'Hubert stand mit dem Gefühl auf, als hätte er eine ansteckende Krankheit durchgemacht. „Ich muß Eure Exzellenz bitten, mein Eingreifen als ein tiefes Geheimnis zu bewahren. Ich lege den größten Wert darauf, daß er nie erfährt ..."

„Wer soll ihn denn darüber informieren, möchte ich wissen?" sagte Fouché, neugierig zu General D'Huberts gespanntem, starrem Gesicht aufblickend. „Nehmen Sie eine dieser Federn und streichen Sie den Namen selbst durch. Dies ist die einzige Liste, die existiert. Wenn Sie darauf achten, genug Tinte zu nehmen, wird niemand sagen können, wie der ausgestrichene Name lautete. Aber, par exemple, ich bin nicht dafür verantwortlich, was Clarke nachher mit ihm macht. Wenn er weiterhin fanatisch bleibt, wird ihm der Kriegsminister befehlen, seinen Wohnsitz in irgendeiner Provinzstadt unter Polizeiaufsicht zu nehmen."

Einige Tage später sagte General D'Hubert, nachdem man die ersten Begrüßungen hinter sich gebracht hatte, zu seiner Schwester: „Ach, meine liebe Léonie! Es schien mir, als könnte ich gar nicht schnell genug aus Paris wegkommen."

„Das macht die Liebe", meinte sie mit einem schalkhaften Lächeln.

„Und der Schrecken", fügte General D'Hubert mit tiefem Ernst hinzu: „Ich bin dort fast vor ... vor Ekel umgekommen."

Sein Gesicht war vor Abscheu zusammengezogen. Und da seine Schwester ihn aufmerksam ansah, fuhr er fort: „Ich mußte Fouché aufsuchen. Ich hatte eine Audienz. Ich war in seinem Kabinett. Es bleibt einem, der das Unglück hatte, mit diesem Mann die Luft des gleichen Raums zu atmen, eine Empfindung verringerter Würde, ein unbehagliches Gefühl, doch nicht so sauber zu sein, wie man es hoffte ... Aber du verstehst das nicht."

Sie nickte mehrmals schnell. Sie verstand im Gegenteil sehr gut. Sie kannte ihren Bruder genau und mochte ihn, wie er war. Überdies waren die Verachtung und der Haß der Menschen das Schicksal des Jakobiners Fouché, der zu seinem eigenen Vorteil jede Schwäche, jede Tugend, jede edle Illusion der Menschen ausnutzte, damit seine ganze Generation narrte und einsam als Herzog von Otranto starb.

„Mein lieber Armand", sagte sie mitfühlend, „was konntest du von diesem Mann wollen?"

„Nichts Geringeres als ein Leben", antwortete General D'Hubert. „Und ich habe es geschafft. Es mußte sein. Aber ich habe immer noch das Empfinden, als könnte ich dem, den ich retten mußte, diese Notwendigkeit nie verzeihen."

General Feraud, völlig unfähig (wie es bei den meisten von uns der Fall ist) zu begreifen, was mit ihm geschah, erhielt den Befehl des Kriegsministers, sich sofort in eine kleine Stadt in Mittelfrankreich zu begeben, mit Gefühlen, deren natürlicher Ausdruck in einem wilden Augenrollen und einem wütenden Zähneknirschen bestand. Das Aufhören des Kriegszustandes, der einzigen Situation der Gesellschaft, die er je gekannt hatte, der furchtbare Anblick einer Welt in Frieden erschreckten ihn. Er begab sich in seine kleine Stadt in der festen Überzeugung, daß dies nicht von Dauer sein könne. Dort wurde ihm sein Ausscheiden aus der Armee mitgeteilt und daß seine Rente (berechnet auf der Grundlage des Ranges eines Obersten) abhängig gemacht werde von der Korrektheit seines Verhaltens und den günstigen Berichten der Polizei. Nicht mehr in der Armee! Er fühlte sich plötzlich der Erde fremd, wie ein körperloser Geist. Es war unmöglich zu existieren. Aber anfangs reagierte er aus reiner Ungläubigkeit. Das konnte nicht sein. Er wartete auf Donner, Erdbeben, Naturkatastrophen, aber nichts passierte. Das bleierne Gewicht einer unabänderlichen Untätigkeit kam über General Feraud, und da er innerlich keinen Halt hatte, sank er in einen Zustand ehrfurchtgebietender Stumpfheit. Er geisterte durch die Straßen der kleinen Stadt, mit glanzlosen Augen vor sich hin starrend und den bei seinem Vorübergehen gelüfteten Hüten keine Beachtung schenkend; und die Leute, die sich heimlich anstießen, wenn er vorbeiging, flüsterten: „Das ist der arme General Feraud. Sein Herz ist gebrochen. Sehen Sie nur, wie er den Kaiser geliebt hat."

Die anderen lebenden Überreste des napoleonischen Sturmes scharten sich um General Feraud mit grenzenlosem Respekt. Er selbst glaubte, seine Seele werde von Gram erdrückt. Er litt an rasch aufeinanderfolgenden Regungen zu weinen, zu schreien, sich in die Fäuste zu beißen, bis Blut kam, Tage auf seinem Bett zu verbringen, den Kopf unter das Kissen gesteckt; aber diese waren die Folge reinen Überdrusses, der Angst vor einer ungeheuren, unbeschreiblichen, unvorstellbaren Langeweile. Seine geistige Unfähigkeit, die hoffnungslose Natur seines Falles als Ganzes zu erfassen, bewahrte ihn vor dem Selbstmord. Er hat nie auch nur daran gedacht. Er dachte an nichts. Aber sein Appetit verließ ihn, und die Schwierigkeit, die es ihm bereitete, die überwältigende Natur seiner Gefühle auszudrücken (das wildeste Fluchen konnte ihr nicht gerecht werden), führte allmählich zu einer Gewohnheit des Schweigens – so etwas wie der Tod für ein südliches Temperament.

Groß war daher unter den anciens militaires, die häufig ein gewisses kleines Café voller Fliegen besuchten, die Überraschung, als „der arme General Feraud" an einem schwülen Nachmittag plötzlich einen Hagel furchtbarer Flüche ausstieß.

Er hatte still in seiner angestammten Ecke gesessen und die Pariser Zeitungen durchgesehen, mit ebensolchem Interesse, wie es ein Verurteilter am Vorabend seiner Hinrichtung an den Neuigkeiten des Tages bekunden könnte. Ein Schwarm kriegerischer, sonnengebräunter Gesichter, unter denen eins war, dem ein Auge fehlte, und ein anderes, dem die Nasenspitze in Rußland abgefroren war, umringte ihn besorgt.

„Was ist los, General?"

General Feraud saß gerade, die gefaltete Zeitung auf Armeslänge entfernt haltend, um die kleine Schrift besser zu erkennen. Er las für sich nochmals Teile der Nachricht, die das verursacht hatte, was man seine Auferstehung nennen könnte.

„Wie wir erfahren, soll General D'Hubert, bisher im Süden auf Genesungsurlaub, das Kommando der 5. Kavalleriebrigade in . . . übernehmen."

Starr ließ er das Blatt sinken . . . „Soll das Kommando übernehmen" . . . , und plötzlich schlug er sich kräftig an die Stirn. „Den hatte ich fast vergessen", murmelte er in reuevollem Ton.

Ein Veteran mit mächtigem Brustkasten rief durch das Café: „Irgendeine neue Schurkerei der Regierung, General?"

„Die Schurkereien dieser Halunken", donnerte General Feraud, „sind unzählig. Eine mehr oder weniger! . . ." Er senkte die Stimme. „Aber zumindest eine von ihnen werde ich in Ordnung bringen."

Er blickte ringsum in die Gesichter. „Da ist so ein pomadisierter, lockiger Stabsoffizier, der Liebling einiger der Marschälle, die ihren Vater für eine Handvoll englisches Gold verkauften. Er wird bald merken, daß ich noch am Leben bin", erklärte er in entschiedenem Ton. „Es ist indes eine private Angelegenheit. Ein alter Ehrenhandel. Bah! Unsere Ehre spielt keine Rolle. Jetzt werden wir mit geschlitztem Ohr weggetrieben wie ein Haufen abgestoßener Kavalleriepferde – die nur noch für den Hof eines Pferdeschlächters taugen. Aber es wäre, als bräche man eine Lanze für den Kaiser . . . Meine Herren, ich benötige zwei von Ihnen zur Unterstützung."

Alle Männer traten vor. General Feraud, tief gerührt von dieser Bezeigung, wandte sich mit sichtlicher Ergriffenheit an den einäugigen, altgedienten Kürassier und den Offizier der Chasseurs à Cheval, der seine Nasenspitze in Rußland gelassen hatte. Er entschuldigte seine Wahl vor den anderen.

„Es handelt sich hierbei um eine Kavallerieaffäre – wissen Sie."

Man antwortete ihm mit einem verschiedenartigen Chor von: „Parfaitement, mon Général . . . C'est juste . . . Parbleu, c'est connu . . ." Jeder war zufrieden. Die drei verließen das Café gemeinsam, gefolgt von Rufen: „Bonne chance."

Draußen hakten sie sich ein, der General in der Mitte. Die drei schäbigen Dreispitze, getragen en bataille und finster in die Stirn gedrückt, versperrten die enge Straße beinahe völlig. Die überhitzte kleine Stadt mit den grauen Steinen und den roten Ziegeln verdöste ihren provinziellen Nachmittag unter einem blauen Himmel. Die lauten Schläge eines Böttchers, der ein Faß band, widerhallten regelmäßig zwischen den Häusern. Der General zog den linken Fuß ein wenig nach im Schatten der Wände.

„Dieser verdammte Winter von 1813 steckt mir für immer in den Knochen. Macht nichts. Wir müssen Pistolen nehmen, das ist alles. Ein kleiner Hexenschuß. Pistolen müssen wir nehmen. Den bring ich zur Strecke. Meine Augen sind so scharf wie eh und je. Sie hätten mich in Rußland sehen sollen, wie ich die plänkelnden Kosaken mit einer verflucht alten Infanteriemuskete abschoß. Ich habe eine natürliche Begabung für Schußwaffen."

In dieser Weise fuhr General Feraud fort, den Kopf mit den eulenhaften Augen und dem Raubvogelschnabel stolz erhoben. Ein bloßer Kämpfer sein ganzes Leben lang, ein Kavallerist, ein sabreur, faßte er den Krieg mit der äußersten Einfachheit auf, im wesentlichen als eine konzentrierte Menge von persönlichen Kämpfen, als eine Art Massenduell. Und hier hatte er seinen eigenen Krieg in der Hand. Er lebte wieder auf. Der Schatten des Friedens wich von ihm wie der Schatten des Todes. Es war die wunderbare Auferstehung des Mannes mit Namen Feraud, Gabriel Florian, engagé volontaire von 1793, General von 1814, ohne Zeremonie begraben mittels eines vom Kriegsminister der Zweiten Restauration unterzeichneten Dienstbefehls.

4

Niemandem gelingt alles, was er unternimmt. In diesem Sinne sind wir alle Versager. Es kommt vor allem darauf an, daß wir darin nicht versagen, die Bemühungen unseres Lebens zu ordnen und aufrechtzuerhalten. In dieser Hinsicht ist es die Eitelkeit, die uns irreführt. Sie treibt uns in Situationen, an denen wir Schaden nehmen müssen; wohingegen der Stolz unser Schutz ist, durch die Zurückhaltung, die er der Wahl unserer Bestrebungen auferlegt, ebenso wie durch die Tugend seiner aufrechterhaltenden Kraft.

General D'Hubert war stolz und zurückhaltend. Er hatte keinen Schaden genommen durch seine gelegentlichen Liebesaffären, ob sie nun erfolgreich waren oder nicht. In seinem von Kriegsnarben gezeichneten Körper war sein Herz mit vierzig unversehrt geblieben. Er war mit Zurückhaltung auf die Heiratspläne seiner Schwester eingegangen und hatte gespürt, daß er sich so unwiderruflich in die Liebe gestürzt hatte, wie man sich vom Dach stürzt. Er war zu stolz, um erschrocken zu sein. Tatsächlich war das Gefühl zu schön, um zu beunruhigen.

Die Unerfahrenheit eines Mannes von vierzig ist eine viel ernstere Sache als die Unerfahrenheit eines jungen Menschen von zwanzig, denn ihr kommt nicht die Unbesonnenheit hitzigen Blutes zu Hilfe. Das Mädchen war rätselhaft, wie es junge Mädchen durch die bloße Wirkung ihrer vorsichtigen Klugheit sind; und ihm erschien die Rätselhaftigkeit dieses jungen Mädchens außergewöhnlich und faszinierend. Aber es war nichts Rätselhaftes an den Vereinbarungen der Heirat, die Madame Léonie gefördert hatte. Es war auch nichts Eigenartiges daran. Es war eine sehr passende Heirat, die der Mutter der jungen Dame (der Vater war tot) äußerst zusagte und die der Onkel der jungen Dame – ein alter émigré, der vor einiger Zeit aus Deutschland zurückgekehrt war, und der, den Spazierstock in der Hand, ein mageres Gespenst des ancien régime, die Gartenwege des Ahnenwohnsitzes der jungen Dame entlangwandelte – annehmbar fand.

General D'Hubert war nicht der Mann, nur mit der Frau und dem Vermögen zufrieden zu sein – wenn es darauf ankam. Sein Stolz (und Stolz strebt immer nach wahrem Erfolg) war mit nichts weniger als mit Liebe zufriedenzustellen. Aber da wahrer Stolz Eitelkeit ausschließt, konnte er sich keinen Grund vorstellen, warum dieses rätselhafte Geschöpf mit unergründlichen und leuchtenden Augen von veilchenblauer Farbe irgendein wärmeres Gefühl für ihn hegen sollte als Gleichgültigkeit. Die junge Dame (ihr Name war Adèle) vereitelte jeden Versuch einer klaren Verständigung in dieser Frage. Freilich, die Versuche waren ungeschickt und wurden zaghaft gemacht, denn General D'Hubert war sich inzwischen der Anzahl seiner Jahre, seiner Wunden, seiner vielen charakterlichen Unvollkommenheiten, seiner geheimen Unwürdigkeit brennend bewußt geworden – und er hatte übrigens aus Erfahrung die Bedeutung des Wortes Bammel kennengelernt. Soviel er feststellen konnte, schien sie, die grenzenloses Vertrauen in die Liebe und die Klugheit ihrer Mutter setzte, anzudeuten, daß sie keine unüberwindliche Antipathie gegen General D'Huberts Person empfinde und daß dies für eine wohlerzogene junge Dame völlig genüge, um das Eheleben zu beginnen. Diese Ansicht verletzte und quälte General D'Huberts Stolz. Und doch fragte er sich mit einer Art süßer Verzweiflung, was er denn mehr erwarten könne? Sie hatte eine reine und helle Stirn. Ihre veilchenblauen Augen lachten, während die Linien der Lippen und des Kinns in bewundernswertem Ernst ruhig blieben. All dies hob sich ab von einer herrlichen Masse blonden Haares, von einem Teint, so wunderbar, von einer solchen Anmut des Gesichtsausdrucks, daß General D'Hubert wirklich niemals die Gelegenheit fand, mit genügend innerem Abstand die erhabenen Bedürfnisse seines Stolzes zu prüfen. Er wurde tatsächlich vorsichtig, was diese Richtung der Untersuchung betraf, da sie ein- oder zweimal zu einer Krise einsamer Leidenschaft geführt hatte, in der ihm klar geworden war, daß er sie genug liebte, um sie eher zu töten als zu verlieren. Nach solchen Anwandlungen, die bei

Männern von vierzig nicht unbekannt sind, war er niedergeschlagen, erschöpft, reuevoll, ein wenig entsetzt. Er schöpfte jedoch erheblichen Trost aus der friedlichen Gewohnheit, von Zeit zu Zeit die halbe Nacht an einem offenen Fenster zu sitzen und über das Wunder ihrer Existenz nachzusinnen, wie der Gläubige, der in die mystische Betrachtung seines Glaubens versunken ist.

Es darf nicht angenommen werden, daß all diese Schwankungen seines seelischen Zustandes der Welt offenbart wurden. General D'Hubert hatte keine Mühe, sich mit einem Lächeln auf dem Gesicht zu zeigen. Denn er war in der Tat sehr glücklich. Er folgte den geltenden Regeln seines Standes, indem er an jedem frühen Morgen Blumen herüberschickte (aus dem Garten und den Gewächshäusern seiner Schwester) und etwas später selbst folgte, um mit seiner Zukünftigen, ihrer Mutter und ihrem émigré Onkel das Mittagessen einzunehmen. Die Mitte des Tages verbrachte man spazierend oder im Schatten sitzend. Eine aufmerksame Ehrerbietung, die am Rande der Zärtlichkeit verhielt, war das Merkmal ihres Umgangs von seiner Seite aus – mit einer spielerischen Ausdrucksweise, die die tiefe Beunruhigung seines ganzen Daseins, verursacht durch ihre unerreichbare Nähe, verbarg. Spät am Nachmittag ging General D'Hubert zwischen den Weinfeldern nach Hause, manchmal äußerst traurig, manchmal überaus glücklich, manchmal nachdenklich betrübt; aber seine Existenz immer mit besonderer Intensität empfindend, jene freudige Erregung fühlend, die Künstlern, Dichtern und Liebenden gemeinsam ist – Menschen, die von einer großen Leidenschaft, einem edlen Gedanken oder einer neuen Vision plastischer Schönheit durchdrungen sind.

Die Außenwelt existierte zu dieser Zeit für General D'Hubert nicht mit sonderlicher Deutlichkeit. Eines Abends jedoch, als er einen Bergrücken überquerte, von dem aus er beide Häuser sehen konnte, bemerkte General D'Hubert weit unten auf dem Wege zwei Gestalten. Der Tag war göttlich gewesen. Der festliche Schmuck des entflammten Himmels verlieh den gedeckten Farben des südlichen Landes eine sanfte Röte. Die grauen Felsen, die braunen Felder, die purpurnen, wogenden Fernen, harmonierend in strahlendem Einklang, verströmten bereits die Düfte des Abends. Die beiden Gestalten unten auf dem Weg erschienen wie zwei steife und hölzerne Schattenbilder, ganz schwarz auf dem Band hellen Staubs. General D'Hubert erkannte die langen, geraden, militärischen capotes, die bis ganz oben zu den schwarzen Halsbinden eng zugeknöpft waren, die Dreispitze, die hageren, gemeißelten, braunen Gesichter – alte Soldaten – vieilles moustaches! Der Größere der beiden hatte eine schwarze Augenklappe über einem Auge; des anderen hartes, stures Gesicht wies eine bizarre, beunruhigende Eigenart auf, die sich beim näheren Herankommen als das Fehlen der Nasenspitze erwies. Indem sie die Hände mit einer gleichzeitigen Bewegung erhoben, um den etwas hinkenden Zivilisten, der an einem dicken Stock ging, zu grüßen, erkundigten sie sich nach dem Haus, wo General Baron D'Hubert wohne, und was die beste Art und Weise sei, um in Ruhe mit ihm sprechen zu können.

„Wenn es Ihnen hier ruhig genug ist", sagte General D'Hubert, ringsum auf die Weinfelder schauend, die von purpurnen Linien umrahmt waren und über denen nestartig aus grauen Mauern ein Dorf emporragte, das sich um den Gipfel eines kegelförmigen Berges drängte, so daß der stumpfe Kirchturm einfach der krönende Abschluß des Felsens zu sein schien –, „wenn Ihnen dieser Ort ruhig genug ist, können Sie sofort mit ihm reden. Und ich bitte Sie, Kameraden, offen zu sprechen, mit vollem Vertrauen."

Da traten sie zurück und hoben wieder mit deutlicher Förmlichkeit die Hände an die Hüte. Dann bemerkte der mit der lädierten Nase, für beide sprechend, daß die Angelegenheit vertraulich genug sei, um diskret in die Wege geleitet zu werden. Ihr gemeinschaftliches Quartier befinde sich in dem Dorfe dort drüben, wo die verhaßten Bauerntölpel – verflucht seien ihre falschen, royalistischen Herzen! – auffallend nach drei Soldaten schielten, die kein Aufsehen machten. Einstweilen solle er nur nach den Namen der Freunde von General D'Hubert fragen.

„Was für Freunde?" sagte der verwunderte General D'Hubert, vollkommen auf dem Holzwege. „Ich wohne dort drüben bei meinem Schwager."

„Hm, der wird einen abgeben", sagte der Veteran mit der lädierten Nase.

„Wir sind Freunde von General Feraud", warf der andere ein, der bisher geschwiegen und nur mit seinem einen Auge den Mann finster angeblickt hatte, der den Kaiser *nie* geliebt hatte. Das war etwas zum Betrachten. Denn sogar die goldbetreßten Judasse, die ihn an die Engländer verkauft hatten, die Marschälle und Fürsten, hatten ihn irgendwann einmal geliebt. Aber dieser Mann hatte den Kaiser *nie* geliebt. Das hatte General Feraud unmißverständlich gesagt.

General D'Hubert fühlte einen innerlichen Schlag vor die Brust. Für einen winzigen Bruchteil einer Sekunde war es, als sei die Drehung der Erde mit einem schrecklichen, schwachen Rauschen in der ewigen Stille des Raumes wahrnehmbar geworden. Aber dieses Geräusch des Blutes in seinen Ohren verging sofort. Unwillkürlich murmelte er: „Feraud! Ich hatte vergessen, daß er noch existiert."

„Er existiert augenblicklich, zwar sehr unbequem, in dem miserablen Gasthof dieses Nestes von Halbwilden dort oben", sagte der einäugige Kürassier trocken. „Wir sind vor einer Stunde auf Postpferden in Ihrer Gegend angekommen. Er erwartet unsere Rückkehr mit Ungeduld. Es hat Eile, wissen Sie. Der General hat gegen den Ministerbefehl verstoßen, um von Ihnen die Satisfaktion zu erhalten, zu der er nach den Grundsätzen der Ehre berechtigt ist, und natürlich ist er bestrebt, alles hinter sich zu haben, bevor ihm die Gendarmerie auf die Spur kommt."

Der andere erklärte den Plan ein bißchen weiter: „Will still und leise zurückkommen – verstehen Sie? Pscht! Keiner kriegt etwas spitz. Wir haben uns auch davongestohlen. Ihr Freund, der König, würde sich freuen, uns bei der erstbesten Gelegenheit unsere lumpigen paar Kröten zu sperren. Es ist ein Risiko. Aber Ehre vor allem."

General D'Hubert hatte die Sprache wiedergewonnen. „So kommen Sie hier denn einfach des Wegs, um mich zu einem Kampf auf Leben und Tod zu fordern mit diesem – diesem ..." Eine lachende Art von Wut bemächtigte sich seiner. „Ha! ha! ha! ha!"

Seine Fäuste in den Hüften, brüllte er ohne Zurückhaltung los, während sie vor ihm standen, hager und gerade, als wären sie urplötzlich durch eine Klapptür im Boden emporgeschnellt. Noch vor vierundzwanzig Monaten die Herren Europas, wirkten sie schon wie antiquierte Gespenster, schienen sie in ihren verschossenen Mänteln weniger wirklich als ihre eigenen schmalen Schatten, die so schwarz über den hellen Weg fielen: die militärischen und grotesken Schatten von zwanzig Jahren des Krieges und der Eroberungen. Sie hatten das fremdartige Aussehen zweier unerschütterlicher Priester der Religion des Schwertes. Und General D'Hubert, auch einer der ehemaligen Herren Europas, lachte über diese ernsten Phantome, die ihm im Weg standen.

Da sagte einer, mit einer ruckartigen Bewegung des Kopfes auf den lachenden General deutend: „Ein lustiger Kerl, der da."

„Es gibt einige von uns, die nicht gelächelt haben seit dem Tag, da *der andere* fortging", bemerkte sein Kamerad.

Eine heftige Regung, diese unwirklichen Geister anzufallen und zu Boden zu schlagen, erschreckte General D'Hubert. Er hörte plötzlich auf zu lachen. Jetzt verlangte es ihn danach, sie loszuwerden, sie sich schnell aus den Augen zu schaffen, bevor er die Beherrschung verlor. Er wunderte sich über die Wut, die er in seiner Brust aufsteigen fühlte. Aber er hatte keine Zeit, diese Absonderlichkeit gerade in diesem Moment zu untersuchen.

„Ich verstehe Ihren Wunsch, so schnell wie möglich mit mir fertig zu sein. Wir wollen keine Zeit mit leeren Förmlichkeiten vergeuden. Sehen Sie den Wald dort am Fuße jenes Hanges? Ja, den Kiefernwald. Wir wollen uns dort morgen bei Sonnenaufgang treffen. Ich werde meinen Säbel oder meine Pistolen mitbringen oder beides, wenn es Ihnen recht ist."

General Ferauds Sekundanten sahen sich an.

„Pistolen, General", sagte der Kürassier.

„So sei es. Au revoir – morgen früh. Bis dahin möchte ich Ihnen raten, sich verborgen zu halten, wenn Sie nicht wollen, daß die Gendarmerie Erkundigungen über Sie anstellt, bevor es dunkel wird. Fremde sind selten in diesem Teil des Landes."

Sie salutierten schweigend. General D'Hubert kehrte ihren sich entfernenden Gestalten den Rücken und stand lange Zeit regungslos in der Mitte des Weges, biß sich auf die Unterlippe und sah zu Boden. Dann begann er, geradeaus zu gehen, also denselben Weg zurückzuverfolgen, bis er sich vor dem Parktor des Hauses seiner Zukünftigen befand. Die Dunkelheit war hereingebrochen. Unbeweglich starrte er durch die Stäbe auf die Front des Hauses, das jenseits der Sträucher und Bäume hell leuchtete. Schritte knirschten auf dem Kies, und gleich darauf kam eine große, gebeugte Gestalt aus der Seitenallee, die der inneren Seite der Parkmauer folgte.

Le Chevalier de Valmassigue, Onkel der anbetungswürdigen Adèle, ehemaliger Brigadekommandeur in der Armee der Fürsten, Buchbinder in Altona, später Schuhmacher (mit sehr gutem Ruf für die elegante Form seiner Damenschuhe) in einer anderen deutschen Kleinstadt, trug seidene Strümpfe an seinen dünnen Waden, flache Schuhe mit silbernen Schnallen und eine Brokatweste. Ein Rock mit langen Schößen, à la française, bedeckte locker seinen mageren, gebeugten Rücken. Ein kleiner dreieckiger Hut ruhte auf sehr viel gepudertem Haar, das zu einem Zopf gebunden war.

„Monsieur le Chevalier", rief General D'Hubert leise.

„Was? Sie wieder hier, mon ami? Haben Sie etwas vergessen?"

„Bei Gott! Das ist es gerade. Ich habe etwas vergessen. Ich komme, um es Ihnen zu erzählen. Nein – draußen.

Hinter dieser Mauer. Es ist eine zu gräßliche Sache, um überhaupt hereingelassen zu werden, wo sie lebt."

Der Chevalier kam sofort heraus mit jener wohlwollenden Resignation, die manche alten Leute gegenüber den träumerischen Verirrungen der Jugend an den Tag legen. Um ein Vierteljahrhundert älter als General D'Hubert, betrachtete er ihn im Grunde seines Herzens als einen recht schwierigen verliebten jungen Mann. Er hatte dessen rätselhafte Worte sehr wohl gehört, maß aber dem keine übermäßige Bedeutung bei, was ein Mann von erst vierzig, den es so schwer getroffen hatte, tun oder sagen mochte. Die Denkart der Generation von Franzosen, die während der Jahre seines Exils herangewachsen war, blieb ihm fast unverständlich. Ihre Empfindungen erschienen ihm ungebührlich heftig, ohne Feinheit und Maß, ihre Sprache unnötig übertrieben. Ruhig trat er zum General auf den Weg, und schweigend gingen sie ein paar Schritte; der General versuchte, seiner Erregung Herr zu werden und seine Stimme geziemend in der Gewalt zu haben.

„Es stimmt vollkommen, ich habe etwas vergessen. Bis vor einer halben Stunde habe ich vergessen, daß ich einen dringenden Ehrenhandel auf dem Halse habe. Es ist unglaublich, aber es ist so!"

Alles war einen Augenblick lang still. Dann hörte man im tiefen abendlichen Schweigen der Umgegend die klare, alte Stimme des Chevaliers etwas zittern: „Monsieur! Das ist eine Beleidigung."

Es war sein erster Gedanke. Das Mädchen, während seines Exils und nach dem Tode ihres Vaters geboren, seines armen Bruders, den eine Bande von Jakobinern ermordet hatte, war ihm seit seiner Rückkehr sehr an das alte Herz gewachsen, das so viele Jahre von bloßen Erinnerungen der Liebe gezehrt hatte. „Es ist unfaßbar, das muß ich schon sagen! Ein Mann bereinigt solche Angelegenheiten, bevor er daran denkt, um die Hand eines jungen Mädchens anzuhalten. Also, wenn Sie es noch zehn Tage länger vergessen hätten, wären Sie verheiratet gewesen, bevor Ihnen Ihr Gedächtnis wiedergekommen wäre. Zu meiner Zeit vergaßen die Männer solche Dinge nicht – und auch nicht die Rücksicht auf die Gefühle einer unschuldigen jungen Frau. Wenn ich sie selbst nicht achtete, würde ich Ihr Verhalten in einer Weise charakterisieren, die Ihnen nicht gefallen würde."

General D'Hubert erleichterte sich offen durch ein Stöhnen. „Dieser Gedanke soll Sie nicht hindern. Sie laufen keine Gefahr, sie tödlich zu verletzen."

Aber der alte Mann schenkte diesem Unsinn eines Liebenden keine Aufmerksamkeit. Es ist zweifelhaft, ob er ihn überhaupt hörte. „Was ist es?" fragte er. „Welcher Art ist dieser . . . ?"

„Nennen Sie es eine jugendliche Torheit, Monsieur le Chevalier. Ein unbegreifliches, unglaubliches Ergebnis einer . . ." Er hielt jäh inne. Er wird die Geschichte niemals glauben, dachte er. Er wird nur denken, ich halte ihn für einen Narren, und wird beleidigt sein. General D'Hubert sprach wieder laut: „Ja, verursacht durch jugendliche Torheit, ist es zu einer . . ."

Der Chevalier unterbrach: „Nun, dann muß es geregelt werden."

„Geregelt?"

„Ja, ganz gleich, um welchen Preis für Ihr amour propre. Sie hätten daran denken sollen, daß Sie verlobt waren. Das haben Sie auch vergessen, nehme ich an. Und dann kommen Sie her und haben Ihren Streit einfach vergessen. Das ist die hoffnungsloseste Offenbarung von Leichtsinn, von der ich je gehört habe."

„Du lieber Himmel, Monsieur! Sie glauben doch nicht etwa, ich hätte mir diesen Streit eingehandelt, als ich das letzte Mal in Paris war, oder so etwas?"

„Ach! Was macht schon das genaue Datum Ihres verrückten Verhaltens aus", rief der Chevalier gereizt. „Die Hauptsache ist, es wird in Ordnung gebracht."

Als er bemerkte, daß General D'Hubert unruhig wurde und versuchte, etwas zu sagen, hob der alte émigré die Hand und fügte mit Würde hinzu: „Ich bin auch Soldat gewesen. Ich würde es niemals wagen, dem Mann, dessen Namen meine Nichte tragen soll, einen zweifelhaften Schritt vorzuschlagen. Ich sage Ihnen, daß entre galants hommes eine Affäre immer geregelt werden kann."

„Aber, saperlotte, Monsieur le Chevalier, es ist fünfzehn oder sechzehn Jahre her. Ich war damals Husarenleutnant."

Der alte Chevalier schien verblüfft durch den heftig verzweifelten Ton dieser Mitteilung. „Sie waren Husarenleutnant vor sechzehn Jahren", murmelte er wie benommen.

„Ja natürlich! Sie haben doch nicht geglaubt, daß ich schon in der Wiege zum General gemacht wurde wie ein Prinz von königlichem Geblüt."

In der dunkler werdenden purpurnen Abenddämmerung der mit Weinlaub bedeckten Felder, die im Westen von einem schmalen Band düsteren Karmesinrot begrenzt wurde, klang die Stimme des alten ehemaligen Offiziers in der Armee der Fürsten gefaßt, förmlich und höflich.

„Träume ich? Ist das ein Scherz? Oder soll das heißen, daß Sie seit sechzehn Jahren einen Ehrenhandel hinauszögern?"

„Er hängt mir an seit dieser langen Zeit. Das ist meine klare Meinung. Der Streit selbst läßt sich nicht leicht erklären. Wir haben uns während dieser Zeit natürlich mehrmals geschlagen."

„Was für Manieren! Was für eine schreckliche Entstellung der Männlichkeit! Nichts kann eine solche Unmenschlichkeit hervorrufen als der blutige Wahn der Revolution, der eine ganze Generation vergiftet hat", sann der zurückgekehrte émigré in leisem Ton. „Wer ist Ihr Gegner?" fragte er etwas lauter.

„Mein Gegner? Sein Name ist Feraud."

Schattenhaft in seinem tricorne und der altmodischen Kleidung, wie ein gebeugtes, dünnes Gespenst des ancien régime, sprach der Chevalier von einer gespensterhaften Erinnerung. „Ich kann mich an die Fehde um die kleine Sophie Derval zwischen Monsieur de Brissac, Hauptmann in den Leibgarden, und d'Anjorrant (nicht dem pockennarbigen, dem anderen – dem Beau d'Anjorrant, wie sie ihn nannten) erinnern. In achtzehn Monaten trafen sie dreimal in höchst tapferer Weise aufeinander. Es war auch die Schuld der kleinen Sophie, die *durchaus* ihr Spiel weitertreiben . . ."

„Dies ist nichts dergleichen", unterbrach General D'Hubert. Er lachte etwas sardonisch. „Nicht im mindesten so einfach", fügte er hinzu. „Und auch nicht halb so vernünftig", endigte er unhörbar zwischen den Zähnen und knirschte vor Wut mit ihnen.

Nach diesem Geräusch störte lange Zeit nichts das Schweigen, bis der Chevalier ohne sonderliches Interesse fragte: „Was ist er – dieser Feraud?"

„Auch Husarenleutnant – ich meine, er ist General. Ein Gaskogner. Sohn eines Schmieds, glaube ich."

„Da haben wir's! Das dachte ich mir doch. Dieser Bonaparte hatte eine besondere Vorliebe für die canaille. Damit meine ich nicht Sie, D'Hubert. Sie sind einer von uns, obwohl Sie diesem Usurpator gedient haben, der . . ."

„Den wollen wir lieber aus dem Spiel lassen", fiel ihm General D'Hubert ins Wort.

Der Chevalier zuckte mit den spitzen Schultern. „Irgend so ein Feraud. Abkömmling eines Schmieds und irgendeiner Dorfdirne. Da sehen Sie, was dabei herauskommt, wenn man sich mit dieser Art von Leuten einläßt."

„Sie selbst haben Schuhe gemacht, Chevalier."

„Ja. Aber ich bin nicht der Sohn eines Schuhmachers. Und Sie auch nicht, Monsieur D'Hubert. Sie und ich haben etwas, was die Fürsten, Herzöge und Marschälle Ihres Bonaparte nicht haben, weil es keine Macht auf Erden ihnen geben könnte", erwiderte der émigré mit der wachsenden Lebhaftigkeit eines Mannes, der ein hoffnungsvolles Argument zu fassen bekommen hat. „Diese Leute existieren nicht – all diese Ferauds. Feraud! Was ist Feraud? Ein va-nu-pieds, von einem korsischen Abenteurer, der sich als Kaiser ausgegeben hat, zu einem vermeintlichen General gemacht. Es gibt für einen D'Hubert keinen denkbaren Grund, sich zu encanailler durch ein Duell mit einer Person dieser Art. Sie können sich ihm gegenüber durchaus entschuldigen. Und wenn es sich der manant in den Kopf setzt, das abzulehnen, können Sie sich einfach weigern, sich mit ihm zu schlagen."

„Sie meinen, ich kann das tun?"

„Das meine ich. Mit dem reinsten Gewissen."

„Monsieur le Chevalier! Was glauben Sie, in was für ein Land Sie aus Ihrer Emigration zurückgekommen sind?"

Dies wurde in einem derart erschreckenden Ton gesagt, daß der alte Mann jäh seinen gebeugten Kopf hob, der unter den Spitzen des kleinen tricorne silbrig weiß schimmerte. Eine Zeitlang ließ er keinen Laut hören.

„Weiß Gott!" sagte er schließlich, während er mit einer langsamen und feierlichen Geste auf ein hohes Kreuz am Wege deutete, das auf einem Steinblock errichtet war und seine schmiedeeisernen Arme völlig schwarz gegen das dunkler werdende rote Band am Himmel reckte, „Weiß Gott! Wenn es nicht wegen dieses Sinnbilds wäre, das ich, wie mir erinnerlich, schon als Kind an dieser Stelle sah, würde ich mich fragen, in was für ein Land wir, die wir Gott und unserem König treu blieben, zurückgekommen sind. Sogar die Stimmen der Menschen haben sich verändert."

„Ja, es ist ein verändertes Frankreich", sagte General D'Hubert. Er schien seine Ruhe wiedergewonnen zu haben. Sein Ton war leicht ironisch. „Deshalb kann ich Ihren Rat nicht annehmen. Außerdem, wie soll man sich weigern, von einem Hund gebissen zu werden, der beißen will? Das ist unmöglich. Mein Wort darauf – Feraud ist kein Mann, der sich durch Entschuldigungen oder Weigerungen zurückhalten ließe. Aber es gibt andere Wege. Ich könnte zum Beispiel einen Boten mit einer Nachricht an den Brigadekommandeur der Gendarmerie in Senlac schicken. Er und seine beiden Freunde unterliegen der Verhaftung auf meinen einfachen Befehl hin. Es würde einiges Gerede in der Armee geben, sowohl in der neu geschaffenen als auch in der aufgelösten – besonders in der aufgelösten. Alles canaille! Alle früher einmal die Waffengefährten von Armand D'Hubert. Aber was braucht es einen D'Hubert schon zu kümmern, was Leute, die nicht existieren, denken mögen. Oder, besser noch, ich könnte meinen Schwager veranlassen, den Bürgermeister des Dorfes kommen zu lassen und ihm einen Wink zu geben. Nichts weiter wäre nötig, um die drei ‚Banditen' mit Dreschflegeln und Heugabeln anfallen und in irgendeinen hübschen, tiefen, nassen Graben jagen zu lassen – und niemand erfährt etwas! So ist es nur zehn Meilen von hier drei armen Teufeln der aufgelösten Roten Garde-Ulanen ergangen, als sie auf dem Nachhauseweg waren. Was sagt Ihr Gewissen, Chevalier? Kann ein D'Hubert so an drei Männern handeln, die nicht existieren?"

Einige Sterne waren an der blauen Dunkelheit des Himmels kristallklar hervorgekommen. Die trockene, dünne Stimme des Chevaliers sagte schroff: „Warum erzählen Sie mir das alles?"

Der General faßte die welke alte Hand mit starkem Griff. „Weil ich Ihnen mein vollstes Vertrauen schuldig bin. Wer könnte es Adèle sagen außer Ihnen? Sie verstehen, warum ich es nicht wage, meinem Schwager und auch nicht meiner eigenen Schwester zu vertrauen. Chevalier! Ich war so nahe daran, all dies zu tun, daß ich jetzt noch zittere. Sie wissen ja nicht, wie schrecklich mir dieses Duell erscheint. Und es gibt kein Entrinnen davor."

Nach einer Pause murmelte er: „Es ist ein Unglück", ließ die teilnahmslose Hand des Chevaliers sinken und sagte in seinem üblichen Gesprächston: „Ich werde ohne Sekundanten gehen müssen. Wenn es mein Los ist, auf dem Felde zu bleiben, werden wenigstens Sie alles wissen, was über diese Affäre bekanntgemacht werden kann."

Das schattenhafte Gespenst des ancien régime schien während des Gesprächs noch gebeugter geworden zu sein. „Wie soll ich heute abend vor den beiden Frauen eine gleichmütige Miene bewahren", seufzte er. „General! Ich finde es sehr schwer, Ihnen zu verzeihen."

General D'Hubert gab keine Antwort.

„Ist Ihre Sache wenigstens gerecht?"

„Ich bin schuldlos."

Diesmal ergriff er den gespensterhaften Arm des Chevaliers über dem Ellbogen und drückte ihn kräftig. „Ich muß ihn töten", zischte er, öffnete seine Hand und schritt auf dem Wege davon.

Die zarten Aufmerksamkeiten seiner liebenden Schwester hatten dem General völlige Bewegungsfreiheit in dem Hause, in dem er Gast war, gesichert. Er hatte sogar seinen eigenen Eingang durch eine kleine Tür in einer Ecke der Orangerie. So war er an diesem Abend nicht der Notwendigkeit ausgesetzt, seine Erregung vor der ruhigen Unwissenheit der anderen Hausgenossen zu verbergen. Er war froh darüber. Wenn er seine Lippen öffnen müßte, so schien es ihm, würde er in fürchterliche und zwecklose Verwünschungen ausbrechen, würde er anfangen, Möbel zu zertrümmern und Porzellan und Glas zu zerschlagen. Von dem Moment an, da er seine persönliche Tür geöffnet hatte, und während er die achtundzwanzig Stufen einer Wendeltreppe hinaufstieg, die zu dem Korridor führte, an dem sein Zimmer lag, durchlebte er eine furchtbare und erniedrigende Szene, in der ein wutentbrannter Irrer mit blutunterlaufenen Augen und Schaum vor dem Mund in unvorstellbarer Weise alles Leblose, was in einem wohlausgestatteten Eßzimmer zu finden sein mochte, verwüstete. Als er die Tür zu seinem Zimmer öffnete, war der Anfall vorüber, und seine körperliche Ermüdung war so groß, daß er nach den Stuhllehnen greifen mußte, während er den Raum durchschritt, um zu einem niedrigen und breiten Sofa zu gelangen, auf das er sich schwer fallen ließ. Seine geistige Ermattung war noch größer. Diese Brutalität des Empfindens, die er nur gekannt hatte, wenn er mit dem Säbel in der Hand den Feind angriff, versetzte diesen Mann von vierzig in Erstaunen, der darin nicht den instinktiven Zorn seiner bedrohten Leidenschaft gewahrte. Aber in seiner geistigen und körperlichen Erschöpfung klärte, reinigte, kristallisierte sich diese Leidenschaft zu einem Gefühl der schmerzlichen Verzweiflung darüber, daß er vielleicht sterben müsse, bevor er dieses schöne Mädchen gelehrt hätte, ihn zu lieben.

In jener Nacht durchmaß General D'Hubert, auf dem Rücken ausgestreckt, die Hände über den Augen, oder auf dem Bauch liegend, das Gesicht in ein Kissen vergraben, den ganzen Bereich der Gefühle. Ekelerregenden Abscheu vor der Widersinnigkeit seiner Lage, Zweifel an der eigenen Fähigkeit, sein Leben zu gestalten, und Mißtrauen gegen seine besten Regungen (denn wozu, zum Teufel, mußte er zu Fouché?) – er erfuhr sie alle der Reihe nach. „Ich bin ein Idiot, nicht mehr und nicht weniger", dachte er. „Ein empfindsamer Idiot. Weil ich zufällig hörte, wie zwei Männer sich in einem Café unterhielten ... Ich bin ein Idiot, der vor Lügen Angst hat – wo es doch im Leben nur die Wahrheit ist, auf die es ankommt."

Mehrmals stand er auf und trank, auf Socken gehend, damit er unten von niemandem gehört würde, alles Wasser, das er in der Dunkelheit finden konnte. Und er kostete auch die Qualen der Eifersucht. Sie würde jemand anders heiraten. Er litt aus ganzer Seele. Die Hartnäckigkeit dieses Feraud, die entsetzliche Ausdauer jenes schwachsinnigen Grobians, kam ihm mit der ungeheuren Wucht eines unbarmherzigen Schicksals zum Bewußtsein. General D'Hubert zitterte, als er den leeren Wasserkrug hinstellte. „Er wird mich erledigen", dachte er. General D'Hubert kostete jedes Gefühl, das das Leben zu geben hat. Er hatte in seinem trockenen Mund den schwachen, widerwärtigen Geschmack der Angst, nicht der entschuldbaren Angst vor dem offenen und belustigten Blick eines jungen Mädchens, sondern der Angst vor dem Tod und der Angst eines ehrenhaften Mannes vor der Feigheit.

Aber wenn wahrer Mut darin besteht, hinauszugehen und einer verhaßten Gefahr zu begegnen, vor der unser Körper, unsere Seele und unser Herz gleichzeitig zurückschaudern, so hatte General D'Hubert die Gelegenheit, ihn zum ersten Mal in seinem Leben zu erproben. Er hatte jubelnd Batterien und Infanteriekarrees angegriffen und war mit Depeschen durch einen Hagel von Kugeln geritten, ohne etwas dabei zu denken. Jetzt war es seine Aufgabe, sich bei Tagesanbruch ungehört hinauszuschleichen, zu einem obskuren und empörenden Tod. General D'Hubert zögerte keinen Moment. Er trug zwei Pistolen in einem Lederbeutel, den er sich über die Schulter hängte. Bevor er den Garten durchquert hatte, war sein Mund wieder trokken. Er pflückte zwei Apfelsinen. Erst als er das Tor hinter sich geschlossen hatte, verspürte er ein leichtes Schwächegefühl.

Er wankte weiter, dessen nicht achtend, und nach ein paar Metern gewann er wieder Gewalt über seine Beine. In der farblosen und durchsichtigen Morgendämmerung hob sich der Kiefernwald mit seinen Säulen von Baumstämmen und seinem dunkelgrünen Baldachin sehr klar gegen die Felsen des grauen Hanges ab. Er hielt seinen Blick fest darauf gerichtet und saugte im Gehen an einer Apfelsine. Diese von Natur aus zuversichtliche Gelassenheit angesichts der Gefahr, die ihn zu einem Offizier gemacht hatte, der von seinen Untergebenen geliebt und von seinen Vorgesetzten geschätzt wurde, setzte sich allmählich durch. Es war, als ginge man in eine Schlacht. Als er am Rande des Waldes ankam, setzte er sich auf einen Steinblock, die andere Apfelsine in der Hand, und machte sich Vorwürfe, daß er so lächerlich früh auf das Gelände gekommen war. Sehr bald jedoch hörte er das Rascheln von Büschen, Fußtritte auf dem harten Boden und die Töne eines zusammenhanglosen, lauten Gesprächs. Eine Stimme irgendwo hinter ihm sagte prahlerisch: „Den bring ich zur Strecke."

Er dachte bei sich: Da sind sie. Was hat ihr Gerede zu bedeuten? Sprechen sie über mich? Und als er die andere Apfelsine in seiner Hand gewahrte, dachte er weiter: Das sind sehr gute Apfelsinen. Léonies eigener Baum. Ich kann diese jetzt auch noch essen, anstatt sie wegzuwerfen.

Als General Feraud und seine Sekundanten aus einem Gewirr von Felsen und Büschen hervortraten, fanden sie General D'Hubert damit beschäftigt, die Apfelsine abzuschälen. Sie blieben stehen und warteten, bis er aufsah. Dann lüfteten die Sekundanten ihre Hüte, während General Feraud, die Hände auf den Rücken legend, ein kleines Stück abseits ging.

„Ich bin gezwungen, einen von Ihnen, meine Herren, zu bitten, mir zu sekundieren. Ich habe keine Freunde mitgebracht. Sind Sie einverstanden?"

Der einäugige Kürassier sagte abwägend: „Das kann man nicht ablehnen."

Der andere Veteran bemerkte: „Trotzdem ist es eine schwierige Sache."

„Auf Grund der Ansichten der Menschen in diesem Teil des Landes gab es niemanden, dem ich den Zweck Ihrer Anwesenheit hier gefahrlos hätte anvertrauen können", erklärte General D'Hubert weltmännisch.

Sie salutierten, sahen sich um und bemerkten beide nacheinander: „Schlechtes Gelände."

„Es ist ungeeignet."

„Scheren Sie sich nicht um Gelände, Abmessungen und so weiter. Lassen Sie uns die Dinge vereinfachen. Laden Sie die beiden Pistolenpaare. Ich nehme das von General Feraud, und er soll meins nehmen. Oder, noch besser, lassen Sie uns ein gemischtes Paar nehmen. Eine von jedem Paar. Dann lassen Sie uns in den Wald gehen und beim ersten Anblick schießen, während Sie außerhalb bleiben. Wir sind nicht zu Förmlichkeiten hergekommen, sondern zum Kampf – zum Kampf auf Leben und Tod. Dafür ist jedes Gelände gut genug. Wenn ich falle, müssen Sie mich liegenlassen, wo ich bin, und verschwinden. Es wäre lebensgefährlich für Sie, danach hier noch angetroffen zu werden."

Eine kurze Unterredung ergab, daß General Feraud diese Bedingungen akzeptieren wolle. Während die Sekundanten die Pistolen luden, konnte man ihn pfeifen hören, und man sah, wie er sich in völliger Zufriedenheit die Hände rieb. Forsch schleuderte er seinen Mantel weg, und General D'Hubert zog seinen aus und legte ihn sorgfältig auf einem Stein zusammen.

„Ich schlage vor, Sie bringen Ihren Duellanten zur anderen Seite des Waldes und lassen ihn von jetzt an genau in zehn Minuten hineingehen", schlug General D'Hubert ruhig vor, aber mit einem Gefühl, als gebe er Anweisungen für seine eigene Erschießung. Dies war jedoch der letzte

Augenblick seiner Schwäche. „Warten Sie. Wir wollen erst die Uhren vergleichen."

Er zog seine heraus. Der Offizier mit der lädierten Nase ging hinüber, um General Ferauds Uhr zu borgen. Sie beugten ihre Köpfe eine Weile über sie.

„Also dann. Vier Minuten vor sechs nach Ihrer und sieben vor nach meiner."

Es war der Kürassier, der an General D'Huberts Seite blieb, sein eines Auge unbeweglich auf das weiße Zifferblatt der Uhr geheftet, die er in seiner Handfläche hielt. Er öffnete, auf den Schlag der letzten Sekunde wartend, den Mund schon lange, bevor er das Wort „Avancez" hervorstieß.

General D'Hubert ging los, aus dem grellen Sonnenschein des Morgens in der Provence in den kühlen und aromatischen Schatten der Kiefern. Das Gelände war offen zwischen den rötlichen Baumstämmen, die sich in etwas unterschiedlichen Winkeln neigten und deren Vielzahl sein Auge anfangs verwirrte. Es war, als ginge man in eine Schlacht. Die beherrschende Eigenschaft des Vertrauens zu sich selbst erwachte in seiner Brust. Er konzentrierte sich ganz auf seine Sache. Das Problem bestand darin, wie man den Gegner töten konnte. Nichts weniger als das würde ihn von diesem schwachsinnigen Schreckgespenst befreien. Es hat keinen Sinn, diesen Unmenschen zu verwunden, dachte General D'Hubert. Er war bekannt als ein findiger Offizier. Seine Kameraden hatten ihn vor Jahren auch „den Strategen" genannt. Und es war tatsächlich so, daß er in Gegenwart des Feindes noch denken konnte. Wohingegen Feraud immer ein bloßer Kämpfer gewesen war – aber ein vortrefflicher Schütze, unglücklicherweise.

„Ich muß ihn zum Feuern aus möglichst großer Entfernung verleiten", sagte sich General D'Hubert.

In diesem Moment sah er, wie sich weitab zwischen den Bäumen etwas Weißes bewegte – das Hemd seines Gegners. Sofort trat er zwischen den Stämmen hervor und zeigte sich ungedeckt, dann sprang er blitzschnell zurück. Es war ein riskanter Schritt gewesen, aber er erreichte sein

Ziel. Fast gleichzeitig mit dem Knall eines Schusses traf ein kleines Stück Borke, das durch die Kugel abgerissen worden war, schmerzhaft sein Ohr.

General Feraud, der nun einen Schuß verbraucht hatte, wurde vorsichtig. Als General D'Hubert verstohlen hinter dem Baum hervorblickte, konnte er nicht die Spur von ihm sehen. Diese Unkenntnis des Aufenthalts seines Feindes brachte ein Gefühl der Unsicherheit mit sich. General D'Hubert hatte den Eindruck, an den Flanken und im Rücken furchtbar ungedeckt zu sein. Wieder flatterte etwas Weißes in seinem Blickfeld. Ah! Der Gegner befand sich also immer noch vor ihm. Er hatte ein Umgehungsmanöver befürchtet. Aber offensichtlich dachte General Feraud nicht daran. General D'Hubert sah, wie er sich ihm in gerader Linie, ohne besondere Eile von einem Baum zum anderen näherte. Mit großer Willensstärke hielt sich General D'Hubert zurück. Noch zu weit. Er wußte, er war kein Meisterschütze. Er mußte ganz einfach abwarten – um zu töten.

Da er sich die größere Dicke des Stammes zunutze machen wollte, ließ er sich auf den Boden sinken. In voller Länge ausgestreckt, mit dem Kopf zum Feind, war sein Körper vollkommen geschützt. Sich jetzt zu zeigen, würde seinen Zweck verfehlen, weil der andere inzwischen zu nahe gekommen war. Eine innere Gewißheit, daß Feraud gleich etwas Unbesonnenes tun würde, wirkte wie Balsam auf General D'Huberts Seele. Aber das Kinn ständig vom Boden hochzuhalten war ermüdend und hatte auch nicht viel Sinn. Er sah verstohlen auf, wobei er einen Teil seines Kopfes ungedeckt ließ, mit Furcht, aber eigentlich mit geringem Risiko. Sein Gegner erwartete tatsächlich nicht, so tief unten etwas von ihm zu sehen. General D'Hubert erhaschte einen kurzen Blick auf General Feraud, der wieder mit besonnener Vorsicht die Bäume wechselte. Er verachtet meine Schießkunst, dachte er und zeigte damit jenen Einblick in das Denken des Gegners, der von solch großer Hilfe ist, wenn es gilt, Schlachten zu gewinnen. Er sah sich in seiner Taktik der Unbeweglichkeit bestätigt. Wenn ich nur hinten ebenso gut beobachten könnte wie vorn! dachte er unruhig, sich das Unmögliche wünschend.

Es erforderte einige Charakterstärke, die Pistolen hinzulegen; aber General D'Hubert tat dies, einer plötzlichen Regung folgend, sehr sacht – eine auf jeder Seite. In der Armee war er für etwas stutzerhaft gehalten worden, weil er sich an Tagen der Schlacht zu rasieren pflegte und ein frisches Hemd anzog. Tatsächlich war er immer sehr sorgsam auf seine äußere Erscheinung bedacht gewesen. Bei einem Mann von fast vierzig, der in ein junges und reizendes Mädchen verliebt ist, kann sich diese löbliche Selbstachtung zu solch kleinen Schwächen entwickeln, daß er beispielsweise ein elegantes kleines Lederklappetui bei sich trägt, das einen zierlichen Elfenbeinkamm enthält und an der Außenseite mit einem Spiegelchen versehen ist. General D'Hubert, dessen Hände nun frei waren, fühlte in seinen Hosentaschen nach diesem Utensil harmloser Eitelkeit, das entschuldbar ist bei dem Besitzer eines langen, seidigen Schnurrbarts. Er zog es heraus und drehte sich dann mit äußerster Kaltblütigkeit und Schnelligkeit auf den Rücken. In dieser neuen Körperhaltung, den Kopf ein wenig gehoben, den kleinen Spiegel ganz dicht neben seinen Baum haltend, blinzelte er mit seinem linken Auge hinein, während das rechte von seiner Position aus die rückwärtige Seite direkt beobachtete. So wurde Napoleons Ausspruch bewiesen, daß „für einen französischen Soldaten das Wort unmöglich nicht existiert". Er richtete es so ein, daß der rechte Baum beinahe die Fläche des kleinen Spiegels ausfüllte.

Wenn er sich hinter ihm nähert, überlegte er mit Befriedigung, muß ich seine Beine sehen. Aber auf jeden Fall kann er nicht unverhofft an mich herankommen.

Und tatsächlich sah er General Ferauds Stiefel blitzartig auftauchen und wieder verschwinden, einen Augenblick lang alles andere verdeckend, was in dem kleinen Spiegel sichtbar war. Er änderte seine Lage entsprechend. Aber da er sich sein Urteil über die Veränderung aus diesem indirekten Blickwinkel bilden mußte, erkannte er nicht, daß sich nun seine Füße und ein Teil seiner Beine im deutlichen Sichtbereich von General Feraud befanden.

General Feraud war allmählich beeindruckt von der erstaunlichen Geschicklichkeit, mit der sich sein Gegner in Deckung hielt. Er hatte den richtigen Baum mit blutdürstiger Genauigkeit ausgemacht. Dessen war er sich absolut sicher. Und trotzdem hatte er noch nicht einmal ein Ohrläppchen zu sehen bekommen. Da er in einer Höhe von etwa einem Meter und fünfundsiebzig über dem Erdboden danach gesucht hatte, war das kein großes Wunder – aber General Feraud schien es sehr verwunderlich.

Der erste Anblick dieser Füße und Beine bewirkte einen Blutandrang in seinem Kopf. Er taumelte buchstäblich hinter seinen Baum und mußte sich mit der Hand gegen ihn stützen. Der andere lag also am Boden! Am Boden! Noch dazu vollkommen regungslos! Ungedeckt! Was konnte das bedeuten? ... Dann kam General Feraud der Gedanke, daß er seinen Gegner mit dem ersten Schuß umgelegt habe. Sobald er einmal da war, wuchs er mit jeder Sekunde gespannten Blicks und überschattete jede andere Vermutung – unwiderstehlich, triumphal, furchtbar.

„Was für ein Esel war ich zu glauben, ich könnte ihn nicht getroffen haben“, murmelte er zu sich selbst. „Er war ungedeckt en plein – der Narr! – für etliche Sekunden.“

General Feraud starrte auf die bewegungslosen Glieder, und die letzten Reste der Überraschung schwanden vor einer grenzenlosen Bewunderung seiner eigenen tödlichen Treffsicherheit mit der Pistole.

Der hat das Zeitliche gesegnet! Beim Gott des Krieges, das war ein Schuß! jubelte er innerlich. Hat sie durch den Kopf gekriegt, kein Zweifel, genau wohin ich gezielt hab, ist hinter diesen Baum getorkelt, auf den Rücken gerollt und war tot.

Und er starrte! Er starrte, vergaß, sich zu bewegen, fast ehrfürchtig, fast bedauernd. Aber für nichts in der Welt hätte er es ungeschehen machen wollen. So ein Schuß! So ein Schuß! Ist auf den Rücken gerollt und war tot!

Denn es war diese hilflose Stellung, dieses Auf-dem-

Rücken-Liegen, das General Feraud seinen direkten Beweis entgegenschrie! Es kam ihm nicht in den Sinn, daß sie von einem lebenden Mann bewußt eingenommen worden sein könnte. Das war undenkbar. Das befand sich jenseits der Grenzen normaler Vermutungen. Es gab keine Möglichkeit, den Grund dafür zu erraten. Und es muß auch gesagt werden, daß General D'Huberts nach oben zeigende Füße völlig tot aussahen. General Feraud dehnte seine Lunge zu einem stimmgewaltigen Ruf an seine Sekundanten, unterließ es aber einstweilen aus einer, wie er glaubte, übertriebenen Gewissenhaftigkeit.

„Ich will nur erst hingehen und sehen, ob er noch atmet", murmelte er vor sich hin und verließ sorglos den Schutz seines Baumes. Diese Bewegung wurde von dem findigen General D'Hubert sofort wahrgenommen. Er schloß daraus, daß es ein weiterer Wechsel sei; aber als er die Stiefel aus dem Feld des Spiegels verlor, wurde ihm unbehaglich. General Feraud hatte die Richtung nur wenig geändert, aber sein Gegner konnte unmöglich annehmen, daß er mit gänzlicher Harmlosigkeit auf ihn zukam. General D'Hubert, der anfing, sich zu fragen, wo der andere nur stecke, wurde so völlig überrascht, daß das erste warnende Zeichen der Gefahr in dem langen, frühmorgendlichen Schatten seines Widersachers bestand, der quer über seine ausgestreckten Beine fiel. Er hatte nicht einmal einen Schritt auf dem weichen Boden zwischen den Bäumen gehört!

Das war sogar für seine Kaltblütigkeit zuviel. Ohne Besinnen sprang er auf und ließ die Pistolen auf dem Boden liegen. Das unwillkürliche, instinktive Gefühl eines durchschnittlichen Mannes (es sei denn, er wäre vor Verwirrung gänzlich gelähmt) wäre es gewesen, sich nach seinen Waffen zu bücken, wobei er sich dem Risiko ausgesetzt hätte, in dieser Stellung niedergeschossen zu werden. Instinkt hat natürlich nichts mit Denken zu tun. Das sagt schon seine Definition. Aber es mag eine Untersuchung wert sein, ob bei mehr zum Denken veranlagten Menschen die mechanischen Eingebungen des Instinkts nicht durch die gewohnheitsmäßige Denkweise beeinflußt werden. In seinen Jugendtagen hatte Armand D'Hubert, der nachdenkliche, vielversprechende Offizier, die Meinung geäußert, daß man im Kampfe „niemals einen Fehler zurückverfolgen sollte". Diese Ansicht, in vielen Diskussionen verteidigt und entwickelt, hatte sich als eine grundlegende Idee in seinem Gehirn festgesetzt, war ein Teil seiner geistigen Individualität geworden. Ob sie nun so unvorstellbar tief gegangen war, daß sie die Gebote seines Instinkts beeinflußte, oder einfach, weil er, wie er später selbst erklärte, „zu erschrokken war, um sich an die verdammten Pistolen zu erinnern", Tatsache ist, daß General D'Hubert gar nicht versuchte, sich nach ihnen zu bücken. Anstatt seinen Fehler zurückzuverfolgen, ergriff er den rauhen Stamm mit beiden Händen und warf sich mit solchem Schwung dahinter, daß er, gerade während des Aufblitzens und Knalls des Pistolenschusses, an der anderen Seite des Baumes wieder erschien, General Feraud genau gegenüber. Letzterer, vollkommen erschüttert angesichts einer solchen Demonstration von Behendigkeit seitens eines toten Mannes, zitterte noch. Eine sehr schwache Rauchwolke hing vor seinem Gesicht, das ein merkwürdiges Aussehen hatte, als hätte sich der Unterkiefer ausgerenkt.

„Nicht daneben!" krächzte er heiser aus den Tiefen einer trockenen Kehle.

Dieser unheilvolle Laut löste den Bann, der General D'Huberts Sinne befallen hatte. „Doch, daneben – à bout portant", hörte er sich sagen, fast bevor er die volle Beherrschung seiner Geisteskräfte wiedergewonnen hatte. Der Gefühlsumschwung wurde begleitet von einem Ausbruch mordlustiger Wut, die in ihrer Heftigkeit den aufgestauten Groll seines Lebens barg. Jahrelang war General D'Hubert erbittert und erniedrigt worden durch eine abscheuliche Widersinnigkeit, die ihm der wilde Eigensinn dieses Mannes aufzwang. Überdies war er in diesem letzten Fall zu wenig geneigt gewesen, dem Tod gegenüberzutreten, als daß die Reaktion auf seine Furcht nicht die Gestalt eines Wunsches zu töten annehmen sollte. „Und ich habe noch meine zwei Schuß", setzte er mitleidlos hinzu.

General Feraud ließ sein Gebiß zuschnappen, und sein Gesicht nahm einen zornigen, unerschrockenen Ausdruck an. „Also los!“ sagte er grimmig.

Das wären seine letzten Worte gewesen, wenn General D'Hubert die Pistolen in den Händen gehalten hätte. Aber die Pistolen lagen am Fuße einer Kiefer auf der Erde. General D'Hubert verfügte über den freien Augenblick, der nötig war, um sich zu erinnern, daß er den Tod nicht als Mann, sondern als Liebender gefürchtet hatte; nicht als Gefahr, sondern als Rivalen; nicht als Gegner des Lebens, sondern als Hindernis zur Heirat. Und siehe! Der Rivale war geschlagen! Völlig geschlagen, zerschmettert, erledigt!

Er nahm die Waffen mechanisch auf und gab, anstatt sie auf General Ferauds Brust abzufeuern, dem Gedanken Ausdruck, der ihm am nächsten lag: „Sie werden sich nun nicht mehr duellieren.“

Sein Ton einer ruhigen, unbeschreiblichen Befriedigung war zuviel für General Ferauds Stoizismus. „Dann trödeln Sie doch nicht so herum, Sie kaltblütiger Stutzer vom Stab, hol Sie der Teufel!“ schrie er plötzlich mit einem unbewegten Gesicht, das er auf einem starren, reglosen Körper erhoben hielt.

General D'Hubert entspannte sorgfältig die Pistolen. Diese Handlung wurde von dem anderen General mit gemischten Gefühlen beobachtet. „Sie haben mich zweimal verfehlt“, sagte der Sieger kühl, während er beide Pistolen in eine Hand nahm; „beim letzten Mal so ungefähr um dreißig Zentimeter. Nach allen Regeln des Zweikampfes gehört Ihr Leben mir. Das bedeutet nicht, daß ich es Ihnen jetzt nehmen will.“

„Ich brauche Ihre Nachsicht nicht“, murmelte General Feraud finster.

„Gestatten Sie mir den Hinweis, daß mich das nichts angeht“, sagte General D'Hubert, bei dem jedes Wort von äußerstem Zartgefühl diktiert wurde. Im Zorn hätte er diesen Mann töten können, aber kalten Blutes schreckte er davor zurück, diesen unvernünftigen Menschen durch betonte Großmut zu erniedrigen – einen Kameraden der

Grande Armée, einen Gefährten in den Wundern und Schrecken des großen militärischen Epos. „Sie haben keinen Anspruch darauf, mir vorzuschreiben, was ich mit dem tun soll, was mein eigen ist."

General Feraud sah bestürzt aus, und der andere fuhr fort: „Sie haben mich auf Grund eines Ehrenhandels fünfzehn Jahre lang gezwungen, mein Leben gewissermaßen zu Ihrer Verfügung zu halten. Nun gut. Jetzt ist die Angelegenheit zu meinen Gunsten entschieden, und ich werde nach dem gleichen Prinzip mit Ihrem Leben tun, was mir gefällt. Sie werden es zu meiner Verfügung halten, solange es mir beliebt. Nicht mehr und nicht weniger. Sie sind frei auf Ehrenwort, bis ich Sie abrufe."

„Ja! Aber, sacrebleu! Das ist eine lächerliche Lage, in die Sie einen General des Kaiserreichs da versetzen!" rief General Feraud im Ton tiefer und erschrockener Überzeugung. „Das läuft ja darauf hinaus, den gesamten Rest meines Lebens mit einer geladenen Pistole in einer Schublade dazusitzen und auf Ihr Zeichen zu warten. Das ist – das ist idiotisch; ich werde ein Gegenstand des – des – Spottes sein."

„Lächerlich? Idiotisch? Meinen Sie?" fragte General D'Hubert mit verschlagener Ernsthaftigkeit. „Vielleicht. Aber ich weiß nicht, wie dem abgeholfen werden könnte. Ich werde jedoch kaum lang und breit über dieses Ereignis reden. Niemand braucht jemals etwas darüber zu wissen. Ebenso wie bis auf den heutigen Tag, glaube ich, keiner den Ursprung unseres Streits kennt ... Kein Wort mehr", fügte er hastig hinzu. „Ich kann diese Frage wirklich nicht mit einem Mann erörtern, der, soweit es mich betrifft, nicht existiert."

Als die beiden Duellanten aufs freie Feld kamen, wobei General Feraud etwas hinterherging, fast wie in einem Trancezustand, eilten die beiden Sekundanten auf sie zu, jeder von seinem Posten am Rande des Waldes. General D'Hubert richtete das Wort an sie, indem er laut und deutlich sagte: „Meine Herren, ich lege Wert darauf, Ihnen in Anwesenheit von General Feraud feierlich zu erklären, daß unsere Differenz endlich ein für allemal beigelegt ist. Sie können jedermann über diese Tatsache in Kenntnis setzen."

„Also doch eine Versöhnung!" riefen sie gleichzeitig aus.

„Versöhnung? Das nicht ganz. Es ist etwas viel Bindenderes. Nicht wahr, General?"

General Feraud senkte nur den Kopf zum Zeichen der Zustimmung. Die beiden Veteranen sahen einander an. Später am Tage, als sie sich außer Hörweite ihres übellaunigen Freundes sahen, bemerkte der Kürassier plötzlich: „Im allgemeinen kann ich mit meinem einen Auge so weit sehen wie die meisten Leute; aber da komme ich nicht mehr mit. Er sagt ja gar nichts."

„Bei diesem Ehrenhandel gab es, wie ich hörte, von Anfang an immer etwas, das niemand in der Armee recht verstehen konnte", erklärte der Chasseur mit der unvollständigen Nase. „Rätselhaft hat es begonnen, rätselhaft ging es weiter und rätselhaft soll es anscheinend nun auch enden."

General D'Hubert ging mit langen, eiligen Schritten nach Hause, keineswegs gehoben durch ein Gefühl des Triumphes. Er hatte gesiegt; dennoch schien es ihm nicht, daß er durch diesen Sieg sehr viel gewonnen habe. In der Nacht zuvor hatte er sich zornig gewehrt, sein Leben zu riskieren, das ihm großartig erschien und der Erhaltung wert als eine Gelegenheit, die Liebe eines Mädchens zu erringen. Er hatte Augenblicke gehabt, in denen diese Liebe durch eine wunderbare Illusion schon sein schien und sein gefährdetes Leben eine noch großartigere Gelegenheit der Hingebung. Jetzt, da sein Leben sicher war, hatte es plötzlich seine besondere Großartigkeit verloren. Es hatte statt dessen einen besonders beunruhigenden Aspekt als eine Falle zur Enthüllung der Unwürdigkeit bekommen. Was die wunderbare Illusion eroberter Liebe betraf, die ihm einen Moment lang in den erregt durchwachten Stunden der Nacht, die seine letzte auf Erden hätte sein können, gekommen war, begriff er nun ihr wahres Wesen. Es war lediglich ein Anfall phantasierender Einbildung gewesen. So erschien diesem Mann, ernüchtert durch den siegreichen Ausgang eines Duells, das Leben seines Reizes beraubt, einfach weil es nicht mehr gefährdet war.

Da er sich dem Hause von der hinteren Seite, durch den Obstgarten und den Gemüsegarten näherte, konnte er nicht die Aufregung wahrnehmen, die vorn herrschte. Er traf keine Menschenseele. Erst als er leise den Korridor entlangging, wurde er gewahr, daß das Haus wach war und lauter als sonst. Namen von Bediensteten wurden unten in einem verworrenen Lärm von Kommen und Gehen gerufen. Mit einiger Unruhe stellte er fest, daß die Tür seines Zimmers halb offen stand, obwohl die Jalousien noch nicht aufgezogen waren. Er hatte gehofft, sein zeitiger Ausflug würde unbemerkt bleiben. Er erwartete, irgendeinen Bediensteten, der gerade hineingegangen war, anzutreffen; aber in dem Sonnenschein, der durch die gewöhnlichen Spalten drang, konnte er auf dem niedrigen Sofa etwas Umfängliches liegen sehen, das aussah wie zwei Frauen, die sich in den Armen hielten. Trauriges und verzweifeltes Gemurmel ging unerklärlich von dieser Erscheinung aus. General D'Hubert zog heftig das nächste Jalousienpaar hoch. Da sprang eine der Frauen auf. Es war seine Schwester. Einen Augenblick lang stand sie da, mit offenem Haar und über dem Kopf erhobenen Armen, und dann warf sie sich mit einem unterdrückten Schrei in seine Arme. Er erwiderte ihre Umarmung und versuchte gleichzeitig, sich aus ihr zu befreien. Die andere Frau war nicht aufgestanden. Sie schien sich im Gegenteil dichter an das Sofa zu schmiegen und verbarg ihr Gesicht in den Kissen. Ihr Haar hing auch lose herab; es war bewundernswert schön. General D'Hubert erkannte es mit heftiger Gefühlswallung. Mademoiselle de Valmassigue! Adèle! Voller Kummer!

Er wurde sehr unruhig und machte sich entschlossen aus der Umarmung seiner Schwester frei. Da streckte Madame Léonie ihren wohlgeformten bloßen Arm aus ihrem peignoir und deutete dramatisch auf das Sofa. „Dieses arme, erschrockene Kind ist von seinem Hause hergeeilt, zu Fuß, zwei Meilen – den ganzen Weg gelaufen."

„Was in aller Welt ist passiert?" fragte General D'Hubert mit leiser, erregter Stimme.

Aber Madame Léonie sprach laut: „Sie läutete die große Glocke am Tor und weckte den ganzen Haushalt – wir schliefen alle noch. Da kannst du dir vorstellen, was für ein furchtbarer Schreck das war ... Adèle, mein liebes Kind, setz dich auf."

General D'Huberts Gesichtsausdruck war nicht der eines Mannes, der sich mit Leichtigkeit etwas „vorstellt". Er fischte jedoch aus dem Wirrwarr von Vermutungen den Gedanken, daß seine zukünftige Schwiegermutter plötzlich gestorben sei, aber nur, um ihn sofort zu verwerfen. Er konnte sich keine Vorstellung machen von dem Wesen des Ereignisses oder der Katastrophe, die Mademoiselle de Valmassigue, die in einem Hause voller Diener wohnte, veranlassen könnte, die Nachricht selbst über die Felder zu bringen, zwei Meilen weit, und dabei den ganzen Weg zu laufen.

„Aber warum seid ihr in diesem Zimmer?" flüsterte er ehrfurchtsvoll.

„Natürlich lief ich hoch, um nachzusehen, und dieses Kind ... ich hab's nicht gemerkt ... ist mir gefolgt. Es ist dieser törichte Chevalier", fuhr Madame Léonie, zum Sofa blickend, fort. „Ihr ganzes Haar ist aufgelöst. Stell dir vor, sie hat sich nicht die Zeit genommen, ihre Zofe zu rufen, daß sie es ihr frisiert, bevor sie loslief ... Adèle, meine Liebe, setz dich auf. ... Er ist früh um halb sechs mit allem vor ihr herausgeplatzt. Sie wachte zeitig auf und öffnete ihre Jalousien, um die frische Luft zu atmen, und sah ihn auf einer Gartenbank am Ende der großen Allee zusammengesunken sitzen. Zu dieser Stunde – stell dir das vor! Und am Abend zuvor hatte er erklärt, er sei unpäßlich. Sie warf sich schnell ein paar Kleider über und stürzte zu ihm hinunter. Man wäre schon wegen Geringerem in Sorge. Er liebt sie, aber auf eine nicht sehr kluge Weise. Er war die ganze Nacht auf, völlig angekleidet, der arme alte Mann, vollkommen erschöpft. Er war nicht in einem Zustand, eine plausible Geschichte zu erfinden ... Was für einen Vertrauten hast du dir da bloß ausgesucht! Mein Gatte war wütend. Er sagte: ‚Jetzt können wir uns nicht mehr einmischen.‘ So setzten wir uns hin und warteten. Es war schrecklich. Und dieses arme Kind läuft mit offenem Haar in aller Öffentlichkeit hierher! Sie ist von einigen Leuten auf den Feldern gesehen worden. Noch dazu hat sie den gesamten Haushalt aufgestört. Es ist peinlich für sie. Zum Glück sollt ihr nächste Woche heiraten ... Adèle, setz dich auf. Er ist auf seinen eigenen Beinen nach Hause gekommen ... Wir haben erwartet, dich vielleicht auf einer Trage kommen zu sehen – was weiß denn ich? Geh und schau nach, ob der Wagen bereit ist. Ich muß dieses Kind sofort nach Hause bringen. Es ziemt sich nicht für sie, hier noch eine Minute länger zu bleiben.“

General D'Hubert ging nicht. Es war, als hätte er nichts gehört. Madame Léonie besann sich anders. „Ich werde selbst nachsehen“, rief sie. „Ich brauche auch meinen Umhang ... Adèle ...“, begann sie, fügte aber nicht „setz dich auf“ hinzu. Sie ging hinaus, wobei sie in sehr lautem und fröhlichem Ton sagte: „Ich lasse die Tür auf.“

General D'Hubert machte eine Bewegung auf das Sofa zu; aber da setzte sich Adèle auf, und das ließ ihn ruckartig stehenbleiben. Er dachte: Ich habe mich heute morgen nicht gewaschen. Ich muß aussehen wie ein alter Landstreicher. Ich habe Erde an meinem Rock und Kiefernnadeln in meinem Haar. Er meinte, daß die Situation ziemlich viel Behutsamkeit seinerseits erfordere.

„Ich bin sehr besorgt, Mademoiselle“, begann er unsicher und gab diese Richtung auf. Sie saß aufrecht auf dem Sofa mit ungewöhnlich geröteten Wangen, und ihr Haar, glänzend blond, fiel ihr lose über die Schultern – was für den General ein sehr neuer Anblick war. Er ging weg in das Zimmer hinein und sagte, indem er zur Sicherheit aus dem Fenster blickte, im Ton aufrichtiger Verzweiflung: „Sie müssen wohl denken, daß ich mich wie ein Verrückter benommen habe.“ Dann drehte er sich um und bemerkte, daß sie ihm mit den Augen gefolgt war. Sie schlug sie nicht nieder, als sie seinem Blick begegnete. Und ihr Gesichtsausdruck war ihm auch neu. Er war, so hätte man sagen können, umgekehrt. Die Augen sahen ihn mit ernster Nachdenklichkeit an, während die feinen Linien ihres Mundes ein zurückhaltendes Lächeln anzudeuten schienen. Durch diese Veränderung war ihre übernatürliche Schönheit viel weniger rätselhaft, dem Verständnis eines Mannes viel zugänglicher. Den General ergriff eine erstaunliche Gelöstheit – und sogar eine gewisse Ungezwungenheit. Er ging mit ebensoviel freudiger Erregung durch das Zimmer, wie er empfunden hätte, wenn er auf eine Tod, Feuer und Rauch speiende Batterie zumarschiert wäre; dann blieb er stehen und sah mit lächelnden Augen auf das Mädchen herab, deren Hochzeit mit ihm (nächste Woche) so sorgsam vorbereitet worden war von der klugen, guten, bewundernswerten Léonie.

„Oh! Mademoiselle", sagte er in einem Ton höflichen Bedauerns, „wenn ich nur sicher sein könnte, daß Sie heute morgen nicht bloß aus Liebe zu Ihrer Mutter hierhergekommen sind und dabei den ganzen Weg, zwei Meilen weit, gelaufen sind!"

Er wartete gelassen, aber innerlich gehoben, auf eine Antwort. Sie kam in einem züchtigen Flüstern, und die Augenwimpern senkten sich mit faszinierender Wirkung. „Sie müssen nicht auch noch méchant sein, wenn Sie schon verrückt sind."

Und dann machte General D'Hubert eine energische Bewegung auf das Sofa zu, die nichts hätte zurückhalten können. Jenes Möbelstück befand sich nicht gerade in einer Linie mit der offenen Tür. Aber Madame Léonie, die in einen leichten Umhang gehüllt zurückkam und für Adèle einen Spitzenschal über dem Arm trug, um darunter deren unschickliches Haar zu verbergen, hatte den flüchtigen Eindruck, als hätte sich ihr Bruder von den Knien erhoben.

„Komm mit, mein liebes Kind", rief sie von der Türöffnung her.

Der General, jetzt im wahrsten Sinne wieder er selbst,

zeigte die Geistesgegenwart eines findigen Kavallerieoffiziers und die Entschiedenheit eines Führers von Männern. „Du erwartest doch nicht, daß sie zum Wagen geht", sagte er ungehalten. „Sie ist nicht fähig dazu. Ich werde sie die Treppe hinuntertragen."

Dies tat er langsam, gefolgt von seiner beeindruckten und respektvollen Schwester; aber dann stürmte er wie ein Wirbelwind zurück, um all die Spuren der qualvollen Nacht und des morgendlichen Kampfes abzuwaschen und die festliche Kleidung eines Siegers anzulegen, bevor er zum anderen Hause hinübereilte. Wäre das nicht gewesen, hätte General D'Hubert sich imstande gefühlt, ein Pferd zu besteigen und seinem ehemaligen Widersacher nachzureiten, einfach um ihn aus einem Übermaß an Glück zu umarmen. Ich verdanke das alles diesem dummen Grobian, dachte er. Er hat an einem Morgen klargemacht, wozu ich vielleicht Jahre gebraucht hätte, um es herauszufinden – denn ich bin ein zaghafter Narr. Überhaupt kein Selbstvertrauen. Vollkommener Feigling. Und der Chevalier! Wunderbarer alter Mann! General D'Hubert verlangte es danach, auch ihn zu umarmen.

Der Chevalier war im Bett. Mehrere Tage lang fühlte er sich sehr unwohl. Die Männer des Kaiserreichs und die jungen Damen der Zeit nach der Revolution waren zuviel für ihn. Am Tage vor der Hochzeit stand er auf, und da er von Natur aus neugierig war, nahm er seine Nichte zu einem stillen Gespräch beiseite. Er erteilte ihr den Rat, von ihrem Gatten die wahre Geschichte des Ehrenhandels herauszubekommen, dessen Forderung, so dringlich und so hartnäckig, sie um ein Haar in eine Katastrophe geführt hätte. „Es ist nur recht, daß er es seiner Frau sagt. Und ungefähr nächsten Monat wird deine Zeit sein, um von ihm alles zu erfahren, was du wissen möchtest, mein liebes Kind."

Als das verheiratete Paar später auf Besuch zur Brautmutter kam, teilte Madame la Générale D'Hubert ihrem geliebten alten Onkel die wahre Geschichte mit, die sie ohne Schwierigkeit aus ihrem Mann herausgeholt hatte.

Der Chevalier hörte mit großer Aufmerksamkeit bis zu Ende zu, nahm eine Prise Tabak, schnippte die Krümel von der gekräuselten Hemdbrust und fragte ruhig: „Und das war alles?"

„Ja, Onkel", erwiderte Madame la Générale und riß dabei ihre hübschen Augen sehr weit auf. „Ist es nicht komisch? C'est insensé – daran zu denken, wozu Männer fähig sind!"

„Hm!" bemerkte der alte émigré. „Das hängt davon ab, was es für Männer sind. Die Soldaten dieses Bonaparte waren Rohlinge. Das ist insensé. Als Ehefrau, meine Liebe, mußt du unbedingt glauben, was dein Mann sagt."

Aber Léonies Mann vertraute der Chevalier seine wahre Meinung an: „Wenn das das Märchen ist, das der Bursche für seine Frau erfunden hat, und noch dazu während der Flitterwochen, dann können Sie sich darauf verlassen, daß nun niemand jemals das Geheimnis dieser Affäre erfahren wird."

Noch bedeutend später hielt General D'Hubert die Zeit für gekommen und die Gelegenheit für günstig, einen Brief an General Feraud zu schreiben. Er begann diesen Brief damit, daß er auf jede Feindseligkeit verzichte. „Ich habe", schrieb General Baron D'Hubert, „nie Ihren Tod gewünscht in all der Zeit unseres bedauerlichen Streits. Erlauben Sie mir", fuhr er fort, „Ihnen in aller Form Ihr verwirktes Leben wiederzugeben. Es ist angebracht, daß wir beide, die wir gemeinsam an soviel Kriegesruhm beteiligt waren, in der Öffentlichkeit freundschaftlich miteinander verkehren sollten."

Der gleiche Brief enthielt auch eine familiäre Mitteilung. Es war im Zusammenhang mit dieser letzteren, daß General Feraud mit folgenden Worten aus einem kleinen Dorf am Ufer der Garonne antwortete: „Wenn einer der Namen Ihres Sohnes Napoleon gewesen wäre – oder Joseph – oder auch nur Joachim, könnte ich Ihnen zu dem Ereignis leichteren Herzens gratulieren. Da Sie es für angebracht hielten, ihm die Namen Charles Henri Armand zu geben, bin ich in meiner Überzeugung bestärkt, daß Sie den Kaiser *nie* geliebt haben. Der Gedanke, daß dieser erhabene Held an einen Felsen inmitten eines wilden Ozeans gekettet ist, schmälert den Wert des Lebens derart, daß ich mit wirklicher Freude Ihre Anweisung erhalten würde, mir eine Kugel durch den Kopf zu jagen. Selbstmord zu begehen verbietet mir meines Erachtens die Ehre. Aber ich habe immer eine geladene Pistole in meiner Schublade."

Madame la Générale D'Hubert erhob verzweifelt die Hände, nachdem sie diese Antwort gelesen hatte.

„Verstehst du? Er *will* sich nicht versöhnen", sagte ihr Gatte. „Er darf niemals, durch keinen Zufall, ahnen, woher das Geld kommt. Es würde nicht gehen. Er könnte es nicht ertragen."

„Du bist ein brave homme, Armand", sagte Madame la Générale anerkennend.

„Meine Liebe, ich hatte das Recht, ihm eine Kugel durch den Kopf zu jagen; aber da ich es nicht getan habe, können wir ihn nicht darben lassen. Er hat seine Rente verloren und ist völlig unfähig, etwas in der Welt für sich selbst zu tun. Wir müssen für ihn sorgen, heimlich, bis ans Ende seiner Tage. Verdanke ich ihm nicht den berauschendsten Augenblick meines Lebens? ... Ha! Ha! Ha! Über die Felder, zwei Meilen, den ganzen Weg gelaufen! Ich traute meinen Ohren nicht! ... Aber wäre sein dummer Zorn nicht gewesen, hätte ich Jahre gebraucht, dich zu ergründen. Es ist außergewöhnlich, wie es dieser Mann auf irgendeine Art und Weise geschafft hat, sich an meine tieferen Gefühle zu heften."

Il Conde

„Vedi Napoli e poi mori."

Das erste Mal kamen wir im Nationalmuseum in Neapel ins Gespräch, in den Räumen des Erdgeschosses, die die weltbekannte Sammlung von Bronzen aus Herculaneum und Pompeji beherbergen: jenes erstaunliche Erbe antiker Kunst, deren feine Vollkommenheit uns durch den verhängnisvollen Zornesausbruch eines Vulkans erhalten geblieben ist.

Er sprach mich zuerst an, über den berühmten Ruhenden Hermes hinweg, den wir Seite an Seite betrachtet hatten. Er sagte die richtigen Worte über das herrliche Kunstwerk. Nichts Tiefgründiges. Sein Geschmack war eher natürlich als kultiviert. Er hatte in seinem Leben offensichtlich viele schöne Dinge gesehen und wußte sie zu schätzen: Aber er hatte nicht den Jargon eines Kunstliebhabers oder des Connoisseur. Abscheuliche Leute. Er sprach wie ein ziemlich intelligenter Mann von Welt, ein vollkommen unaffektierter Gentleman.

Wir kannten uns seit einigen Tagen vom Sehen. Ich wohnte im selben Hotel – es war gut, aber nicht übertrieben modern –, und ich hatte ihn in der Hotelhalle ein- und ausgehen sehen. Ich vermutete, daß er ein langjähriger und geschätzter Gast war. Die Verbeugung des Hotelbesitzers war aufrichtig in ihrer Ehrerbietung, und er erwiderte sie mit familiärer Höflichkeit. Für das Personal war er der Il Conde. Es gab einen kleinen Zwist über einen Herrenparasol – so einen aus gelber Seide mit weißem Besatz –, den jemand vor der Tür des Speisesaals stehengelassen hatte und den die Kellner entdeckt hatten. Unser goldbetreßter Portier erkannte ihn, und ich hörte, wie er einen der Liftboys beauftragte, Il Conde damit nachzulaufen. Vielleicht war er der einzige Graf, der in dem Hotel wohnte, oder vielleicht hatte er die Ehre, der Graf par excellence zu sein, die ihm auf Grund seiner erwiesenen Treue zum Hause zuteil geworden war.

Da wir uns im Museo unterhalten hatten – (und beiläufig hatte er seine Abneigung gegen die Büsten und Statuen römischer Kaiser in der Galerie der Marmorbildwerke zum Ausdruck gebracht: ihre Gesichter seien ihm zu energisch, zu ausgeprägt) –, da wir uns schon am Vormittag unterhalten hatten, meinte ich, nicht aufdringlich zu sein, als ich am Abend, da ich den Speisesaal sehr voll antraf, fragte, ob ich mich an seinen kleinen Tisch setzen dürfte. Nach der ruhigen Liebenswürdigkeit seiner Zustimmung zu urteilen, dachte er das auch nicht. Sein Lächeln war sehr einnehmend.

Er speiste in einer Abendweste und einem „Smoking" (er nannte ihn so) mit schwarzer Krawattenschleife. Alles von sehr gutem Schnitt, nicht neu – gerade wie diese Dinge sein sollten. Er war morgens wie abends sehr korrekt in seiner Kleidung. Ich hege keinen Zweifel, daß sein ganzes Dasein korrekt war, wohlgeordnet und konventionell, ungestört von aufregenden Ereignissen. Sein weißes, aus einer edlen Stirn nach hinten gebürstetes Haar verlieh ihm das Aussehen eines Mannes mit Idealen und reicher Phantasie. Sein weißer Schnurrbart, groß, aber sorgfältig gestutzt und gepflegt, war in der Mitte nicht unangenehm goldgelb getönt. Der schwache Duft eines sehr guten Parfüms und guter Zigarren (auf letzteren trifft man sehr selten in Italien) erreichte mich über den Tisch. Sein Alter war am deutlichsten an den Augen ablesbar. Sie sahen ein wenig müde aus und hatten faltige Lider. Er muß sechzig gewesen sein oder ein paar Jahre älter. Und er war gesprächig. Ich würde nicht soweit gehen, es geschwätzig zu nennen – aber ausgesprochen gesprächig.

Er habe es mit verschiedenen Klimaten versucht, mit

dem von Abbazia, dem der Riviera, auch noch anderer Orte, erzählte er mir; aber das einzige, das ihm bekomme, sei das Klima des Golfs von Neapel. Die alten Römer, die, wie er mir erklärte, sich hervorragend auf die Kunst zu leben verstanden hätten, wußten sehr wohl, was sie taten, als sie ihre Villen hier am Meer bauten: in Bajä, in Vico, auf Capri. Sie seien in ihrem Streben nach Gesundheit hinunter an diese Küste gekommen, mit Mimen und Flötenspieler im Gefolge, um in ihrer Muße unterhalten zu werden. Er hielt es für äußerst wahrscheinlich, daß die Römer der oberen Klassen besonders zu schmerzhaften rheumatischen Erkrankungen neigten.

Das war die einzige persönliche Meinung, die ich ihn aussprechen hörte. Sie beruhte nicht auf besonderer Gelehrsamkeit. Er wußte nicht mehr über die Römer, als man es von einem durchschnittlich gebildeten Mann von Welt erwartet. Er sprach aus eigener Erfahrung. Er hatte selbst an einer schmerzhaften und gefährlichen rheumatischen Erkrankung gelitten, bis er gerade an diesem Punkt Südeuropas Linderung fand.

Das lag drei Jahre zurück, und seitdem hatte er seinen Wohnsitz an den Küsten des Golfs aufgeschlagen, entweder in einem der Hotels in Sorrento oder indem er eine kleine Villa auf Capri mietete. Er hatte ein Klavier, ein paar Bücher, machte flüchtige Bekanntschaften in dem Strom von Reisenden aus ganz Europa, die einen Tag, eine Woche oder einen Monat andauerten. Man kann sich vorstellen, wie er hinausging, um auf den Straßen und Wegen zu spazieren, wie er Bettlern, Ladenbesitzern, Kindern und Leuten vom Lande bekannt wurde, wie er über die Mauern hinweg freundlich mit den contadini schwatzte – und wie er in seine Zimmer oder seine Villa zurückkehrte, um sich mit seinem nach hinten gebürsteten weißen Haar und seinem dichten, ordentlichen Schnurrbart ans Klavier zu setzen, „um ein wenig für mich selbst zu musizieren“. Und natürlich war, wenn es ihn nach Abwechslung verlangte, Neapel in der Nähe – Leben, Bewegung, Anregung, Oper. Ein bißchen Belustigung sei, wie er sagte, notwendig für die

Gesundheit. Mimen und Flötenspieler also. Nur riefen ihn, im Gegensatz zu den Großen des alten Roms, nicht die Geschäfte der Stadt von diesen maßvollen Vergnügungen fort. Er ging überhaupt keinen Geschäften nach. Wahrscheinlich hatte er sich nie in seinem Leben ernsthaften Geschäften gewidmet. Es war ein angenehmes Dasein, dessen Freuden und Sorgen durch den Lauf der Natur geregelt wurden – Hochzeiten, Geburten, Todesfälle – und das durch die vorgeschriebenen Gepflogenheiten der guten Gesellschaft beherrscht und vom Staat geschützt wurde.

Er war Witwer; aber in den Monaten Juli und August wagte er es, für sechs Wochen zu einem Besuch bei seiner verheirateten Tochter über die Alpen zu fahren. Er sagte mir ihren Namen. Es war der einer sehr aristokratischen Familie. Sie besaß ein Schloß – in Böhmen, glaube ich. Das ist die genaueste Angabe, die er mir jemals über seine Nationalität gemacht hat. Seinen eigenen Namen hat er seltsamerweise nie erwähnt. Vielleicht dachte er, ich hätte ihn auf der offiziellen Gästeliste gesehen. Um die Wahrheit zu sagen, ich habe nie nachgeschaut. Jedenfalls war er ein guter Europäer – er sprach vier Sprachen, wie ich ganz sicher weiß –, und er war ein Mann von Vermögen. Nicht von großem Vermögen, augenscheinlich, aber von ihm entsprechendem. Ich nehme an, außergewöhnlich reich zu sein wäre ihm ungehörig erschienen, outré – überhaupt zu auffällig. Und offensichtlich war auch, daß nicht er das Vermögen erworben hatte. Man kann ein Vermögen nicht ohne eine gewisse Härte erwerben. Es ist eine Sache der Veranlagung. Seine Natur war zu milde zum Kämpfen. Während der Unterhaltung erwähnte er ganz beiläufig sein Besitztum im Zusammenhang mit jener schmerzhaften und beunruhigenden rheumatischen Erkrankung. In einem Jahr, als er sich unvorsichtigerweise noch Mitte September jenseits der Alpen aufgehalten habe, sei er in dem einsamen Landhaus drei Monate lang ans Bett gefesselt gewesen, mit niemandem zu seiner Pflege als seinem Diener und dem Hausverwalterehepaar. Weil er, wie er es ausdrückte, „dort kein großes Haus führte". Er sei nur für ein paar Tage hingefahren, um sich mit seinem Verwalter zu beraten. Er gelobte sich, in Zukunft nie wieder so unklug zu sein. Die ersten Wochen des September würden ihn stets an den Ufern seines geliebten Golfes finden.

Zuweilen begegnet man auf Reisen solchen einsamen Männern, deren einzige Beschäftigung es ist, auf das Unvermeidliche zu warten. Todesfälle und Hochzeiten haben Einsamkeit um sie geschaffen, und ihre Bemühungen, sich das Warten so erträglich wie möglich zu machen, sind wahrlich nicht zu tadeln. Wie er mir gegenüber bemerkte: „In meinem Alter ist es wichtig, daß man frei ist von körperlichem Schmerz."

Man darf nicht denken, daß er ein langweiliger Hypochonder war. Er hatte wirklich viel zu gute Manieren, um einem lästig zu fallen. Er hatte einen Blick für die kleinen Schwächen der menschlichen Natur. Aber es war ein gutmütiger Blick. Er erwies sich als ein ruhiger, ungezwungener, angenehmer Gesellschafter für die Stunden zwischen Abendessen und Schlafengehen. Drei Abende verbrachten wir zusammen, und dann mußte ich Neapel eilig verlassen, um mich um einen Freund zu kümmern, der in Taormina ernstlich erkrankt war. Da Il Conde nichts zu tun hatte, begleitete er mich zum Bahnhof. Ich war ein wenig aufgeregt, und seine Untätigkeit neigte immer dazu, eine freundliche Form anzunehmen. Er war keineswegs ein indolenter Mensch.

Er ging am Zug entlang und spähte in die Wagen nach einem guten Platz für mich, und dann plauderte er munter von unten weiter. Er erklärte, er würde mich am Abend sehr vermissen und kündigte seine Absicht an, nach dem Abendessen der Kapelle im öffentlichen Garten, der Villa Nazionale, zuzuhören. Er würde sich durch das Anhören vortrefflicher Musik und den Anblick der besten Gesellschaft zerstreuen. Dort würden viele Leute sein, wie gewöhnlich.

Mir ist, als sähe ich ihn noch – sein erhobenes Gesicht mit einem freundlichen Lächeln unter dem dichten Schnurrbart und seine gütigen, müden Augen. Als sich der

Zug in Bewegung setzte, verabschiedete er sich in zwei Sprachen von mir, zuerst sagte er in Französisch: „Bon voyage“; dann aufmunternd, weil er meine Sorge sehen konnte, in seinem sehr guten, etwas emphatischen Englisch: „Alles wird – noch – gut – werden!“

Da die Krankheit meines Freundes eine entschieden günstige Wendung genommen hatte, kehrte ich zehn Tage später nach Neapel zurück. Ich kann nicht sagen, daß ich während meiner Abwesenheit viel an Il Conde gedacht hätte, aber als ich den Speisesaal betrat, suchte ich ihn an seinem gewohnten Platz. Ich hatte den Gedanken, er könnte nach Sorrento zurückgefahren sein, zu seinem Klavier, seinen Büchern und zum Angeln. Er war mit all den Bootsverleihern gut befreundet und verbrachte viel Zeit damit, daß er in einem Boot saß und angelte. Aber ich erkannte sein weißes Haupt in der Menge und bemerkte sogar aus einiger Entfernung etwas Ungewöhnliches an seiner Haltung. Anstatt aufrecht zu sitzen und mit wacher Höflichkeit um sich zu blicken, saß er zusammengesunken vor seinem Teller. Ich stand ihm eine Zeitlang gegenüber, bevor er aufsah, ein wenig verstört, wenn man einen solch starken Ausdruck im Zusammenhang mit seiner korrekten Erscheinung benutzen kann.

„Oh, mein lieber Herr! Sind Sie es?“ begrüßte er mich. „Ich hoffe, alles ist gut.“

Er war sehr nett, was meinen Freund betraf. Wirklich, er war immer nett, mit der Nettheit von Leuten, deren Herzen wahrhaft menschlich sind. Aber diesmal kostete es ihn Mühe. Seine Versuche zu allgemeiner Konversation blieben in Fadheit stecken. Mir kam der Gedanke, er könne unpäßlich sein. Aber bevor ich die Frage formulieren konnte, murmelte er: „Sie treffen mich hier sehr traurig an.“

„Das tut mir leid“, sagte ich. „Sie haben hoffentlich keine schlechten Nachrichten erhalten?“

Es sei sehr freundlich von mir, daß ich Anteil nähme. Nein. Das sei es nicht. Keine schlechten Nachrichten, Gott sei Dank. Und er saß reglos, als hielte er den Atem an.

Dann beugte er sich leicht vor und zog mich in einem seltsamen Ton schreckerfüllter Verwirrung ins Vertrauen.

„Die Wahrheit ist, daß ich ein sehr – ein sehr – wie soll ich sagen? – abscheuliches Abenteuer erlebt habe."

Die Stärke des Adjektivs war überraschend genug bei diesem Manne von maßvollen Empfindungen und zurückhaltendem Vokabular. Das Wort unangenehm wäre, so hatte ich gedacht, vollauf geeignet gewesen für das übelste Erlebnis, das einen Mann seines Schlages treffen könnte. Und ein Abenteuer noch dazu. Unglaublich! Aber es liegt in der menschlichen Natur, das Übelste zu denken; und ich gestehe, ich sah ihn verstohlen an und fragte mich, was er getan hatte. Jedoch augenblicklich schwanden meine unwürdigen Vermutungen. Es war eine ursprüngliche, natürliche Vornehmheit an dem Manne, die mich veranlaßte, jeden Gedanken, er säße in einer mehr oder weniger anrüchigen Klemme, fallenzulassen.

„Es ist sehr ernst. Sehr ernst", fuhr er nervös fort. „Ich werde es Ihnen nach dem Abendessen erzählen, wenn Sie gestatten."

Ich bekundete mein völliges Einverständnis durch eine kleine Verbeugung, nichts weiter. Ich wollte ihm zu verstehen geben, daß ich kaum an diesem Anerbieten festhalten würde, wenn er sich später eines anderen besinnen sollte. Wir sprachen von gleichgültigen Dingen, aber mit einem Gefühl der Verlegenheit, ganz im Gegensatz zu unseren früheren zwanglosen, vertraulichen Gesprächen. Die Hand, die ein Stück Brot zum Munde führte, zitterte leicht, wie ich bemerkte. Dieses Symptom war in Anbetracht meiner Meinung von dem Mann nichts weniger als bestürzend.

Im Rauchzimmer zögerte er keineswegs. Sobald wir unsere gewohnten Plätze eingenommen hatten, beugte er sich über die Armlehne seines Sessels und sah mir gerade und ernst in die Augen.

„Erinnern Sie sich", begann er, „an jenen Tag, an dem Sie wegfuhren? Ich sagte Ihnen, ich würde zur Villa Nazionale fahren, um am Abend ein wenig Musik zu hören."

Ich erinnerte mich. Sein schönes altes Antlitz, so frisch für sein Alter, von keiner unangenehmen Erfahrung gezeichnet, sah einen Augenblick lang verstört aus. Es war wie das Vorübergleiten eines Schattens. Ich erwiderte seinen festen Blick und nahm ein Schlückchen von meinem schwarzen Kaffee. Er war systematisch genau in seiner Erzählung, einfach, so glaube ich, um sich von seiner Erregung nicht überwältigen zu lassen.

Nach dem Verlassen des Bahnhofs habe er ein Eis gegessen und in einem Café die Zeitung gelesen. Dann sei er ins Hotel zurückgefahren, habe sich für das Abendessen umgekleidet und mit gutem Appetit gespeist. Nach dem Abendessen habe er sich in der Halle aufgehalten (es standen dort Sessel und Tische) und seine Zigarre geraucht; habe mit der kleinen Tochter des Primo Tenore des Theaters San Carlo geplaudert und ein paar Worte mit jener „liebenswürdigen Dame“, der Frau des Primo Tenore, gewechselt. Es sei an jenem Abend keine Vorstellung gewesen, und die Herrschaften seien ebenfalls zur Villa gefahren. Sie hätten das Hotel verlassen. Nun gut.

In dem Augenblick, da er ihrem Beispiel habe folgen wollen – es sei schon halb zehn gewesen –, habe er sich erinnert, daß er eine ziemlich große Geldsumme in seiner Brieftasche trüge. Er sei deshalb ins Büro gegangen und habe den größten Teil davon beim Buchhalter des Hotels hinterlegt. Danach habe er eine carrozzella genommen und sei an die Küste des Meeres gefahren. Er sei aus der Droschke ausgestiegen und habe die Villa vom Largo di Vittoria aus zu Fuß betreten.

Er starrte mich intensiv an. Und da begriff ich, wie empfänglich er doch für Eindrücke war. Jedes kleine Faktum und Ereignis jenes Abends trat in seinem Gedächtnis deutlich hervor, als hätte es mystische Bedeutung. Wenn er mir gegenüber nicht die Farbe des kleinen Pferdes, das die carrozzella zog, und das Aussehen des Mannes, der sie kutschierte, erwähnte, so war es nichts als ein Versehen, das seiner Erregung entsprang, die er mannhaft unterdrückte.

Dann habe er die Villa Nazionale vom Largo di Vittoria

aus betreten. Die Villa Nazionale ist ein öffentlicher Lustgarten, der mit Rasenplätzen, Sträuchern und Blumenbeeten zwischen den Häusern der Riviera di Chiaja und den Wassern der Bucht angelegt ist. Baumalleen, mehr oder weniger parallel, durchziehen ihn in seiner gesamten Länge, die beträchtlich ist. An der Seite der Riviera di Chiaja fahren elektrische Straßenbahnen dicht am Geländer entlang. Zwischen dem Garten und dem Meer befindet sich der elegante Fahrweg, eine breite Straße, die von einer niedrigen Mauer begrenzt wird, jenseits derer das Mittelmeer mit sanftem Murmeln plätschert, wenn das Wetter schön ist.

Da das Leben spätabends in Neapel weitergeht, herrschte auf dem breiten Fahrweg reges Treiben; ein leuchtender Schwarm von Wagenlampen bewegte sich paarweise vorwärts, einige schlichen langsam, andere liefen schnell dahin unter der schmalen, bewegungslosen Reihe elektrischer Lampen, die die Küste kennzeichnen. Und ein leuchtender Schwarm von Sternen hing über dem Land, das von Stimmen summte, das mit Häusern angefüllt war, das von Lichtern glänzte – und über den stummen, flachen Schatten des Meeres.

Der Garten selbst ist nicht sehr gut beleuchtet. Unser Freund schritt aus in der warmen Dunkelheit, den Blick auf ein entferntes, helles Strahlen gerichtet, das sich fast über die gesamte Breite der Villa erstreckte, als leuchtete dort die Luft mit dem ihr eigenen kalten, bläulichen und blendenden Licht. Diesem magischen Ort hinter schwarzen Baumstämmen und Massen tintigen Blattwerks entströmten süße Klänge, die vermischt waren mit jäh einsetzendem blechernem Lärm, plötzlichem Klirren von Metall und tiefen, nachhallenden Schlägen.

Als er weiterging, vereinigten sich all diese Geräusche zu einem Stück kunstvoller Musik, dessen wohlklingende Phrasen eindringlich durch ein großes, verworrenes Gemurmel von Stimmen und das Scharren von Füßen auf dem Kies des öffentlichen Platzes drangen. Eine riesige Menschenmenge, eingetaucht in das elektrische Licht wie in ein Bad einer strahlenden und dünnen Flüssigkeit, die mittels leuchtender Lampenglocken über ihre Köpfe ausgegossen wurde, zog zu Hunderten um die Kapelle. Weitere Hunderte saßen auf Stühlen in mehr oder weniger konzentrischen Kreisen und nahmen unentwegt die großen Wellen von Wohlklang auf, die in der Dunkelheit verebbten. Der Graf bahnte sich einen Weg in die Menge, ließ sich in stiller Freude von ihr treiben, während er lauschte und die Gesichter betrachtete. Alles Leute guter Gesellschaft: Mütter mit ihren Töchtern, Eltern und Kinder, junge Männer und junge Frauen, und alle unterhielten sich, lächelten, nickten einander zu. Sehr viele hübsche Gesichter und sehr viele hübsche Toiletten. Es gab natürlich eine Anzahl verschiedener Typen: alte Protze mit weißen Schnurrbärten, dicke Männer, dünne Männer, Offiziere in Uniform; aber überwogen habe, so sagte er mir, der süditalienische Typ des jungen Mannes mit dem bleichen, reinen Teint, roten Lippen, dem tiefschwarzen kleinen Schnurrbart und feucht schimmernden schwarzen Augen, so wunderbar wirkungsvoll bei boshaften und finsteren Blicken.

Der Graf habe sich aus der Menge zurückgezogen und anschließend einen kleinen Tisch vor dem Café mit einem jungen Mann ebendieses Menschenschlages geteilt. Unser Freund habe Zitronenlimonade getrunken. Der junge Mann habe trübsinnig vor einem leeren Glas gesessen. Einmal habe er aufgesehen und dann wieder nach unten geblickt. Er habe auch seinen Hut nach vorn geschoben. So ...

Der Graf machte die Geste eines Mannes, der sich den Hut in die Stirn zieht, und fuhr fort. „Ich denke bei mir, er ist traurig, etwas stimmt nicht mit ihm; junge Männer haben ihre Sorgen. Natürlich beachte ich ihn nicht. Ich bezahle meine Limonade und gehe.“

Als der Graf in der Nähe der Kapelle umhergeschlendert sei, habe er, wie er glaube, diesen jungen Mann zweimal allein in der Menge gehen sehen. Einmal hätten sich ihre Blicke getroffen. Es müsse derselbe junge Mann gewesen sein, aber es seien dort so viele dieses Typs gewesen, daß er nicht sicher sein könne. Überdies sei er nicht sehr besorgt gewesen, außer daß ihm die ausgeprägte, mißmutige Unzufriedenheit dieses Gesichts aufgefallen sei.

Dann drängte sich der Graf, des Gefühls der Einengung müde, das man in einer Menge empfindet, von der Kapelle fort. Eine Allee, im Vergleich sehr dunkel, bot sich einladend dar mit ihrer Aussicht auf Einsamkeit und Kühle. Er betrat sie und ging langsam weiter, bis der Ton der Kapelle deutlich schwächer wurde. Danach ging er zurück und machte noch einmal kehrt. Das tat er mehrmals, bevor er merkte, daß dort jemand eine der Bänke besetzte.

Da sich die Stelle in der Mitte zwischen zwei Laternenpfählen befand, war das Licht schwach.

Der Mann lehnte lässig in der Ecke der Bank, die Beine ausgestreckt, die Arme verschränkt, und hielt den Kopf gesenkt. Er regte sich nicht, als wäre er eingeschlafen, aber als der Graf das nächste Mal vorbeikam, hatte er seine Körperhaltung geändert. Er saß vornübergebeugt. Seine Ellbogen waren auf die Knie gestützt, und seine Hände drehten eine Zigarette. Er sah nicht auf von dieser Beschäftigung.

Der Graf schlenderte weiter von der Kapelle fort. Er sei langsam zurückgegangen, sagte er. Ich kann mir vorstellen, wie er die Lauheit dieser südlichen Nacht und die durch die Entfernung wunderbar gedämpften Klänge der Musik so ganz, aber mit seiner gewohnten Ruhe genoß.

Dann näherte er sich zum dritten Male dem Mann auf der Gartenbank, der immer noch vornübergebeugt saß, die Ellbogen auf den Knien. Es war eine niedergeschlagene Haltung. Im Halbdunkel der Allee bildeten sein hoher Hemdkragen und seine Manschetten kleine Flecken von leuchtender Weiße. Der Graf sagte, er habe bemerkt, wie er unvermittelt aufstand, als wolle er weggehen, aber fast ehe er sich dessen bewußt gewesen sei, habe der Mann vor ihm gestanden und in leisem, liebenswürdigem Ton gefragt, ob der Signore die Freundlichkeit haben würde, ihm Feuer zu geben.

Der Graf antwortete auf diese Bitte mit einem höflichen

„Natürlich" und ließ die Hände in der Absicht sinken, seine beiden Hosentaschen nach den Streichhölzern abzusuchen.

„Ich ließ meine Hände sinken", sagte er, „aber ich steckte sie nicht in die Taschen. Ich fühlte hier einen Druck . . ."

Er legte die Spitze seines Fingers auf eine Stelle dicht unter seinem Brustbein, genau auf die Stelle des menschlichen Körpers, wo ein japanischer Ehrenmann mit dem Harakiri beginnt, einer Form der Selbsttötung, die der Entehrung folgt, der unerträglichen Verletzung der Zartheit seiner Gefühle.

„Ich blicke hinunter", fuhr der Graf mit scheuer Stimme fort, „und was sehe ich? Ein Messer! Ein langes Messer . . ."

„Sie wollen doch nicht etwa sagen", rief ich bestürzt aus, „daß Sie in dieser Weise um halb elf Uhr in der Villa überfallen wurden, keinen Katzensprung entfernt von tausend Leuten!"

Er nickte mehrmals und starrte mich mit größter Eindringlichkeit an.

„Die Klarinette", erklärte er feierlich, „beendete gerade ihr Solo, und ich versichere Ihnen, ich konnte jeden Ton hören. Dann schmetterte die Kapelle fortissimo, und jenes Geschöpf rollte mit den Augen, knirschte mit den Zähnen und zischte mich mit der größten Wildheit an: ‚Seien Sie still! Kein Geschrei oder . . .'"

Ich konnte meiner Verwunderung nicht Herr werden.

„Was für ein Messer war es?" fragte ich einfältig.

„Eine lange Klinge. Ein Stilett – vielleicht ein Küchenmesser. Eine lange, schmale Klinge. Sie funkelte. Und seine Augen funkelten. Seine weißen Zähne auch. Ich konnte sie sehen. Er war sehr wild. Ich dachte bei mir: Wenn ich ihm einen Schlag versetze, tötet er mich. Wie hätte ich mit ihm kämpfen sollen? Er hatte das Messer, und ich hatte nichts. Ich bin fast siebzig, wissen Sie, und das war ein junger Mann. Mir war sogar, als würde ich ihn erkennen. Der trübsinnige junge Mann aus dem Café. Der junge Mann, dem ich in der Menge begegnet war. Aber ich könnte es nicht sagen. Es gibt in diesem Land so viele wie ihn."

Die Qual des Augenblicks spiegelte sich auf seinem Gesicht. Ich glaube, physisch muß er vor Bestürzung gelähmt gewesen sein. Seine Gedanken blieben jedoch ungemein lebhaft. Sie streiften jede beunruhigende Möglichkeit. Ihm kam auch die Idee, ein kräftiges Geschrei um Hilfe zu erheben. Aber er tat nichts dergleichen, und der Grund, warum er es unterließ, verhalf mir zu einer guten Meinung von seiner innerlichen Selbstbeherrschung. Er sah im Nu, daß nichts den anderen daran hinderte, ebenfalls zu schreien.

„Der junge Mann hätte augenblicklich sein Messer wegwerfen und behaupten können, ich sei der Angreifer gewesen. Warum nicht? Er hätte sagen können, ich hätte ihn angegriffen. Warum nicht? Eine unglaubliche Geschichte stand gegen die andere! Er hätte sonst etwas sagen, irgendeine entehrende Beschuldigung gegen mich vorbringen können – was weiß denn ich? Seiner Kleidung nach war er kein gewöhnlicher Räuber. Er schien zu den besseren Klassen zu gehören. Was konnte ich schon sagen? Er war Italiener – ich bin Ausländer. Natürlich, ich habe meinen Paß, und es gibt unseren Konsul – aber festgenommen, in der Nacht wie ein Verbrecher zum Polizeiamt gezerrt zu werden . . ."

Er schauderte. Es lag in seinem Charakter, vor einem Skandal zurückzuschrecken, viel mehr als vor dem bloßen Tod. Und sicherlich wäre das für viele Leute – in Anbetracht gewisser Eigenheiten neapolitanischer Sitten – immer eine äußerst seltsame Geschichte geblieben. Der Graf war kein Dummkopf. Nachdem sein Glaube an die ehrbare Friedlichkeit des Lebens einen schweren Schlag erlitten hatte, hielt er alles für möglich. Aber ihm kam auch der Gedanke in den Sinn, daß der junge Mann vielleicht nur ein rasender Irrer sei.

Das war für mich der erste Hinweis auf seine Einstellung zu diesem Abenteuer. In seinem übersteigerten Feingefühl schien ihm, daß niemandes Selbstachtung beeinträchtigt werden müsse durch das, was einem ein Wahnsinniger möglicherweise antun mochte. Es wurde jedoch offenkundig, daß dem Grafen dieser Trost versagt bleiben sollte. Er ließ sich über die schrecklich wilde Art aus, in der der junge Mann mit seinen funkelnden Augen rollte und mit seinen weißen Zähnen knirschte. Die Kapelle spielte nun einen langsamen Satz mit dem feierlichen Schmettern aller Posaunen und Paukenschlägen in gemessenen Abständen.

„Und was taten Sie?“ fragte ich überaus erregt.

„Nichts“, antwortete der Graf. „Ich ließ meine Hände ganz reglos herunterhängen. Ich erklärte ihm ruhig, ich hätte nicht die Absicht, Geschrei zu machen. Er knurrte wütend wie ein Hund und sagte dann mit normaler Stimme: ‚Vostro portafoglio.‘

Und so habe ich natürlich ...“, fuhr der Graf fort, und von da an stellte er die ganze Sache pantomimisch dar. Während er mich fest im Auge behielt, führte er nacheinander alle entsprechenden Bewegungen aus: er griff sich in die Brusttasche, nahm eine Brieftasche heraus und reichte sie hin. Aber der junge Mann, der immer noch fest auf das Messer drückte, wollte sie nicht anfassen.

Er hieß den Grafen, das Geld selbst herauszunehmen, empfing es in die linke Hand, gab ein Zeichen, die Brieftasche wieder in die Tasche zu stecken, und all dies geschah unter dem süßen Trillern von Flöten und Klarinetten, das getragen wurde vom gefühlvollen Näseln der Oboen. Und der „junge Mann“, wie der Graf ihn nannte, sagte: „Das scheint sehr wenig zu sein.“

„Es waren tatsächlich nur 340 oder 360 Lire“, erzählte der Graf weiter. „Ich hatte mein Geld im Hotel gelassen, wie Sie wissen. Ich sagte ihm, das sei alles, was ich bei mir hätte. Er schüttelte unwillig den Kopf und sagte: ‚Vostro orologio.‘“

Der Graf zeigte mir durch Gebärden, wie er seine Uhr herauszog und sie abmachte. Aber, wie es der Zufall wollte, befand sich das wertvolle goldene Halbchronometer, das er besaß, zur Reinigung beim Uhrmacher. An jenem Abend trug er (an einer Lederhalterung) das Waterbury-Ding zu fünfzig Francs, das er für gewöhnlich mitnahm, wenn er angeln fuhr. Kaum daß der gutgekleidete Räuber die Art dieser Beute wahrgenommen hatte, stieß er mit der Zunge einen verächtlichen schnalzenden Laut hervor, wie „Tseah“, und wies sie hastig ab. Dann, als der Graf den verschmähten Gegenstand wieder in seine Tasche zurücksteckte, verlangte er mit einem zur Ermahnung bedrohlich verstärkten Druck des Messers auf die Magengegend: „Vostri anelli.“

„Einen der Ringe“, sprach der Graf weiter, „schenkte mir vor vielen Jahren meine Frau, der andere ist der Siegelring meines Vaters. Ich sagte: ‚Nein. *Die* bekommen Sie nicht!‘ “

Hier wiederholte der Graf die Geste, die zu dieser Erklärung gehörte, indem er geschwind eine Hand auf die andere legte und beide so gegen seine Brust drückte. Sie war rührend in ihrer Resignation. „Die bekommen Sie nicht“, wiederholte er bestimmt und schloß die Augen, völlig gefaßt darauf – ich weiß nicht, ob es rechtens ist, wenn ich festhalte, daß ein derart garstiges Wort über seine Lippen kam –, völlig gefaßt darauf, zu spüren, wie ihm – ich zögere wirklich, es zu sagen –, wie ihm der Bauch aufgeschlitzt würde durch den Stoß der langen, scharfen Klinge, die mörderisch an seiner Magengrube – dem unmittelbaren Sitz angstvoller Empfindungen bei allen Menschen – ruhte.

Die Kapelle verströmte nach wie vor herrliche Wogen der Harmonie.

Plötzlich spürte der Graf, daß der grauenhafte Druck auf die empfindliche Stelle nicht mehr da war. Er öffnete die Augen. Er war allein. Er hatte nichts gehört. Wahrscheinlich war der „junge Mann“ schon vor einiger Zeit mit leichten Schritten fortgegangen, aber das Gefühl des schrecklichen Drucks war geblieben, sogar nachdem das Messer weg war. Ein Schwächegefühl überkam ihn. Er hatte gerade noch Zeit, zu der Gartenbank zu wanken. Ihm war, als hätte er lange Zeit den Atem angehalten. Zusammengesunken saß er da, keuchend vor Erschütterung über das Geschehene.

Die Kapelle spielte mit ungeheurer Bravour den komplizierten Schlußsatz. Er endete mit einem gewaltigen Schmettern. Er vernahm es unwirklich und schwach, als wären seine Ohren zugestopft, und dann das harte Klatschen von ungefähr tausend Händepaaren, wie einen plötzlichen Hagelschauer, der vorüberzieht. Das tiefe Schweigen, das folgte, rief ihn zu sich selbst zurück.

Eine Straßenbahn, die einem langen Glaskasten ähnelte, in welchem Leute saßen, deren Köpfe stark beleuchtet waren, fuhr nicht weiter als sechzig Yards von der Stelle entfernt, wo er beraubt worden war, schnell vorbei. Dann rauschte eine zweite vorüber, und noch eine fuhr in die andere Richtung. Das Publikum um die Kapelle herum hatte sich zerstreut und betrat die Allee in kleinen, plaudernden Gruppen. Der Graf setzte sich auf und versuchte, ruhig darüber nachzudenken, was ihm widerfahren war. Die Widerwärtigkeit dessen nahm ihm erneut den Atem. Soweit ich es beurteilen kann, empfand er Ekel vor sich selbst. Ich meine damit nicht sein Verhalten. Wirklich, wenn man seiner pantomimischen Darstellung, die er zu meiner Information davon gegeben hatte, Glauben schenken konnte, so war es einfach vollkommen gewesen. Nein, das war es nicht. Er schämte sich nicht. Er war schockiert, das erwählte Opfer zu sein, nicht so sehr von einem Raub als von Verachtung. Seine Ruhe war böswillig entweiht worden. Die lebenslange, liebenswürdige Feinheit seiner Ansichten war entstellt.

Dennoch war er zu diesem Zeitpunkt, da sich das schreckliche Erlebnis in ihm noch nicht tief hatte eingraben können, imstande, sich selbst zu verhältnismäßigem Gleichmut zu bewegen. Als seine Aufregung etwas nachließ, merkte er, daß er furchtbar hungrig war. Ja, hungrig. Die bloße Erregung hatte ihn einfach heißhungrig gemacht. Er verließ die Bank, und nachdem er eine Zeitlang gegangen war, fand er sich außerhalb des Gartens und vor einer haltenden Straßenbahn, ohne selbst ganz genau zu wissen, wie er dorthin gekommen war. Wie im Traum stieg er ein, durch eine Art Instinkt. Glücklicherweise fand er in seiner Hosentasche eine Kupfermünze, um den Schaffner zufriedenzustellen. Dann hielt die Bahn, und da alle Leute ausstiegen, stieg er auch aus. Er erkannte die Piazza San Ferdinando, aber offenbar kam es ihm nicht in den Sinn, eine Droschke zu nehmen und zum Hotel zu fahren. Er blieb betrübt auf der Piazza wie ein verlorener Hund und dachte vage darüber nach, wie er schnellstens etwas zu essen bekäme.

Plötzlich erinnerte er sich seines Zwanzig-Franc-Stücks. Er erklärte mir, er habe dieses französische Goldstück seit ungefähr drei Jahren besessen. Er habe es immer mit sich herumgetragen als eine Art Reserve im Unglücksfall. Jedem könne es passieren, von einem Taschendieb bestohlen zu werden – das sei etwas ganz anderes als ein schamloser und beleidigender Raub.

Der imposante Bogen der Galleria Umberto befand sich oben auf einer prächtigen Treppe vor ihm. Unverzüglich erstieg er diese und lenkte seine Schritte zum Café Umberto. Alle Tische draußen waren von vielen Leuten besetzt, die etwas tranken. Da er aber etwas essen wollte, ging er in das Café hinein, das durch eckige Pfeiler, die rundherum mit langen Spiegeln versehen sind, in Gänge geteilt ist. Der Graf setzte sich auf eine rote Plüschbank vor einen dieser Pfeiler und wartete auf seinen Risotto. Und sein Geist kehrte zu dem abscheulichen Abenteuer zurück.

Er dachte an den trübsinnigen, gutgekleideten jungen Mann, mit dem er in der Menge um den Musikpavillon Blicke getauscht hatte und der, davon war er überzeugt, der Räuber war. Würde er ihn wiedererkennen? Zweifellos. Aber er wollte ihn nie wiedersehen. Es war das Beste, diese erniedrigende Episode zu vergessen.

Der Graf sah sich begierig nach seinem Risotto um, und siehe! links nach der Wand hin – dort saß der junge Mann. Er war allein an einem Tisch, mit einer Flasche irgendeines Weins oder Sirups und einer Karaffe eisgekühlten Wassers vor sich. Die glatten olivenfarbenen Wangen, die roten Lippen, der kleine, tiefschwarze, galant nach oben gebogene Schnurrbart, die schönen schwarzen Augen, ein wenig finster und von langen Wimpern beschattet, jener seltsame Ausdruck von grausamer Unzufriedenheit, wie man ihn nur auf den Büsten einiger römischer Kaiser sieht – er war es, überhaupt kein Zweifel. Aber das war ein Typ. Der Graf sah hastig weg. Der junge Offizier dort drüben, der eine Zeitung las, sah auch so aus. Derselbe Typ. Zwei junge Männer weiter weg, die Dame spielten, ähnelten ebenfalls ...

Der Graf senkte den Kopf mit der Angst im Herzen, ewig von der Vision dieses jungen Mannes verfolgt zu werden. Er begann, seinen Risotto zu essen. Bald hörte er den jungen Mann zu seiner Linken in übellaunigem Ton den Kellner rufen.

Auf den Ruf hin eilten nicht nur sein Kellner, sondern noch zwei unbeschäftigte, zu einer ganz anderen Reihe von Tischen gehörende Kellner mit unterwürfigem Eifer, der im allgemeinen für die Kellner im Café Umberto nicht kennzeichnend ist, auf ihn zu. Der junge Mann murmelte etwas, und einer der Kellner ging schnell zur nächsten Tür und rief in die Galleria hinaus: „Pasquale! Oh! Pasquale!"

Jeder kennt Pasquale, den zerlumpten alten Kerl, der, zwischen den Tischen schlurfend, den Kunden des Cafés Zigarren, Zigaretten, Ansichtskarten und Streichhölzer zum Kauf anbietet. Er ist in vieler Hinsicht ein gefälliger Halunke. Der Graf sah den grauhaarigen, unrasierten Schurken, dem der Glaskasten an einem Ledergurt vom Hals herabhing, das Café betreten und auf ein Wort vom Kellner sich schlurfend, plötzlich schneller werdend, dem Tisch des jungen Mannes nähern. Der junge Mann brauchte eine Zigarre, mit der Pasquale ihn schmeichlerisch bediente. Der alte Hausierer war beim Hinausgehen, als der Graf ihn, einer plötzlichen Eingebung folgend, heranwinkte.

Pasquale kam, und das Lächeln respektvollen Wiedererkennens verband sich seltsam mit dem zynisch-forschenden Ausdruck seiner Augen. Als er seinen Kasten auf den Tisch gestützt hatte, hob er den Glasdeckel ohne ein Wort. Der Graf nahm eine Schachtel Zigaretten und fragte, getrieben von einer furchtbaren Neugier, so beiläufig, wie er konnte: „Sag mal, Pasquale, wer ist der junge Signore, der dort drüben sitzt?"

Der andere beugte sich vertraulich über seinen Kasten.

„Das, Signor Conde", sagte er, wobei er anfing, geschäftig und ohne aufzublicken, seine Waren umzuordnen, „das ist ein junger Cavaliere aus einer sehr guten Familie aus Bari. Er studiert hier an der Universität und ist der Führer, capo, einer Verbindung junger Männer – sehr netter junger Männer."

Er machte eine Pause, und dann murmelte er mit einer Mischung aus Diskretion und Stolz über sein Wissen das erklärende Wort „Camorra" und setzte den Deckel auf. „Eine sehr mächtige Camorra", hauchte er. „Die Professoren selbst haben großen Respekt vor ihr ... una lira e cinquanti centesimi, Signor Conde."

Unser Freund bezahlte mit dem Goldstück. Während Pasquale das Wechselgeld herausgab, bemerkte er, daß der junge Mann, von dem er in wenigen Worten so viel gehört hatte, den Abschluß des Geschäfts verstohlen beobachtete. Nachdem sich der alte Vagabund mit einer Verbeugung entfernt hatte, rechnete der Graf mit dem Kellner ab und saß reglos da. Eine Starrheit, sagte er mir, habe sich seiner bemächtigt.

Der junge Mann zahlte ebenfalls, stand auf und kam herüber, scheinbar um sich in dem Spiegel zu betrachten, der in den Pfeiler eingelassen war, welcher der Bank des Grafen am nächsten stand. Er war ganz in Schwarz gekleidet und trug eine dunkelgrüne Fliege. Der Graf sah sich um und war bestürzt, einem tückischen Blick aus den Augenwinkeln des anderen zu begegnen. Der junge Cavaliere aus Bari (nach Pasquale, aber Pasquale ist natürlich ein ausgemachter Lügner) fuhr fort, vor dem Spiegel seine Fliege und seinen Hut zurechtzurücken, und unterdessen sprach er gerade laut genug, daß der Graf es hörte. Er sprach durch die Zähne mit der beleidigendsten Boshaftigkeit der Verachtung und starrte gerade in den Spiegel.

„Ach! Also hatten Sie Gold bei sich – Sie alter Lügner –

Sie alter birba – Sie furfante! Aber wir sind noch nicht fertig miteinander."

Die teuflische Bosheit seines Gesichtsausdrucks verschwand blitzartig, und er schlenderte mit übellaunigem, unbewegtem Gesicht aus dem Café.

Der arme Graf fiel, nachdem er mir diese letzte Episode erzählt hatte, bebend in seinen Sessel zurück. Auf der Stirn brach ihm der Schweiß aus. Es lag eine brutale Unverschämtheit im Charakter dieser Ungeheuerlichkeit, die sogar mich entsetzte. Was sie für das Zartgefühl des Grafen bedeutete, versuche ich gar nicht erst zu erraten. Ich bin sicher, wäre er nicht zu kultiviert gewesen, etwas derart eklatant Vulgäres zu tun, wie in einem Café an Apoplexie zu sterben, er hätte auf der Stelle einen tödlichen Schlaganfall erlitten. Alle Ironie beiseite, meine Schwierigkeit bestand darin, ihn nicht das volle Ausmaß meines Mitleids sehen zu lassen. Er schreckte vor jedem übermäßigen Gefühl zurück, und mein Mitleid war praktisch grenzenlos. Es überraschte mich nicht, zu hören, daß er eine Woche lang im Bett gelegen hatte. Er war aufgestanden, um seine Vorkehrungen für seine endgültige Abreise aus Süditalien zu treffen.

Und der Mann war überzeugt, daß er kein volles Jahr in einem anderen Klima durchstehen könnte!

Keines meiner Argumente hatte irgendeinen Erfolg. Es war nicht Ängstlichkeit, obwohl er einmal zu mir sagte: „Sie wissen ja nicht, was eine Camorra ist, mein lieber Herr! Ich bin ein Gezeichneter!" Er hatte keine Angst vor dem, was man ihm antun könnte. Seine empfindliche Vorstellung von seiner Würde war durch ein erniedrigendes Erlebnis beschmutzt. Das konnte er nicht ertragen. Kein japanischer Ehrenmann, verletzt in seinem übersteigerten Ehrgefühl, hätte mit größerer Entschlossenheit an seine Vorbereitungen zum Harakiri gehen können. Nach Hause zu fahren bedeutete wirklich Selbstmord für den armen Grafen.

Es gibt eine Redensart der Lokalpatrioten von Neapel, gedacht zur Information von Ausländern, wie ich annehme: „Neapel sehen und sterben." Vedi Napoli e poi mori. Es ist eine Redensart von übertriebener Eitelkeit, und alles Übertriebene war der empfindsamen Gemessenheit des armen Grafen zuwider. Aber als ich ihn auf dem Bahnhof verabschiedete, dachte ich, daß er ihrem dünkelhaften Sinn außergewöhnliche Treue entgegenbrachte. *Vedi Napoli!* ... Er hatte es gesehn! Er hatte es mit erschreckender Gründlichkeit gesehen – und jetzt fuhr er seinem Grabe entgegen. Er fuhr ihm mit dem train de luxe der Internationalen Schlafwagengesellschaft entgegen, via Triest und Wien. Als die vier langen, düsteren Wagen aus dem Bahnhof rollten, lüftete ich meinen Hut mit dem feierlichen Gefühl, einem Trauerzuge die letzte Ehre zu erweisen. Il Condes Profil, schon sehr gealtert, glitt in steinerner Unbeweglichkeit hinter der erhellten Glasscheibe von mir fort – *Vedi Napoli e poi mori!*

Nachwort

Die in diesem Band vereinten Geschichten entstammen Joseph Conrads mittlerer und wichtigster Schaffensperiode, in der zwischen 1899 und 1910 die meisten seiner weltliterarisch bedeutenden Arbeiten entstanden: „Lord Jim"(1900), „Herz der Finsternis" (Heart of Darkness, 1899), „Nostromo" (1909), „Der Geheimagent" (The Secret Agent, 1907) und andere mehr. Nach fünfzig Lebensjahren zog Conrad Anfang 1908, also gegen Ende dieser Periode, brieflich eine Art Bilanz und konstatierte nach dem Erscheinen von elf Romanen und vielen kürzeren Prosaarbeiten einen begrenzten Publikumserfolg und katastrophale finanzielle Verhältnisse. Sein Lebensstil eilte seinem Einkommen immer um einige Schritte voraus, aber seine Ungeduld mit äußeren Umständen erklärt sich vor allem aus der energiezehrenden Konzentration auf einen Schaffensprozeß, dem die Weltliteratur wesentliche von erzählkünstlerischen Neuerungen geprägte Texte verdankt. Außerdem hatte er, den Wechselfällen bürgerlichen Erwerbslebens ausgesetzt, Pech. Zu diesem Zeitpunkt stand ihm der Schlag des Bankrotts seines Bankiers mit seinen Folgen zwar noch bevor, aber der bildete nur *einen* Tiefpunkt in dem anhaltenden und verzweifelten Kampf, den Conrad gerade auf dem Gipfel seiner Schaffenskraft mit Verlegern, Krankheit in der Familie und eigenen Krankheiten, Gichtanfällen, Zahnschmerzen, Influenza und Nervenbeschwerden, und immer erneut und mit äußerster Anstrengung mit literarischer Form führte. Nach der für ihn enttäuschenden Aufnahme des „Geheimagenten" und bis zur Fertigstellung eines neuen Romans, der als „Mit den Augen des Westens" (Under Western Eyes) erst 1911 erschien, sollte ein Band Erzählungen nicht nur für dringend benötigte Einnahmen sorgen, sondern auch den Künstler bei seinen Lesern in Erinnerung halten. Ironischerweise kam der finanzielle Erfolg wenige Jahre später, etwa zur Zeit des ersten Weltkriegs, nachdem Conrad in seiner letzten literarischen Periode Romane produzierte, die nach Meinung der heutigen Kritik seinem eigenen zuvor gesetzten Qualitätsanspruch nicht standhalten, dafür aber bei einem breiten Publikum Anklang fanden. Um 1908 indessen, dem Jahr jener deprimierenden Bilanz, in dem sich Conrad an die Herausgabe des hier vorliegenden Erzählungsbandes „Das Duell", Sechs Erzählungen (A Set of Six), machte, schienen die Probleme seiner schriftstellerischen Existenz schier unüberwindlich.

Diese Existenz war sozusagen sein drittes Leben, wie es sein moderner Biograph Frederick R. Karl in „Joseph Conrad: Die drei Leben", (Joseph Conrad: The Three Lives, 1979) formuliert hat. Es war ausgefüllt mit der künstlerischen Anstrengung, den recht abenteuerlichen Erlebnissen und Erfahrungen seiner beiden früheren großen Lebensabschnitte Bedeutung abzuringen, ihnen Sinn zu erschreiben.

Da war zunächst die Kindheit und Jugendzeit: Teodor Józef Konrad Korzeniowski, wie sein Name eigentlich lautete, wurde 1857 im ukrainischen Berditschew als Sohn eines verarmten polnischen Landadligen geboren. Der Vater Apollo Korzeniowski, wegen führender Beteiligung an der polnischen nationalrevolutionären Bewegung im Oktober 1861 verhaftet und verurteilt, wurde im Mai des folgenden Jahres mit Frau und Kind, von zwei Polizisten bewacht, in die zaristische Verbannung nach Wologda geschickt. Waren die klimatischen und übrigen Bedingungen schwer genug, so verdüsterte sich die Stimmung im väterlichen Haus in der Folgezeit noch mehr durch den Zusammenbruch des herbeigesehnten Januaraufstands von 1863, an dem zwei Brüder Apollos teilnahmen, von denen der eine, Robert, ums Leben kam. Politische Depression und Frustration und die düstere Atmosphäre politischer Verschwörung sind in den beiden Anarchistengeschichten dieses Bandes deutlich als jugendlicher Erlebnishintergrund erkennbar, verarbeitet freilich unter dem Eindruck des um die Jahrhundertwende in Westeuropa akuten Anarchismus. Zugleich wurden hier Überzeugungen vom Wert nationaler Freiheit und persönlicher Würde geprägt, die Conrad durchs Leben begleiten sollten.

Noch in der Verbannung, 1865, starb die Mutter. Der Vater, seiner politischen Hoffnungen beraubt, vereinsamt und verstört, bemerkte dennoch, wie briefliches Zeugnis belegt, was der Junge in dieser Lage bei ihm entbehren mußte. Apollo Korzeniowski war Literat, hatte selbst Gedichte und Stücke geschrieben, Shakespeare, Heine und Victor Hugo übersetzt. Nach seinem Vorbild bewegte sich der Sohn frühzeitig in einer Welt von Büchern und lernte mit ihrer Hilfe Horizont und Erfahrung zu erweitern. Mit fünf Jahren begann er auf polnisch und französisch zu lesen: Geschichtsdarstellungen, Romane und Reiseliteratur, darunter Berichte über Livingstones Afrikareisen, James Fenimore Coopers Erzählungen und Captain Frederick Marryats Seeromane.

Im Jahre 1869 starb auch der seit langem hinfällige Vater. Tadeusz Bobrowski, ein Bruder der Mutter, übernahm für viele Jahre die Erziehung des Jungen, immer besorgt, gelegentlich, besonders in Geldsachen, streng, häufig moralisierend. Ab 1872 drängte der Neffe, ihn zur See gehen zu lassen, ein seitens der Landbesitzerfamilie mit Befremden und Mißtrauen vernommener, aber von Conrad hartnäckig vertretener Plan. Die ungewohnte Schulroutine beengte und langweilte ihn, die politischen Verhältnisse im dreigeteilten Polen boten einem jungen Mann eher düstere Aussichten, und schließlich kam die ärztliche Empfehlung konstitutionsstärkenden Seeklimas hinzu. 1874 brachten ihn Onkel und Großmutter an den Zug nach Marseille.

Aus dieser Reise sollte sich Conrads zweites Leben ergeben. Zunächst fuhr er unter französischer, ab 1878 unter britischer Flagge und brachte es zum Kapitän. So berühmt machte ihn seine literarische Verarbeitung der Erfahrungen dieses Lebens, daß er sich 1923, ein Jahr vor seinem Tod, in einem Brief aufgebracht wünschte, „endlich von diesem infernalischen Schiffsschweif und dem verrückten Interesse an meinem Leben auf See befreit zu werden, was mit meiner literarischen Existenz, mit meinen schriftstellerischen Qualitäten ungefähr soviel zu tun hat wie die Aufzählung aller Salons, in denen Thackeray verkehrte, mit dessen Begabung als großer Romancier. Gewiß“, fuhr er fort, „ich mag einmal Seemann gewesen sein, aber jetzt bin ich Prosaautor.“ Da machte sich die verständliche Reaktion eines Künstlers Luft, der sich als Verfasser abenteuerlicher Seegeschichten, als „Kipling der Meere“ mißverstanden und als Künstler nicht angemessen gewürdigt fühlte. Aber der Prosaautor verdankte diesem Beruf, der ihn über Europa hinaus nach Südamerika und in den Fernen Osten führte, der ihn im Herzen Afrikas zum Augenzeugen der Exzesse des epochentypischen Kolonialismus werden ließ, die entscheidende Prägung seiner charakteristischen Wertvorstellungen und Themen: menschliche Vereinzelung, Treue, Verrat und solidarisches Zusammengehörigkeitsgefühl, moralischer Verfall und menschliche Bewährung, die Bedeutung aktiver Tat als Pflicht und Daseinschance, die Notwendigkeit, Anarchie zu bannen, und die aus seiner Sicht freilich schwer zu beantwortende Frage nach dem Sinn der Geschichte.

Aus Conrads Schaffenssituation im Jahre 1908 erklärt sich seine Strategie bei der Herausgabe dieses Bandes. Mit den drei Teilen von „Gaspar Ruiz“ (1906 erschienen) und vier Geschichten sollte die Sammlung zunächst sieben Arbeiten umfassen. „Das Duell“ wurde als letzte Geschichte erst 1907 verfaßt und kam noch hinzu. Die anderen Erzählungen schrieb Conrad 1905, „Il Conde“ 1906. Zuvor meist in Zeitschriften, zum Teil in Fortsetzungen abgedruckt, wurden sie von Conrad so ausgewählt, daß sie die für ihren Verfasser nun schon charakteristischen, seinen Erfahrungsbereichen entsprechenden Themen repräsentierten. Darin liegt auch der Anreiz, der damaligen Anordnung des

Autors bei dieser Neuausgabe zu folgen: Die Geschichten, obwohl nicht zu den großen Meisterwerken zählend, sind respekterheischende, solide literarische Arbeiten, deren Unterhaltungswert nicht gegen, sondern für sie spricht und in denen uns der *ganze* Conrad im thematischen Querschnitt entgegentritt. „Eine romantische Geschichte: Gaspar Ruiz" eröffnet die Sammlung und weist, ob bewußt und absichtsvoll, ist schwer zu entscheiden, ebenso weit thematisch vorwärts wie erzähltechnisch zurück und umklammert damit literarhistorisch die ganze Sammlung. Sie ist ein Nebenprodukt von Conrads Studien zu „Nostromo" und verweist auf sein in den Folgejahren zunehmendes schriftstellerisches Interesse an romantischen Abenteuern von der Art der Geschichte des einfachen Bauernjungen, der durch die ungerechte Anklage und Verfolgung als Deserteur zu den Royalisten sich allmählich seiner Führungspotenzen bewußt und aus Rache zum Freischärlerobersten wird. Da hinein mischt sich die rührende Geschichte seiner Liebe zu Frau und Tochter, für die er sein Leben gibt. Dieses für den späteren Conrad immer typischer werdende Material wird noch dargeboten in wiederholtem Wechsel sowohl der Erzählzeit wie des Erzählmediums, so daß die Geschichte zugleich in ihrer Bedeutung verallgemeinert wird und auf die Enthüllung des persönlichen Verhältnisses des nun alten Ich-Erzählers, des pensionierten Generals, zu dem verwaisten Mädchen hinarbeitet. Allerdings ist die Erzählweise nicht so schlüssig organisiert wie in den Meisterwerken, die von ihr leben, wie „Herz der Finsternis" oder „Nostromo", wo Conrad betont mit der bis dahin üblichen epischen Zeit- und Erzählstruktur des großen realistischen bürgerlichen Romans des 18. und 19. Jahrhunderts bricht, mit dem Defoe und Fielding, Dickens und Thackeray und viele andere einen so glänzenden Beitrag zur Weltliteratur leisteten; wo er einerseits durch Demontage der Erzählchronologie in einem Atemzug schwierige erzähltechnische Probleme löst *und* eine aus den Fugen geratene Zeit signalisiert und andererseits die klassische autoritative Erzählinstanz durch ein Gefüge fiktiver Erzählmedien ersetzt und somit epische Wahrheitsfindung gleichzeitig problematisiert *und* intensiviert. In „Gaspar Ruiz" benutzt Conrad den Wechsel des Erzählmediums auch gern, um einfach Informationen, über welche sein fiktiver Erzähler nicht verfügen kann, durch eigenes Eingreifen zu ergänzen.

„Eine ironische Geschichte: Der Spitzel" schöpft aus dem für das Bürgertum um die Jahrhundertwende ebenso beängstigenden wie wohl auch faszinierenden Thema des Anarchismus. Conrad koppelt Verständnis für einzelne Anarchisten mit Ablehnung des Anarchismus, indem er sie – in „Ein Anarchist" – als Leute mit „warmem Herzen und schwachem Kopf" bezeichnet. „Der Spitzel" ist eine grimmige Geschichte, deren harte Wertungen durch Erzählstaffelung vermittelt werden: Der Ich-Erzähler berichtet, was ihm Mr. X, der Anarchist, ein Liebhaber seltener Bronzen und erlesenen Wohllebens, über den Renegaten Sevrin mitgeteilt hat, für den jener nichts als Verachtung empfindet. Indem Conrad den Zynismus dieses Mr. X enthüllt, drückt er seine eigene Haltung gegenüber dem Anarchismus aus. Er bereichert die Substanz seiner Erzählung aber insgesamt durch diese für ihn charakteristische Weise ihrer Vermittlung, etwa auch, wenn der irregeleitete Glaube des Mädchens an den „Spitzel" Sevrin aus der Sicht des Mr. X geschildert wird, der mit fühlloser Geringschätzung auf ihr Verhalten herabblickt. Die Perspektive der Geschichte verdeutlicht anhand der Intrige des Renegaten und daher um so engagierteren Meisterspitzels wirkliche Funktionen des Anarchismus: Allein das Schicksal der Beamtentochter aus gutem Bürgerhaus, deren Liebe der Spitzel bedenkenlos mißbraucht, erhellt die bis heute relevante soziale Einbettung des Anarchismus und damit seine hemmende Funktion in der internationalen organisierten Arbeiterbewegung. Dieser Erzählstrang findet im Rückzug der ihres Lebensinhalts beraubten Bürgertochter ins Kloster seine stille Antiklimax, während die Spannung aus der zentralen Gegenintrige herrührt.

Der Autor-Herausgeber trennt seine zweite Anarchistenstory dramaturgisch klug von der ersten, indem er „Eine empörende Geschichte: Das Untier" dazwischenschiebt. Conrad berichtet, er habe die Geschichte von dem gefährlichen, mörderisch unberechenbaren Schiff ursprünglich von Kapitän Blake gehört, unter dem er 1884 auf der „Tilkhurst" als zweiter Offizier Dienst tat. Sie ist zweifellos keine seiner großen Erzählungen, doch sie variiert Conrads klassisches Thema an einem merkwürdigen Gegenstand und besetzt in der Sammlung den zentralen Platz, den dieser Erlebnisbereich in Conrads mittlerem Lebensabschnitt beansprucht, kaum aber mehr in seinem Schaffensprozeß zur Zeit der Edition.

Allein die überlegene erzählerische Intensität von „Eine hoffnungslose Geschichte: Ein Anarchist" erzeugt diesen Eindruck. Es ist eine harte Geschichte über eine brutale Wirklichkeit, deren Wahrheitsgehalt Conrad vermittels einer in eine erste Ich-Erzählung gestaffelten zweiten Ich-Erzählung mit besonderer Sorgfalt herauszufiltern trachtet. Tatsächlich wird hier das Anarchismusthema gegenüber dem „Spitzel" vertieft, indem der Autor zwar einerseits eine bürgerlich empfundene, beinahe fatalistische Schicksalhaftigkeit in den verheerenden Wirkungen unbedachter Äußerungen des glücklich berauschten jungen französischen Mechanikers bis hin zur Sträflingsinsel und der erzwungenen Ermordung erpresserischer Anarchisten sich entfalten läßt. Doch geschieht das andererseits auch durch den freien Lauf, den Conrad seiner Sympathie für den proletarischen Helden gibt. In scharfem Kontrast dazu steht deshalb das ätzend ironisch gezeichnete Porträt des abgebrühten Managers der Fleischextraktfarm, der als typisches Exemplar seiner Schicht beflissen seinem Konzern dient.

Wie die meisten Polen seiner Zeit hatte Conrad ein ambivalentes Verhältnis zu Napoleon. In „Autokratie und Krieg" (Autocracy and War, 1921) sieht er „die Erniedrigung der Ideen der Freiheit und Gerechtigkeit, in denen die Französische Revolution wurzelt, in der Person ihres Erben" offenbart: „eine Persönlichkeit ohne Gesetz und Glauben, die es Mode geworden ist als Adler hinzustellen, die aber in Wahrheit mehr wie eine Art Geier den Körper

Europas benagte, welcher in der Tat einige Dutzende Jahre lang ganz einem Kadaver glich". Dennoch faszinierten ihn Format und Leistung Napoleons und die Größe seiner Legende, etwa „die triumphale Rückkehr von Elba, ein historisches Faktum, so wunderbar und unglaublich wie die Taten irgendeines mythologischen Halbgotts", wie er in „Eine militärische Geschichte: Das Duell" schreibt. Als Junge hatte er seinen Onkel Nikolaus bewundert, der am Rückzug aus Moskau teilgenommen hatte; seine Erzählungen finden nach dem „Duell" auch in „Die Seele des Kriegers" (The Warrior's Soul, 1925) ihren Niederschlag. Die lange tragikomische Privatfehde zweier Offiziere Napoleon Bonapartes in „Das Duell" entsteht – wie der Lebensverlauf des „Anarchisten" – aus winzigem, trivialem Anlaß, rein zufällig. Aber Conrad gelingt sein in der Vorbemerkung zum vorliegenden Buch als Absicht formulierter Versuch, nämlich den „Geist der Epoche" einzufangen, indem er dem Zufallsmotiv historische Substanz und Aussagekraft durch seine Einbettung in die welterschütternde Folge napoleonischer Eroberungsfeldzüge bis hin zur Katastrophe in Rußland, bis Elba und dann St. Helena verleiht. In diesem Kontrast erscheint die Duellserie der Kontrahenten, ausgetragen immer, wenn militärische Gleichrangigkeit wiederhergestellt ist, erscheint also der Konventionszwang eines längst verdorrten Ehrbegriffs geschichtlich angemessen grotesk. Schließlich behält die Strategie des modern, also klüger denkenden D'Hubert die Oberhand, wodurch das romantische Happy-End erträglich wird.

In „Eine traurige Geschichte: Il Conde" schließlich geht es um einen Ehrbegriff aristokratischen Ursprungs. Doch als Kategorie persönlichen Ehrgefühls, das der Romancier auch in seinen großen Romanen im Kontext geschichtlicher Verantwortung des einzelnen konsequenzenreich thematisiert, erscheint die Ehre des Grafen in deutlich positiver Wertung. Die Flucht des alternden kultivierten Aristokraten aus dem lebenserhaltenden Klima Neapels ist nicht durch persönliche Angst vor physischer Gewalt motiviert, sondern durch Abscheu vor der entwürdigenden Demütigung, zum Objekt einer Camorra zu werden, einer Bedrohung, gegen die es kaum ein Mittel gibt. Soweit ersichtlich hatte Conrad den Ereigniskern der Geschichte von einem Grafen Szembek, mit dem er auf Capri viel zusammen war, in Erfahrung gebracht. Il Condes Rückzug auf den Familienbesitz in Osteuropa ebenso wie die verarbeitete Thematik ordnen die Geschichte Conrads frühestem Erlebniskreis, seinem ersten Leben zu. Sie beschließt daher die Sammlung im Einklang mit der inneren Logik ihres Aufbaus.

Günter Walch

Joseph Conrad im Diogenes Verlag

Lord Jim

Roman
Aus dem Englischen von Fritz Lorch

Lord Jim, Conrads bekanntester Roman, erzählt die Geschichte eines jungen englischen Schiffsoffiziers, eines sensiblen und phantasiebegabten Menschen, der von Jugend an im Traum lebt, für eine besondere Aufgabe bestimmt zu sein und im Augenblick der Bewährung versagt. Der Alptraum seiner Verfehlung treibt Jim immer weiter nach Osten, und beinahe scheint es, als sei die Welt »nicht groß genug für ihn«.

»Mehr noch als Kipling wurde er, der Fremde, der Deuter des Besten, das in der englischen Seele liegt. Seine herrlichsten Erzählungen schildern den Kampf des Menschen mit dem Meere… Mehr noch als der Dichter des Meeres ist er der Künder der Tugenden, die das Meer erzeugt. Die Norm, die er aufstellt – und darin steht er Anton Čechov sehr nahe –, ist ein tätiger Pessimismus.« *André Maurois*

Der Geheimagent

Eine einfache Geschichte
Deutsch von Günter Danehl

London der Jahrhundertwende. Eine ausländische Gesellschaft versucht, die öffentliche Meinung gegen die Revolutionäre in der Stadt aufzuwiegeln. In den finsteren, schlammigen Londoner Hintergassen lebt der Doppelagent Verloc: Er hat sich als agent provocateur in Sachen Anarchismus anwerben lassen und leistet zugleich der englischen Polizei Spitzeldienste.

»Als ich vor Jahren Den Haag besuchte, hielt Galsworthy dort eben einen Vortrag über ›Conrad und Tolstoi‹. Ich hatte keine Ahnung, wer das sei, den man da mit dem russischen Giganten zusammenstellte; und mein Erstaunen wiederholte sich, als ich hörte, daß André Gide Englisch gelernt habe ausdrücklich, um Conrad im Original lesen zu können. Seitdem habe ich dies Erzählerphänomen kennengelernt in einigen seiner stärksten Werke: ich las die glänzende packende Kriminalgeschichte *Der Geheimagent*, las dies und das und bin voll genug davon, um mich nicht unberufen zu fühlen, unserem Publikum zum Beispiel den bewunderungswürdigen *Geheimagenten* persönlich ans Herz zu legen, eine spannende, ja aufregende Geschichte, eine Kriminalgeschichte, wie gesagt, und eine politische Geschichte dazu, die Geschichte einer ausländischen, allzu ausländischen Gesandtschaftsintrige und ihrer tragisch-menschlichen Auswirkungen...« *Thomas Mann*

Herz der Finsternis

Erzählung. Deutsch von Fritz Lorch

Kapitän Marlow steuert seinen Flußdampfer immer tiefer in die Wildnis des Kongo, ins Herz des Schwarzen Kontinents, wo er auf den zwielichtigen Elfenbeinhändler Kurtz stößt.

»Von allem, was er geschrieben hatte, bewunderte ich am meisten die furchtbare Erzählung *Herz der Finsternis,* die seine Lebensanschauung vollkommen ausdrückt: der leidlich moralische Kulturmensch auf dem gefahrvollen Weg über eine Kruste kaum erkalteter Lava, die jeden Augenblick durchbrechen und den Unvorsichtigen in heiß lodernde Abgründe sinken lassen konnte.« *Bertrand Russell*

»Ich mag auch alle Breiten und Palavers bei Conrad unendlich gern, finde sie interessant, mich fesselt jeder Satz. Weil sie gänzlich erfüllt sind vom Zweifelhaften, Klamaukhaften des Schreibens und Kunstmachens, daher dieser dauernde Positionswechsel, Abbrechen,

Ansetzen, Andeuten, Raunen, Vergessen. Dann gefällt mir, wie er kleine Züge so riesig aufbauscht, überhaupt ist er doch ein sehr sicherer Mann. Kennen Sie *Herz der Finsternis*? Kurz, sehr lesenswert!«
Gottfried Benn, Brief an F. W. Oelze

Das Duell

Sechs Erzählungen
Deutsch von Carmen Janetzki
Mit einer Vorbemerkung des Autors und
einem Nachwort von Günter Walch

Zwei Offiziere der napoleonischen Armee, die einander immer wieder zum Duell fordern; ein chilenischer Bauer mit überdurchschnittlichen Kräften, der aus Liebe zu einer Tochter aus gutem Hause zum Bandenführer im Krieg der Südamerikaner gegen die Spanier wird; ein Arbeiter aus Paris, der im Rausch aufrührerische Reden hält und unter die Anarchisten gerät; ein an Rheuma leidender Graf, der aus Angst vor der Camorra das gesunde Klima Neapels verläßt; ein Schiff, das auf jeder Reise jemanden umbringt; ein Meisterspitzel, der sich in London in eine Anarchistengruppe einschleicht und dessen Entlarvung bei einer Razzia einer Bürgertochter das Herz bricht – sie sind die Helden der sechs Erzählungen, die Joseph Conrad 1908 veröffentlichte.

»Joseph Conrad ist in meinen Augen einer der größten Erzähler und – wenn man ihn zu den englischen Schriftstellern zählt – einer der sehr wenigen wirklichen Romanciers, die England besitzt. Er besaß jedoch eine Art Reife und politische Einsicht, die man bei einem geborenen englischen Schriftsteller wohl zu jener Zeit vergeblich gesucht hätte.« *George Orwell*

Evelyn Waugh im Diogenes Verlag

Auf der schiefen Ebene

Roman. Aus dem Englischen von Ulrike Simon

Waughs Erstlingsroman ist eine eigentümlich faszinierende Mischung aus Satire, Farce, Burleske und Groteske. Waugh, der weltberühmte Satiriker, zeigt in diesem Roman besonders kraß, aber auch besonders witzig, wo unser Leben hingerät, wenn die Errungenschaften der Zivilisation logisch weitergedacht und weitergetrieben werden und niemand sich mehr auf das Wesentliche besinnt.

»Der frühe Evelyn Waugh ist der beste.«
Arbeiter-Zeitung, Wien

Lust und Laster

Roman. Deutsch von Ulrike Simon

In seinem zweiten Roman aus dem Jahr 1930 nimmt Waugh sich die Londoner Society vor, die im eleganten Mayfair der zwanziger Jahre ein äußerlich sorgloses Leben über einem Abgrund von Heuchelei und Verzweiflung führt. Es ist ein Tanz auf dem Vulkan, die Figuren bewegen sich nur noch auf einer brüchig gewordenen Oberfläche, die beim Ausbruch des Krieges sofort zerbirst. Dem konservativen, bissigen, sarkastischen Kritiker Waugh gelingt es, die Atmosphäre hoffnungsloser Leere und unausweichlichen Scheiterns einzufangen, ein Zeitbild von unerwarteter Aktualität.

»Evelyn Waugh ist seit George Bernard Shaw der einzige geniale Komiker in England.« *Edmund Wilson*

»Waugh zu lesen ist ein lohnender Genuß.«
Erhard Schütz/Frankfurter Rundschau

Tod in Hollywood

Eine anglo-amerikanische Tragödie
Deutsch von Peter Gan

»In dieser makabren Erzählung über das nicht weniger makabre amerikanische Geschäft mit dem Tod fehlt es nicht an sarkastischen Seitenhieben auf den Filmbetrieb in Hollywood, aber auch auf die Vertreter der alten Welt. Das Werk, das wegen seiner antiamerikanischen Haltung einige Kontroversen auslöste, hat heute einen festen Platz unter den großen Satiren der Weltliteratur.« *Kindlers Literatur Lexikon*

Der Knüller

Roman. Deutsch von
Elisabeth Schnack

Ein respektloser, satirischer Roman über die Zeitungswelt, über Londons Fleet Street und die Pressemagnaten, über die Jagd nach dem großen Knüller.

»Eine meisterhafte Fabel, ein Feuerwerk an Witzen und Späßen, ein wahres ›jeu d'esprit‹.«
Rose Macaulay

Charles Ryders Tage vor Brideshead

Erzählungen. Deutsch von
Otto Bayer

Vier Erzählungen, gekrönt durch eine fünfte, die kürzlich wiederentdeckte Geschichte aus der Schulzeit Charles Ryders, des Helden von *Wiedersehen mit Brideshead.*

»Ein Schriftsteller von Evelyns Rang hinterläßt uns Besitztümer, die uns zu Entdeckungen einladen: hier zeigt sich uns plötzlich ein Ausblick, den wir übersehen hatten, da warten Pfade, daß wir sie im rechten Augenblick betreten, denn der Leser wie der Autor ändern sich.« *Graham Greene*

Wer zuerst kommt, mahlt zuerst

Erzählungen
Deutsch von Otto Bayer

Sieben Erzählungen im Stile der frühen Romane Waughs, teilweise schon mit den Personen, die später wieder in *Lust und Laster* und *Auf der schiefen Ebene* zu finden sind.

»Waugh ist witzig, Waugh ist elegant, Waugh ist knapp.« *Anthony Burgess*

Eine Handvoll Staub

Roman. Deutsch von Matthias Fienbork

Zu einer Handvoll Staub zerfällt die scheinbar auf sicheren Pfeilern ruhende Existenz des Engländers Tony Last, nachdem seine Frau Brenda ihn nach sieben öden Ehejahren verläßt. Um Abstand zu gewinnen, begibt sich Tony auf eine Reise ins unerforschte Indianergebiet des Amazonas. Nur seine Uhr findet den Weg zurück in die Zivilisation.

»Mit diesem Roman bewegt sich Waugh bereits auf jenen ›romantischen‹ Konservativismus zu, von dem *Wiedersehen mit Brideshead* zeugen wird.«
Jérôme von Gebsattel

Schwarzes Unheil

Roman. Deutsch von Irmgard Andrae
Mit einem Frontispiz und acht
Zeichnungen des Autors

Auf Anzania, einer fiktiven Insel vor der Küste Afrikas, versucht Seth, dessen wohlklingende Reihe von Titeln etwas dissonant mit ›Bakkalaureus der Freien Künste der Universität Oxford‹ endet, zusammen mit seinem Freund, dem Abenteurer Basil Seal, die Segnungen der modernen Zivilisation einzuführen. Es kommt zur Revolution.

»Zusammen mit *Auf der schiefen Ebene*, *Der Knüller*, *Lust und Laster* und *Tod in Hollywood* gehört *Schwarzes Unheil* zu der Gruppe satirischer Romane, die Waugh in den frühen dreißiger Jahren den Namen eines ›enfant terrible‹ der englischen Literatur eintrugen. Eine der bedeutendsten Satiren der modernen englischen Literatur.« *Jérôme von Gebsattel*

Gilbert Pinfolds Höllenfahrt

Ein Genrebild. Deutsch von Irmgard Andrae

Kurz nach seinem fünfzigsten Geburtstag beschließt Gilbert Pinfold, ein weltbekannter Schriftsteller, von Rheuma und Neuralgien hart geplagt, dem Rat seines Hausarztes zu folgen und eine Schiffsreise in die Tropen anzutreten. Wir werden mit ihm Zeuge unerhörter Ereignisse. Zunächst muß Pinfold erleben, daß unter der farbigen Besatzung des Schiffes eine Meuterei ausbricht, dann stellt er zu seinem Entsetzen fest, daß der Kapitän ein Mörder ist, und schließlich erfährt er, daß er das Opfer einer regelrechten Verschwörung werden soll. Auch als er das unheimliche Schiff mitten auf der Reise verläßt, bleiben die Verfolger auf seiner Spur...

Mit Glanz und Gloria

Roman. Deutsch von Matthias Fienbork

Wie geht es Basil Seal, dem hochgeborenen Taugenichts aus *Schwarzes Unheil*, Lady Metroland, der berühmten Gastgeberin aus *Lust und Laster* und den anderen Gestalten aus *Auf der schiefen Ebene* seit dem Ausbruch des Zweiten Weltkrieges? Man versucht, *Mit Glanz und Gloria* weiter so vornehm dahinzuleben, wie es sich gehört... auch wenn der Krieg manch lästige Begleiterscheinung in Londons exklusive Zirkel dringen läßt und sogar Basil versucht, seinerseits Kriegswichtiges zu vollbringen.

»Das Verhältnis des Autors zu seinem bevorzugten Objekt (dem britischen Adel): an Schonung ist nicht gedacht.« *Die Zeit, Hamburg*

Helena

Roman. Deutsch von Peter Gan

Die Kaiserin Helena, Mutter Konstantins des Großen, begründete die legendäre Pilgerreise nach Palästina, wo sie angeblich Teile des echten Kreuzes Christi fand. Zu ihrer Lebenszeit ereignete sich eine dramatische Wende in der Geschichte: die Anerkennung des Christentums als Religion des Römischen Reiches. Ihr ungewöhnliches Leben, die enormen Konflikte jener Zeit, Korruption und Verrat und der Wahnsinn des imperialistischen Roms gaben Waugh ausreichend Stoff für das lebendige Porträt einer außergewöhnlichen Frau und einen hervorragenden, äußerst spannenden Geschichtsroman.

»Man braucht wohl nicht zu erwähnen, daß *Helena* sehr witzig und von vollendeter Gestalt ist – ein sehr gut geschriebenes, ausgesprochen geistreiches Buch.« *New Statesman, London*